Scarlet

스칼렛

Scarlet

스칼렛

뷰티풀 라이프

뷰티풀
라이프

Beautiful Life

정하원 장편 소설

SCARLET ROMANCE STORY

| 차 례 |

프롤로그

"야, 야, 야! 막내야! 빅뉴스야, 빅뉴스!"

지원이 소란을 떨며 테이블을 두드렸다. 어젯밤까지 올라온 사연들을 읽고 정리하느라 기력을 소진한 여울은 지원의 유난에 눈을 비비며 몸을 일으켰다. 으드득 소리가 절로 나는 몸뚱이를 억지로 일으켰더니 안 쑤신 곳이 없었다. 젊을 때 고생은 사서도 한다지만 아무리 그래도 그렇지 이건 너무 심했다.

"무슨 일인데 그러세요."

"조금 있으면 개편인 거 알지?"

"알죠. 그래서 더 열심히 일했잖아요. 안 잘리려고."

개편만 아니었으면 발 뻗고 잤을 건데. 그놈의 개편이 뭔지 사람을 아주 잡는다, 잡아.

"지금 잘리는 게 중요한 게 아니야. 남우진 피디님이 너랑 날 데리고 새 프로로 간다고 했대."

"네? 남 피디님이요? 왜요?"

"그거야 나도 모르지. 근데 내가 돌아다니면서 얘길 들어 보니까 국장님이 남 피디님한테 '뷰티풀 데이즈' 맡으라고 하셨대. 그거 맡는 대신에 남 피디님이 작가들은 자기가 고르겠다고 했다던데? 디제이도 섭외 다 끝났대."

한국 포크송의 전설인 한경호가 디제이를 맡아 엄청난 인기를 누리다가 폐지되었던 프로그램 '뷰티풀 데이즈'가 부활한다는 소식이 기쁘기는 한데 왜 남 피디가 하필이면 저를 데려가려고 하는 건지 여울은 도무지 이해가 되지 않았다.

"그렇지. 내가 다 끝내 놨지."

청취율 제조기, 악마, 독종, 차도남 등등 여러 가지 별명이 난무하고 있지만 정작 본인은 별로 신경 쓰지 않는 남자 남우진. 남들은 자기 잘난 맛에 살기 때문에 신경 쓰지 않는다고 했지만 꼭 그렇지만도 않은 것 같았다. 그도 상처받을 줄 아는 사람이니까 아마 알아도 모른 척, 몰라도 모른 척하는 거겠지. 물론 그 여파는 그에게 반(反)하는 사람들에게 고스란히 돌아갔다.

"엄마야! 노, 놀랐잖아요, 남 피디님!"

기척도 없이 나타난 우진 때문에 하마터면 애 떨어질 뻔했다며 지원이 빽 소리를 질렀다. 그러나 우진은 표정 하나 변하는 것 없이 지원을 지나쳐 여울에게 다가가 얼굴을 들이밀었다. 악마 남우진의 얼굴이 코앞으로 다가오자 여울이 자리에서 벌떡 일어나 우진을 피해 달아났다. 혹시나 우진이 다가오면 도망가기 용이하도록 출구에서는 치밀함까지 보이면서 말이다.

"놀라기는. 너, 나랑 일하는 거 싫으냐? 나 못 믿어?"

"모, 못 믿기는요."

"너도 알겠지만 나 남우진이야. 내 덕에 좋은 프로그램에 들어가게 됐으면 적어도 감사합니다, 하고 인사는 해야 하는 거 아냐?"

"아⋯⋯."

"바보 도 트는 소리 하고 있네."

여울이 우진의 눈치를 살살 살피다 밖으로 나가 냉큼 자판기에서 캔 음료를 뽑아 왔다. 일부러 여울이 돌아오기를 기다리고 있던 우진은 여울이 가져다준 음료수를 마뜩잖게 쳐다보다 시원하게 캔을 땄다.

"이딴 건 뇌물 축에도 못 껴."

"에이, 제 얼굴 봐서 잘 좀 부탁드려요, 남 피디님."

"엎드려 절 받는 것 같아서 기분이 별로야."

툴툴거리면서도 우진은 음료수를 다 비워 냈다. 매번 표현을 반대로 해 사람들을 괴롭히기 일쑤였지만 그가 제법 속정 깊은 사람이라는 것을 아는 여울은 우진이 내려놓은 빈 캔을 주워 들며 물었다.

"그런데⋯⋯ 우리가 다예요?"

"설마. 민유정 작가 알지? 메인으로 올 거야. 프로그램 자리 잡으려면 어쩔 수 없으니까 표정들 좀 풀고. 나중에 좋은 자리 생기면 소개해 줄게. 그러니까 민 작가 잘 대해 줘."

자신이 메인 작가가 될 줄 알았던 지원이나 막내를 벗어날 거라고 생각했던 여울 모두 섭섭하긴 했지만 프로그램을 위해서라는 말에 어쩔 수 없이 수긍해야만 했다.

"그런데 디제이는 누구로 섭외하셨어요?"

"맞다. 디제이! 그거 저도 되게 궁금했어요."

"'뷰티풀 데이즈' 하면 한경호잖아요. 한경호 선생님 섭외하신 거예요?"

여울이 섭외된 디제이에 대해 조심스럽게 말을 꺼내자 지원도 냉큼 끼어들어 물었다. 그러나 우진은 쉽게 가르쳐 줄 생각이 없는 듯 한참 뜸을 들이다 입을 떼었다.

"오늘 연예기사 봤으면 알 텐데."

"기사요? 특별한 거 없었는데……."

"다시 찾아봐. 특별한 게 눈에 보일 거야."

비장한 표정으로 컴퓨터 앞으로 달려간 두 사람은 포털사이트를 켜자마자 메인에 뜬 뉴스들을 재빨리 훑어보기 시작했다. 반면에 우진은 마우스를 클릭하는 소리를 들으며 느긋하게 다리를 꼬았다. 그리고 속으로 초를 세며 곧 들려올 비명에 대비해 조용히 귀를 막았다.

"설마 이건 아니겠죠?"

지원이 메인 뉴스의 머리말을 훑어보는 동안 실시간 검색어로 눈을 돌린 여울이 지원을 부르며 실시간 검색어를 가리켰다.

"어디? ……어, 임태경?"

"남 피디님. 진짜 임태경이예요?"

"어머! 진짠가 봐!"

1위에서 5위까지의 검색어가 모두 임태경의 제대와 관련된 것이었다. 살며시 우진의 표정을 확인한 지원이 임태경이 정말 이번 디제이로 오는 것이냐며 소란을 피웠다. 우진은 귀를 막은 채 고개를 끄덕였다.

"난 몰라. 어쩌면 좋아. 진짜 꿈같아!"

"그렇게 좋아?"

"그럼요! 발라드 귀공자 임태경이 우리랑 같이 일한다는데 안 설레고 배겨요?"

평소 임태경의 열렬한 팬이던 지원이 두 손을 가슴에 끌어안으며 몸을 부르르 떨었다. 그만큼 좋아서 어쩔 줄 모르겠다는 뜻이겠지.

그러나 그런 지원과 달리 여울의 표정은 좋지 않았다.

"그런데 남 피디님, 어떻게 오늘 제대한 사람을 디제이로 섭외하신 거예요?"

"몰랐어? 나 예전에 태경이랑 같이 라디오 했었잖아. 나 이런 사람이야."

"앞으로 극진히 모실게요!"

"됐어! 저리 가!"

지원이 우진을 와락 끌어안았다. 우진은 질색하며 신이 난 지원을 떼어 놓고 부루퉁해 있는 여울에게 다가갔다. 나름대로 임태경을 히든카드라고 여겼건만 여울이 생각보다 시큰둥한 반응을 보이자 맥이 탁 풀리는 것 같았다.

"반응이 별로다, 너. 임태경이랑 같이 일하게 됐는데 안 기뻐?"

"기뻐요."

그러나 여울의 표정은 기쁘다고 하기엔 복잡 미묘했다.

"거짓말. 기쁜 얼굴이 아닌데? 너 혹시 임태경 싫어하냐?"

"만난 적도 없는 사람을 제가 왜 싫어하겠어요. 아니에요."

"그럼 왜 그래? 싫은 건 아닌데 왜 죽을상을 하고 있어? 한여울, 표정 좀 풀어. 어차피 같이 일할 사람인데 사이좋게 지내야지. 일에 사적인 감정 집어넣지 말고. 프로의 임무가 뭔지 알잖아."

"프로는 어떤 상황에서도 맡은 바 소임을 다한다."

"잘 알고 있네."

다소 실망했더라도 그런 기색을 내비치지 말아 달라, 에둘러 말하는 게 분명했다. 여울은 머리를 잔뜩 헝클고 가 버리는 우진을 원망스럽게 바라봤다.

"막내 너, 임태경 괜찮다고 하지 않았어? 진행 깔끔하고 노래도 잘한다고."

"예전엔 그랬겠죠. 그런데…… 지금은 아니에요."

"아니라니? 너 그럼 남 피디님한테 거짓말한 거야? 얘가 잘리고 싶어서 발악을 하는구나, 아주!"

지원은 우진에게 태연히 거짓말을 한 여울의 등을 찰싹찰싹 때리며 우진의 명언을 다시 읊어 주었다.

"남 피디님 말씀 못 들었어? 프로는 어떠한 상황에서도 맡은 바 소임을 다한다!"

"프로의식 버린다고는 안 했어요. 어휴…… 프로는 하고 싶은 말도 못 하나……."

"어쨌든! 임태경 앞에선 그런 말 입 밖에 내지도 마. 만약에 그러면 너 진짜 미워할 거야."

디제이라는 게 하고 싶다고 해서 무작정 할 수 있는 것이 아니라는 걸 아는데도 괜히 섭섭했다. 특히나 뷰티풀 데이즈는 여울이 가장 기다리던 프로그램이었기에 서운한 마음이 더 컸다.

"뷰티풀 데이즈가 부활하면 같이 일할 수 있을 줄 알았는데……."

디제이 한경호와 라디오 작가 한여울이 함께 만들어 가는 뷰티풀 데이즈를 꿈꾸며 입사한 지도 벌써 2년째. 아직도 막내작가에 머물고 있는 자신의 처지가 서럽긴 했지만 여울은 그럴수록 더욱 이를 악물었다. 언젠가는 아빠와 일할 수 있다는 막연한 기대감만으로도 힘이 불끈 솟았기 때문이다. 그러나 이제 그런 작은 희망마저 사라져 버리자 온몸에서 힘이 쭈욱 빠져나가는 것 같았다.

지원까지 나가 버린 스튜디오. 그곳에 덩그러니 혼자 남은 여울은 천장을 바라보며 한숨을 내쉬었다.

1.
나 어떡해

밤 열 시. 뷰티풀 데이즈의 시작을 알리는 시보가 울렸다. 우진의 큐사인에 맞춰 슬라이딩 노브를 밀어 올린 태경은 늘 그랬듯 마이크에 대고 청취자들에게 말을 걸었다.

"여름이 다가오려나 봐요. 성미도 참 급하지. 이제 5월인데 벌써부터 더우면 어떡하라고."

태경은 대본을 읽으며 투덜대다가 쿡쿡 웃었다. 아무리 생각해도 이런 투정은 자신에게 어울리지 않았다. 서른두 살 아저씨의 투덜거림을 청취자들은 과연 어떻게 받아들일까.

"본격적으로 여름이 시작되면 분명 지금보다 더 덥겠죠? 아아, 생각만 해도 싫다."

잠시 음악 소리를 키운 태경은 호흡을 가다듬고 다시 대본에 집중했다.

"독일의 실존주의 철학자였던 하이데거가 이런 말을 했습니다.

언어는 존재의 집이다. 즉, 말하는 대로 이루어진다는 뜻인데요. 우리가 자꾸 덥다, 덥다 말하면 정말로 덥게 느껴질지도 몰라요. 그러니까 지금부터 시원하다고 말하는 건 어떨까요? 뷰티풀 데이즈, 임태경입니다."

올해는 이상 기온으로 인해 유난히 더위가 빨리 찾아왔다. 바깥에 십 분만 서 있어도 땀이 주르륵 흘러서 웬만하면 나다니기 싫을 정도였다. 그나마 저녁은 서늘했기에 망정이지 그렇지 않았다면 작은 스튜디오가 뜨거운 불가마처럼 느껴졌을지도 모른다.

"더위 먹었냐, 한여울."

"네?"

멍하니 부스 안을 쳐다보고 있는 여울의 곁으로 우진이 다가왔다. 요즘 들어서 계속 멍하니 정신을 놓고 있는 여울이 걱정되던 참이었다. 그래도 생방송 중에는 집중을 하는 것 같더니 오늘은 그마저도 되지 않았다. 우진은 정말로 더위를 먹은 게 아닌지 의심스러운 눈초리로 여울에게 물었다.

"자꾸 정신을 못 차리잖아. 진짜 더위 먹은 거야?"

"생각할 게 있어서 그래요."

"무슨 일 있어?"

"일은요. 아니에요."

"아니긴. 너 분명히 냄새가 난단 말이야. 수상하다고."

여울은 우진의 시선을 회피하며 모니터에 시선을 두었다. 실시간으로 올라오는 청취자들의 반응을 훑어보는 척. 사실은 아무것도 눈에 들어오지 않았지만 여울은 까맣게 탄 속내를 우진에게 들키고 싶지 않아서 더욱더 분주히 움직였다.

여울이 아무것도 아니라며 잡아떼자 더 이상 말 붙이기 애매해진 우진이 자기 자리로 돌아갔다. 그제야 모니터로 향해 있던 여울의 시선이 태경에게로 쏠렸다.

태경은 음악이 나가는 동안 이미 숙지한 대본을 꼼꼼히 들여다보고 있었다. 전형적인 범생이 스타일. 자기 일에 애착을 가지고 열심히 하는 건 대한민국 전부를 통틀어도 태경을 따라올 사람이 없을 듯했다. 그러니 노래, 디제이, 작곡, 어느 것 하나 빠지지 않고 잘하는 거겠지.

"재미없다."

임태경은 완벽해도 너무 완벽했다. 그래서 흠을 볼 수도, 미워할 수도 없었다. 미워하려거든 그에 합당한 이유가 있어야 미워하기 수월할 텐데 태경에겐 그럴 틈도 보이지 않았다. 그에 대해 알아 가면 알아 갈수록 오히려 그를 좋아할 만한 것들만 자꾸 나오니 여울은 그저 답답하기만 했다.

"사람 미워하는 것도 쉽지 않네."

여울이 작게 혼잣말을 하며 책상에 머리를 쿵, 쿵, 쿵 박았다. 멀쩡하던 이마에 아릿한 통증이 몰려왔다.

"그렇게 해서 머리가 깨지겠냐. 더 세게 박아야 깨지지."

깐죽거리는 우진의 말에 괜한 오기가 생겼다. 여울은 마지막으로 머리를 책상에 더 세게 쾅 갖다 박고 그 상태로 가만히 있었다. 오늘은 어쩐지 기운이 나지 않는다.

"거봐. 너 더위 먹은 거 맞다니까. 아프면 집에 가. 너 없어도 커버 가능해."

"여기 있을래요."

"집에 가라니까? 너 없어도 대체 인력 많아."

"걱정해 주시는 건 감사한 일이지만…… 저 정말 괜찮아요."

15

"어이구, 고집하고는. 그럼 눈에 안 보이는 데 가서 좀 쉬어. 아픈 티 내지 말고."

우진이 고집을 피우는 여울을 일으켜 세웠다. 괜찮다고 말하면서도 우진이 이끄는 대로 따라간 여울은 스튜디오 구석에 마련된 의자를 침대 삼아 누웠다. 여과 없이 내리쬐는 조명이 눈부시다. 여울은 손등으로 눈만 겨우 가리고 태경의 목소리를 들으며 깊게 숨을 들이켰다.

늦은 시간, 졸음이 몰려왔다.

잠시 눈을 감았던 거라고 생각했는데 눈을 떠 보니 벌써 자정이 넘어 있었다. 놀라서 벌떡 일어난 여울은 어느새 부스 밖으로 나와 우진과 얘기를 나누고 있는 태경을 보고 두리번거렸다.

"일어났네?"

"바, 방송 끝났어요?"

"예전에 끝났지요."

태경이 흐트러진 머리카락을 분주히 매만지는 여울을 보며 말했다.

"아…… 어떡해. 깨우지 그러셨어요."

"몸도 안 좋은 것 같은데 이참에 쉬라고 그냥 뒀어."

얼이 빠진 얼굴로 동동거리는 것하고는. 당황해서 어쩔 줄 몰라 하는 여울 때문에 우진이 한바탕 웃음을 터트렸다.

"그러게 집에 가서 쉬랬잖아."

"이렇게까지 잘 줄 몰랐으니 그렇죠."

"나야말로 자라고 한다고 잘 줄은 더 몰랐지."

여울은 놀릴 건수를 건졌다며 좋아하는 우진을 쌜쭉 노려보았다. 본의 아니게 자느라 두 시간을 훌쩍 보냈지만 확실히 눈을 붙이고 나니까 어지럽게 꼬여 있던 정신이 조금은 맑아진 기분이었다.

"그런데 두 분, 무슨 얘기 중이었어요?"

"아, 우리 방송 백일 특집을 준비하려고 하는데 특별 게스트로 누굴 불러야 하나 해서."

"아이돌들 많잖아요."

"아이돌은 내가 반댈세."

"그래야 청취율이 오르지 않겠어요?"

"얘가 뭘 모르네. 우리 방송은 유능한 디제이가 있어서 고정 청취율은 어느 정도 있단 말이야. 특집 방송에까지 아이돌을 쓰면 평소에 아이돌 초대하는 거랑 다른 점이 뭐겠어? 적어도 프로그램 이름값은 해야지."

특집에 걸맞은 방송을 하고 싶다는 것. 우진의 바람은 그것 하나뿐이었다. 그건 태경도 마찬가지였는지 잠시 고민하던 태경이 한 가지 제안을 했다.

"한경호 선생님은 어때요?"

"한 선생님?"

"네. 우리 프로그램 초대 디제이셨잖아요. 백일이면 그분을 초대하는 것도 괜찮을 것 같은데."

한경호라는 말에 귀가 번쩍 뜨였다. 흥분을 감추지 못한 여울이 두 눈을 심하게 깜빡이며 태경과 우진의 말에 집중했다.

"한 선생님이라……. 나도 생각 안 해 본 건 아니야. 첫 방송부터 선생님 염두에 뒀었고 이번 특집 때 모시려고 꾸준히 연락도 드렸어. 그런데 선생님께서 계속 출연을 고사하시네."

"네?"

여울은 경호가 라디오 출연을 거부했다는 말을 듣고 되레 놀라 되물었다. 매일 라디오를 듣고, 방송 피드백을 해 줄 정도로 라디오에 애정을 가진 경호가 도대체 왜. 도무지 이해가 되지 않았다. 그동안 단순히 섭외가 들어오지 않아서 라디오에 출연하지 않은 줄로만 알았던 여울은 경호가 출연을 거부했다는 것을 알고 나자 배신감이 들었다. 자신이 왜 라디오 작가가 됐는지 다 알고 있으면서 어떻게 그럴 수가 있단 말인지.

"정말 연락해 보신 거예요?"

"한여울, 나를 뭐로 보고. 나 남우진이야. 청취율 위해서 물불 안 가리는 거 몰라? 특집 방송 전까지 어떻게든 선생님 섭외해 보려고 짬 날 때마다 전화 드리고 있다고."

하긴. 최소한 일에 있어선 거짓말을 하지 않는 사람이니 분명 지문이 닳도록 경호에게 전화를 했을 것이다.

"연락은 계속 드릴 거죠?"

이건 다시 올 수 없는 기회였다. 경호가 라디오로 복귀할 수 있느냐, 없느냐의 기로에 선 문제. 어떻게든 경호가 방송에 출연하도록 만들어야 했다. 마음이 급해진 여울은 우진의 옷자락을 붙들고 재차 물었다.

"계속 연락하실 거냐니까요?"

"일단은 뭐, 계속 연락해 봐야지. 정 안 되면 다른 콘셉트로 진행하는 수밖에 없고. 근데 너 되게 낯설다?"

"네?"

"다른 때는 유명한 게스트가 나와도 시큰둥하던 녀석이 한 선생님 애기에 눈이 반짝반짝하니까 그렇지. 여울이 너, 한 선생님 팬이었어?"

"그럼요. 저 선생님 라디오 안 뒤부턴 빠짐없이 들었어요."

이제 와서 한경호가 자신의 아버지라는 것을 밝힐 순 없었다. 한경호의 딸이 아닌 작가 한여울로 남기 위해 선택했던 일. 여울의 완전한 독립을 위해 경호도 그렇게 하는 게 좋겠다고 했기에 적어도 방송계에서 여울이 한경호의 딸임을 아는 사람은 없었다.

"스물여섯 살치고 취향 한번 올드하네."

"그렇게 따지면 남 피디님도 김광석, 유재하 좋아하시잖아요."

"내가 너랑 같냐?"

"다르다고 할 것도 없잖아요."

언제 아팠나 싶게 기를 쓰고 반박하는 여울이 우스웠는지 태경이 웃으며 물었다.

"두 사람, 퇴근 안 합니까?"

저렇게 입씨름하다간 날이 새겠다. 자정도 넘겼겠다, 퇴근을 포기하고 두 사람이 아웅다웅 다투는 걸 구경해도 재미는 있겠지만 지금은 집에 가서 쉬는 게 먼저였다. 태경은 끝날 기미가 보이지 않는 두 사람을 떼어 놓고 여울에게 말했다.

"몸 안 좋다며. 얼른 집에 가서 쉬어."

고개를 끄덕인 여울이 가방과 노트북을 주섬주섬 챙기기 시작했다. 태경은 여울이 가방을 둘러메기만을 기다렸다가 자연스레 여울의 곁으로 다가갔다.

"나랑 같은 방향이지? 같이 가자."

"아…… 괜찮아요."

"뭐 어때. 어차피 가는 길에 내려 주는 건데."

"정말 괜찮은데."

"그냥 한 번쯤은 알았다고 하면 안 돼?"

여울이 이러는 건 이번 한 번만이 아니었다. 집이 같은 방향이니

가는 길에 데려다 주겠다는 태경의 제안을 거절한 것이 벌써 3개월이 되어 가고 있었다. 매번 괜찮다고 하거나 태경의 열애설을 염려해 거절하곤 했지만 한 번쯤 직장 동료의 차를 얻어 탄다고 해서 큰일이 나는 것도 아니건만 여울은 번번이 태경의 제안을 거절하곤 했다. 그래서인지 태경은 괜찮다고 하는 여울의 말이 늘 거슬렸다.

"저기, 정말로 괜찮아서 그렇게 말한 건데……."

다른 사람의 도움을 받는 걸 좋아하지 않아서 저도 모르는 사이에 입에 익어 버린 말인지도 모르겠다. 하지만 여울은 적어도 다른 사람의 기분을 상하게끔 말하지 않았다고 맹세할 수 있었다. 방금도 나름대로 어조에 신경을 써서 말을 했는데. 여울은 이런 태경의 반응을 어떻게 받아들여야 할지 몰라 어리둥절했다.

"여울아."

"네?"

분위기가 심상치 않다고 느꼈는지 우진이 여울을 불렀다. 뭐가 잘못인지 영문을 모르겠다는 얼굴로 저를 바라보자 우진이 씨익 웃었다. 몸만 컸지 여울은 저만 생각하는 아이와 다를 바 없었다.

"태경이 지금 삐친 거야. 네가 매번 자기 호의를 거절하니까 자존심 상한 거라고."

"아, 형! 아니에요!"

"태경이가 누구냐. 대한민국 최고의 발라드 가수잖아. 귀공자처럼 잘생긴 데다 노래 잘 불러, 다정해, 목소리 끝내줘. 자존심이 상할 만도 하지. 자기 매력이 안 먹힌 사람은 네가 처음일 테니까."

정말 남우진답다. 한 번 마음먹은 일이나 말은 어떤 상황이 닥쳐도 하고야 마는 성격이 이런 애먼 상황에서 나오자 어느 누구 하나 우진을 말릴 수가 없었다. 결국 우진은 태경의 외침을 싹 무시하고 말을 이었다.

"어지간히 해. 너랑 오래 일한 나도 네가 괜찮다고 할 때마다 신경 쓰이는데 태경이는 오죽하겠냐. 저 녀석, 너랑 잘 지내보겠다고 그러는 모양인데 오늘은 네가 져 줘. 어차피 밤도 늦었으니까 태경이 차 타고 가."

우진이 반박할 틈도 주지 않고 말을 꺼내자 태경은 뻐금거리던 입을 꾸욱 다물어 버렸다. 어차피 말한다 한들 우진이 제대로 들어 주지도 않았겠지만.

"그리고 임태경. 너도 한 가지 알아 둘 게 있어. 여울이는 네 호의만 거절하는 게 아니라 자길 아는 모든 사람의 호의를 거절하는 녀석이라고. 그러니까 사내자식이 좀스럽게 삐치고 그러지 마라."

한순간에 사람을 바보로 만들고 휙 가 버리는 우진을 따라 남아 있던 다른 작가들도 후다닥 스튜디오를 빠져나갔다. 갑자기 요상해진 분위기에 태경이 먼저 머쓱한 웃음을 지었다. 그러자 여울도 어색하게나마 따라 웃었다.

"오해하신 거라면 사과드릴게요."

"형 말은 그러니까 말이지······."

"알아요. 오빠 심정도 이해돼요. 제가 원래 다른 사람한테 신세 지는 걸 별로 안 좋아하거든요. 그래서 그런 거지 절대 오빠 마음 불편하게 하려고 그런 건 아니었어요."

말은 그렇게 했지만 사실 여울은 애초부터 태경을 밀어내고 있었다. 경호의 것이라고 여겼던 뷰티풀 데이즈의 디제이 자리를 태경이 차지한 게 못마땅해서, 그러지 않으려고 해도 무의식적으로 태경을 불편하게 만들었을 것이다. 어쩌면 태경이 예민한 아티스트라서 일찌감치 그 기운을 알아차렸는지도 모르겠다.

"아니, 그게……."

여울은 안절부절못하며 어떻게든 말을 붙여 보려는 태경을 지나쳐 걸었다. 우진 때문에 이상해진 분위기를 견디기 힘들었다. 태경도 같은 생각이었는지 잔뜩 붉어진 얼굴로 여울의 뒤를 따라나섰다.

"기분 상했다면 미안해."

"기분이 상하다니요?"

"내가 널 오해한 건 사실이거든."

어느새 여울의 옆을 차지하고 걷던 태경이 갑작스런 사과를 했다. 여울은 특별히 잘못한 것도 없으면서 대뜸 사과부터 하는 그를 이해할 수 없었다.

"우진이 형 말도 틀린 건 아니야. 네가 내 호의를 거절할 때마다 네가 날 불편해한다고 느꼈거든. 내가 부담스럽게 굴었을 수도 있고, 아니면 다른 이유가 있을 수도 있겠지. 그렇지만 그건 다 너랑 친해져 보려고 한 거니까 너무 나쁘게 받아들이진 말아 줘. 아, 그리고 형 말처럼 나 소심하게 삐치고 그러는 사람 아니다."

활달한 성격과 다르게 속은 여리다더니 그 소문이 맞는 모양이었다. 지난 세 달 가까이 어떻게든 자신과 친해지려고 열심히 머리를 굴렸을 태경을 생각하니 그를 미워할 궁리만 했던 여울로선 여간 미안한 게 아니었다. 여울은 마지막 말에 힘을 주어 말하는 태경에게 슬쩍 웃어 주었다.

"그렇게 애쓰지 않아도 돼요. 시간이 지나면 지금보다 더 친해져 있겠죠."

여울이 웃는 모습은 처음 보는 것 같았다. 항상 저 무심한 얼굴이 웃으면 어떨지 궁금했던 태경은 여울이 옅게 웃는 것을 보고 놀랐다. 큰 눈이 곱게 휘어지자 다소 차가워 보이던 인상이 선하게 느껴질 정도였다.

"어, 으응."

"제 눈치 그만 봐도 돼요. 소심한 사람 아니라면서요. 그러는 게 더 소심해 보이는 거 모르세요?"

"그, 그런가?"

"저도 오늘은 미안하니까 호의 거절 안 할게요. 차 태워 주세요."

하얀 얼굴에 선연히 머금은 미소. 태경은 여울의 웃는 모습이 참 예쁘다고 생각했다.

"어, 그래."

힐끗힐끗 여울을 살피던 태경이 그제야 긴장을 풀고 당당하게 걸었다. 속이 두부처럼 말랑말랑하기 그지없는 사람. 애초부터 그를 미워하는 건 불가능한 일이 아니었을까. 여울은 앞서 나가는 태경의 뒤를 따르며 그를 향한 미움을 슬그머니 접었다.

태경이 집 근처까지 데려다 준 덕분에 평소보다 일찍 집에 도착한 여울은 늦은 시간까지 자신을 기다린 경호를 시큰둥한 얼굴로 바라보았다. 감쪽같이 저를 속이고 아무 일도 없었다는 듯이 행동하는 경호가 곱게 보일 리 없었다.

"수고했어."

여울은 평소처럼 수고했단 말을 건네는 경호를 무시하고 냉장고에서 차가운 물을 꺼내어 벌컥벌컥 들이켰다. 굴러 들어온 기회조차 걷어차 버린 경호 때문에 속이 탔다. 태경의 차를 타고 오는 동안 그냥 모른 척해 볼까 생각도 해 봤지만 경호의 성격상 나중에라도 우진에게서 연락이 왔던 걸 털어놓지 않을 것 같았다.

"무슨 일 있었니?"

여울은 물 한 컵으로 모자라 두 컵을 연거푸 더 마시고 소리 나게 컵을 내려놓았다.

"무슨 일이요? 그건 아빠가 더 잘 아실 것 아니에요."

날카롭게 쳐다보는 여울의 표정에서 원망 아닌 원망을 읽어 낸 경호는 입술을 잘근 깨물었다. 이제 더 이상 숨기는 건 불가능하다는 걸 직감적으로 깨달았다.

"대체 왜 그러셨어요?"

"남 피디가 얘기해 줬니?"

"중요한 건 아빠가 거절했다는 사실이죠."

한숨 돌릴 타이밍이 필요했다. 경호는 배신감에 바르르 몸을 떠는 여울을 억지로 소파에 앉혔다. 어디서부터 얘기를 해야 할까. 어떻게 얘기를 해야 제 마음을 알아줄까. 어떤 식으로 포장을 하든 여울에겐 변명으로 들릴 테지만 경호는 어쨌든 얘기를 해야만 했다.

"마음 정리할 시간이 필요했다."

말도 안 되는 소리다. 라디오를 그만둔 게 벌써 십오 년 전인데 그동안 마음 정리가 안 됐다는 건 정말 어불성설이다. 적어도 여울이 생각하기엔 그랬다.

"거짓말. 남 피디님 일뿐만 아니라 그 전에도 저 모르게 이런 일, 분명히 있었을 거예요. 도대체 언제까지 저를 속일 작정이셨어요?"

"속이다니……. 나는 다만……."

"변명할 거면 말하지 마세요! 이 이상 아빠한테 실망하고 싶지 않으니까."

여울이 자신을 위해, 오로지 자신과 같이 일하고 싶다는 일념 하나로 버텨 왔다는 걸 그 누구보다 잘 알고 있는 경호였다. 하지만 경호는 그런 여울을 보란 듯이 기만했다. 그 사실을 마주한 여울이 얼마나 자신을 미워할지 알면서도 그럴 수밖에 없었던 경호는 울부짖는 여울에게 다가갔다.

"그냥…… 아니라고 말해요. ……제가 잘못 알고 있다고 그렇게 말해요, 제발!"

여울은 경호가 딸의 꿈을 기만하는 그런 실수를 저지르지 않았을 거라고 믿고 싶으면서도 한편으론 이미 드러나 버린 진실 때문에 혼란스러웠다. 그래서 더욱 악다구니를 지르며 다가오는 경호에게 그렇게 말해 달라고 떼를 썼다.

"미안하다."

경호는 끝내 여울의 부탁을 들어주지 않았다. 처음부터 이렇게 될 것을 알면서 시작한 일이었기에 그럴 수 없었다.

"차라리 끝까지 속이지 그러셨어요. 그랬으면 헛된 꿈이라도 꾸면서 행복했을 텐데."

미안하다는, 뼈가 시리도록 가슴 깊이 스미는 그 말에 여울이 울먹였다. 이대로라면 우진이 기를 쓰고 섭외를 시도한다 해도 경호는 절대 받아들이지 않을 터였다. 여울은 지금껏 해 온 노력이 다 허망한 짓이었다는 생각에 경호를 향한 원망을 누그러뜨릴 수 없었다. 여울은 힘없이 자신의 방으로 향했다.

"나한테 실망했니?"

"실망했다고 해서 아빠의 결정이 달라지는 게 아니잖아요."

"여울아. 내 말을 들어 봐."

경호가 방으로 따라 들어오는 소리가 들렸지만 여울은 침대에 엎드린 채 고개를 들지 않았다. 물 먹은 솜처럼 무거워진 몸을 일으키기도 귀찮았고 경호의 변명도 듣기 싫었다. 여울은 두 팔에 얼굴을 깊게 묻은 채 경호를 외면하며 눈을 감았다.

"듣기 싫어도 들어. 이게 내가 남 피디 제안을 거절한 진짜 이유니까."

침대가 출렁였다. 침대 끄트머리에 걸터앉아 얘기를 꺼내는 경호의 목소리는 사뭇 진지했다. 늘 친구처럼 얘기하던 편안함이 아닌 아버지로서의 위엄. 오늘은 경호도 뭔가 결심한 듯했다.

"내가 네 엄마와 이혼한 뒤에 언론에선 나와 관련된 작은 기삿거리라도 찾으려고 혈안이 돼 있었다. 버텨 보려고 했지만 결국 내가 모든 걸 포기하지 않으면 끝나지 않을 거란 걸 알았지. 나는 어른들 일에 네가 휘말리는 게 싫었고, 혹시라도 네가 우리 일로 언론에 노출될까 봐 겁이 났다. 그래서 라디오도 그만두고 숨은 거야. 절대 라디오가 싫어서 그만둔 건 아니었어."

어느 정도 철이 든 뒤, 여울은 경호가 왜 라디오를 그만뒀는지 어렴풋이 알게 됐어도 내색하지 않았다. 만약 그 사실을 경호가 알면 미안해할지도 모르니까. 하지만 한편으론 경호가 모든 방송에서 자취를 감춰 버린 게 자신의 탓이라는 강박관념을 떨쳐 버릴 수 없었다. 그래서 경호가 방송에 복귀하는 것에 유난히 집착을 했다.

그리고 경호가 진행하다가 폐지됐던 '뷰티풀 데이즈'가 부활한다는 소식을 들었을 때 이건 하늘이 준 기회라고 여겼다. 자신과 경호를 위해 하늘이 기회를 준 게 분명하다고 말이다.

"네가 왜 라디오 작가가 됐는지 알고 있다. 하고 싶어서 한 게 아니라 네 딴에는 해야만 했던 거겠지. 나한테 미안해할 필요 전혀 없었는데 네가 필사적으로 매달리는 걸 보면서 말릴 수 없었어. 사실은 저러다 말겠거니, 안일한 생각도 했고. 그런데 네가 정말 라디오 작가가 되고, 내가 맡았던 프로그램이 부활하면서 슬슬 걱정이 되더구나. 내가 방송에 복귀를 해도 되는 걸까, 하면서 말이야."

바보. 정말 자식밖에 모르는 바보. 역시 부모의 마음을 자식이 헤아린다는 건 불가능한 일이다. 오랜 시간, 알면서도 내색하지 않고 묵묵히 자신의 선택을 응원해 준 경호의 마음 씀씀이에 여울이 참지 못하고 휙 돌아누웠다.

"물론 네가 내 딸인 걸 아는 사람은 없어. 너와 내가 모른 척한다면 쉽게 속아 넘길 수도 있겠지. 하지만 말이야. 만약에, 라는 게 있잖니. 혹시라도 네가 내 딸인 게 들통 나면 전처럼 네가 다칠까 봐이 아빠는 겁이 난다. 내가 너한테 해가 될까 봐 겁나."

애기를 끝낸 경호는 미동 없는 여울을 확인하고 이불을 덮어 주었다. 두 눈을 꼭 감고 일부러 자는 척하는 여울의 얼굴을 물끄러미 바라보다 어지러이 흩어져 있는 머리카락을 쓸어 보았다. 어른이 되어도 자신의 눈에는 아직도 어리기만 한 딸. 경호는 자신 때문에 딸이 상처받는 모습을 보기 싫었다.

"잘 자렴."

여느 때보다 떼기 힘든 발걸음이었다. 여울의 방에 불을 끄고도 한참을 서 있던 경호는 뒤늦게 들려오는 여울의 목소리에 천천히 대답했다.

"난 이제 어린애가 아니에요."

"……그래."

밤이 유난히 길 것 같다.

그날 밤 이후 여울은 경호와 며칠째 데면데면했다. 아니, 여울이 일방적으로 경호를 피해 다녔다. 친구처럼 격 없이 지내던 경호와 사소한 말다툼조차 해 본 적이 없어서일까. 어떤 식으로, 어떤 말을 해야 할지 몰라서 여울은 요즘 경호가 일어나기 전에 방송국으로 출근하기 바빴다.

"뭐가 이래, 진짜."

여울과 달리 경호는 마치 아무 일 없었다는 듯이 행동했다. 밤늦게까지 자지 않고 여울을 기다리는 것은 물론이거니와 집으로 들어오기 무섭게 방으로 쏙 들어가 버리는 여울의 뒤통수에 대고 짧게 방송 피드백을 해 주는 것 또한 잊지 않았다.

차라리 버릇없이 굴지 말라고 따끔하게 한마디 해 주면 좋을 텐데 경호가 모질게 대하지 않아서 되레 여울의 마음이 더 불편했다. 이래서 때린 놈은 다리를 못 뻗고 자도 맞은 놈은 다리를 뻗고 잔다는 말이 있는가 보다.

"그냥 모른 척할 걸 그랬나."

경호 말대로 마음 정리할 시간을 줄 걸 그랬다. 그랬다면 이런 어색함을 겪지 않아도 됐을 건데. 여울은 서둘러 나오느라 텅 비어 있는 배를 움켜쥐며 책상에 엎드렸다.

"왜 또 죽을상을 하고 있냐."

어디서 나타났는지 모르게 곁으로 다가온 우진이 죽은 듯이 늘어져 있는 여울의 등을 꾹꾹 누르며 말을 걸었다. 그가 처진 기분을 바꿔 주려고 일부러 더 장난스럽게 말을 걸었건만 그럴수록 여울은 두 팔 사이에 얼굴을 묻기만 할 뿐이었다.

"실연당했어?"

차라리 실연당한 거라면 좋겠다. 그럼 새 사람 찾아서 위로라도 받을 수 있지. 아버지는 갈아 치울 수도 없는 노릇이니, 진짜 미치겠다.

"차인 거 맞구나?"

우진은 없는 남자 친구를 만들어 내는 걸로 모자라 여울이 차인 거라고 단정을 지어 버리기까지 했다. 여울이 혼자 있고 싶어 한다는 걸 그는 정말 모르는 걸까. 아니면 모르는 척하는 걸까. 뭐가 됐든 여울은 혼자 있을 시간조차 주지 않는 우진을 향해 날 선 답을 내놓았다.

"남 피디님은 제가 그 정도 여자로밖에 안 보이세요?"

혼자 있고 싶어 했던 것도 잊고 우진의 확신에 찬 말에 여울이 입가를 씰룩이며 있는 대로 인상을 팍 써 보였다. 맹세하건대 찰지 언정 차이지는 않는다. 연애 경험은 전무였지만 청취자들의 사연을 통해 간접적으로나마 연애 기술을 습득한 덕분에 여울은 연애에 자신 있었다.

"그럼? 그날이라서 그래? 많이 아픈 건가? 진통제 사다 줘?"

"남 피디님!"

여울은 더 짓궂은 질문을 던지는 우진을 새치름하게 노려보았다. 그런 거면 어련히 알아서 잘 하려고. 어쩜 남자가 낯빛 하나 안 변하고 그런 걸 물어보는지 모르겠다. 우진이 아무리 여자들의 월경 히스테리에 단련이 돼 있다 해도 남자 친구가 아닌 이상 이런 질문은 노 땡큐다.

"그것도 아닌가 보네. 뭐야, 그럼. 사람 궁금하게 만들지 말고 털어놔 봐. 그래야 도움을 주든지 하지."

"도와주실 수 있는 문제면 애초에 털어놨죠. 그냥 남 피디님 일하러 가시는 게 절 도와주는 거예요."

여울은 방송 원고나 미리 만들어 둘 생각으로 느럭느럭 일어나 노트북을 켰다.

화면 위에 검정색 커서가 깜빡였다. 여울은 크게 심호흡을 한 뒤에 하얀 화면을 글자로 빼곡히 채워 나갔다. 머릿속이 복잡하고 터질 것 같은 상황에서도 글을 쓰고 있는 게 어이없긴 했지만 꽤 오랫동안 해 왔던 일이어서 그런지 손가락은 익숙하게 화면 위로 글자를 수놓았다.

아마 이런 걸 두고 천직이라고 하는 거겠지. 비록 경호를 위해 선택한 직업이기는 하나 정말로 이 직업이 적성에 맞지 않거나 싫었다면 이렇게까지 일을 해낼 수는 없었을 터였다.

"무서운 녀석."

방금 전까지 죽은 듯이 엎드려 있던 여울이 쉴 새 없이 키보드를 두드리는 걸 보면서 우진은 고개를 설레설레 저었다. 근래 들어서 변덕이 죽 끓듯이 하는 여울이 걱정이었다. 몸이 고되고 아파서 그런 건가 싶으면 어느새 정신 차려서 일을 하고 있으니 좀체 여울의 상태를 파악하기 힘들었다. 도대체 어느 장단에 맞춰 줘야 하는지, 원.

"제가 얘기했죠. 남 피디님 일 하시는 게 절 도와주는 거라고. 방해되니까 어서 가세요."

"이 녀석 보게? 좋은 소식 알려 주러 왔더니 가라고 타박이네?"

좋은 소식은 무슨. 괜히 할 일 없으니 괴롭히러 온 거겠지.

여울은 우진 쪽으로 시선도 주지 않고 글에 집중하려 했다.

"한여울. 뭔지 안 궁금해?"

"안 궁금해요."

"진짜 안 궁금해?"

"네. 안 궁금해요."

"정말이야? 정말 안 궁금해? 너 분명히 좋아할 건데?"

"남 피디님!"

이로써 미리 써 두려던 방송 원고는 완전히 물 건너갔다. 여울은 우진을 휙 돌아보며 소리를 질렀다. 기껏 마음을 다잡을 방법을 찾았더니 그마저도 못 하게 훼방을 놓는다. 여울은 생글거리며 웃고 있는 우진의 이마에 아주 센 딱밤 한 대만 때렸으면 좋겠다고 생각하며 노트북을 덮었다.

"옳지, 잘한다. 그렇게 나와야지."

"좋은 소식 아니면 화낼 거예요."

능글맞은 우진에게 으름장을 놓아 봤자 소용없다는 걸 알지만 여울은 최대한 인상을 찌푸린 채 그의 말을 기다렸다.

"누구 말씀인데! 당연히 좋은 소식이겠지요."

얼마나 자신이 있기에 좋은 소식이라고 호언장담하는 걸까. 자신감에 찬 우진의 얼굴을 보니 여울도 은근히 기대가 됐다.

"내가 드디어 한 선생님 고집을 꺾었다."

"네?"

"한경호 선생님, 우리 프로그램에 출연하신다고."

지금 잘못 들은 게 아닐까. 어젯밤만 해도 방송 출연에 대한 언급은 없었다. 아니, 바른대로 말하자면 여울이 일부러 경호를 피해 다니느라 제대로 된 얘기를 나눌 기회가 없었다는 게 맞겠으나 그런 중요한 일을 경호가 말하지 않을 리 없었다. 그래서 더더욱 여울은 지금 우진이 무슨 말을 하고 있는 건지 알아들을 수 없었다.

"누, 누가, 뭘 한다고요?"

"얘 봐. 네가 좋아하는 한경호 선생님, 우리 특집 방송에 나오시게 됐다고. 다시 말해 줘?"

어째서? 왜 갑자기 그런 결정을 한 거지?

무언가로 머리를 세게 얻어맞은 기분이 들었다. 여울은 저도 모르게 휴대폰을 찾아 책상을 더듬었다.

"야. 왜 그래? 많이 놀랐어?"

"저, 전화 좀 하고 올게요."

한눈에 봐도 이상했다. 요란스레 소리를 내며 자리에서 일어난 여울은 무슨 생각을 하는 건지 제대로 걷는 것조차 하지 못했다. 손에 쥔 휴대폰을 몇 번이나 떨어뜨리고, 턱도 없는 평지에서 발이 걸려 넘어지기까지 했다. 보다 못한 우진이 달려가 잽싸게 여울을 부축했지만 여울은 이내 우진의 팔을 뿌리치고 뛰기 시작했다.

"한여울! 어디 가는데?"

여울은 우진의 외침은 가볍게 무시하고 인적이 드문 곳을 찾아 정처 없이 뛰었다. 마음 놓고 통화를 해도 상관없는 곳, 방송국 내에 그런 곳이 있을 리 만무했지만 여울은 최대한 듣는 귀가 없는 곳을 찾아다녔다.

찾다가 지쳐 들어간 곳이 비상구였다. 날도 더운데 굳이 비상구까지 이용하며 땀을 낼 사람은 없을 테니까. 여울은 사람이 없음을 확인하고 냉큼 경호에게 전화를 걸었다.

"아빠, 남 피디님 말이 사실이에요? 우리 방송, 출연하기로 하신 거."

다짜고짜 물어 오는 여울에게 경호는 그렇다고 대답을 해 주었다. 여울은 경호의 대답을 들었음에도 믿지 못하고 계속해서 되물었다. 정말 방송을 하기로 한 거냐고, 그렇게 마음먹은 거냐고.

— 너도 이제 어린애 아니라면서.

그날 밤, 여울의 그 말이 경호를 세상으로 이끌었나 보다. 아무렇지 않은 척하더니 사실은 그게 아니었나 보다. 어색해서 더 괜찮은 척했던 거다. 그리고 속으론 많이 고민했을 터였다. 굳이 지금이 아니라도 언젠가 반복될 상황을 지금 해결해 버릴 것인지, 아니면 계속해서 묵혀 두기만 할 것인지를.

"아빠. 방송 출연, 괜찮으시겠어요?"

— 죽으러 가는 것도 아니잖니.

"남 피디님 제안, 거절하셨잖아요. 계속 고민할 정도로 두려워했으면서."

— 겁쟁이가 되긴 싫었다.

경호는 결국 딸을 위해 자신의 고집을 꺾었다. 마치 제 삶의 초점이 여울인 양 여울의 괜찮다는 말 한 마디에 수년을 끌어 왔던 일을 너무나도 간단히 끝내 버렸다. 여울은 겁먹고 도망치기보다 한 걸음 내딛는 쪽을 택한 경호가 고마워 울음을 터트리고 말았다.

"죄송해요. 저 때문에……."

— 아니다. 나도 미룰 수만은 없는 일이었어.

방송 쪽 직업을 가진 사람이 방송 일을 거부한다는 것은 어디까지나 한계가 있는 법이었다. 경호는 때가 됐을 뿐이라며 우는 여울을 달랬다.

— 좀 더 일찍 수락할 걸 그랬다. 그랬으면 네가 일하는 모습을 더 빨리 지켜볼 수 있었을 텐데. 아빠가 미안해.

"아니에요. 저 때문에 무리하게 해서 제가 죄송해요."

— 죄송하기는. 그게 다 한물간 디제이의 기우였던 게지. 십오 년이나 지났는데 누가 늙은이한테 관심이나 가지겠어? 그렇게 생각하고 나니까 괜찮을 것 같더구나. 내 걱정은 하지 않아도 돼.

"아빠……."

— 우리 딸, 오늘도 최고로 멋진 방송 만들고 와.

통화를 끝내고 나니 지난 며칠 동안 경호에게 못되게 군 게 후회됐다. 여울은 통화가 끊긴 전화기를 경호인 것처럼 붙들고 매만졌다.

앞으로 착한 딸이 돼야지. 이제 진짜 즐기면서 일해야지.

경호 덕분에 기분이 한층 나아진 여울은 일을 하러 가기 전, 경호에게 메시지를 보냈다. 고맙다는, 열심히 하겠다는 각오가 담긴 메시지를.

"한여울."

메시지가 전송됐다는 글자를 보고 만족스럽게 일어서려는데 익숙한 목소리가 들렸다. 숙였던 고개를 들어 목소리의 주인공을 바라본 여울은 운동 삼아 비상구 계단을 오르던 태경을 발견하고 다시 주저앉아 버렸다.

"한경호 선생님이…… 네 아버지야?"

망했다. 이제 어떡하지?

2.
연애는 어떻게 하는 거였더라

차근차근 한 계단씩 올라오고 있는 태경이 마치 저승사자처럼 보였다. 여울은 바닥에 철퍼덕 주저앉은 채 슬금슬금 뒤로 도망쳤다. 바지가 더러워지든 말든 상관없었다. 너무 놀라 힘이 풀린 다리로 이만큼 도망가는 것만 해도 죽을힘을 다해 노력하는 거였으니까.

"아, 안녕하세요."

안녕하기는 얼어 죽을. 여울은 한경호가 아버지냐는 태경의 질문에 시치미를 뚝 떼고 동문서답을 했다.

"한여울."

"네?"

둔탁한 발소리가 아무도 없는 비상구를 울렸다. 그 어느 곳보다 안전하다고 여겼던 비상구는 순식간에 세상에서 가장 두려운 곳으로 돌변했다. 천천히 다가오는 태경과 잔인하리만큼 선명한 구두 소리. 차라리 귀신의 집을 택하라면 택하겠다. 지금 당장 태경의 시선에서 벗어날 수 있다면 여울은 뭐든 할 수 있을 것 같았다.

"도망칠 생각 하지 마."

"제, 제가 무슨 도망을 간다고 그러세요."

이보다 무서울 수는 없다. 태경 특유의 낮은 목소리가 어두컴컴한 비상구를 가득 채우자 음산한 기운까지 드는 것 같았다.

"아……."

이젠 도망칠 곳이 없다. 조금씩 뒤로 물러나던 것도 등에 차가운 벽의 기운이 느껴지면서 끝이 났다. 하지만 태경에게 붙잡히긴 싫었다. 여울이 억지로 다리에 힘을 주어 일어나려고 했지만 다리는 생각만큼 쉽게 몸을 지탱하지 못했다.

"처음부터 다 들었어."

"다, 다 들었다니요?"

"한경호 선생님이 네 아버지라는 거. 왜 얘기 안 했어?"

좀처럼 일어서지 못하고 삐끗거리는 여울의 손목을 태경이 순식간에 낚아챘다. 경기하듯 붙잡힌 손을 비틀어 대던 여울은 최후의 수단으로 태경에게서 시선을 돌려 버렸다.

"무슨 말씀을 하는 건지 모르겠네요."

애초부터 대답할 생각이 없었던 거다. 끝까지 애꿎은 입술만 물어뜯고 있는 여울을 보니 그럴 거라는 확신이 들었다. 태경은 세게 움켜쥐었던 여울의 손목을 놓아주고 여울의 곁에 자리를 잡고 앉았다.

여울은 태경이 다가오자 그와 적당히 거리를 두었다. 불행 중 다행으로 태경은 여울이 정한 간격을 더 이상 줄이려고 하지 않았다. 그냥 그렇게 팔을 뻗으면 손이 닿을 곳에 앉아 조용히 기다릴 뿐이었다.

비상구는 조용했다. 여울이 처음 예상했던 대로 일부러 계단을 오르내리려는 사람은 없었다. 그 예상을 보기 좋게 깬 사람이 옆에 있다는 것만 빼면 오늘 하루가 정말 꿀처럼 달았을 텐데. 어두운 비상구에서 두 사람의 잦은 숨소리만이 오갔다.

"나 먼저 들어간다."

십 분쯤 지나자 태경이 엉덩이를 털어 내며 자리에서 일어났다. 여울은 그제야 비상구를 나가려는 태경의 바지 자락을 붙잡았다.

"마, 말할 거예요?"

"뭘?"

"한 선생님이 제 아버지라는 것 말이에요."

한국 포크송의 전설이자 '뷰티풀 데이즈'의 디제이였던 한경호는 프로그램과 함께 국민적인 사랑을 받았다. 그 당시, 그의 이름과 노래를 모르는 사람이 없었으며 그가 방송을 그만두고 음악감독이 된 지금도 방송계에선 그와 함께 작업을 하고자 하는 사람들이 많았다. 그만큼 한경호라는 이름은 무시할 수 없는 힘을 가지고 있었다.

그러나 딸인 여울의 입장에선 그런 대단한 아버지를 둔 것이 오히려 걸림돌이었다. 그래서 여울은 한경호의 딸이 아닌 작가 한여울로서 당당히 서기 위해 아버지의 정체를 숨길 수밖에 없었다. 하지만 아버지의 정체를 태경에게 들킨 이 순간, 여울은 일을 그만둬야 할지도 모르는 최악의 시나리오를 떠올렸다. 아버지의 백으로 작가가 됐다는 오해를 받으며 일을 할 수는 없을 테니까.

"역시. 내가 잘못 들은 게 아니었어."

"어, 어떻게 하실 거예요?"

"내가 그 얘기를 할 자격이 있을까? 한 선생님이 내 아버지도 아니고, 더군다나 딸 되는 사람도 한 선생님이 아버지라는 걸 밝히기 싫어하는데."

"그럼 아깐 왜 물어보셨어요?"

처음부터 밝히지 않을 작정이었다면 그렇게 사람을 놀라게 하지나 말지. 너무 놀라서 발끝까지 떨어진 심장이 아직도 제자리를 찾지 못하고 있었다.

"네가 선생님을 모르는 사람처럼 감쪽같이 우릴 속였잖아? 그래서 확인하고 싶었어. 네가 진짜 선생님의 딸인지를."

"설마 그게…… 그게 다예요?"

여울이 태경의 다부진 입매를 올려다보며 되물었다.

"그럼, 다른 이유가 또 있어야 하는 건가?"

여타의 사람들이라면 꼬리에 꼬리를 물고 질문을 했을 것이다. 그러나 태경은 여울이 한경호의 딸이라는 사실만 확인하고 다른 것은 일체 묻지 않았다. 참 이상한 남자다. 이런 대형 뉴스를 알고도 입이 근질근질하지 않다니 말이다.

"오빠는 내가 왜 선생님 딸인 걸 숨겼는지, 왜 그렇게 해야만 했는지…… 궁금하지 않아요?"

"사람은 누구나 비밀이 있기 마련이야. 그 비밀도 이유가 있으니까 생기는 거고."

"다, 다른 사람들한테 말하지 않을 거죠? 말하면, 저 일 그만둘 거예요. 전 절대 서로 얼굴 붉히면서 일 못 해요."

다른 사람들에겐 한낱 기삿거리에 불과할지 몰라도 여울에겐 그 비밀이 일을 그만둘 만큼의 큰 의미를 차지했다. 그건 단순히 직장을 그만둔다는 의미를 넘어 경호와 일을 같이 할 수 있는 기회조차 잃게 된다는 것을 뜻한다. 경호가 이제야 결심해 주었는데, 그 결심을 헛되이 할 순 없었다. 여울은 다른 것보다 그게 가장 신경 쓰였다.

"여울아."

태경은 어느새 와들와들 떨고 있는 여울의 앞에 쭈그리고 앉았다. 고개를 폭 숙이고 자신의 대답만 기다리고 있는 여울이 참 안돼 보였다.

"너, 내가 밉지? 내가 선생님 자리 차지한 것 같아서 미워 죽겠지?"

정곡을 찔렀는지 여울이 고개를 들어 태경을 바라보았다. 태경은 미안해서 어쩔 줄 몰라 하는 여울의 어깨를 조심스레 감싸 쥐었다. 마치 믿음을 심어 주려는 것처럼 그는 사람 좋은 미소와 함께 여울에게 다정스레 말을 꺼냈다.

"나는 네 비밀 지켜 줄 테니까 너는 나 그만 미워하면 어때? 이 정도면 꽤 괜찮은 제안이지?"

얼이 빠진 얼굴로 뛰쳐나갔던 여울이 태경과 같이 돌아오자 두 사람을 바라보는 우진의 눈길이 쌜쭉해졌다. 두 사람 사이가 좋아지길 바라며 억지로 붙여 주었다지만 어제와는 사뭇 다른 두 사람의 분위기가 느껴지자 기분이 묘했다. 아니, 촉이 온다고나 할까.

"두 사람, 왜 같이 들어와?"

"같이 들어오면 안 됩니까?"

"어. 안 돼. 두 사람 분위기 묘하단 말이야."

"오해하지 마세요. 오다가 만난 겁니다."

목이 잠겨 아무 말도 할 수 없었던 여울을 대신해 태경이 대꾸했다. 하지만 그게 우진의 심기를 건드렸는지 우진은 타깃을 바꿔 여울에게 질문 공세를 하기 시작했다.

"한여울. 너 울었냐?"

"안 울었어요."

"안 울기는. 인마, 얼마나 울었으면 목소리가 안 나와? 눈도 팅팅 부어서 혼자 보기 아깝다."

"감기 기운이 있어서 그래요."

"거짓말하고 있네. 아까까지 멀쩡하던 녀석이 무슨 감기 타령이 래. 너 이번에야말로 진짜 차인 거냐? 저 녀석한테?"

우진이 노골적으로 태경을 가리키자 다른 작가들의 시선까지 우르르 태경을 향했다.

"남 피디님!"

"형!"

"아이고, 귀야. 둘 다 기차 화통을 삶아 먹었나. 왜 이렇게 목소리가 커? 한여울, 너는 감기 기운 있는 거 맞아?"

"그러게 왜 애먼 사람을 잡아요?"

"그냥 물어본 거지, 내가 무슨 애먼 사람을 잡았다고 그래?"

"지금 잡고 있잖아요."

일말의 죄책감도 없이 우진은 정색하고 달려드는 여울을 피해 한 걸음 물러났다. 그러곤 제멋대로 화제를 바꿔 버렸다. 듣는 사람들 모두가 황당해하건 말건 상관없이.

"아, 맞다. 중대 발표 할 게 있어. 우리 프로그램에 말이지……."

"한경호 선생님 나오시는 거요?"

우진이 목을 채 가다듬기도 전에 태경이 미리 선수를 쳤다. 오늘 자신의 위대한 활약상을 모두의 앞에서 장황하게 읊으려던 우진은 얄밉게 할 말만 하고 내빼는 태경을 짧게 째려봐 주고 다시 말을 이 었다.

"빙고. 이번 특집 방송에 선생님께서 출연하실 거야. 그렇게 알고 다들 방송 열심히 준비해. 선생님이 우리 방송 매일 모니터하신다니까 더 신경 써야 한다."

태경의 눈길이 잠시 여울에게 머물렀다. 경호가 매일 방송을 모니터한다는 얘기가 정말인지 묻고 싶은 모양이었다. 다른 사람이 눈치채지 못하게 고개를 끄덕인 여울은 슬그머니 피어나는 웃음을 참을 수 없었다.

"한여울, 표정 관리 안 되는 거 봐라. 그렇게 좋아?"

"네. 좋아요."

오랜 꿈이 이뤄진다는데 표정이 관리되는 게 더 이상한 거 아닌가? 아까는 너무 놀라서 달달 떨었다지만 지금은 아니다. 여울은 할 수만 있다면 지금 당장 하늘을 날고 싶은 기분이었다.

"다 내 덕인 줄 알아. 나한테 감사하라고."

경호가 방송 출연을 결심하게 된 데에는 여울의 영향이 컸지만 우진이 그 사실을 알 리 없었다. 하지만 우진이 경호에게 먼저 섭외 연락을 주지 않았더라면 경호가 방송에 출연할 기회조차 없었을지도 모른다. 어쨌든 그 공만큼은 인정을 해 줘야겠다고 생각한 여울은 어깨에 한껏 힘을 준 우진에게 감사의 인사를 전했다.

"그런 의미로 제가 오늘 한턱 쏠게요."

"오, 한여울. 어쩐 일이야?"

"고마우니까 그렇죠. 남 피디님이 아니었다면 제가 어떻게 한 선생님을 뵐 수 있겠어요?"

"하긴. 그건 그래. 그치?"

칸의 여왕이 부럽지 않은 연기 실력이다. 지금 당장 배우로 전향한다고 해도 어색하지 않을 여울의 명품 연기를 보며 태경은 터져 나오는 웃음을 억지로 삼키려 애썼다.

"큭큭큭."

태경의 웃음소리가 거슬렸는지 좋은 분위기 다 깬다며 우진이 신경질을 부렸다. 태경이 무엇 때문에 웃는지 어렴풋이 알아차린 여울은 딴청을 피우며 엉뚱한 곳으로 시선을 두었다.

"임태경. 웃지 마!"

"죄송해요. 형이 넉살 좋은 건 알고 있었지만 설마 이 정도일 줄이야. 큭큭."

여울과의 약속 때문일까. 태경 또한 수준급의 연기를 선보이며 자연스럽게 발뺌을 했다. 여울은 그런 태경을 힐끗 쳐다보았다가 해야 할 일을 찾아 자리를 옮겼다. 비밀을 지켜 주겠다는 태경의 그 말이 이상하게도 믿음직스러운 순간이었다.

"한여울! 기분 좋은데, 우리 2차 가자, 2차!"

회식의 여운이 가시지 않았는지 만취한 우진이 여울을 붙잡고 소리쳤다. 여울은 생각보다 늦어진 회식에 난색을 표하며 우진에게서 슬그머니 팔을 빼냈다.

"그만 드시고 집에 들어가세요. 오늘 술 안 마시면 세상이 끝난답니까?"

먼저 녹다운 된 사람들을 택시에 태워 보낸 태경이 여울을 괴롭히고 있는 우진을 일으켜 세웠다. 많이 취해서인지 우진은 생각보다 무거웠다. 태경이 이끄는 대로 억지로 따라 움직인 우진은 가게 밖으로 저를 끌어낸 태경과 뒤따라 나온 여울을 번갈아 보며 물었다.

"수상해. 왜 둘만 멀쩡하지?"

"별걸 다 트집 잡으시네. 적어도 둘은 멀쩡해야 뒤치다꺼리를 하죠."

여울과 태경을 엮지 못해 안달 난 사람처럼 우진은 계속해서 두 사람 사이를 의심했다. 다행히 대꾸 하나는 기가 막히게 잘하는 태경이 있어서 우진의 질문을 교묘히 피할 수 있었지만 우진은 술에 취한 와중에도 두 사람을 향한 의심을 끈을 놓지 않았다.

"그거 알아? 내 촉은 한 번도 틀린 적이 없어. 백발백중. 이거다, 싶으면 딱 이거라고."

"촉이 다 죽었나 봐요. 여울이랑 저, 형이 생각하는 그런 사이 절대 아니거든요?"

"두고 봐. 그렇게 될 거니까."

"나 참. 삼척동자가 들어앉았나. 마음대로 생각하세요. 여울아. 잠시만 형 좀 데리고 있어. 택시 잡아 올게."

"네."

작게 고개를 끄덕이며 대답한 여울은 우진이 어디로 가지 못하게 그를 벤치에 앉혔다. 그리고 여울도 우진의 옆에 자리를 잡고 앉았다. 우진은 마치 말 잘 듣는 아이처럼 여울이 하는 대로 고분고분 따랐다.

"한여울. 태경이 겪어 보니까 어때?"

"좋은 사람 같아요."

일 외의 다른 것에 관심을 가지는 법이 없던 여울이 택시를 잡고 있는 임태경을 보고 있었다. 두 번째 타깃을 여울로 정한 우진은 건성으로 대답하는 여울을 보면서 이번 촉도 틀리지 않았음을 예감했다.

"그 말인즉, 저 녀석을 좋게 보고 있다는 거냐?"

"에이, 얘기가 왜 그렇게 빠져요. 남 피디님 단단히 취하셨네."

"좋은 사람을 좋게 보는 게 뭐가 이상해? 잘라 말하는 거, 여자로서 매력 없다, 너. 재미없다고."

"저 원래 재미없는 사람인 거 아시잖아요."

"그래서 연애는 하겠냐."

여자보다 일이 더 좋다며 워커홀릭을 선언한 우진이 연애를 운운하는 것 자체가 우스운 일이었다. 여울은 사돈 남 말 할 처지가 아님에도 진지하게 자신의 연애 사업을 걱정해 주는 우진의 말을 흘려들었다. 우진이 오늘따라 조금 과한 술주정을 하고 있다고 생각하면 이 정도의 참견은 참을 수 있을 정도였다.

"한창 필 나이잖아. 아깝지 않아?"

"저도 남 피디님처럼 워커홀릭이라서요."

"너는 워커홀릭이 아니라 건어물녀 아니야?"

"칭찬 감사합니다. 어쨌거나 제가 일을 잘한다고 인정해 주시는 거잖아요."

평소엔 좋은 사람이었다가 무언가 신경에 거슬리는 일이 생기면 배로 갚아 주는 게 우진의 성격이었다. 오늘도 어김없이 그 못된 성격이 발동됐는지 우진은 웬만한 질문에도 끄떡없이 빠져나가는 여울을 교묘히 흔들어 놓았다.

"아이고, 연애 세포 다 말라 죽겠네."

"전 정말 괜찮아요."

"너 말고 태경이."

태경이 연애를 오래 쉬었다는 건 믿을 수 없는 일이었다. 물론 본인이 아니니 진짜 연애를 쉬었는지, 숨어서 연애를 했는지는 알 수 없었다. 하지만 적어도 여울이 겪어 본 태경은 그가 연애를 거부한 다손 쳐도 여자들이 그를 가만히 두지 않을 만큼 매력적인 남자였다. 하긴, 남자인 우진이 태경의 매력을 줄줄 읊을 정도이니 여자들에게 그가 얼마나 인기 있는 남자인지는 듣지 않아도 알 것 같았다.

"저 녀석 데뷔 이후로 누구 만나 본 적 없어. 일이 워낙 바쁘기도 했고, 한숨 돌릴 만하니까 군대 가 버렸잖아. 저 녀석만큼 좋은 사람 보기 드문데……. 네가 싫다면야, 나도 더는 강요 안 할게. 어윽, 술 깬다."

웃차, 소리와 함께 자리에서 일어난 우진은 술 취한 사람답지 않게 바른 걸음으로 태경에게 걸어갔다.

"임태경! 택시를 공장에서 만들어 오냐? 왜 이렇게 택시를 못 잡아?"

"시간이 늦었잖아요. 지금 시간에 택시 잡기 어려운 거 알면서 왜 그러세요."

"변명금지! 잘 봐. 내가 어떻게 택시를 잡는지."

택시를 잡느라 진땀을 빼던 태경과 달리 우진이 손을 내밀자마자 단숨에 택시가 섰다. 태경이 십 분을 잡아도 안 서던 택시가 어떻게 단번에 설 수 있는지, 지켜보던 사람이 다 놀랄 정도였다.

"봤냐?"

우진이 어깨를 으쓱이며 택시에 올라탔다. 그러곤 얼이 빠진 채 서 있는 태경에게 여울을 부탁했다. 회식 장소는 두 사람의 집에서 그리 멀지 않은 곳이었고, 집이 같은 방향이라 두 사람이 같이 가기는 하겠지만 그래도 술이 한 잔씩 들어간 뒤라서 그런지 걱정이 되는 눈치였다.

"조심해서 들어가. 여울이 너는 태경이 잘 따라가야 한다."

"제가 앤가요, 뭐."

"너는 도대체가 한 번에 대답하는 법이 없어. 쯧, 간다!"

우진은 여울의 옆에 서 있는 태경을 확인하고서야 차를 출발시켰다. 그때 두 사람을 훑어보던 우진의 표정엔 알 수 없는 묘한 쾌감이 섞여 있었다. 태경은 다소 찝찝한 기분이 들었으나 애써 무시하고 우진에게 택시 번호를 적은 메시지를 보냈다.

"택시 번호는 왜 적어요?"

"술 취한 사람도 여자들 못지않게 위험하잖아. 언제 무슨 일이 일어날 줄 알고. 어려운 일 아니니까 번호 적어서 보내 주는 거지. 자, 이제 우리도 갈까?"

이러니까 태경을 좋아하는 사람이 많나 보다. 별일 아닌 듯, 남들은 무심히 넘기는 부분을 꼼꼼히 챙기는 점이 태경의 또 다른 매력 포인트라는 것을 알아챈 여울은 싱겁게 웃는 태경을 따라 걷기 시작했다.

"근데 연예인이 이렇게 막, 얼굴 드러내 놓고 다녀도 돼요?"

드문드문 가로등이 꺼져 있긴 했지만 거리는 밤답지 않게 환했다. 그 가로등 불빛이 꽤 환해서 멀리서 보아도 그가 임태경임을 단번에 알아챌 수 있을 것 같았다.

"왜. 걱정돼?"

임태경은 대한민국에서 가장 유명한 가수 중 한 사람이었다. 그런 그와 단둘이 거리를 걷는다는 것은 불편하고 또 불안한 일일 수밖에 없었다. 하지만 그는 어찌 된 일인지 사람들의 시선을 두려워하지 않는 것 같았다. 평소에 매니저 없이 다니는 것만 봐도 그랬다. 흔한 매니저 하나 없이 방송국을 오가는 그는 가끔 보면 연예인이 맞는지 의문이 들 정도였다.

"오빠 연예인이잖아요. 다른 연예인들은 모자랑 마스크는 기본으로 하고 다니던데."

"안 그래도 소속사에서 그 문제로 혼나고 있어. 연예인이 연예인처럼 행동하지 않는다고 얼마나 뭐라고 그러는지, 귀가 아플 지경이라니까."

그 뒤로 얼마간 주절거리던 태경은 여울이 어두운 곳만 골라 걸으며 자신과 조금씩 거리를 두는 것을 보곤 물었다.

"죄인처럼 그럴 필요 없어. 어차피 밤이라 내 얼굴 제대로 알아보지도 못해."

"우와, 되게 당당하다. 그래서 연애는 어떻게 하려고요."

무의식중에 연애라는 말을 꺼낸 여울은 반사적으로 입을 틀어막았다. 잘 넘겼다고 생각했는데 역시 남우진의 손아귀에서 벗어나기란 쉽지 않았다. 이렇게 툭, 연애를 언급할 줄 누가 알았을까. 그나마 다행인 건 뒷얘기는 못 들었는지 태경은 자신의 행동에 정당성을 부여하기 바빴다.

"연예인이 모자 안 쓰고 마스크 안 끼면 범법행위를 저지른 건가? 아니잖아. 그러니까 당당할 수밖에."

"그래도 사람 일은 모르는 거잖아요. 지금 저랑 걷고 있는 사진이 잘못해서 열애설로 난다고 생각해 보세요. 그거, 오빠 아닌지 몰라도 저한테는 완전히 피해, 그 자체예요."

정확히 이해를 한 건지 모르겠다. 짧게 고개를 주억거린 태경은 무사히 넘긴 줄 알았던 연애 이야기를 다시 꺼냈다.

"오늘은 어쩔 수 없지. 내일부터 조심할게. 근데 연애라니? 너 혹시 우진이 형한테 무슨 얘기 들은 거야?"

무슨 말을 해야 할까. 여울은 우진이 그 얘기의 진원이라는 것을 귀신같이 알아차린 태경에게 뭐라고 변명을 해야 할지 몰랐다. 그저 말을 더듬으며 그의 눈치를 살피는 것밖에.

"어, 그러니까, 그게, 어, 어……."

아버지가 한경호라는 사실은 감쪽같이 숨겼으면서 다른 거짓말은
참 못한다. 여울은 말을 더듬다가 걸음을 멈췄다.

"뭐야. 그런 거야? 어휴, 형은 또 무슨 소릴 한 거람. 형이 뭐라
고 그랬어? 또 말도 안 되는 소릴 하면서 우리 둘 사이 의심했지?"

"아, 아니요."

"아니야? 그럼?"

"그러니까……."

"뭔데 그래?"

그냥 가만히 있을 것을. 저도 모르게 툭 튀어나온 말에 책임을 져
야 할 상황이 닥치자 여울의 머릿속이 복잡해졌다. 연애문제는 프라
이버시라는 걸 알면서 왜 그 민감한 사안을 건드렸을까. 하지만 여
울은 끈질기게 묻는 태경 때문에 어쩔 수 없이 우진과의 일을 털어
놓고 말았다.

"남 피디님이…… 오빠가 데뷔 후로 연애를 해 본 적 없다고 하
셨어요."

"뭐?"

"오빠 연애 세포 다 말라 죽는다고 엄청 걱정을 하시던데…….
그래서 저랑 오빠를 엮으려고 했던 건가 싶었다니까요."

생각지 못한 얘기를 들은 태경은 당황해서 시선을 어디에 두어야
할지 몰랐다. 하고 많은 말 중에 하필이면 그런 말을 한 우진이 원
망스럽기도 했고 어디로 튈지 모르는 우진을 미리 단속하지 못한 것
이 후회스럽기도 했다.

"못 살아, 내가."

그때 왜 알아차리지 못했을까. 태경은 그제야 택시를 타던 우진
의 표정을 보고 왜 꺼림칙한 기분이 들었는지 깨달았다.

"역시, 말하지 말 걸 그랬어요. 남 피디님이 술 취해서 한 말일 건데 제가 너무 새겨들었나 봐요."

완벽해 보이는 임태경을 여자들이 가만 놔뒀을 리 없다. 싹싹한 건 물론이고 누구에게나 호감을 갖게 만드는 호감 유발자인 임태경이 데뷔 이후로 연애를 못 했다는 건 말도 안 되는 일이다. 여울은 어설픈 웃음과 함께 확인하듯 태경에게 물었다.

"남 피디님 말, 그거 다 뻥이죠?"

"당연하지! 얼굴 잘생겼어, 매너 좋아, 노래 잘 불러. 이만하면 괜찮잖아. 내가 모자란 게 뭐가 있어?"

태경이 평소에 잘 하지 않는 자기 자랑을 늘어놓으며 결 좋은 머리카락을 쓸어 넘겼다. 숨 한 번 안 쉬고 반박을 한 그는 뭐가 그렇게 웃긴지 가까스로 웃음을 참고 있는 여울을 의심스런 눈초리로 쳐다보았다.

"너 설마 그 말 믿은 거야?"

"아, 아니요."

말을 더듬는 걸 보니 썩 믿음이 가진 않는다. 억지로 웃음을 참으려고 애쓰는 모습도 그렇고. 태경은 슬금슬금 뒤로 물러나고 있는 여울을 쫓아 한 걸음씩 내디뎠다.

"아니잖아. 너 형 말 믿는 거잖아."

"아닌데요."

"거짓말."

"아니라니까요?"

망했다. 완전히 믿고 있는 것 같았다. 치부를 들킨 사람처럼 안달이 난 태경은 어느새 전력질주를 하기 시작한 여울의 뒤를 따라 달리며 소리쳤다.

"엄밀히 따지면 난 연애를 못 한 게 아니라, 안 한 거야!"

결국 우진의 말이 맞는다는 걸 인정한 태경이 억울함을 한 번에 토해 내며 멈춰 섰다. 태경과 멀찍이 떨어져서 멈춘 여울은 태경의 완벽한 패배를 지켜보며 가볍게 웃었다.

"과정이야 어쨌든 결론은 남 피디님 말이 맞는 거네요."

가로등 불빛을 받은 태경의 얼굴이 또렷이 보였다. 얼마나 당황했는지 그는 여울의 말에 반박도 못 하고 애꿎은 입술만 괴롭히고 있었다.

"너무 걱정 마세요. 곧 좋은 사람 만나겠죠. 오빠는 얼굴도 잘생겼고, 매너도 좋고, 노래까지 잘 부르잖아요?"

태경은 약 올리는 게 분명한 여울에게 다가가며 스스로에게 다짐하듯 여울에게 선전포고를 했다.

"네가 모르나 본데, 내가 마음만 먹으면 너도 넘어오게 할 수 있어."

"제가 건어물녀라서요. 웬만해선 안 넘어가는데요."

"누가 이기나 해 볼까?"

"그럴까요?"

한 마디도 안 지지. 태경은 도망가지 않고 서 있는 여울에게 성큼성큼 다가갔다. 호기롭게 태경의 말을 받아친 여울이 뒤로 조금씩 물러났다. 그러다 얼굴이 점차 가까워지고 서로가 내뱉는 숨소리가 맞닿을 때쯤, 태경은 걷는 것을 멈췄다.

"으이그. 조그만 게 겁도 없어. 내가 그런다고 너까지 맞장구칠 건 뭐야. 진짜 겁도 없다, 너."

태경이 아프지 않게 여울의 이마를 꾹 눌렀다. 그러곤 그대로 뒤돌아 집을 향해 걸었다.

"내가 아무리 궁해도 너는 안 낚아."

여울은 결심인지 혼잣말인지 모를 말을 내뱉고 가 버리는 태경을 졸졸졸 뒤따라갔다. 자신은 절대 건드리지 않겠다는 그 말에 괜한 오기가 생기려고 했다.

"왜요?"

"어차피 너도 내가 남자로 안 보이잖아?"

더도 말고 덜도 말고 정답만을 말한 태경 때문에 여울은 머쓱해지고 말았다.

정말이지, 반박을 할 수가 없다.

"어젠 집에 잘 들어갔냐."

아직도 골이 울리는지 우진이 머리를 질끈 누르며 물었다. 여유롭게 원고를 정리하던 여울은 한껏 인상을 찌푸린 우진을 보고 웃었다. 머리에 생긴 까치집이 저녁이 된 지금까지 있는 걸 보면 아침부터 꽤나 숙취에 시달린 모양이었다.

"멀쩡히 출근한 거 보면 모르시겠어요?"

"하긴. 나도 당연한 걸 묻는다. 아이고, 머리야."

"꿀물이라도 사서 마시지 그러셨어요."

"내가 그럴 정신이 어디 있어."

아침부터 분주히 돌아다녔을 우진의 모습이 눈에 선했다. 워낙 바쁜 사람이니 출근해서 꿀물 사 마실 시간도 없었겠지. 숙취 때문에 밥이나 제대로 챙겨 먹었을는지. 갑자기 우진의 얼굴이 핼쑥해 보인다.

"식사는요?"

"너도 참. 꿀물도 못 마신 사람이 밥을 챙겨 먹었겠어?"

"그래서 제가 챙겨 왔죠."

어느샌가 온 태경이 손에 들린 죽을 흔들며 고개를 빠끔 내밀었다. 죽이 담긴 종이가방을 발견한 우진은 마치 그것이 보물인 양 다급히 손가락을 까딱거렸다.

"내가 이럴 줄 알았어."

워커홀릭인 남우진이 겨우 숙취 따위에 녹다운이 됐을 리 없었다. 밥은 못 먹어도 일은 어떻게든 해내는 게 남우진이었으니까. 그래도 오늘은 일 욕심보다 식욕이 먼저였는지 우진은 태경의 손에서 죽이 든 종이가방을 낚아채듯 가져가 게걸스럽게 먹기 시작했다.

"체해요. 천천히 드세요."

"놔둬. 먹느라 아무 소리도 안 들릴 거야."

여울을 말리던 것과 달리 태경은 말없이 우진에게 생수를 챙겨 주었다. 그도 급하게 죽을 비우는 우진이 걱정된 거다. 여울은 최대한 우진의 식사를 방해하지 않게 물만 챙겨 주고 멀찍이 떨어져 앉은 태경에게 완성된 원고를 내밀었다.

"연습해 두는 게 좋을 것 같아요."

"그래?"

"민 작가님이 오늘 오프닝을 밝은 목소리로 읽어 달라고 하셨거든요."

별일이다. 딱히 특별한 것도 없는 오프닝인데 밝은 분위기를 요하는 유정의 주문에 태경이 고개를 갸웃거리며 모자를 벗었다.

"아, 모자 쓰고 오셨네요."

"응. 약속했잖아."

자유분방한 자신 때문에 주변 사람이 피해를 입을 수도 있다는 그녀의 말이 마음에 걸렸는지 태경은 여울에게 약속한 대로 자신의 정체를 숨길 수 있게 모자를 쓰고 왔다. 고작 모자 하나로 그의 얼굴을 완벽히 숨길 수는 없었지만 뒤늦게라도 노력하려는 그의 의지에 여울은 큰 점수를 주고 싶었다.

"머리 눌렸어요. 그냥 모자 쓰고 있는 게 나을 것 같아요."

"아, 그래?"

머리카락이 모자 모양대로 동그랗게 눌려 있었다. 여울은 조심스레 태경의 모자를 집어 들어 건넸다.

"고맙다."

태경이 벗어 둔 모자를 다시 쓰며 슬쩍 여울과 눈을 맞췄다. 말은 하지 않았지만 이러면 되겠느냐고 묻는 것 같아 여울은 고개를 끄덕여 주었다.

"그나저나 큐시트는?"

"어, 어. 그건 내가 나중에 챙겨 줄게."

"형이요?"

"어. 내가."

금세 죽 한 그릇을 비워 낸 우진이 서둘러 대답했다. 우진답지 않게 큐시트를 빼놓은 것하며, 저리 급하게 대답하는 게 미심쩍었다. 태경은 우진을 슬쩍 흘겨보다가 대본을 처음부터 끝까지 정독했다.

"크큭."

"왜?"

평범한 대본, 평소처럼 하는 대본 리딩. 그런데 여울이 웃었다. 태경은 뭔가 잘못된 것 같은 기분이 들어 여울을 똑바로 쳐다보았다.

"아무것도 아니에요."

"싱겁기는."

께름칙한 기분이 들었지만 확실한 물증이 없으니 여울을 추궁할 수도 없었다. 태경은 다시 대본으로 시선을 두며 기분 탓일 거라고 애써 생각했다.

물론 장난기 발동한 우진이 순진한 태경을 낚기 위해 아침부터 사람들을 포섭한 건 태경만 빼고 다 아는 사실이었다.

밤 10시를 알리는 시보와 함께 뷰티풀 데이즈의 시그널이 전파를 탔다. 유정의 주문에 맞춰 태경이 씩씩하고 힘차게 대본을 읽기 시작했다.

"싱그러운 햇살이 소년의 땀방울을 닮은 오늘. 여러분은 어떻게 지내셨나요?"

마치 대답을 구하듯 천천히 슬라이딩 노브를 밀어 올린 태경은 다시 자신의 목소리가 나올 수 있도록 시그널 소리를 작게 줄였다.

"혹시 덥고, 바빠서 밖에 안 나갔다고 하실 건가요? 그렇다면 당신은 벌써 귀차니즘의 노예. 아무리 그래도 햇빛은 쬐어 줘야죠."

콘솔을 자유자재로 만지며 시그널을 키웠다가 줄이기를 또 한 번. 방금 전 게으른 청취자를 질타하던 태경이 이번엔 목소리를 가다듬고 청취자들에게 친구처럼 편안히 말을 걸었다.

"아아, 나갔는데 길거리에 온통 커플 천지였다고요? 그래요. 이해합니다. 이 더운 날씨에 붙어 다니는 커플을 보면 솔로들 불쾌지수가 올라가는 건 어쩔 수 없겠죠. 에휴, 그래도 어쩌겠어요. 우리, 억울하면 짝을 만들자고요. 날씨마저 솔로들을 버린 오늘! 뷰티풀 데이즈, 임태경입니다."

음악을 내보낸 태경은 큐시트에 적힌 노래 제목을 확인하곤 냅다 소리를 질렀다. 대체 이 노래는 뭐란 말인가. 태경이 얼른 마이크를 켜서 부스 밖에 있는 우진에게 따따부따했지만 우진은 재미있어 죽겠다는 표정으로 낄낄댈 뿐이었다.

"대체 무슨 생각이에요?"

"뭐가."

"이 노래, 선곡한 저의가 뭐냐고요."

"노래가 좋아서 선곡한 것뿐인데 저의는 무슨. 요즘 인디들 중에 잘나가는 애들 많잖아. 누가 들으면 내가 노래 편식하는 줄 알겠다."

순식간에 바보가 된 기분이 들었다. 혹시나 해서 우진을 제외한 사람들을 훑어본 태경은 망연자실하고 말았다. 메인작가인 유정부터 시작해서 막내작가인 여울까지 모두 우진과 한통속이었는지 진심으로 놀란 태경을 보고 웃느라 정신이 없었다. 완전 속았다. 어떤 식으로든 남우진을 상대로 방심하는 게 아니었는데.

"형! 죽까지 사다 준 사람한테 너무한 거 아니에요?"

"죽은 죽이고, 이건 이거지."

당황한 태경은 우진의 뒤로 숨으려 하는 여울을 눈으로 좇았다. 어제 일만 아니었다면 이런 황당한 노래를 선곡하지도 않았을, 아니 처음부터 이런 일이 일어나지 않았을 거다. 대체 어디서부터 이 난리를 수습해야 한담.

"하!"

그래도 그나마 보이는 라디오가 아니어서 다행이었다. 만약 그랬다면 화가 나서 주먹을 꽉 움켜쥐고 있는 모습을 전국의 청취자들에게 다 보일 뻔했다. 우진이 미처 거기까지 생각 못 한 게 다행이라면 다행일까. 하지만 태경은 아무리 생각해도 우진의 장난에 농락당한 자신의 모습이 기가 막혀 자꾸 헛웃음이 나왔다.

"한여울, 배신자."

태경의 눈에는 다 보였다. 여울이 웃느라 들썩이는 어깨를 주체할 수 없어서 우진의 뒤로 도망쳤다는 걸. 그리고 그것도 모자라 아예 자신의 시야에서 보이지 않게 주저앉았다는 걸.

억울했다. 우진이 이 일을 꾸미는 데 여울도 분명 크게 한몫했을 거란 말이다. 태경은 얼핏 보이는 여울의 까만 뒤통수를 내려다보며 헤드셋을 챙겼다. 물론 우진을 노려보는 것 또한 잊지 않았다. 생방송만 아니었다면 속 편하게 다리를 꼬고 앉아 있는 우진의 이마에 시원스레 딱밤 한 대만 때리면 좋겠는데.

"요조의 '연애는 어떻게 하는 거였더라'였습니다. 노래 제목이 참 특이하죠? 어쩐지 솔로들이 들으면 힘이 빠질 것 같은 노래였어요. 연애하는 법을 새까맣게 잊어버린 거면 대체 얼마나 오래 연애를 쉰 걸까요? 9466님께서 '저도 솔로인데요. 노랫말처럼 솔로라서 서러운데 연애하는 법까지 잊어버려서 더 서러워요. 사랑이 빨리 찾아왔으면 좋겠어요.' 라고 하셨어요."

태경은 청취자들이 실시간으로 보내 주는 느낌을 하나씩 읽으며 공감해 주다 우진이 넘겨준 청취자 문자 메시지를 보고 눈살을 찌푸렸다. 하필이면 제일 피하고 싶은 질문을 골라 주다니. 안 읽으면 그만이지만 내용을 보기 전에 먼저 휴대폰 뒷자리를 말해 버린 태경은 하는 수 없이 청취자의 질문에 답을 해 주어야만 했다.

"5286님께서 제게, 현재 솔로인 걸로 아는데 얼마나 연애를 쉰 거냐고 물으시네요. 아, 이거 되게 민감한 질문인걸요?"

뭐라고 말을 하면 좋을까. 사실대로 말하자니 자존심이 용납하지 않고, 거짓을 말하자니 청취자를 농락하는 것 같아서 썩 기분이 좋지 않았다. 연예인에겐 적당한 거짓말은 필수인데, 이럴 땐 거짓말을 참 못한다. 이래서 손해 보는 게 한두 번이 아니면서. 태경은 짧은 순간 동안 고심한 말을 하며 멋쩍은 듯 머리를 긁적였다.

"아시겠지만 그동안 제가 열애설이 난 적이 없잖아요. 그 정도면 대답이 되려나요?"

그러니 데뷔 후 연애는 한 적이 없다고, 그렇게 에둘러 말한 태경은 부스 밖에서 저보다 더 당황한 사람들을 보고 한숨을 쉬었다. 이건 적어도 1년을 우려먹을 특종이다. 아니, 그보다 제일 걱정인 건 어머니였다. 그간 선이라도 보라며 재촉하는 어머니께 사귀는 사람이 있다고 말을 해 왔던 터라 이번 일로 인해 선 자리에 끌려 나가는 건 시간문제일지도 모른다.

"실은 저도 이제 결혼 적령기잖아요. 연애를 해야 하는데 아직 이 사람이다, 싶은 사람이 없어서 그게 걱정이에요. 그런 의미로 요즘 제 심정을 그대로 나타낸 노래를 한 곡 띄워 드릴까 합니다. 커피소년의 '장가갈 수 있을까' 듣고 올게요."

자폭을 택한 태경이 노래를 내보내자마자 생수병에 있는 물을 다 비웠다. 꼼짝없이 우진의 손아귀에 놀아난 게 분한 건지, 아니면 앞으로의 일이 걱정이 되는 건지, 태경은 음악이 끝나도록 테이블에 머리를 쿵 박고 일어나지 않았다.

"저 녀석, 지금 완전 멘탈 붕괴 직전이다."

태경 덕분에 우진의 덫에서 벗어날 수 있었던 건 다행이었지만 여울은 한참 동안 일어나 앉지 못하는 태경을 보니 우진과 한통속이 되어 웃고 떠들었던 게 조금 미안해지려고 했다. 미안쩍은 마음에 여울이 시원한 생수를 가져다주자 태경은 여울이 생수를 놓아두기 무섭게 벌컥벌컥 물을 들이켰다. 그러곤 울상이 된 얼굴로 여울에게 말했다.

"아아, 난 이제 망했어."

노래가 나가는 중이었기에 망정이지 안 그랬으면 머리를 마구 헝클이는 소리까지 방송에 나갔을 거다. 여울은 머리를 헝클다가 다시 엎드린 태경을 보며 생각했다.

이 남자, 이런 모습 처음이다.

3.
헬로

특집 방송을 위해 오랜만에 방송국에 모습을 드러낸 경호는 스튜디오에 들어서자마자 태경에게 악수를 청했다. 경호가 오는 줄 모르고 대본을 숙지하는 데 푹 빠져 있던 태경은 뒤늦게 당황하며 경호의 손을 잡았다.

"반갑습니다, 선생님."

"반가워요. 열심히 하는 모습이 보기 좋네요. 나는 태경 군 나이에 아무것도 모르고 방송을 했던 것 같은데. 역시 요즘 젊은 친구들은 생각이 깨어 있어요."

빙긋이 웃는 경호의 모습이 여울과 많이 닮아 있었다. 역시 피는 못 속이는 건가. 은근슬쩍 여울과 경호를 번갈아 본 태경은 경호가 앉을 수 있게 의자를 빼 주며 말했다.

"하하. 선생님 방송을 들어 본 사람이라면 다 알 겁니다. 제가 얼마나 부족한지를요."

"그건 디제이들마다 개성이 다르기 때문이 아닐까요. 지금 내게 주어진 일을 열심히 하다 보면 시간이 알아서 평가해 줄 거예요. 그러니까 태경 군은 지금처럼 성실히 방송에 임하면 됩니다."

"선생님께서 그렇게 말씀하시니까 제가 몸 둘 바를 모르겠네요."

대선배인 경호가 자신의 노력을 알아주는 것만으로도 기쁜 태경은 여울이 가져다 놓은 음료수를 건네며 말을 이었다.

"실은 제가 어릴 때부터 선생님 라디오를 듣고 자랐거든요. 온 가족이 다 선생님 라디오를 들었다고 해도 과언이 아닐 정도로요. 어머니께서 열혈 청취자여서 종종 사연도 보내곤 하셨어요."

"어머니께서요?"

"네. 가끔 선생님께서 어머니 사연을 읽어 주시면 다음 날은 무조건 외식을 했어요. 선생님 덕분에 저 꽤 잘 먹고 자랐습니다."

"하하. 그랬군요."

처음 만난 사람들답지 않게 대화를 이어 나가는 두 사람 사이에서 온화한 기운이 감돌았다. 오랜만에 하는 방송이라서 경호가 긴장하지 않을까 걱정하던 사람들은 자연스럽게 얘기를 하고 있는 두 사람을 보고 시름을 놓았다. 아니, 오히려 계속해서 얘기를 하고 있는 두 사람이 신기할 정도였다.

"선생님께서 쉬시는 동안 저희 어머니 속이 얼마나 탔는지 아마 모르실 거예요."

"허허. 정말 애청자였나 보네요."

"그럼요. 오늘 선생님께서 방송에 출연한다는 소식을 들으시곤 며칠 전부터 얼마나 설레어하시던지. 선생님은 모르실 겁니다."

"음, 그 정도 애청자라면 이름이 기억날 법도 하겠는데요? 어머니 성함이 뭡니까?"

조심스레 어머니의 이름을 말한 태경은 기억을 되짚고 있는 경호에게 힌트를 하나 더 주었다.

"혹시 아들이 가수가 되는 게 꿈인데 부모로서 어떻게 해야 할지 모르겠다던 사연을 기억하시나요? 어머니께서 몇 번이나 그 얘기로 사연을 보내셨거든요. 그때마다 선생님께서 조언을 해 주셔서 나중엔 선생님께서 어머니 사연이 나오면 제 안부를 묻곤 하셨어요."

"으음……. 아, 아! 그분이요?"

불현듯 떠오른 기억이 반가워 무릎까지 탁 내려친 경호는 싱긋 웃고 있는 태경을 보곤 그때 그 사연 속 소년이 태경이었음을 알아차렸다.

"세상에. 이런 인연이!"

"덕분에 가수가 될 수 있었어요. 감사합니다, 선생님."

태경이 진심으로 고개를 숙여 인사를 하자 경호는 갑작스레 받게 된 인사가 얼떨떨해 머리를 긁적였다. 눈에 보이지 않는 전파가 이젠 눈에 보이는 인연이 된 게 신기하기도 하고 한편으론 어리둥절하기도 하고. 그래도 기분 나쁘진 않았는지 경호는 차분히 얘기를 해 나가는 태경을 흐뭇하게 바라보았다.

"어머님은 잘 계시죠?"

"그럼요. 요즘도 라디오에 푹 빠져서 지내세요."

"허허. 요즘도요? 여전하시네요."

"사실은 라디오 듣는 것보다 제가 잘 진행하고 있는지 감시한다는 게 맞겠지만요. 어제도 제 방송 들으면서 실시간으로 피드백 해 주셨다니까요. 이것 보세요."

경호에게 휴대폰에 저장된 메시지를 보여 준 태경은 못 말린다는 말을 덧붙이며 웃었다.

"말은 그렇게 해도 어머니가 이렇게 해 주는 게 좋죠?"

"네. 누가 뭐라 해도 제 방송을 가장 열심히 들어 주는 사람이니까요."

경호는 휴대폰 화면에 빼곡히 들어찬 메시지를 보고 있는 태경 몰래 여울을 찾아 눈길을 두었다. 제가 할 일을 틈틈이 찾아 하면서도 경호에게서 눈을 떼지 못하던 여울이 순간 멋쩍었는지 배시시 웃었다.

"오늘은 완전히 한여울의 날이네. 그렇게 좋아?"

여울이 경호와 짧은 눈인사를 나누기 무섭게 우진이 어디선가 불쑥 나타났다. 화들짝 놀라서 정리해 놓은 종이 뭉치를 떨어뜨린 여울은 우진의 팔을 찰싹찰싹 때리곤 얼른 떨어진 종이를 줍기 시작했다.

"갑자기 나타나지 좀 마세요. 남 피디님이 그러실 때마다 뒤처리하는 게 얼마나 귀찮은지 아세요? 지금도 봐요. 종이 다 흩어졌잖아요."

"주우면 되잖아. 까칠하기는."

"옛말에 입은 비뚤어졌어도 말은 바로 하랬어요. 제가 까칠한 게 아니라 남 피디님이 절 놀리고 싶어서 입이 근질근질한 거잖아요. 제 말이 맞죠?"

"오오. 어떻게 알았어? 눈치가 많이 늘었는데, 한여울."

"으이그. 빨리 줍기나 해요."

우진과 티격태격하면서도 맡은 일을 즐겁게 해내는 여울의 모습에 안심이 됐는지 경호가 그제야 고개를 돌려 태경을 쳐다보았다. 태경은 여울에게 눈길을 주고 있던 경호와 눈이 마주치자 행여 그가 민망해할까 봐 재빨리 물었다.

"실례지만 괜찮으시다면 제 어머니와 통화 한 번 해 주실 수 있으세요? 어머니께서 워낙 선생님 팬이신지라. 이번 기회에 연예인 아들 둔 덕 좀 보게 해 드리고 싶어서요."

"어려울 거 없죠. 연결해 줘 봐요."

팬과의 통화가 조심스러울 법도 한데 경호는 선뜻 태경의 부탁을 받아들였다. 신호가 가고 중년 여성의 낫낫한 목소리가 들리자 경호가 목을 가다듬고 자신의 소개를 했다. 아들의 번호로 걸려 온 전화에서 낯선 이의 목소리를 들은 태경의 어머니는 미심쩍어 하다가 이내 반색했다.

"태경 군에게 얘기 전해 들었습니다. 아직도 절 기억해 주고 계시다고요. 오늘, 몇 년 만에 방송에 출연하게 됐는데 그런 기쁜 소식을 듣게 되어서 정말로 영광이었습니다."

전화기 너머에서 어쩔 줄 몰라 하는 어머니의 목소리가 들렸다. 늘 차분하던 어머니가 소녀처럼 한껏 높아진 목소리로 경호와 얘기를 나누는 게 보기 좋았는지 태경은 경호가 통화를 하는 내내 입가에서 미소를 지우지 못했다.

"오늘은 제 날이 아니라 태경 오빠의 날인 것 같은데요?"

머리를 맞대고 끊임없이 이야기를 나누고 있는 두 사람의 분위기가 꽤나 훈훈했다. 라디오 하나로 소통이 된다는 게 바로 이런 걸 두고 하는 말인가 보다. 여울은 흩어진 종이 뭉치를 주워 준 우진의 어깨를 툭툭 치며 말을 걸었다.

"당연하지. 저 녀석도 너만큼 기분 좋을 거야. 늘 한 선생님 얘기를 입에 달고 살았거든. 우리 프로그램 하겠다고 한 것도 그래서야."

"태경 오빠가요?"

몰랐다. 태경이 어떤 이유에서 이 프로그램을 맡겠다고 했는지, 부담인 줄 뻔히 알면서 왜 이 프로그램을 시작했는지를. 어쩌면 그도 경호와 관련된 것들을 공유하고 싶었는지도 모르겠다. 여울은 우진의 말을 듣고 나니 경호와 얘기를 나누고 있는 태경의 모습이 사뭇 달라 보였다.

"태경 오빠도 저 못지않게 이 날만을 기다렸겠네요."

"그걸 말이라고."

"뭐야. 그럼 다 알면서 나만 놀린 거였어요?"

"왜냐하면 넌 놀리는 재미가 있으니까."

"태경 오빠 놀리는 재미는 없고요?"

"태경이 저 녀석은 며칠 전에 크게 당했으니 봐줘야지. 그리고 한 선생님 모신 날까지 우리 위대한 디제이님을 못 살게 굴어서야 쓰나."

우진이 태경의 체면을 살려 주려고 그랬다는 변명 아닌 변명을 늘어놓았다. 얄밉지만 우진의 말도 틀린 말은 아니어서 여울은 쉬이 화를 낼 수 없었다. 며칠 전에 있었던 임태경 자폭 사건만 아니었다면 살포시 우진의 허벅지라도 쿡쿡 찔러서 괴롭혀 줬을 텐데.

어떠한 뉘우침도 없이 가볍게 어깨를 으쓱인 우진이 힐긋 시간을 확인하더니 대본 한 부를 챙겨 경호에게 다가갔다. 화낼 타이밍을 기가 막히게 피해 가는 우진을 보며 여울은 픽 웃어 버렸다.

남우진은 괴짜에 말썽꾸러기이긴 해도 왠지 미워할 수가 없다.

"오늘이 무슨 날인지 다 아시죠? 네. 저희 뷰티풀 데이즈가 무사히 백일을 맞았습니다. 아기로 치면 백일잔치를 해야 하지만 저희는 백일잔치 대신에 초호화 게스트를 모셨어요. 누군지 궁금하시죠? 노래부터 듣고 올게요."

오늘 특집 방송이 있을 거라는 것도, 초대 디제이였던 경호가 출연한다는 것도, 청취자들은 꿈에도 모르고 있을 터였다. 일부러 공지를 하지 않은 우진의 탓도 있었지만 쑥스럽다며 공지를 하지 말아 달라던 경호의 부탁 때문에 오늘의 방송은 정말 서프라이즈나 다름없었다. 태경은 오늘 방송을 듣는 청취자들이 과연 얼마나 놀라고 좋아할지 벌써부터 기대가 됐다.

"막상 방송 시작하니까 긴장되네요."

"잘하실 거예요. 베테랑이시잖아요."

"하하. 방송을 쉰 게 오래돼서 감이 죽지나 않았으면 다행이지요."

태경이 경호의 긴장을 풀어 주는 사이에 노래는 끝을 향하고 있었다. 태경은 부스 밖에서 보내는 우진의 사인에 맞춰 슬라이딩 노브를 부드럽게 밀어 올렸다.

"한경호의 '하루' 들으셨습니다. 심플한 기타 연주와 잘 어우러지는 가사였죠? 하얗게 부서지는 햇살을 받으며 나는 오늘도 하루를 시작해. 무얼 해야 할지, 어디로 가야 할지도 모르지만 할 수 있다는 믿음 하나, 그 하나로 나는 오늘도 용기를 얻어. 저는 이 부분이 참 좋더라고요."

조그만 목소리로 노래를 흥얼거린 태경은 은근한 미소와 함께 저를 보고 있는 경호의 시선을 느끼곤 어색한 기침을 하며 목을 가다듬었다.

"오늘 초호화 게스트를 모셨다고 말씀드렸던 것 기억하고 계신가요? 어엇, 벌써 눈치를 채신 분도 계신 것 같네요. 네. 오늘의 게스트, 뷰티풀 데이즈의 초대 디제이이신 한경호 씨 모셨습니다."

"안녕하세요. 한경호입니다. 오랜만에 인사드립니다."

긴장한 탓일까. 가볍게 인사를 한 경호의 목소리가 살짝 떨렸다. 부스 밖에서 경호를 지켜보고 있던 여울도 덩달아 마른침을 삼켰다. 경호가 곧 긴장을 풀고 여유롭게 방송을 할 거라고 믿지만 눈으로 확인하기 전까진 안심할 수 없었기에 여울은 어색한지 자꾸 대본을 만지작거리는 경호를 걱정 가득한 눈으로 쳐다보았다.

"어이, 한여울. 방송은 한 선생님이 하시는데 네가 왜 긴장이야."

평소와 다르게 바짝 긴장한 여울이 이상해 보였는지 우진이 여울에게 핀잔을 주었다. 그러나 그럴수록 여울은 더욱더 부스 안의 상황에 신경을 곤두세웠다.

"긴장 풀어. 누가 보면 초보 데리고 방송하는 줄 알겠어. 설령 선생님이 실수를 한다 해도 태경이가 있는데 뭐가 걱정이야?"

"그래도 걱정이 되는 걸 어떡해요."

"아서라. 선생님도 프로셔. 처음이야 긴장해서 실수도 하시겠지. 그래도 방송 내공이 있는데 큰 실수야 하시겠어? 네가 이렇게 걱정하면 안에 있는 사람들이 부담돼서 되레 실수해. 알잖아."

알지만 마음이 안 놓이는 걸 어찌하란 말인지. 아예 안 볼 수도 없는 노릇이니 여울의 속만 바짝 타들어 갔다.

"믿어. 우리 디제이를 믿으라고."

우진이 여울의 어깨를 꾸욱 내리눌렀다. 여울은 우진의 장난에 힘없이 웃어 보였다. 그러곤 다시 부스 안으로 시선을 두었다.

"방금 들은 '하루'라는 곡엔 사연이 있다고 들었어요. 어떤 사연인지 말씀해 주실 수 있으세요?"

"하하. 특별한 사연이 있는 건 아닙니다. 그저 제 딸에게 힘을 주고 싶어서 곡을 만들었을 뿐이에요."

"정말이요? 정말 따님을 위해서 작곡하셨단 말인가요?"

태경의 눈이 여울을 찾았다. 태경과 눈이 마주친 여울은 순간적으로 고개를 끄덕였다. 그러자 태경이 경호와 여울을 번갈아 보며 부러움에 가득 찬 표정을 지었다. 괜히 우쭐해지는 기분이 들어 여울은 슬쩍 고개를 치켜들었다. 내가 이런 사람이다, 마치 자랑이라도 하듯이.

"학생일 땐 다들 해 뜨기 전에 나가서 공부하고 밤이 늦어서야 집에 오잖아요. 아버지로서 딸이 피곤에 절어서 터덜터덜 집에 들어오는 모습을 보면 얼마나 마음이 짠하던지. 내가 가진 재주로 우리 딸을 기쁘게 해 줄 수 있는 방법이 뭐가 있을까 고민하다 보니 이 노래가 만들어진 거지요."

"멋진 아버지시네요. 따님이 참 자랑스러워할 것 같아요."

"하하. 자랑스러운 아버지라고 하기엔 많이 모자랍니다."

"겸손하시네요. 이 정도면 이미 멋진 아버지 아닐까요?"

"그런가요?"

여울만을 위해 살았다고 했지만 실은 그냥 현실에서 도망치고 싶었는지도 모른다. 그렇게 도망치다 뒤를 돌아보았을 때, 여울이 어느새 어른이 되어 있다는 걸 알았을 때, 그제야 미안함이 가슴속에서 우러나왔다는 걸 경호는 차마 말할 수 없었다.

"우리 딸도 그렇게 생각해 주면 좋겠네요."

경호는 선한 미소 뒤에 감춰진 불안함을 떨치려 여울을 쳐다보았다. 여울이 슬며시 눈을 맞추며 빙긋이 웃자 내내 짙어지고 있던 불안함이 스르르 녹아내리는 것 같았다.

"1740님께서 이런 멋진 아빠라면 따님도 자랑스러워할 거라고 하시네요. 아마 1740님뿐만 아니라 모든 청취자분들이 그렇게 생각하실 겁니다. 이건 누구라도 그럴 거예요. 그렇게 생각할 수밖에 없어요."

태경이 확신에 차서 주먹을 꽉 움켜쥐자 경호가 옅게 웃었다.

"자, 긴장은 이만하면 풀리셨죠? 잠시 뒤에 본격적인 질문 공세들어갈 테니까 마음 단단히 먹으세요. 청취자가 한경호에게 묻는다. 우리 초대 디제이님께 궁금한 것들 모두 물으셔도 좋습니다. 문자와 실시간 메신저 열려 있으니까요, 질문 많이 보내 주세요. 질문 받을 동안 한경호 씨가 추천해 주신 뜨거운 감자의 '청춘' 듣고 오겠습니다. 잠시만요."

태경의 말대로 자신은 정말 좋은 아버지였을까. 그 해답을 내릴 수 있는 건 오직 여울뿐일 거다. 경호는 태경이 능숙하게 마이크 볼륨을 조절하는 동안 여울을 쳐다보았다. 순간 텔레파시가 통했는지 여울도 경호를 쳐다보았다. 잠시 후 경호와 눈을 맞추던 여울이 휴대폰을 꺼내 들었다.

곧 짧은 진동 소리와 함께 경호의 휴대폰이 울렸다. 경호는 여울이 휴대폰을 내려놓고 모니터를 응시하자 재빨리 메시지를 열어 보았다.

「세상에서 가장 멋있는 아빠께 데이트를 신청합니다.」

경호의 입가에 옅은 미소가 드리워졌다.

한 시간으로 예정되어 있던 경호와의 방송은 생각보다 반응이 좋았다. 그 덕택에 한 시간으로는 부족할 것 같아 급히 두 시간 모두를 한경호 특집 방송으로 진행한 우진은 미안한 마음에 간단하게나마 무언가를 대접하려고 경호를 붙잡았다.

"선생님. 괜찮으시면 저희와 함께하는 게 어떠신가요?"

"아……. 그건 조금 힘들겠네요. 시간도 늦었고, 무엇보다 집에서 딸이 기다리고 있어서요."

방송을 하는 내내 딸 자랑을 늘어놓는 걸로 모자라 딸이 기다린 다는 이유로 서둘러 집에 가려는 경호를 우진도 더는 잡을 수 없었 다.

"그렇다면 어쩔 수 없지만 저희가 죄송해서 어쩌죠?"

"미안해할 것 없어요. 2부 끝나고 남 피디가 분명히 내 의사를 물어봤잖아요. 나는 오히려 남 피디가 걱정입니다. 괜히 나 때문에 무리해서 방송을 진행했단 생각이 들거든요."

"까짓것 시말서 쓰라고 하면 쓰죠, 뭐."

그럼 그렇지. 시말서 따위에 쩔쩔맬 남우진이 아니다. 남우진은 애초부터 시말서를 쓸 마음이 눈곱만큼도 없었던 거다. 아니, 좋은 방송을 만들 수 있다면 그깟 시말서는 얼마든지 써 줄 수 있다는 게 맞겠지. 쿨하게 시말서 문제를 넘겨 버린 우진은 인사를 하고 나가 는 경호를 배웅하고 돌아와 한껏 들뜬 얼굴로 여울에게 말했다.

"역시 전설은 달라. 저 괘념치 않는 것하며, 배려 깊은 모습까지! 프로는 쉬어도 프로라는 게 맞는 말인가 봐. 오늘 진짜 멋있더라."

"아이쿠. 우리 피디님, 한 선생님께 빠지셨어요? 그렇게 좋았어 요?"

"얘가 날 애로 보네. 한여울, 아까 당한 걸로는 모자란다, 이거 지?"

"아닙니다."

"아니긴 뭐가 아니야. 너는 괴롭혀라, 나는 신경 끌란다. 이런 거 지."

"아니라니까요."

"두고 봐. 내가 조만간 너 눈물 쏙 빠지게 괴롭혀 줄게."

"농담 한 번 했다가 배로 당하게 생겼네."

"당연하지. 남우진이 괜히 남우진이야?"

그렇지. 괜히 남우진이 아니지. 경호가 왔다고 그걸 간과하고 있으면 안 됐는데. 이미 발동 걸린 우진이 저벅저벅 다가오자 여울은 그를 피해 주춤주춤 뒤로 물러났다.

"무섭기는 한가 봐?"

"아, 안 무서워요."

"에이. 인정할 건 인정해야지. 무서우니까 뒷걸음질 치는 거잖아. 오, 불쌍한 어린 양인지고. 너, 나한테서 벗어나고 싶지?"

"벗어나긴 뭘 벗어나요. 처음부터 붙잡힌 적도 없는데."

"아니지. 얘가 뭘 모르네. 꼭 내가 잡아채야지만 붙잡힌 건가? 찍힌 것도 똑같은 거야."

"찌, 찍힌 적 없는데요."

"어허, 말 더듬는 것 좀 보게. 내가 무섭긴 무서운 거지."

남우진이라는 사람보다 꼬리에 꼬리를 물고 늘어지는 그 능력이 무서운 거다. 그걸 아는지 모르는지 우진은 싱글싱글 웃으며 여울에게 접근했다.

"집에 안 가십니까?"

태경이 코너에 몰린 여울을 낚아채며 우진을 막아섰다. 생각지도 못했던 구세주의 등장이 반가웠던 여울은 태경의 뒤로 쏙 숨어서 우진에게서 도망칠 타이밍을 살폈다.

"뭐야, 이건."

"뭐긴요. 빨리 퇴근하려고 그러죠."

"그럼 가."

"에이, 저 혼자 어떻게 가요."

"왜 못 가?"

"여울이 데려가야죠. 저랑 여울이랑 같은 방향인 거 잊으셨어요?"

능청스럽게 여울을 빼낸 태경은 얼른 짐을 챙기라며 여울을 밀어냈다. 기분 나쁘게 꿈틀대는 우진의 눈썹이 오늘따라 더 무섭다. 하지만 지금이 아니면 빠져나갈 수 없을 것 같아서 여울은 냉큼 짐을 챙겨 들었다.

"여기 차 키. 차에 타 있어."

"뭐지. 이 상황은."

"뭐긴요. 집에 가려는 거지요."

"느낌이 온단 말이야. 내 촉이 또 움직였어."

"아, 진짜! 또 촉 운운하시네. 어째 그 촉은 죽지도 않나 봐요."

"의심이 가니까 그러는 거잖아. 뭐야, 두 사람. 진짜 사귀기라도 하는 거야?"

임태경으로 타깃을 변경한 우진이 이번에도 슬금슬금 태경을 코너로 몰았다. 저 음흉한 미소, 확신에 찬 눈빛. 잡히면 정말 여울과 사귄다고 소문이 날지도 모른다는 불안감이 엄습해 왔다. 태경은 걱정이 됐는지 아직까지 가지 않고 문밖에서 스튜디오 안의 상황을 살펴보고 있는 여울에게 소리쳤다.

"뛰어!"

빠끔히 고개를 내밀었다가 순식간에 태경에게 손목을 붙잡힌 여울은 복도를 질주하는 태경을 따라 쏜살같이 내달렸다. 정말, 남우진이 뭐라고. 그 사람이 뭐라고 한밤에 질주를 한단 말인가. 하지만 그런 생각은 잠시, 이내 우진이 따라올까 봐 그게 또 겁이 났다.

타타타타닥.

여울은 엘리베이터 앞에서 숨을 고를 여력도 없이 버튼을 누르고, 멀리서 설렁설렁 걸어오는 우진과 전광판에 빨갛게 찍혀 있는 엘리베이터 층수를 수십 번 번갈아 보며 확인했다. 그리고 애타게 기다린 엘리베이터 문이 열렸을 때, 또다시 닫힘 버튼을 미친 듯이 눌렀다. 다행히 엘리베이터 안까지 따라올 생각은 없는 건지 우진은 서서히 닫히는 엘리베이터 앞에 서서 두 사람을 향해 씨익 웃으며 손을 흔들었다.

"괜찮아?"

"우와. 납량특집이 따로 없네."

여울이 너무 놀라서 스르륵 주저앉아 버리자 태경이 웃으며 물었다.

"그렇게 무서웠어?"

"분장만 안 했다 뿐이지, 완전 물귀신이나 다름없었잖아요. 장난 한 번만 더 쳤다간 오빠랑 저, 결혼식장 들어간다고 말할 사람이에요, 남 피디님은."

"맞다. 그건 그래."

긴장이 풀리고 나니 그제야 웃음이 났다. 여울은 더러운 줄도 모르고 엘리베이터 바닥에 그냥 앉아 버린 자신의 모습이 웃기기도 하고 부끄럽기도 해서 재빨리 엉덩이를 털고 일어났다.

"고개 좀 돌려 주시죠."

"누구? 나? 내가 왜?"

"보셨잖아요."

"보긴 뭘 봐, 내가. 나 참, 구해 주니까 보따리 내놓으라는 거야?"

"아, 정말……. 다 큰 여자가 땅바닥에 주저앉아 있는 게 부끄러워서 그러는 거잖아요. 오빠 정말 몰라서 묻는 건 아니죠?"

그냥 눈치껏 고개를 돌려 주면 어디 덧나나. 여울은 1층에 도착하자마자 뒤도 돌아보지 않고 걸었다. 끝끝내 시비를 가리려 하는 태경 때문에 낯이 뜨거워 고개를 들 수가 없었다. 가뜩이나 오늘 태경에게 낯부끄러운 짓을 많이 한 것 같아 민망할 지경이건만.

뒤통수가 제법 따가웠다. 돌아보지 않아도 태경이 저를 보고 있다는 걸 알 수 있었다. 따끔거리는 뒤통수를 손으로 감싸고 빙그르르 돌아선 여울은 뒤따라오는 태경을 향해 멈춰 섰다.

"저 좀 그만 보세요. 뒤통수 뚫리겠어요."

"그게 무슨 말이야?"

"계속 저 쳐다보셨잖아요."

"내가?"

어이가 없다. 구해 줘서 고맙다는 인사를 받기는커녕 미안하다고 사과를 해야 할 상황이라니.

"이보세요, 한여울 씨."

태경은 허리를 낮춰 여울과 시선을 맞췄다. 그런 다음 제 머리와 여울의 머리에 각기 다른 손을 얹어 얼마나 키 차이가 나는지 여울에게 보여 주었다.

"내 키가 이렇게나 큰데, 고작 네 뒤통수나 노려보고 있었겠어? 네 뒤통수보다는 훨씬 앞을 내다보고 있었겠지."

태경의 큼직한 손이 다시 여울의 머리 위로 내려앉았다. 그 순간 여울은 당황스러운 기색을 감추지 못하고 태경에게서 물러났다.

대체 왜 그랬을까. 입 다물고 가만히 있었으면 이 어색한 상황이 훌쩍 지나가 버렸을 텐데. 고작 그만한 일을 참지 못하고 실례를 한 여울은 턱을 괴고 저를 내려다보는 태경의 시선을 피해 자꾸만 아래를 내려다보았다.

"선생님 기다리시겠다. 서둘러."

태경이 먼저 제 갈 길을 가기 시작했다. 여울이 뒤통수를 쳐다본다는 억지 주장을 하지 못하게 아예 그럴 만한 구실을 차단해 놓고 말이다.

로비를 가로지르는 발소리가 들리지 않았다. 직감적으로 여울이 아까 그 자리에서 한 발자국도 움직이지 않고 있음을 알아챈 태경이 여울을 부드럽게 타일렀다.

"데이트해야 하잖아."

"어, 어떻게 알았어요?"

"본의 아니게 선생님 메시지를 봤거든. 데이트, 좋다. 부럽네."

자정. 노련한 디제이의 잔잔한 목소리. 데이트가 좋다는 태경의 말에 저도 모르게 설레는 건 밤의 요정이 장난을 쳤기 때문일 거다. 여울은 가슴속에 사르르 스며든 태경의 목소리를 떨쳐 내려 고개를 저었다. 오늘, 여러모로 한여울답지 않다.

❋　　　❋　　　❋

경호의 차에 올라탄 여울이 제일 먼저 한 일은 에어컨을 세게 트는 것이었다. 열대야가 찾아온 것도 아닌데 이상하게 덥다. 손으로 부채질도 해 보고, 머리도 질끈 묶어 올려 보았지만 달아오른 뺨을 식히기엔 역부족이었다.

"어우, 더워!"

"우리 딸, 왜 짜증이 나셨을까."

"짜증이 아니라 더운 거예요."

"그래. 그럼 왜 더울까."

"몰라요, 몰라."

손부채질을 아무리 해 봤자 시원해지지 않는다. 바람이 일 만한 것을 찾아 세차게 부채질을 해도 성에 차지 않았다. 갑자기 머리가 아플 정도로 시원한 맥주가 그리워졌다. 여울은 금세 입맛을 다시며 경호를 졸랐다.

"집에 가서 맥주 한잔하는 건 어때요?"

"모처럼 하는 데이트인데 집에서 맥주 마시는 걸로 때우려고? 그건 자주 하잖아."

"그래도 맥주가 마시고 싶은 걸 어떡해요."

"좋은 데 아는데 그리로 갈까, 그럼?"

"차는 어떡하고요?"

"대리운전은 폼으로 있겠어?"

우리나라 대리운전사들의 운전 솜씨는 기가 막힌다면서 경호가 농 아닌 농을 던졌다. 잠시 경호의 농담에 웃음 짓던 여울은 사이드 미러로 태경을 발견하고는 다시 부채질을 해 댔다.

"무슨 일 있었어?"

"무슨 일이요?"

"예를 들면 태경 군이라든지."

여울이 사이드미러로 태경을 본 걸 경호가 못 봤을 리 없다. 훤칠하게 큰 키 덕분에 작은 백미러에도 뚜렷이 보이던 태경이었다. 그를 발견하자마자 여울이 덥다고 난리를 피웠으니 이건 백발백중 태경과 관련된 일이었다. 그 느낌이 틀리지 않은 모양인지 여울이 눈에 띄게 수선을 부렸다.

"맞구나. 태경 군이 무슨 짓을 한 거야."

"에이, 아무 짓도 안 했어요."

"거짓말."

"정말이에요."

딱히 뭐라 말할 수 없는, 여울 자신도 정의할 수 없는 감정이었다. 여울은 강한 부정을 하면서도 태경의 커다란 손이 제 머리 위에 머물렀던 그 순간을 거듭 떠올렸다. 셔츠에 가려졌던 단단하고 넓은 가슴과 어깨 그리고 초콜릿처럼 진하고 달콤한 목소리. 여울은 자신만큼은 태경에게 금세 빠져 버리는 여느 여자들과 다르다고 다그치며 고개를 저었다.

"여울아. 아빠는 태경 군이면 좋을 것 같아."

"언감생심. 생각도 하지 마세요."

"누가 만나라니? 태경 군 정도면 괜찮다는 거지. 오버는."

임태경이라고 콕 집어 얘기를 해 놓곤 경호는 금세 아닌 척 운전에 집중했다. 경호의 말에 가슴이 뜨끔거린 여울은 옷자락을 세게 말아 쥐며 두근거리는 가슴을 애써 진정시켰다.

"오늘 살이 꼈나. 왜 이래, 정말."

메시지가 온 소리에 휴대폰을 꺼내어 든 여울은 태경이 보낸 메시지를 흘깃 보았다가 재빨리 가방 안으로 다시 집어넣었다.

"누군데 그래?"

"아무것도 아니에요."

당황하는 걸 보니 아마도 태경에게서 온 메시지였나 보다. 굳이 발신자를 확인하지 않아도 태경이 메시지를 보냈다는 것을 알아차린 경호는 사뭇 심각해진 여울을 보며 능글맞게 말했다.

"후후. 우리 여울인 당황하거나 대답하기 싫은 거 물으면 자기가 어떻게 반응하는지 모르는구나."

"저한테 그런 게 있어요?"

"글쎄. 나는 안 가르쳐 주련다."

"어엇, 가르쳐 주세요!"

"안 가르쳐 줄 거라니까?"

"이래도 안 가르쳐 줄 거예요?"

"어어어! 위험하잖아!"

"그러니까 빨리요!"

입술을 앙다문 여울이 운전을 하고 있는 경호의 팔을 답삭 잡아 사정없이 흔들었다. 직선 도로를 달리던 차가 비틀거렸다. 다행히 도로에 차가 거의 없어서 우려할 만한 큰 사고는 나지 않을 듯했지만 그냥 둔다면 조만간 사고가 날지도 몰랐다. 결국 경호는 격렬하게 괴롭히는 여울을 막으려 서둘러 항복을 하고 말았다.

"알았어, 알았어. 대신 누구한테 뭐라고 문자가 왔는지 가르쳐 줘야 한다?"

"그건, 싫어요."

여울이 단호히 거절하자 경호는 되레 웃음이 났다. 이건 대놓고 태경이 메시지를 보냈다고 말하는 거나 다름이 없었다.

경호는 여울의 거절을 깔끔히 무시하고 그대로 말을 이었다.

"넌 말이야. 정색하는 게 문제야. 대답하기 싫은 티 팍팍 내면서 '나 지금 당황했소.' 하면 누가 모르겠어?"

"제가 언제요!"

"지금도 봐. 그렇게 화를 내면서 정색하잖아. 솔직한 게 좋긴 하지만 어느 정도 감정을 숨기는 것도 할 줄 알아야 해. 그래야 네가 덜 상처받아. 너도 알다시피 지금까지는 무탈하게 잘 지내 왔다지만, 앞으로 있을지 모를 힘든 일들을 견디려면 지금보다 감정을 잘 다스려야 한다."

이제껏 믿기지 않을 정도로 평탄하게 살았던 건 여울도 인정하는 바였다. 좋은 사람들을 만나고, 좋은 직장에 다니는 것만 해도 일이 수월하게 풀린 편이었고, 조금 삐걱대는 일이 생겨도 상처받을 만큼 일이 커지지 않았다. 확실히 매일 상사에게 깨지고 스트레스 받는 여타의 직장인들과 달랐다.

"다들 잘 대해 주세요."

"알지. 내가 이 두 눈으로 확인했으니까. 그래도 말이다, 여울아. 사람 일이란 건 모르잖니. 남 피디가 그 프로그램을 계속 맡을 거란 보장도 없고, 작가들도 수시로 바뀔 거야. 거기다 게스트들은 또 어떻고. 보기와 다르게 성격 나쁜 게스트 걸리면 그거 다 너한테 돌아와. 특히나 넌 막내작가잖아. 제일 많은 잡일을 담당하는 게 너라고. 지금까지야 수월하게 넘어갔다 쳐도 앞일은 모르는 거란다."

겪어 봤기에 해 줄 수 있는 말이었다. 오랫동안 방송을 하면서 얼마나 많은 것을 보았을까. 여울이야 운 좋게 그런 일은 아직 겪지 않았지만 그런 일이 닥치지 않을 거란 보장 또한 없었다. 운이란 놈은 사람을 농락하기 좋아하니까.

"그래도 다행인 건 모든 스태프들이 널 아껴 준다는 거야. 사람은 말이다. 아무리 힘들고 고돼도 다른 사람의 위로를 받으면 힘들었던 것도 눈 녹듯이 녹아. 그러니까 내가 말한 그런 상황이 닥친다고 해도 너무 겁먹거나 울지 마. 대신 널 괴롭히는 사람들 앞에선 철저하게 너를 숨겨. 들키면 너만 당하는 거다. 그게 누가 됐든 말이야."

여울은 경호의 말을 곱씹어 보다가 사이드미러를 보며 이리저리 표정 연습을 했다. 내일은 우진에게 절대 농락당하지 않으리라, 결심을 하면서.

삶의 약육강식에 대해 짧은 강의를 마친 경호는 주먹을 불끈 쥐는 여울을 보고는 아까 미뤄 뒀던 질문을 슬쩍 던졌다.

"자, 이제 말해 보실까?"

"뭘요?"

"메시지 내용. 말해 줘야지."

"저는 말하겠다고 한 적이 없습니다."

손바닥을 내보이며 제 의사를 똑 부러지게 내비친 여울은 말을 끝내자마자 창밖으로 고개를 휙 돌려 버렸다. 경호에게 배운 그대로, 태경이 보낸 메시지 내용이 궁금할 경호는 안중에도 없이 질문조차 하지 못하게 해 놓고.

「데이트 잘하고, 내일 보자.」

흔한 이모티콘 하나 없는 짧은 메시지지만 그마저도 깔끔한 태경의 성격을 보여 주는 것 같았다. 침대에 드러누워 태경의 메시지를 들여다보던 여울은 한숨을 푹 쉬다가 조심스레 머리를 손으로 만졌다.

"그렇게 키가 컸었나?"

여울은 눈을 감고 늘씬하게 빠진 태경의 모습을 떠올렸다. 그리고 눈을 떠 태경이 보낸 메시지를 또 한 번 확인했다.

"괜히 심란하게 만들고 있어."

여울은 그대로 눈을 감았다. 태경이 별 뜻 없이 보낸 메시지에 휘둘리는 것 같아서 기분이 안 좋았다. 이런 자신의 모습이 바보 같기도 하고 한심하기도 해서 자꾸만 한숨이 나왔다.

"흔들리지 마, 한여울."

누구에게나 잘해 주는 사람에게 흔들리는 일 따윈 없어야 했다. 특히 태경에게는 더더욱. 행여나 그에게 흔들리고 있는 걸 들킨다면 우진의 괴롭힘이 극에 달하리란 건 보지 않아도 뻔한 일이었다.

"오지랖이 넓은 사람이니까."

오지랖. 그의 배려를 오지랖이라고 결론을 내린 여울은 이불을 확 뒤집어쓰며 머릿속에서 태경의 잔상을 지워 버렸다.

오늘 밤, 잘 잘 수 있을까.

4.
두근두근

노트 한 페이지가 새까맸다. 드문드문 보이는 글자 사이로 어지러이 그어져 있는 여러 선들. 경호는 뭔가 잘 풀리지 않는지 연필을 입에 문 채 머리를 있는 힘껏 흩트렸다.

"형님. 이것 좀 드시고 하세요."

경호를 유심히 지켜보고 있던 인호가 시원한 커피를 건넸다.

"고맙다, 인호야."

갑작스레 맡게 된 OST 때문에 머리가 다 지끈거렸다. 경호는 시원하다 못해 이슬이 맺힌 컵을 들어 숨도 쉬지 않고 커피를 들이켰다. 찬 기운이 식도를 타고 배 속에 안착하자 등줄기를 따라 머리 꼭대기까지 서늘해지는 것 같았다.

"뭐 하시는 거예요?"

"아아. OST를 써 주지 않겠냐고 해서 말이야."

"의뢰받으셨구나. 그런데 생각보다 잘 안 풀리나 봅니다."

"후후. 감이 죽은 거지."

"에이. 형님 실력이 어디 간답니까."

방송을 그만둔 후, 차선책으로 음악감독이란 직업을 선택한 경호에게 종종 곡 의뢰가 들어오곤 했다. 처음엔 그의 음악이 아까워서 곡을 의뢰한 사람이 대부분이었지만 이제는 달랐다. 그의 곡을 부른 가수 중에 성공하지 않는 이가 없다 하여 모두들 그의 곡을 받으려고 줄을 선 상태였다.

"가수든 드라마든 형님 노래만 썼다 하면 다 대박이잖아요. 대박 보증수표 한경호 님. 안 그래요?"

"비행기 태워 봤자 국물 없어. 이러지 마."

"제가 탄 커피를 드셨으니 적어도 국물 한 방울은 주셔야 합니다."

배 속에서 잘 소화되고 있는 걸 뱉을 수도 없고. 경호는 빈 잔을 밀어내고는 웃었다. 말은 저렇게 해도 늘 세심하게 챙겨 주는 인호라는 걸 모르지 않았으니 말이다.

"참, 형님. 아까 전에 형수님 다녀가셨는데 말입니다."

"여울이 엄마가?"

"네. 새 작품 들어가려는 건지 구석에 앉아서 타자만 치던걸요."

이상한 일이다. 인호가 운영하는 이 북카페에만은 절대 오지 않던 그녀였다. 그런데 뜬금없이 여길 오다니. 등골에서 식은땀이 주르륵 흘렀다.

"여울이, 괜찮을까요?"

"여울이 엄마가 무슨 말이라도 했어?"

"잘 지냈느냐, 하는 상투적인 말을 했죠. 아, 그리고 여울이 안부를 물어보셨어요."

"여울이 안부를?"

"네. 그리고 무슨 일인지 여울이를 만나야 한다면서 도와 달라고 하시더라고요. 근데 뭐, 제가 힘이 있나요. 요즘에 여울이가 바빠서 여기 잘 들르지 않는다고 둘러댔죠."

"그 사람도 참. 여울이를 만나려면 나한테 먼저 전화를 했어야지. 뭐하는 거야, 지금."

"형수님도 형님 볼 면목이 없어서 그랬을 겁니다. 누구보다 잘 아시잖아요. 형수님이 형님을 어떻게 떠났는지."

"어쨌든 고맙다, 인호야. 나 이만 가 볼게."

"아, 형님! 형님! 노트 챙겨 가셔야죠!"

뒤에서 인호가 고래고래 소리를 질렀지만 이미 깊은 생각에 빠진 경호에게는 들리지 않았다.

이제 와서 갑자기 왜. 여울과 자신을 버릴 때 다시는 보지 않을 것처럼 돌아섰던 사람이었다. 그랬기에 친권과 양육권까지 포기하며 이혼을 했던 혜민이 다시 돌아온 이유가 단지 여울을 만나기 위해서 였다면 더더욱 이해할 수 없었다.

"대체 여울이를 왜······."

혜민이 이제라도 살가운 모녀가 되어 보려 마음을 바꾼 거라면 다행이겠지만 만약 그게 아니라 다른 이유가 있어서라면 경호는 혜민과 여울을 절대 만나게 하지 않을 생각이었다. 물론 그 전에 먼저 혜민을 만나 봐야겠지만 문제는 경호가 혜민의 연락처를 모른다는 것이었다.

"뭘 어떻게 해야 하나······."

어찌 됐든 여울에게 최대한 피해가 덜 가도록 해야만 했다. 혜민 이 불쑥 나타나 여울의 주변을 어지럽힌다면 여울을 위해 숨겼던 자신의 존재가 도리어 여울에게 독이 될 것이었다. 그것만은 막아야 했다. 자식의 앞날을 막는 아버지가 될 순 없었다.

그렇다면 당분간은 혜민을 피하는 수밖에. 우선 여울이 혜민과 만났는지 확인하기 위해 여울에게 전화를 건 경호는 여울과 통화를 할 수 없게 되자 불안에 떨었다. 아무것도 준비되지 않은 여울이 혜민을 만났다면 무슨 일이 벌어질지 상상조차 할 수 없었다.

"여울아."

계속 통화 연결이 안 되다가 열 번째 전화를 걸었을 때 드디어 여울의 목소리를 들을 수 있었다. 속으로 수없이 침착해야 한다고 되뇐 경호였지만 막상 여울의 목소리를 접하자 놀란 마음을 감출 수 없었는지 그의 손이 덜덜 떨렸다.

— 전화를 왜 이렇게 많이 하셨어요?

"혹시, 오늘 엄마 못 봤니? 라디오국에 오지 않았어?"

주변을 둘러보고 있는 중인지 여울이 으음, 하는 소리를 냈다. 1초가 억겁인 양 마른 입술을 혀로 축이며 기다리던 경호는 여울에게서 확실히 아니라는 얘기를 듣고서야 참았던 숨을 몰아쉬었다.

— 아빠, 괜찮아요?

"괜찮고말고. 너야말로 괜찮아?"

— 놀랄 여력이 있었나요. 아빠가 얘기해 주기 전까지 그 사람 얘기는 듣지도 못했는걸요.

그 사람이란다. 얼마나 맺힌 게 많았으면 엄마를 두고 그 사람이라고 말을 할까. 이제는 덤덤해질 만도 한데 어릴 적 받은 상처는 아직도 아물지 못했나 보다. 경호는 여울의 가슴속에 흥건히 고여 있는 피 웅덩이를 보기라도 한 듯 미간을 구겼다.

"일단 마주치면 피해. 그게 제일 안전해."

왜 여울을 만나려고 하는 건지 알기 전엔 절대 안 된다. 강경하게 나오는 경호의 말에 여울은 신경 쓰지 않는다고 대답했다. 하지만 그게 과연 가능할까. 경호는 불가능하다고 여겼다. 설령 가능하다손 쳐도 유명 스테디셀러 작가인 혜민이 한낱 라디오 작가인 여울에게 관심을 가지는 걸 다른 사람들이 얼마나 이해해 줄 수 있을지 의문이었다.

"엄마가 인호 가게에 와서 네 안부를 묻더란다. 널 만나고 싶다고 했어. 그러니까 여울아……."

— 그 사람은 제가 잘 알아요. 절 보고 싶어 할 리가 없다고요.

"여울아."

— 걱정 마세요. 괜찮을 거예요.

가지 말라고 매달리던 여울을 뿌리치고 가 버리던 혜민의 모습이 뇌리를 스쳤다. 악을 쓰며 울부짖던 여울을 안아 다독이던 그때의 기억이 떠오르자 경호는 아무 말도 할 수 없었다.

"알았어. 방송 끝나고 주차장으로 와. 오늘은 같이 퇴근하자."

갑작스레 닥친 난관 때문에 머리가 지끈거렸다. 전화를 마친 경호는 운전석을 뒤로 젖혀 잠시 몸을 누였다. 도무지 답이 보이지 않았다.

통화를 끝낸 여울은 파리한 안색을 한 채 엘리베이터에서 내렸다. 당차게 말한 것과 달리 막상 혜민을 마주할지도 모른다고 하니 다리까지 후들거렸다.

"괜찮아?"

엘리베이터에서부터 여울을 뒤따라왔던 태경이 쓰러지기 직전인 여울을 붙잡았다. 태경이 잡아당기는 힘에 못 이겨 여울이 휘청거렸다. 잽싸게 여울을 받아 낸 태경은 조심스레 여울을 의자에 앉혔다.

"무슨 일이야? 혹시 집에 일이라도 생긴 거야?"

아마도 경호의 일을 묻는 것이리라. 여울이 살며시 고개를 저었다. 태경은 혼이 쏙 빠져나간 것 같은 여울을 대신해 복도를 살피곤 다시 물었다.

"그럼 왜 그래. 선생님 일도 아닌데 네가 이렇게까지 놀란 이유가 뭐야?"

"놀란 거 아니에요."

"아니긴. 너 지금 식은땀 흘리는 거 알아?"

태경이 주머니에서 손수건을 꺼내어 여울에게 내밀었다. 하지만 여울은 멍하니 정신을 놓고 있을 뿐 손수건을 받을 생각이 없어 보였다. 결국 태경이 여울의 손에 손수건을 쥐여 주고서야 여울이 땀을 훔쳐 냈다.

"몸이 많이 안 좋아 보이는데, 오늘은 이만 들어가는 게 어때?"

"싫어요."

"고집부리지 말고."

"고집 아니에요."

이렇게까지 초조해하는 여울을 본 적이 있었던가. 한경호가 자신의 아버지라는 걸 들켰을 때보다 더 심각해 보이는 얼굴에 태경의 걱정이 깊어졌다.

잠시 기다려 주면 나아지려나. 하지만 태경이 말도 붙이지 않고 얌전히 곁에 앉아 있어 봐도 여울의 표정은 나아질 기미가 보이지 않았다.

"안 되겠어. 선생님께 전화 드려야겠다."

"하지 마세요."

"너 오늘 상태 안 좋아. 이러다간 저번처럼 또 스튜디오에서 불편하게 있어야 할지도 몰라. 그것보단 집에 가서 편하게 쉬는 게 안 낫겠어?"

"괜찮아요."

"그래도……."

"저 좀 내버려 두세요!"

빽 소리를 지르며 일어난 여울은 자기 목소리에 당황해서 한 발자국 뒤로 물러났다.

"한여울."

"미, 미안해요."

흘러내리는 머리카락을 쓸어 넘기며 복도 끝을 주시한 여울은 사람이 없는 곳을 향해 뛰었다. 뒤에서 태경의 외침이 들렸지만 모른 척, 아무것도 듣지 못한 척 계속해서 앞만 보고, 앞으로, 앞으로.

태경은 어느새 사라져 버린 여울을 눈으로 좇다가 이내 고개를 돌려 버렸다. 너무 가까워지려고 하면 여울이 싫어할 테니까.

"괜찮을까, 저 녀석. 또 따라가면 화내겠지?"

그래도 신경이 쓰이는 건 어쩔 수가 없다.

태경을 피해 비상구로 달아난 여울은 습기 찬 계단에 털썩 주저앉아 버렸다. 혜민의 일로도 모자라 태경까지. 제 딴에는 잘해 주려고 한 것을 매몰차게 거절해 버린 것 같아서 머리가 더 복잡해졌다.

"또 오해하겠다."

이번에야말로 태경이 화를 낼지도 모르겠다. 미워하지 않겠다던 약속을 지키지 않은 것처럼 보였을 테니 말이다.

"미워하는 거 아닌데."

걱정해 준 사람을 원치 않게 무안하게 만들어서 마음이 불편했다. 다정함의 결과가 버럭 화를 내는 것이라니. 참으로 아이러니하다.

"내가 왜 이럴까, 정말."

자괴감이 스멀스멀 머릿속을 잠식해 갈 때쯤, 여울은 번뜩 혜민의 일을 떠올렸다.

"왜 갑자기 나타나서 사람을 이상하게 만들어."

이게 다 혜민 때문이다. 그래서 페이스가 통째로 흔들린 거다. 안 그랬으면 경호에게서 전화가 올 일도 없었을 테고, 그 때문에 태경에게 화를 낼 일도 없었을 것이다.

"뭘 원하는 거야, 대체."

분명 똑똑히 봤었다. 혜민이 친권도 양육권도 모두 포기하고 혼자 떠나길 바란다며 똑 부러지게 얘기하던 것을. 그 후부터 엄마의 존재를 부정하고 밀어내며 살았건만 이제 와서 이혜민이라는 사람은, 엄마라는 사람은 자꾸만 여울을 흔들었다. 이런 게 혈육이라는 건가. 혈육은 무엇으로도 끊을 수 없다는 걸까. 여울은 다리를 끌어안아 고개를 파묻었다.

여울은 진정되지 않는 마음을 가다듬으려 심호흡을 크게 했다. 열 번, 스무 번, 백 번. 숨을 크게 내쉴수록 심장 박동이 점점 빨라졌다. 혜민을 마주칠지도 모른다는 생각이 이미 온몸을 장악해 버린 뒤여서인지 좀처럼 마음을 추스를 수 없었다.

"이거 마셔 봐."

여울은 바닥으로 향해 있던 고개를 들어 목소리의 주인공을 바라봤다. 지치지도 않고 따라온 태경을 보자 여울은 다시 고개를 푹 숙여 버렸다.

"단거 마시면 기분이 좋아진대."

"……오빠, 바보예요?"

"뭐?"

정말 모르는 걸까, 모르는 척하는 걸까. 태경의 음성에서 묻어나는 진심 어린 걱정을 여울은 모른 척하고 싶었다. 어쩌면 사람이 이럴까. 이리도 착할 수 있는 걸까. 한 번쯤은 화를 낼 법도 한데 태경은 언성을 높이는 법이 없었다.

"제가 화냈잖아요. 제가 안 미워하겠다고 하고, 오빠 미워했잖아요."

"사과했잖아, 너."

간단명료하다 못해 허무할 지경이다. 여울은 제 손에 쥐여지는 음료수를 밀어냈다.

"안 마실래요."

"필요할걸."

"아뇨, 필요 없어요."

"한 모금만 마셔 봐."

"저한테 왜 이래요?"

여울은 결국 또 태경의 다정함에 기대어 신경질을 부렸다. 이러지 말아야지 하면서 계속 태경에게만 이러는 자신이 싫기도 하고, 그럼에도 불구하고 포기하지 않는 태경 또한 이해가 되지 않았다.

"너한테만 그런 거 아니야. 난 원래 이래."

"그럼 다른 사람한테 가서 이러세요. 저한테 이러지 말고."

"나 미워하지 않기로 한 거, 잊었어?"

"안 미워해요. 안 미워한다고요. 그러니까 좀 가요!"

"에이. 화내는 거 보니까 미워하는 것 같은데."

"진짜 왜 이래요, 정말."

다시 제자리다. 왜 이러는지에 대한 답도, 화내지 않겠다고 하던 다짐도 모두 제자리다. 속상한 마음에 결국 여울이 눈물을 내비쳤다.

"잘해 주지 마세요."

"나 미워하지 말라고 그러는 거야. 절대로 잘해 주려고 그런 거 아니야."

"뭐가 어찌 됐든, 잘해 주지 마세요. 자꾸 이러면 제가 어떻게 해야 할지 모르겠단 말이에요."

"왜?"

그 질문에 뭐라고 대답을 해야 할지 모르겠다. 그저 호의일 뿐인 태경의 행동에 혼자 심란해진다고 말하기에도 어색한 상황이 닥치자 여울은 잽싸게 두 손으로 입을 막은 채 자리에서 일어났다.

"어디 가?"

"바, 방송해야죠."

방송을 핑계로 자리를 피하는 여울의 머릿속에서 혜민의 일은 까맣게 잊힌 지 오래였다. 적어도 아까만큼 덜덜 떨지는 않으니 다행이라고 해야 하나.

태경은 복도를 뛰다시피 걸어가는 여울의 뒤를 느릿느릿 따라 걸어갔다.

「형님. 노트 두고 가셨습니다. 제가 가지고 있을 테니 집에 가시는 길에 가져가세요.」

깜빡 잊고 노트를 가지고 오지 않았단 걸 깨달았을 땐 이미 시간이 꽤 지난 뒤였다. 경호는 시간을 확인하곤 습관처럼 라디오를 틀었다.

전파를 타고 들리는 깨끗한 태경의 목소리와 여느 때처럼 깐깐하게 손을 본 듯한 대본. 거기다 태경과 고정 게스트들의 합도 제법 잘 맞고 무엇보다 물 흐르듯 부드러운 태경의 진행 솜씨가 마음에 들었다. 어느 것 하나 모자라지 않는 방송을 들으며 경호는 잠시 모든 근심 걱정을 내려놓았다.

예고 드렸던 것처럼 오늘의 키워드는 떡볶이입니다. 떡볶이와 관련해서 많은 청취자분들께서 사연을 올려 주셨는데요. 경북 김천에서 보내 주신 김경주 씨 사연부터 읽어 드릴게요.

수능 100일 전이었어요. 수능 100일 기념으로 다른 반은 수능 백일주를 마시거나 짜장면을 먹었는데 저희 반은 그런 이벤트가 없었습니다. 서운한 마음에 선생님께 투정을 부렸더니 선생님은 공부나 열심히 하라며 혼을 내셨어요.

그런데 야자 1교시가 끝난 후 갑작스레 선생님의 호출을 받고 나간 아이들이 두 손에 가득 음식을 들고 들어왔습니다. 웬 음식이냐니까 선생님께서 집에서 직접 만들어 오셨다고 하셨어요. 떡볶이, 튀김, 샌드위치, 김밥, 빵. 우리 반 모두가 먹고 남을 음식을 만드느라 정작 선생님은 식사도 못 하셨대요. 그 얘기를 듣고 얼마나 울었던지. 그때 선생님께서 만들어 주신 떡볶이 맛은 지금도 잊지 못한답니다. 눈물 젖은 떡볶이, 또 한 번 먹어 보고 싶어요.

이야. 사연 읽으면서 청취자가 부러워지긴 처음이네요. 선생님께서 직접 만들어 주신 떡볶이라니. 그 맛이 어떨지 정말 궁금합니다. 분명 선생님의 사랑이 듬뿍 들어가서 더 맛있지 않았을까요. 김경주 씨 사연,

잘 읽었습니다. 아, 갑자기 배고프다. 노래 한 곡 들으면서 우리도 빨리 고픈 배를 채워 보자고요. 김한라의 '떡볶이, 순대, 김밥' 듣고 올게요.

　오늘 선곡은 누가 했을까. 참신한 가사와 감미로운 보컬의 목소리가 아주 마음에 들었다. 경호는 저도 모르게 어깨를 들썩이게 만드는 노래를 따라 고개를 까딱거렸다.

　"노래 좋다. 어디서 이런 노래를 찾은 거지?"

　라디오의 장점은 바로 잘 알려지지 않은 노래를 들을 수 있다는 것이었다. 유행에 뒤처지는 노래라 하더라도 노래에는 각기 다른 매력이 있었고, 청취자들은 어떤 노래가 나오더라도 편견 없이 음악을 듣고 즐겨 주었다. 명곡은 누구라도 알아보는 법. 청취자들을 믿고 선곡하는 사람에게 있어서 그것만큼 기쁜 일은 없었다.

　한창 노래에 빠져 있던 찰나, 전화가 걸려 왔다. 저장되어 있는 번호가 아닌지 이름은 뜨지 않았다. 원래 모르는 번호로 걸려 오는 전화는 무시하는 경호였지만 문득 혜민일지도 모른다는 예감이 들었다. 전화를 받는 경호의 목소리가 떨렸다.

　─ 전화 안 받을 줄 알았는데 받았네. 잘 지냈어? 아니다. 잘 지냈느냐고 묻는 게 더 이상하겠다.

　역시나 혜민이었다. 낮낮한 목소리로 자신임을 밝힌 혜민에게 잘 지냈다고 인사를 건넨 경호는 인호의 가게에서 들은 얘기를 혜민에게 전했다.

　"당신, 여울이 만나고 싶다고 했다더군. 여울이 만나려거든 제일 먼저 나한테 얘기를 했어야지. 이건 뭔가가 뒤바뀌어도 한참 뒤바뀌었잖아. 내가 여울이 아버지인데 그런 얘길 왜 다른 사람한테 듣게 해?"

— 미안해. 내 생각이 짧았어.

이상했다. 모나고 날카로운 대답이 아니었다. 다신 안 볼 것처럼 돌아섰던 혜민이 먼저 전화를 걸었으니 이 당혹스러움을 어떻게 해야 할까. 경호는 입술만 달싹이며 혜민의 얘기에 귀를 기울였다.

— 그런데 경호 씨. 나, 여울이 만나게 해 주면 안 될까? 아니, 만나야 해.

"갑자기 이러는 이유가 뭐야. 서로 모른 척 잘 살았잖아, 우리."

— 내가 여울이한테 못해 준 게 너무 많아서 그래. 여울이랑 같이 밥 먹고, 같이 차 마시고, 같이 쇼핑하면서 평범한 모녀처럼 해 보고 싶어. 더는 욕심 안 부릴게. 딱 한 번만이야.

혜민의 간절한 음성에 뭐라고 대답을 해야 할지 몰라 경호는 끊었던 담배를 찾아 주머니를 뒤적였다. 그러나 담배가 있을 리 없었다. 경호는 작게 한숨을 쉰 뒤 혜민에게 물었다.

"여울이가 당신을 만나 줄 거라고 생각해?"

— 쉽진 않겠지.

"아니. 여울인 당신 절대 안 만나."

— 나도 알아. 하지만 꼭 만나야 해.

"무작정 만나야 한다고만 말하지 말고 여울이 만나야 하는 이유가 정확히 뭔지 말해 봐. 뭔지 알아야 내가 여울이를 설득하든지 하지."

— 내가 그 애 엄마니까.

그건 이유가 될 수 없었다. 오래전 엄마라는 이름을 내려놓은 혜민이 다시 엄마를 입에 올린다는 것 자체가 어불성설이었다. 분명히 다른 뭔가가 있었다. 하지만 혜민은 경호에게 말해 줄 생각이 없는지 말을 아꼈다.

"……여울이가 만나 줄 거라곤 확답 못 해. 그건 당신이 더 잘 알지?"

― 알아. 그 애가 날 닮아서 한 성격 하잖아. 설득하기 쉽지 않다는 거 알아.

그럼에도 불구하고 여울을 만나겠다고 고집을 부리는 혜민 때문에 경호는 고민에 빠졌다. 과연 여울의 의사는 안중에도 없이 일을 진행시켜도 되는 걸까.

모르겠다. 말을 한다면 만나지 않을 게 분명하고, 말을 안 한다면 말을 하지 않은 탓을 하겠지. 어떤 선택을 하든 여울의 반응은 똑같을 것이었다.

"여울이한텐 말해 볼게."

― 고마워. 그럼, 조만간 또 연락할게.

"오랜만에 목소리 들을 수 있어서…… 반가웠어."

― ……나도.

경호는 끊긴 전화를 보며 아랫입술을 꽉 깨물었다. 누구보다 혜민과 연락이 닿기를 바랐건만 혜민의 목소리를 듣는다는 것은 경호에게도 고통스러운 일이었다. 사랑했지만 떠나 버린 여자의 목소리는 경호를 흔들었고, 경호는 혜민이 여전히 미우면서도 한편으론 마음이 아팠다.

"내가 그때 잘 보듬었다면 우리는 달라졌을까."

시간이 약이라는 말, 그 말이 적어도 경호 자신에게는 해당되지 않는다는 사실이 너무나도 혼란스러운 밤이었다.

노래가 나가는 동안 태경의 눈이 여울을 좇았다. 그럴수록 여울은 혼자 제일 바쁜 척 시키지도 않은 일까지 해 가며 태경의 시선을 피해 다녔다. 두 사람의 어색한 기류를 읽어 낸 우진이 이 좋은 건수를 놓칠 리가 없었다.

"한여울, 스톱."

여울을 불러 세운 우진은 뻣뻣하게 돌아서는 여울을 보고 확신했다. 분명히 임태경과 한여울, 이 두 사람 사이에 무슨 일이 있었다고 말이다.

"너 무슨 일 있었냐."

"아니요. 아무 일도 없었어요."

"또 거짓말하네. 아까 태경이가 너 따라 나가고 나서부터 이상해."

차분히 내리 훑는 우진의 시선에 온몸이 바싹 곤두서는 것 같았다. 하지만 여울은 경호가 조언해 줬던 대로 최대한 마음을 들키지 않게 표정을 관리했다.

"태경이랑 무슨 일 있었던 거지? 둘이 이상한 짓이라도 했어?"

"대체 무슨 상상을 하시는 거예요? 우린 그런 사이가 아니라고 했잖아요."

"그럼 왜 넌 태경이랑 사라지고 나면 이상해지냐."

"그럴 일이 있었어요."

"그럴 일이 뭔데?"

"지금 방송 중이거든요, 남 피디님? 노래 끝났는데 방송에 집중 안 합니까?"

우진은 화제를 휙 바꿔 버린 여울을 의심이 가득 찬 시선으로 쳐다보다가 태경에게로 눈길을 돌렸다. 혹시나 했더니 역시나. 태경은 오늘도 어김없이 한여울 괴롭히기에 돌입한 우진을 흥미진진하게 쳐다보며 웃고 있었다.

"기다려. 너도 물어볼 거야."

태경은 입 모양과 손짓으로 우진이 무얼 말하는지 충분히 알아챘지만 이내 못 들은 척 고개를 저었다.

맨날 똑같은 걸 물으면서 질리지도 않나 보다. 삭막한 일터에서 피어나는 연분홍빛 로맨스를 꿈꾸기라도 하듯 우진은 두 사람을 계속해서 주시했다. 두 사람이 서로에게 관심이 있건 말건 상관없이.

"꼭 저 두 사람이어야만 해요?"

우진과 달리 두 사람 사이에서 아무런 느낌도 받지 못한 유정은 우진이 두 사람을 너무 몰아세우는 게 아닌가 걱정이 되었다. 잘될 인연이라면 그냥 두어도 발전한다는 걸 우진은 정말 모르는 걸까. 아니면 알기 때문에 더 잘되길 바라는 마음에 오지랖 넓게 구는 걸까. 어느 쪽이든 이래선 두 사람에게 도움이 될 수 없을 것 같았다.

"어. 내 촉이 그래."

"그럼 남 피디님 짝은 누구인데요? 그 촉은 안 오는 거예요?"

"나는 워커홀릭이야. 여자보다 일이 더 좋은 사람이라고."

"그래도 다른 사람들 연애엔 누구보다 관심 가지잖아요. 혹시 남 피디님이야말로 연애가 하고 싶은 거 아니에요?"

"무슨 소리! 난 연애보다 일이 재미있다고. 하지만 그보다 더 재밌는 건 다른 사람들 사랑 구경을 하는 거지. 나는 워커홀릭일 뿐, 감정 없는 로봇이 아니거든. 사람이니까 가끔 편식도 하는 거 아니겠어?"

참 특이한 편식이다. 다른 것도 아니고 남들이 연애하는 걸 보고 즐긴다니. 일을 너무 많이 해서 머리가 어떻게 된 건가.

"본인들이 싫다고 하잖아요. 그럼 그냥 물러나서 구경하세요."

"민 작가도 궁금하지 않아? 두 사람, 어떻게 될지."

"저는 그것보다 오늘 방송이 더 궁금한데요. 다른 데 정신 팔지 말고 오늘 방송부터 신경 쓰세요."

유정이 따끔한 충고를 하고 돌아섰다. 우진은 어느새 다음 사연을 읽고 있는 태경을 보다가 자기 자리로 돌아가 앉았다. 유정의 말대로 지금은 방송에 신경을 써야 할 때였다. 잠시 외출했던 정신을 차리고 큐시트를 확인한 우진은 다시금 프로의 모습으로 돌아와 방송에 집중했다. 여울을 괴롭히던 괴짜 남우진의 모습은 온데간데없이.

"먼저 가 보겠습니다!"

여울은 방송이 끝나자마자 가방을 챙겨 인사를 했다. 좁은 차 안에서 저를 기다리고 있을 경호 때문이었다. 힘들지 않았냐고 물으면 라디오 듣느라 시간 가는 줄도 몰랐다고 변명할 경호의 모습이 눈에 선했다.

"데려다 줄게. 같이 가."

"아니요. 오늘은 선약이 있어서요."

자정에 선약이라니. 잠시 의아해하던 태경은 이내 선약의 주인공이 경호인 것을 알아차렸다. 그래서 평소와 다르게 퇴근을 서둘렀단 걸 알고 나자 그는 오히려 여울이 우진에게 붙잡히지 않도록 도와주기까지 했다.

"고맙습니다."

"아냐. 고맙긴."

상냥한 임태경은 부담스러웠다. 아니, 사실은 그것보다 자꾸만 태경에게로 눈길이 가는 게 문제였다. 다행히 그의 순수한 진심을 호감으로 받아들이는 멍청한 짓은 하지 않았지만 가끔은 그 순수한 진심에 허무해지곤 했다. 그건 여울이 이미 태경을 좋게 보고 있다는 증거였고, 그 증거를 곱씹을수록 여울은 태경을 멀리하려 애썼다.

"안녕히 가세요."

인사를 마친 여울은 태경의 대답도 듣지 않고 주차장을 향해 걸었다. 저벅저벅 걷다가 뒤따라오는 태경을 느끼곤 조금 더 속력을 높여 걸었다. 설마 하며 뒤를 돌아보았더니 태경은 저만치에서 거리를 두고 따라오고 있었다. 거의 뛰다시피 주차장으로 간 여울은 이번에도 따라붙은 태경을 돌아보며 앙칼지게 물었다.

"아까부터 왜 자꾸 따라와요? 남 피디님 말대로 저한테 정말 관심 있어요?"

어색해진 관계를 풀어 보려 장난을 친 것뿐인데. 황당한 듯 태경이 말없이 손가락으로 자신의 차를 가리켰다. 몇 번 얻어 타서 눈에 익은 차. 멀지 않은 곳에 태경의 차가 있자 여울은 갑자기 얼굴이 화끈 달아오르는 것 같았다. 당황스러움에 얼른 경호의 차로 쏙 올라탄 여울은 눈을 질끈 감으며 경호를 재촉했다.

"얼른 가요, 얼른!"

영문도 모른 채 차를 출발시킨 경호는 어쩔 줄 몰라서 발을 동동 구르는 여울과 사이드미러로 조그맣게 보이는 태경을 번갈아 보았다.

"저 진짜 일 그만둬야 할까 봐요."

"태경 군하고 무슨 일 있었던 거야?"

엄밀히 따지면 태경 때문이었지만, 사실은 어수선한 마음을 다스리지 못하고 속내를 내비친 자신이 한심해서였다. 오해할 걸 오해했어야 했는데, 이게 무슨 날벼락이람. 여울은 숙였던 얼굴을 들어 올리며 결심한 듯 말했다.

"맞아. 일을 그만두면 내가 한경호 딸이란 사실도 들킬 일 없고, 남 피디님이 깐족거려도 참을 필요 없어. 게다가 태경 오빠 차를 얻어 탈 일도 없지."

"그래서? 진짜 그만두겠다는 거야?"

"아아아. 모르겠어요."

예전이었다면 열 일 제쳐 두고 혜민의 일부터 생각했을 여울이 오늘은 태경과의 일 때문에 그녀에 대한 걱정을 잊은 듯 보였다. 경호는 두 손으로 머리를 감싸 쥔 여울을 한참 동안 바라보다 결론을 내렸다. 어쩌면 이게 여울에게 더 잘된 일이라고 말이다. 게다가 부모들의 문제에 더 이상 자식이 희생되는 것도 못 할 짓이라는 생각도 들었다.

"태경 군에게 감사해야겠구나."

"네?"

"그럴 일이 있어."

여울이 태경에게 가진 감정은 무엇일까. 동료보단 이성? 아니다. 이성으로 느낀다고 하기엔 애매했다. 그러나 태경을 단순한 동료가 아닌 이성으로 느낀다는 건 여울에겐 낯선 경험일 터였다.

"그보다 너, 내가 가르쳐 준 건 제대로 하고 있는 거야? 딱 보니까 오늘은 완전히 실패한 것 같은데?"

우진의 깐족거림도 웬만해선 참아 넘길 수 있었고, 혜민의 일도 힘들겠지만 버틸 수 있을 거라고 생각했다. 하지만 왜 태경에게는 보여 주고 싶지 않은 모습을 자꾸 보이게 되는 것인지 알다가도 모를 일이었다. 이제껏 아무에게도 들킨 적 없었던 경호와의 관계도 태경에게 들켜 버리고, 태경에게만 화를 주체하지 못하고 쏟아 내는 것도 그랬다. 어째서 태경에게만 그러는 걸까. 여울은 애꿎은 머리를 창문에 톡톡 찧으며 자책했다.

"그냥 실패가 아니라 대실패예요."

태경과 아무렇지 않게 얘기를 나누다가도 아무것도 아닌 그의 행동 하나에 가슴이 찌르르 울렸다. 이 감정이 호감일 리 없다고, 그건 아닐 거라고 부정했지만 결론은 하나였다. 정말 그에게 호감을 느끼고 있다는 것.

"좋아하는 사람에게 마음을 숨긴다는 건 참 힘든 일이지. 너만 그런 게 아냐. 모든 사람들이 비슷한 고민을 해."

"좋아하는 사람이라……."

좋아한다. 좋아한다. 좋아한다. 여러 번 되뇌어 보는 그 말. 여울은 자기 차를 가리키며 황당해하던 태경을 떠올리곤 고개를 푹 숙였다.

"나 어떡해."

내가 어쩌다가 이렇게 된 거람. 내일 태경의 얼굴을 제대로 못 볼 것 같다.

방송국에서 바로 연습실로 간 태경은 아직도 어안이 벙벙한 상태였다. 잘 지내다가도 한순간에 까칠해지는 여울의 기분을 풀어 주려고 장난을 조금 쳤던 건데 여울이 오해를 할 줄은 몰랐다. 아니, 오히려 여울이 자신에게 정말 관심이 있는 거냐고 되묻자 당황해서 아무런 말도 할 수 없었다.

"왔어?"

"어? 으응."

민준의 인사도 받는 둥 마는 둥 소파에 앉은 태경은 얼굴을 붉힌 채 도망치듯 경호의 차에 올라타던 여울의 모습을 머릿속에서 지울 수 없었다.

"여울이가 왜 그랬지?"

"더위를 먹었나. 웬 혼잣말이야."

"민준아. 나 갑자기 기분이 이상하다."

"더위를 먹은 게 아니라 정신을 놨네, 놨어."

"아냐. 나 진지하게 묻는 거야."

별로 대수롭지 않게 여기던 민준이 진심이 느껴지는 태경의 표정을 보고 자세를 고쳐 앉았다.

"이 자식, 진심이구나? 뭔데? 뭐가 그렇게 기분이 이상해?"

"나는 단순히 장난을 치려고 했을 뿐인데, 여울이가 자기한테 정말 관심 있는 거냐고 묻잖아. 나 그때, 아니라는 말을 못 했어. 관심 없단 말을 못 했다고."

이런 한심한 친구를 봤나. 얘기를 들어 주던 민준이 별안간 한숨을 푹 내쉬었다.

"너 바보야?"

"뭐?"

"여울이라는 사람, 신경 쓰이지?"

"그건 여울이가 선생, ……아니다. 네가 생각하는 그런 건 아니야."

여울과의 약속을 떠올린 태경은 재빨리 입을 닫았다. 그런 태경이 답답했는지 민준은 손바닥을 맞비비며 태경의 말을 잘랐다.

"뭐가 어찌 됐든 신경 쓰인다는 거잖아. 신경 쓰인다는 건 네가 그 사람을 여자로 인식한다는 거고."

"그래서?"

"이 답답아. 그래서는 뭐가 그래서야. 여자로 느낀다는 건 호감이 있다는 거지. 그 사람한테 장난치는 거, 그 사람하고 잘 지내고 싶어서 그러는 거잖아."

"그거야 워낙 서먹서먹했으니까 잘 지내보려고 그랬던 거지."

"아니지. 장난치기 전의 네 모습을 떠올려 봐. 그리고 장난친 후에 그 사람을 보는 네 모습도 떠올려 봐. 단순히 장난이 치고 싶어서 그런 게 아닐걸?"

태경은 곰곰이 생각에 잠겼다. 장난을 치면 여울은 언제나 크고 동그랗게 되는 눈으로 저를 올려다보았고, 그 모습이 제법 귀엽다고 생각한 적도 있었지만 그걸 민준이 단정 지은 감정이라고 할 순 없었다.

"아냐. 반응이 재밌으니까 그런 거야."

아니라고 결론을 내린 태경은 생각을 떨치려 고개를 저었다. 민준이 그런 태경의 생각에 찬물을 끼얹으며 의미심장한 미소와 함께 되물었다.

"그럼 그 여자 생각하면서 속으로 좋아한단 말을 해 봐. 가슴이 떨리면 너 그 여자 좋아하는 거야."

"에이, 유치하게 그게 뭐야. 내가 설마 좋아하는 감정 하나도 모르겠냐. 내 나이가 몇인데."

"뭐 어때. 손해 보는 것도 아니잖아. 나도 너처럼 상미한테 그랬는데, 그러고 나니까 알겠더라. 내가 상미를 좋아해서 그랬다는 걸. 감정이 애매할 땐 그 방법이 최고야."

민준이 경험담을 털어놓으며 권유하자 태경은 속는 셈 치고 눈을 감았다. 그리고 크고 동그란 눈을 한 여울의 얼굴을 떠올리며 속으로 가만히 중얼거려 보았다.

좋아한다. 좋아한다. 나는 한여울을 좋아한다. 한여울을, 좋아한다.

"어어, 너! 얼굴 빨개졌는데?"

"빨개지긴. 더워서 그런 거야, 인마."

민준이 달아오른 태경의 뺨을 가리키며 웃었다. 태경은 당혹스러운 마음을 숨기기 위해 바람을 쐬러 밖으로 나갔다.

"내가 여울이를 좋아하는 걸까?"

모르겠다. 단정 짓기엔 아직 여물지 못한 감정이다. 하지만 두근두근, 가슴이 뛴다. 가슴이 뛰었다. 그것 하나만큼은 절대적인 진심이었다.

5.
들었다 놨다

스튜디오에 들어서던 태경은 노트북과 씨름을 하고 있는 여울을 보고 멈칫했다. 며칠 전 그 일이 있은 이후, 왠지 여울과의 사이가 서먹해진 탓이었다. 그건 태경뿐만이 아니라 여울도 마찬가지였다. 여울 또한 작은 고갯짓으로 인사를 한 뒤 다시 노트북에 시선을 고정시켰다.

"너네는 어째 또 제자리걸음이냐."

불쑥 나타난 우진이 둘 사이의 어색한 기류를 기가 막히게 캐치해 냈다. 태경은 숨이 막힐 것 같은 침묵을 깨고 나타난 우진을 반기며 말을 걸었다.

"마침 할 말이 있었는데 잘됐네요. 저 이번에 콘서트 해요, 형."

"녀석, 말 돌리기는. 콘서트는 언젠데?"

"한 달 뒤요."

"빠듯하네. 요즘 연습한다고 바쁘지?"

"바쁜 게 어디 하루 이틀이었나요. 매일 그랬죠. 아무튼 이번에 제 콘서트 티켓을 선물로 조금 풀까 하는데, 괜찮으시겠어요?"

"우리야 주면 좋지. 그런 건 못 구해서 난리잖아."

청취자들에게 줄 수 있는 선물이 늘어나서 기쁜 우진을 뒤로하고 태경은 가장 중요한 말을 전했다.

"다행이네요. 아, 그리고 제일 중요한 일이 남았어요. 이번 콘서트 일정이 좀 많이 길어요. 웬만하면 녹음을 해 두겠지만, 콘서트 앞두고 목을 무리해서 쓰려니까 그것도 좀 부담스러워서……. 그때만이라도 대타를 썼으면 해요."

"생각해 둔 사람은 있어?"

태경은 이런 일이 있을 때를 대비해서 미리 공석을 채워 줄 수 있는 사람을 생각해 둔 상태였다. 뷰티풀 데이즈의 상징이자 초대 디제이였던 한경호. 태경은 경호만 허락한다면 경호에게 임시 디제이 직을 맡기고 싶었다. 하지만 그가 과연 해 줄 수 있을지.

"제 생각엔 한 선생님이 적격이라고 생각하는데 워낙 바쁜 분이시니까 그렇게 해 주실 수 있을까 싶어요. 뭐, 이건 어디까지나 제 의견이고요. 형은 한 선생님 말고 다른 대안을 생각해 보세요."

"……아냐. 네 말대로 한 선생님이 딱인 것 같다. 지금부터 섭외 들어가야겠어."

그런 고민은 사치라며 우진이 서둘러 경호에게 전화를 하러 간 뒤, 오롯이 여울과 둘만 남게 된 태경은 섬서해진 분위기를 바꿔 보려 여울에게 물었다.

"너도 좋지?"

"네에……."

노트북만 보고 있던 여울이 시선을 들어 올려 태경을 쳐다보았다.

그러자 태경은 멋쩍은 듯 괜스레 머리를 긁적이며 급히 말을 둘러댔다.

"선생님이 해 주시면 좋을 것 같아서 말이야. 너도 좋아할 것 같고."

"아, 네."

"물론 나도 좋고."

이상하게도 변명거리가 더 있을 것 같은데 머릿속이 하얘져선 아무것도 생각나지 않았다. 갑자기 뭘 해야 할지 몰라 머쓱해진 태경은 여울에게 바보 같은 웃음을 지어 주곤 그녀에게서 멀찍이 떨어져 앉았다.

"내가 너무 일찍 왔나?"

분명히 해야 할 얘기가 있어서 일찍 왔는데 일찍 와도 너무 일찍 왔나 보다. 대본은 아직 나오지 않은 상태인 데다 통화하러 나간 우진은 언제 들어올지 기약이 없었다. 하는 수 없이 태경은 조금이라도 빨리 어색함을 떨쳐 내고자 여울에게 말을 걸었다.

"대본은 잘 써져?"

"그럭저럭요."

"그렇구나."

대화를 잇기가 이렇게나 어려웠던가. 민망해진 태경이 긴 다리를 쭉 뻗고 앉아 죄 없는 손가락만 열심히 괴롭히자 이번엔 여울이 태경에게 물었다.

"콘서트 준비는 잘 돼 가요?"

"그럭저럭."

"그렇구나."

또 대화가 끊겼다. 두 사람 다 열심히 머리를 굴려 다른 얘깃거리들을 찾아보았지만 아무리 생각해도 무슨 말을 해야 할지 몰랐다. 어쩌면 이대로 우진이 돌아오기를 기다려야 할지도.

"아직도 제자리걸음이네. 두 사람, 개편 전으로 돌아간 거야, 뭐야."

결국 우진이 돌아올 때까지 일말의 대화도 나누지 못한 태경과 여울은 한심스러워하는 우진에게 반박도 못 했다. 빼도 박도 못하게 머쓱해하는 모습을 보이고 말았으니 할 말이 없는 게 당연했다.

"내가 나서야 얘기할 거야?"

"뭘요."

"모른 척하기야, 정말? 이래서야, 원. 한 선생님 승낙 받아 내도 기쁘지가 않네."

"진짜예요?"

"정말이에요?"

생각보다 쉽게 얻어 낸 경호의 승낙이 누구보다도 기쁜 두 사람이었다. 꽁하니 입술을 꾹 다물고 있던 두 사람이 동시에 반색하며 물었다.

"당연하지. 내가 누군데. 나, 남우진이야."

첫 출연 후 방송에 대한 두려움이 사라진 걸까. 흔쾌히 방송 출연에 동의한 경호 덕분에 여울의 표정이 전에 없이 밝아졌다.

"고마워요, 남 피디님."

"알면 다행이네."

사실은 개인적인 소원 성취보다 프로그램을 위한 선택이었겠지만 여울은 그런 건 개의치 않았다. 중요한 건 경호가 또 한 번 큰 결심을 해 줬다는 것이었으니까.

"태경 오빠도 고마워요."

"어? 나 말이야?"

"네. 오빠가 한 선생님 얘기를 꺼내 주지 않았다면 이런 좋은 일이 생길 수 없었을 거잖아요. 안 그래요?"

"어? 어, 으응."

경호 덕분에 자연스레 얘기를 꺼낼 수 있게 되자 우진이 눈치껏 자리를 피해 주었다. 둘의 문제는 둘이서 푸는 게 좋겠지. 태경은 두 사람이 관심 가질 만한 화젯거리를 툭 던져 놓고 사라진 우진을 확인하고는 미처 꺼내지 못했던 얘기를 하기 시작했다.

"나중에 선생님 모시고 같이 콘서트 보러 와. 좋은 자리 빼놓을게."

"아, 정말요?"

"선생님이라면 그래도 돼. 내가 가수로 성장한 모습을 보여 드리고 싶거든."

"아빠도 분명 좋아할 거예요. 그렇게 말씀드릴게요."

진심으로 기뻤는지 여울은 오랜만에 태경에게 웃어 주었다.

꽉 막힌 공간에 산뜻한 바람이 부는 것 같았다. 해사한 여울의 웃음소리에 태경도 미소를 지었다.

지금 이 순간이 마냥 포근했다.

❀　　　❀　　　❀

11시를 알리는 시보와 함께 3부 시그널이 흘렀다. 태경은 여울이 건네준 대본을 훑어보며 목소리를 가다듬었다. 3부 고정 코너 '너에게 보내는 편지'가 있는 월요일과 화요일이면 그는 목소리에 더욱 신경을 쓰곤 했다.

"나는 네가 좋다."

오늘 대본은 청취자의 사연을 바탕으로 쓴 것이라고 하더니 첫 문장부터 심상치 않다. BGM을 살짝 키웠다가 줄이며 큐시트를 확인한 태경은 노래 제목만으로도 이 글이 얼마나 달달할지 상상이 됐다.

"네가 다가올 때면 난 가슴이 떨려. 너의 손짓, 너의 목소리, 너의 숨결. 그 모든 게 날 설레게 해. 너와 발 맞춰 걸을 때에도, 나란히 우산을 쓰고 걸을 때에도 너의 행동 하나하나에 내 촉각은 곤두서."

달다. 태경의 음성은 유난히도 달았다. 멍하니 태경의 목소리에 집중을 하고 있던 여울은 우진이 어깨를 툭툭 치고서야 나갔던 정신을 수습했다.

"사진 찍어야지, 사진. 카메라는 폼으로 쥐여 준 줄 알아?"

막내작가가 고정 코너를 맡는다는 건 웬만해선 어려운 일이었다. 그러나 우진이 있었기에 막내작가인 여울도 고정 코너를 맡을 수 있었다. 물론 그것으로 인해 여울이 온갖 잡일을 담당하게 됐다는 건 조금 슬픈 일이었지만 우진이 고정 코너를 맡을 수 있게 기회를 준 것만으로도 여울은 우진에게 감사해야만 했다.

"네 코너잖아. 네 코너면 네가 더 신경을 써야지. 빨리 들어가서 사진 안 찍어?"

여울은 우진의 손짓에 어쩔 수 없이 일어나 부스 안으로 들어갔다. 그리고 대본을 읽는 데 집중하고 있는 태경의 모습을 프레임에 담았다.

숨을 고를 때면 오르내리는 목울대, 낮낮한 목소리, 가볍게 대본을 쥔 예쁜 손, 눈을 살짝 덮은 부드러운 머리카락. 그리고 짙고 긴 속눈썹.

"그런데 말이야. 너 때문에 난 설레면서도 가끔 속이 타들어 가. 화가 나면 입술을 꾹 다물어 버리는 너. 가끔씩 내 시선을 피하는 너. 그럴 때마다 불안해서 잠을 설치곤 하지만 그래도, 그럼에도 네가 좋은 건 어쩔 수가 없나 봐. 너라서, 너니까, 너이기 때문에, 네가…… 좋다. 아무리 해도 질리지 않을 그 말. 너에게 보내는 편지.”

기다리던 셔터 소리가 들리지 않았다. 마이크 볼륨을 줄이고 노래를 내보낸 태경은 카메라를 든 채 미동도 하지 않는 여울을 바라보았다.

“여울아, 뭐 해? 안 찍어?”

태경이 고개를 돌려 눈을 맞춰 오자 여울이 그제야 허둥지둥 카메라 셔터를 눌렀다. 하지만 그것도 잠시, 여울은 태경을 똑바로 쳐다보지도 못하고 작은 화면에만 집중 또 집중하더니 정작 중요한 사진은 몇 장 찍지도 않고 밖으로 나가 버렸다.

“내가 왜 이런담?”

볼이 화끈 달아올랐다. 부스 밖으로 나온 여울은 잽싸게 자기 자리에 앉아 버렸다. 단지 대본을 읽었을 뿐인데 어쩐 일인지 태경의 ‘네가 좋다.’는 말 한마디에 아무것도 할 수가 없었다. 사진을 찍어야 한다는 생각조차 멈춰 버리고 오로지 그의 목소리에만 집중하느라 사진을 잘 찍었는지도 모르겠다.

“쯧쯧쯧. 정신을 놨구먼, 정신을 놨어. 여기도 환자 한 명 추가요.”

우진이 평소 태경의 팬이라고 자청하던 서브작가 지원과 여울을 가리키며 혀를 끌끌 찼다. 지원은 이 정도 봐 왔으면 환상이 깨질 때도 됐다며 타박하는 우진에게 다다다 쏘아붙였다.

“한 번 팬은 영원한 팬인 거 몰라요?”

“그래서 태경이랑 잘해 보고 싶다는 거야, 뭐야?”

“누가 그렇대요? 저 엄연히 임자 있거든요?”

"그럼 김 작가 남자 친구한테나 잘해. 여차하면 내가 가서 확 일러 버린다!"

결혼을 약속한 남자 친구를 두고 동료인 태경에게 홀리면 어쩌잔 말인지. 모든 일의 원흉은 임태경이다. 진즉에 여자 친구라도 있었으면 이런 일은 애초에 없었을 텐데. 그러나 우진이 그렇게 생각하건 말건 태경은 어느덧 끝나 버린 음악 소개에 열중하고 있었다.

"데이브레이크의 '들었다 놨다' 들으셨습니다. 오늘 '너에게 보내는 편지', 어떠셨어요? 연애를 할 때 한 번쯤은 느껴 보는 감정이라서 다들 공감하셨나요? 좋아하는데도 불안한 기분. 아, 그거 정말 괴롭죠. 그래도 내가 더 좋아하니까 모른 척 눈감아 주는 게 아니겠어요?"

잠시 숨을 고르며 실시간 메신저를 확인한 태경은 눈에 띄는 메시지를 발견하곤 말을 이었다.

"으음, 방금 지현숙 님께서 '더 좋아하면 지는 거 아닌가요?'라고 하셨는데요. 글쎄요. 저는 좋아하는 데 이기고 지는 게 있을까 싶어요. 상대방보다 더 좋아한다고 해서 손해 보는 것도 아니고, 내가 좋아하니까 좋아하는 만큼 그 사람에게 더 충실해진다고 생각하거든요. 뭐, 그거야 제 개인적인 생각이니까요. 연애를 오래 쉰 제가 훈수를 둘 입장은 아닌 것 같네요. 하하."

셀프 디스를 하며 유쾌하게 얘기를 이끈 태경은 청취자들이 보내 준 문자 메시지를 골라 읽어 준 뒤 다시 노래를 내보냈다.

「임태경. 딴 데 정신 팔지 말고 방송에 집중해.」

여울이 계속 신경 쓰였다. 잠시 짬이 생긴 틈을 타 부스 밖을 둘러보던 태경은 프롬프터에 뜬 글을 보고 피식 웃었다. 하여튼 눈치도 빨라. 여울과 엮지 못해 안달이던 우진이 이번엔 여울에게 눈길도 주지 말라고 한다. 대체 어느 장단에 춤을 주란 말인지 몰라서 태경이 그냥 웃어 버리자 우진이 다시금 글을 보내왔다.

「네가 바깥 상황 신경 쓰면 더 이상해질 사람이 있어. 방송 끝날 때까지 신경 꺼」

우왕좌왕 카메라 셔터도 제대로 못 누르던 여울이 신경 쓰이지 않는다면 그건 거짓말이다. 방송 시작 전에 어색했던 사이가 조금 나아졌다고는 하나 여전히 태경에겐 풀리지 않는 의문이 있었다. 그 때문에라도 태경은 더욱더 여울에게 신경을 쓸 수밖에 없었다.

"나만 이상한 게 아닌가 보네."

덤덤한 척 굴어도 여울에게 향하는 시선은 어쩔 수가 없었다. 그래도 지금은 우진의 말대로 일이 먼저였다. 태경은 헤드셋을 고쳐 쓰고 대본을 손에 쥐었다. 우선은 일에 집중을 해야지.

"여울아, 데려다 줄게. 같이 가자."

방송이 끝난 뒤 부스 밖으로 나온 태경은 서둘러 가방을 챙기고 있는 여울을 불러 세웠다. 뭔가 찔리는 구석이라도 있는지 여울이 고개를 있는 힘껏 저었다.

"괜찮아요."

"괜찮다고 하는 버릇, 또 도진 거야?"

"네?"

"할 얘기가 있어서 그래. 같이 가."

태경은 처음부터 여울이 도망가지 못하도록 여울의 팔을 움켜잡은 채 남은 사람들에게 인사를 했다. 태경의 일방적인 인사 후, 뺏기다시피 가방을 넘겨준 여울은 주차장으로 향하는 태경의 뒤통수만 보며 걸었다.

"내 차 타고 가는 거, 오랜만이지?"

말없이 태경을 따라가던 여울은 태경이 생각했던 것과 다른 말을 걸어오자 놀라서 되물었다.

"할 말 있다고 하지 않았어요?"

"그게 그렇게 중요해?"

중요하다마다. 안 그랬으면 또다시 사이가 틀어지는 걸 감수하고 도망을 갔을 거다. 별로 시답잖은 얘기를 꺼낸다면 가만두지 않겠다는 듯 올려다보는 여울의 눈빛이 제법 매서웠다.

"얼굴 뚫어지겠네. 아까도 그렇게 쳐다보더니."

"제, 제가 언제요!"

"말 더듬는 거 보니까 맞네. 내가 앞만 쳐다본다고 해서 시선도 못 느끼는 바보는 아니야. 연예인 생활 10년이 넘어가면 누가, 어디서, 나를 쳐다보고 있는지쯤은 대충 때려 맞춰서라도 알지. 하물며 부스 안에 너랑 나만 있었는데 그걸 못 느꼈겠어?"

"아, 안 봤어요."

"아니긴."

"아, 안 봤다니까요?"

여울이 목소리가 찢어질 정도로 소리를 빽 질렀다. 더듬다 못해 소리까지 지른 걸 보면 이건 백 퍼센트 쳐다봤다는 증거인데 도무지 인정할 기미가 보이지 않았다. 결국 태경이 한 수 접고 나서야 여울이 진정했다.

"애먼 사람 잡지 마세요."

여울이 큼큼, 목을 가다듬자 태경이 슬쩍 웃었다. 여울의 어설픈 발뺌이 볼수록 웃음이 났다.

"알았으니까 얼른 타기나 해."

냉큼 차에 올라탄 여울은 말없이 운전에 몰두한 태경을 슬쩍 쳐다보았다. 할 말이 있다더니 해야 할 말은 안 하고 운전만 하는 태경이 답답해 미칠 지경이었다.

"무슨 얘기를 하시려고요?"

"성미도 급하시지."

"말 돌리지 말고요."

"기다려 봐. 나도 어떻게 말을 꺼내야 할지 고민 중이니까."

그러더니 태경은 집에 거의 다다를 때까지 또 아무 말도 하지 않았다. 대체 무슨 말을 꺼내려고 이렇게까지 뜸을 들이는 건지. 오랜 뜸 들임으로 인해 졸음이 올 지경이었다.

"너, 날 어떻게 생각해?"

그러나 그런 생각을 한 지 오래지 않아 태경이 직구를 날렸다. 다가오던 졸음이 싹 달아나는 기분이었다. 예상에서 보기 좋게 빗겨나간 태경의 질문에 속수무책으로 당한 여울은 두 눈만 끔뻑이다 겨우 입을 떼었다.

"어떻긴요. 조, 좋은 사람이라고 생각하죠."

"그게 다야?"

"당연히 그게 다죠. 설마 제가 오빠를 이성으로 보길 바라는 건 아니죠? 그건 남 피디님 계략이란 거, 누구보다 오빠가 잘 알잖아요. 거기 넘어가는 뻔한 짓, 다른 사람도 아니고 오빠가 하면 안 돼요, 안 돼!"

여울이 두 손을 들어 손사래까지 쳤다. 절대 그럴 리 없다는 부정의 제스처였다.

"우진이 형 때문에 그런 거 아니야."

단호히 아니라고 하는 태경 때문에 두 배로 당혹스럽다. 여울은 뭐라고 해야 좋을지 몰라 입을 다물어 버렸다.

"내가 신경 쓰여서 그래."

두 배로 당혹스럽다는 거 당장 취소다. 최소 열 배로 정정이다.

'이게 좋아하는 감정인지는 모르겠어. 하지만 충분히 신경 쓰여. 네가 한 선생님 딸이어서가 아니라 그냥 한여울이 신경 쓰인다고. 나도 내 마음을 모르겠다.'

여울은 점점 멀어지는 태경의 차를 보며 얼얼해진 빰을 문질렀다. 충분히 신경이 쓰인다. 자꾸 시선이 간다. 어쩌면 태경이 말한 신경 쓰인다는 말이, 자신이 느끼는 것과 같을 수도 있다는 사실이 여울을 당황스럽게 했다. 이런저런 생각들이 겹치자 머리가 복잡해졌다.

"피. 내가 여자로 안 보인다고 할 때는 언제고."

당연히 좋아해야 할 상황이었지만 여울은 왠지 우진의 계략에 말려든 것 같은 기분을 지울 수 없었다.

"남 피디님이 알게 되면 어떤 말을 할지 눈에 선하다, 정말."

우진은 이렇게 될 걸 정말로 미리 알고 있었던 걸까. 아니면 그의 염원이 이렇게 만든 걸까. 뭐가 어찌 됐든 결론은 우진의 승리라는 거다.

"안 들어오고 뭐 해?"

어떻게 해야 우진의 손아귀에서 벗어날 수 있을까 계속 고민하는 여울의 뒤로 경호가 나타났다. 열어 놓은 문틈으로 작게 들리는 여울의 절규 소리에 걱정이 돼서 나온 그는 뭔가 굉장한 고민이라도 하는 사람처럼 머리카락을 움켜쥐고 있는 여울을 돌려세웠다.

"무슨 일이야?"

"벼, 별일 아니에요."

"태경 군 때문이야?"

"아니에요."

아니긴. 바보가 아닌 이상 다 알아차리지. 여울이 평소보다 일찍 집에 올 수 있는 건 태경이 태워다 줬기 때문이라는 걸 경호는 알고 있었다. 게다가 태경의 차가 사라진 방향을 계속 바라보고 있는 여울의 행동은 태경이 여울의 고민거리라는 걸 여실히 보여 주었다.

"신경 쓰지 마세요. 혼자 해결할 수 있어요."

문제를 풀어야 하는 건 당사자들일 테니까. 언질을 준다고 해서 풀릴 문제라면 여울이 이렇게까지 고민할 필요도 없었을 거다. 경호는 넉살 좋게 웃던 태경의 모습을 떠올리며 돌아섰다.

"아, 맞다. 태경 오빠가 아빠랑 콘서트 같이 보러 오래요."

여울과의 관계를 아는 사람은 적어도 방송국과 관련 없는 사람들 뿐인데. 이상했다. 하필이면 태경이 여울에게 같이 오라는 얘기를 했다는 게.

"혹시 태경 군이 우리 사이를 알고 있니?"

경호는 반신반의하며 고개를 끄덕이는 여울에게 되물었다.

"언제부터?"

"아빠가 방송 출연 결정하신 날부터요."

"다른 사람은? 남 피디나 다른 작가들도 알고 있는 거야?"

"아뇨. 태경 오빠만 알고 있어요."

"어쩌다가……."

설명하자면 너무 길었다. 다만 한 가지 확실한 건 태경이 지금까지 비밀을 잘 지켜 주고 있다는 것이었다. 행여 자신에게 해가 갈까 걱정하는 경호에게 여울은 태경을 믿어도 된다며 안심시켜 주었다. 경호의 방송 출연 이후 시간이 꽤 흘렀음에도 경호와 여울이 가족임을 알아챈 사람이 아무도 없다는 게 그 증거였다.

"웃기죠? 저도 지금 이 상황이 웃겨요. 아빠랑 제 사이 들킬까 봐 전전긍긍하던 게 일상이었는데 비밀을 알고 있는 사람이 늘었다는 게 무섭지도 않고 되레 마음이 든든해져요. 덕분에 태경 오빠가 고생 중이지만요."

"고생?"

"지금까지 아빠 때문에 속상해도 속을 털어놓을 곳이 없었잖아요. 그런데 지금은 태경 오빠가 다 들어 줘요. 아니, 말하지 않아도 알아채요. 비밀을 공유한다는 게 이런 거구나, 하는 느낌이 들어서 한편으론 안심도 되고요."

"그래도 사람 일은 모르잖니."

"아니에요. 제가 가끔 태경 오빠한테 심하게 짜증을 부리는데 그럴 때마다 군말 없이 제 짜증을 다 받아 줘요. 태경 오빠는 그런 사람이에요."

태경의 좋은 점을 하나씩 열거하는 여울의 얼굴에서 비로소 안정이 느껴졌다. 매번 다가오는 사람들을 밀어내기 급급했던 여울에게 태경이 안식처가 되어 준 것 같았다.

"그럼 태경 군은 우리 사이를 알면서 모른 척해 준 거구나."

"네."

"하하. 그 친구 참 마음에 드네."

태경에 대한 첫 인상이 좋았던 만큼 경호는 태경이 더욱 마음에 들었다. 마침 여울도 태경에게 호감을 느끼고 있는 것 같으니 이번 기회에 두 사람이 잘되는 것도 나쁘지 않을 듯했다.

"너만 좋다면 아빠는 태경 군도 괜찮을 것 같다."

"어휴, 아빠나 남 피디님이나 똑같아. 당사자들 생각은 눈곱만큼도 안 하죠?"

"태경 군이 어때서? 예의 바른 데다 외모, 키 훤칠하고 능력까지 있잖아. 삼박자 고루 갖춘 사람이니 탐내는 건 당연하지. 그런데 남 피디는 왜?"

"틈만 나면 저랑 태경 오빠 엮으려고 한단 말이에요. 남 피디님한테 세뇌당한 것 같아서 기분 나빠."

"그 말은, 너 지금 태경 군을 마음에 두고 있단 거구나?"

여울이 급히 입술을 막아 보았지만 이미 늦었다. 경호에게 속마음을 술술 불어 버렸으니 이 일을 어쩐다. 발을 동동 구르다가 뒤늦게 경호를 따라나선 여울은 집에서 휴대폰을 챙겨 나오는 경호를 보고 물었다.

"어디 가시게요?"

"이런 기념적인 날, 집에 있을 수만은 없지."

"그러니까, 어디로 가시냐고요?"

"우리 아지트."

경호가 어릴 적 자주 데리고 가던 북카페에 가겠다고 했다. 그곳에 가 본 지도 꽤 오래된 것 같아 여울은 흔쾌히 응했다. 그곳에서 누굴 만날지는 상상도 못 한 채.

"여울이, 오랜만이네. 아, 저기, 형님. 잠시만 저 좀."

인호가 건네는 푸근한 인사가 정겹다고 느끼기 무섭게 여울은 경호를 데리고 사라지는 인호를 의아한 눈길로 쳐다보았다.

"형수님 마주치면 어쩌려고 여울일 데려오셨어요?"

"괜찮아. 여울이 엄마랑 통화했어."

"그렇다면 다행이지만 여울이가 화낼 것 같은데……."

예상했던 일이었다. 그래서 혜민에게도 미리 말해 두었다. 큰 기대는 하지 말라고. 그래도 내심 혼자 기대라도 한 건지 경호는 살짝 초조한 표정으로 여울을 불렀다.

"여울아."

"네?"

"오늘 내가 너랑 여기 온 이유는 사실 따로 있어."

"무슨 말씀이세요?"

"네 엄마, 곧 여기로 올 거야."

너무나도 태연했던 경호였기에 그의 속내는 까맣게 몰랐다. 순간 멍해진 여울은 경호의 손에 이끌려 구석진 곳에 자리를 잡고 앉았다.

"일부러 속인 건 아니야. 마침맞게 명목이 생겼고, 이때다 싶었을 뿐이니까. 그리고 이제 용서할 때도 됐잖니."

"그 사람이 용서를 바란대요? 대체 무슨 자격으로요?"

예상대로 여울의 반발은 거셌다. 부들부들 떨리는 손을 꼭 쥐고 경호를 노려보는 여울의 눈빛으로 지금 얼마나 화가 났는지 짐작할 수 있었다. 분명 믿었던 경호에게 배신을 당했다고 생각하리라.

"네 아빠 아무 잘못 없어."

언제 들어왔는지 밖으로 나가려는 여울을 혜민이 막아섰다. 여울은 경호와 혜민을 번갈아 보며 실소를 터트렸다. 두 사람 손아귀에서 보기 좋게 당한 꼴이라니. 그동안 혜민에 대해서 너무 생각을 않고 살았더니 두 사람이 일을 꾸밀 줄은 꿈에도 몰랐다.

"내가 부탁한 거야."

"당신이 내 앞에 나타날 자격이 있다고 생각해요? 당신이 무슨 권리로? 당신이 뭔데!"

원망의 눈초리는 쉬이 수그러들지 않고 계속해서 혜민에게로 향했다. 차게 식은 얼굴로 독하기 그지없는 말만 골라 내뱉는 여울을 혜민은 가만히 받아들였다. 여울의 말마따나 자신은 여울을 만나러 올 자격조차 없는 사람이었으니 말이다.

"딱 하루만 내게 시간을 내 줄 수 없겠니? 부탁이야."

"어림없는 소리는 하지도 마세요."

"하루만이야. 하루만 나랑 같이 밥 먹고, 얘기해 주면 돼. 그럼 더 이상 괴롭히지 않을게."

입술이 바싹 마르고 손은 덜덜 떨렸다. 계획에 없던 만남에서부터 예상 못 한 부탁까지. 빙글빙글 머릿속이 복잡하고 어지러웠지만 여울은 끝내 혜민의 제안에 응하지 않았다.

"당신은 내가 아직도 열한 살짜리 꼬마라고 생각하죠? 그래서 이러는 거죠? 그런데 잘못 생각했어요. 열한 살의 한여울은 당신 말에 순응했을지 몰라도 지금의 난 달라요. 그런 일, 절대 안 해."

붉은 립스틱을 발라 놓은 혜민의 건조한 입술이 보기 싫게 일그러졌다. 진작 그렇게 나왔어야지. 여울은 뭉개지는 빨간 입술을 통쾌한 심정으로 바라보았다. 이깟 말에 벌써부터 상처받는다면 오히려 이쪽이 재미없었다.

"한여울. 말투가 그게 뭐!"

두 사람의 대화를 지켜보고 있던 경호가 여울에게 호통을 쳤다. 경호는 먼저 화해의 손을 내민 혜민을 밀어내는 걸로 모자라 심한 모욕감을 주는 여울이 자신의 딸이 맞는지 의심스러울 정도였다. 눈앞의 그녀는 그 착하디착한 여울이 아니었다.

"그럼 제가 이 사람하고 눈물 젖은 모녀 상봉이라도 해야만 했어요?"

"그것까진 바라지도 않아."

"그럼 아무것도 강요하지 마세요. 날 이렇게 만든 건 이 사람이었으니까요. 그리고 당신."

여울은 잠시 숨을 고르며 점점 더 독한 말을 내뱉었다.

"이제 와서 엄마 노릇이 하고 싶은가 본데, 나한테 엄마는 필요 없어요. 그딴 거, 애초부터 나한테 존재하지도 않았던 거니까, 앞으로 엄마 노릇 하려고 들지 말라고요!"

혜민의 눈에 눈물이 차올랐다. 여울은 우는 혜민을 뒤로하고 돌아섰다. 더 이상 이곳에 남아 있다간 경호처럼 혜민에게 속아 넘어갈까 두려웠다.

"인호 삼촌, 다음에 올게요. 소란 피워서 죄송해요."

"여울아!"

"이거 놓으세요!"

경호가 가게를 나가려는 여울을 붙잡았으나 경호의 외침에도 불구하고 여울은 못 들은 척 경호의 팔을 뿌리쳤다. 그 모습을 보고 혜민이 저 때문에 여울이 그러는 것이라며 자책을 했다. 난감해진 경호는 조금 더 시간을 갖자고 혜민을 설득했다. 그리고 어느새 사라져 버린 여울을 찾아 가게를 나섰다.

인생사 새옹지마라는 게 이런 걸 두고 하는 말인가. 태경의 갑작스러운 고백에 설렌 것도 잠시, 혜민을 만나게 되리라곤 생각지도 못했다. 아무 벤치에나 털썩 앉아 버린 여울은 깊은 한숨을 내쉬며 마른세수를 했다. 놀랄 일이 정신없이 몰아치니 어떻게 감당을 해야 할지 전혀 감이 오지 않았다.

"여울아."

인호의 가게에서 꽤나 멀리 도망쳐 왔다고 생각했는데 이렇게 금방 발견될 정도로 경호에겐 그 거리가 아무것도 아니었나 보다. 그러나 얼마나 뛰어다녔는지 경호는 곧 숨이 넘어갈 것처럼 헐떡였다.

"여긴 왜 오셨어요? 그 사람이랑 같이 계시지."

"딸이 혼자 나가는데 두고 볼 수가 있어야 말이지."

누가 전직 디제이 아니랄까 봐 에둘러대는 말솜씨는 알아줘야 한다. 그 와중에 여울은 결박하다시피 저를 붙잡은 경호에게서 손목을 비틀며 도망치려 애썼다. 하지만 경호의 고집도 만만치 않았다. 이번만큼은 물러서지 않으리라. 여울이 그럴수록 손에 더 힘을 주어 여울이 스스로 포기하게끔 만들었다.

"엄마 때문에 많이 당황했다는 거 알아. 물론 화도 나겠지. 하지만 너 어린애 아니잖아. 언제까지 꽁해 있을래?"

"아빠 그 사람이 쉽게 용서돼요? 어떻게 그래요?"

"어쩌면 내가 네 엄말 모질게 만들었을지도 모르니까. 그래서 아빠 네 엄마한테 모질게 대할 수가 없어."

경호는 십오 년 전의 기억을 떠올렸다. 믿기 힘든 유산 소식에 유난히 슬퍼하던 혜민이 돌연 이혼을 선언하던 날. 그날도 경호는 방송국에 있느라 혜민을 신경 써 주지 못했다. 아이를 잃는다는 것이 얼마나 큰 충격인지 알면서 자신도 힘들다는 이유로 혜민을 따뜻하게 보듬어 주지 않았다. 그것이 이혼이라는 큰 불행으로 다가오리라는 것은 생각도 못 한 채.

"분명히 일방적으로 이혼을 통보한 건 네 엄마의 잘못이 맞아. 하지만 나는 그렇게 되도록 내가 조장했다는 생각을 지울 수가 없어. 내가 좀 더 네 엄말 보살펴야 했는데……. 내가 그 사람한텐 전부였는데……. 나 때문에 좋아하던 일도 그만두고 집에만 틀어박혀

살면서 얼마나 외롭고 지겨웠을까, 하는 생각. 나이가 들고 보니까 네 엄마한테 못한 것들이 다 후회가 돼."

그건 변명이다. 여울이 알고 싶은 건 왜 이혼을 했는지가 아니라 왜 지금에서야 혜민이 연락을 했느냐는 것이었다. 하지만 경호도 그 이유를 모르기 때문에 대답을 해 줄 수가 없었다. 그렇다면 방법은 두 가지다. 직접 만나서 얘기를 듣든지, 아니면 지금처럼 계속 무시를 하든지.

여울은 결국 만나는 것보다 무시를 택했다. 이제껏 그래 왔고, 그것이 편했다. 불편하리만치 계속 얼굴을 마주하는 것만큼 곤욕인 것은 없을 테니까. 계속 무시하다 보면 제풀에 지쳐 그만두겠지. 솔직히 그런 마음이 절반 이상 차지하고 있었다.

"아빠의 죄책감을 저한테 이입하지 마세요."

순간 느슨해진 아귀힘이 느껴졌다. 재빨리 돌아선 여울은 숨이 턱까지 차도록 걷고 또 걸었다. 더 이상의 대화는 귀찮다는 듯 걷기에만 집중하는 여울을 따라가며 경호는 어떻게 해야 여울의 고집을 꺾을 수 있을지 고민했다. 하지만 당최 좋은 방법이 떠오르지 않았다. 한번 마음을 먹으면 끝끝내 해내고 마는 여울의 성격이 이럴 땐 철옹성보다도 더 단단하다는 것을 알기 때문이었다.

"여울아."

침묵으로 일관하는 여울의 입을 열 수 있는 건 짜증밖에 없었다. 여울을 따라가며 수도 없이 여울을 부른 경호는 횡단보도 앞에서 걸음을 멈춘 여울의 곁으로 가 슬그머니 어깨를 끌어안았다. 싫지는 않은 모양인지 여울은 반항 없이 경호의 품에 머리를 기댔다.

"여울아."

"……."

"나도 네 엄마가 밉다. 그렇지만 미운 것보다 안쓰럽고, 안쓰럽기보다 미안해. 내가 그 사람을 너무 힘들게 해서, 그래서 미안해. ……넌 말이다. 나처럼 힘들게 하는 사람 만나지 마. 헤어지더라도 서로 원망하지는 마. 그런 게 예의고 사랑이야."

혜민이 나쁜 게 아니라 자신이 나빴다고 얘기하는 경호가 왜 그렇게 미운지. 여울은 혜민의 허물까지 뒤집어쓴 경호를 작은 주먹으로 쉴 새 없이 때렸다. 왜 그렇게 바보 같으냐고, 왜 그렇게 미련하냐고 악을 쓰며, 경호의 가슴에 멍이 들도록.

그런 말을 하는 경호가 안타까워서, 경호를 이렇게 만든 혜민이 미워서, 여울은 그만 울고 말았다.

마음이 한없이, 한없이 착잡해지는 밤이었다.

6.
수고했어, 오늘도

주말 방송을 미리 녹음해 두기 위해 일찍 방송국으로 나온 태경은 방송국 로비 카페에 앉아 모처럼 내리는 빗줄기에 시선을 빼앗긴 여울을 발견했다. 비가 오니까 일할 의욕도 뚝 떨어졌는지 여울은 태경이 곁에 다가온 줄도 모르고 창밖만 응시하고 있었다.

"비 오니까 센티멘털해져?"

"어, 안녕하세요."

달랑 인사만 하고 한숨을 푹 내쉬는 건 같이 있어도 좋다는 뜻인지 아닌지 태경을 헷갈리게 만들었다. 결국은 신경 쓰이는 사람이 지는 거다. 모자를 더 깊게 눌러쓴 태경은 옆에 앉아도 좋다는 여울의 허락 없이 냉큼 자리를 차지하고 앉았다.

"무슨 고민거리라도 있는 거야?"

"아니요. 그냥 비가 오니까 축 처지네요. 아, 콘서트 준비는 잘 돼 가요?"

뭔가 숨기는 게 있는 모양인지 갑자기 말을 돌리는 게 수상하다. 일부러 밝은 척하는 것도 마음에 들지 않고. 하지만 말하기 싫어하는 여울에게 말해 보라고 닦달을 할 순 없었다. 적어도 태경에겐 그럴 명분이 없었다.

"당연하지. 나 임태경이야."

태경은 여울에게 고민을 털어놓게 하는 대신 여울을 웃게 해 주고 싶었다. 여울에겐 무기력한 모습보단 환하게 웃는 게 더 잘 어울렸다.

"하하. 그건 남 피디님 말투인데. 설마 따라 한 거예요?"

"똑같았어?"

"음, 꽤 비슷했어요."

"어, 비슷하기만 하면 안 되는데. 내가 너 보여 주려고 연습 엄청 많이 했단 말이야."

빈말이겠지만 여울은 자신을 위해 연습했다는 태경의 말이 듣기 좋았다. 여울의 입가에 살포시 미소가 녹아들자 태경은 그제야 마음이 놓였다.

"녹음할 시간 다 됐다. 그것만 마시고 일어날 거지?"

"네. 거의 다 마셨어요."

"잘됐네. 같이 가자."

여울이 서둘러 남은 커피를 들이켰다. 태경은 여울이 자리에서 일어나기 전에 그녀의 손에 들린 빈 컵을 빼앗아 들었다. 별로 무겁지도 않은 걸 대신 버려 주려는 태경의 행동에 어안이 벙벙했는지 여울이 큰 눈을 끔뻑거리며 태경의 뒤를 따라다녔다.

"뭐 하러 따라와. 먼저 나가 있지 않고."

"제가 버리려고 그랬는데, 그게, 오빠가……."

"이 정도는 해 줘도 돼."

"왜요?"

"네가 신경 쓰인다고 했잖아."

태경이 청취자들을 쥐락펴락할 때부터 알아봤어야 했다. 괜히 청취자들이 태경을 두고 임조련이라고 하는 게 아니었다. 연애를 오래 쉬었다 해도 그는 서른 살 넘은 아저씨였다. 결코 얕볼 상대가 아니었다.

"그거 다 뻥이죠?"

"뭐가?"

"연애하는 법, 잊어버렸다는 거요."

누가 듣기라도 했을까 봐 태경이 얼른 여울을 데리고 카페를 빠져나왔다. 짧은 다리로 종종대며 태경에게 끌려가던 여울은 빨갛게 달아오른 태경의 귀를 보고 고개를 갸웃거렸다. 이 남자, 정말 순진한 건지, 선수인 건지 모르겠다.

"난 거짓말쟁이가 아니야."

"하는 행동이 꼭 선수 같으니까 그렇죠."

"누가? 내가?"

습관처럼 찾아든 비상구에서 태경이 억울함을 토로했다. 대체 어느 부분에서 선수라고 느꼈다는 건지 황당할 따름이었다.

"난 선수처럼 행동한 적 없어."

"신경 쓰인다고 하면서 잘해 주는 게 선수거든요?"

"나 참. 신경 쓰여서 잘해 주고 싶으면 다 선수야?"

"적어도 저한텐 그래요."

그럼 어떻게 하란 말인가. 잘해 주고 싶어서 잘해 주면 기분 나쁘다고 하니 태경은 어떻게 감정을 표현해야 할지 막막해졌다.

"아무한테나 잘해 주는 거 아니야."

태경이 짐짓 무서운 표정으로 여울을 내려다보았다. 하지만 여울도 만만치 않게 다부진 얼굴로 태경의 말을 맞받아쳤다.

"제가 볼 때 오빠는 다른 사람들한테도 충분히 다정해요. 너무 잘 대해 준다고요."

"다정하면 안 되는 거야? 난 원래 다정한 사람인데?"

그래서 헷갈린다는 거다. 태경이 했던 신경 쓰인다는 말 하나만으로 그의 마음에 확신을 가질 수 없다는 게 문제였다. 누구에게나 다정하다는 건 누구나 다 신경 쓰인다는 말과 같아서 여울에겐 혼란스럽기 그지없었다.

"오빤 민 작가님한테도 다정하죠?"

"응."

"그럼 김 작가님은요?"

"다정하게 대하지."

"그럼 나한테 느끼는 감정이 그분들과 다를 게 뭐예요. 오빤 나한테도 다정하잖아."

태경을 올려다보던 여울이 입술을 앙다물었다. 생각나는 대로 내뱉다 보니 다른 사람들을 질투한 것 같아서 괜히 민망해졌다. 여울은 조그마한 입술을 살며시 깨물며 급히 시선을 내리깔았다.

"이건 어때?"

태경이 여울의 머리를 쓸어 넘겼다. 결 좋은 머리칼이 태경의 손가락을 따라 스르륵 빠져나갔다. 여울은 제 머리카락을 만지며 슬쩍 뺨을 터치하는 태경의 손길에 움찔 몸을 움츠렸다. 손끝만 닿았을 뿐인데 숨이 가빠졌다. 여울은 눈을 질끈 감고 어디로 두어야 할지 모를 손을 모아 그러쥐었다.

"너한테만 이렇게. 그러면 되겠어?"

태경은 머리카락을 유영하던 손을 들어 여울의 어깨 위에 얹었다. 또 한 번 움찔, 겁을 먹은 여울이 참 귀여웠다. 한번 골려 볼까. 선수라고 오해받은 것도 억울한데 그냥 넘어갈 수만은 없었다. 태경은 괜히 심술이 부리고 싶어져 여울의 어깨를 꽉 움켜쥐었다가 놓아주었다.

"아프잖아요! 머리 만지는 게 아니라 나만 괴롭히기로 작정한 거예요?"

이 정도면 눈치가 없는 게 맞겠다. 태경이 낮은 웃음을 터트리며 여울과 눈을 맞췄다.

"널 어쩌면 좋지?"

"태경아. 여울이 왜 저러냐?"

녹음하는 내내 입이 한 자나 튀어나온 여울을 보고 우진이 태경에게 물었다. 잠시 쉬러 부스 밖으로 나온 태경은 어깨를 으쓱이며 고개를 저었다. 무서운 우진의 촉이 오늘도 태경과 여울을 정확하게 꿰뚫고 있었지만 모른다고 발뺌하면 우진도 더 이상 알아낼 길이 없다는 걸 태경도 이제는 알고 있었다.

"어이, 한여울. 또 태경이랑 싸웠냐?"

"아니요."

"안 싸웠으면 사랑싸움했냐?"

"아니에요!"

"화내는 거 보니까 맞네. 으이그, 임태경. 넌 어쩌다가 쟤 심기를 건드린 거냐. 잘 좀 대해 주지. 둘이 같이 일한지도 한참 됐잖아."

"제가 잘해 주는 게 싫대요. 그렇지?"

휙 째려보는 여울의 곁으로 다가간 태경이 얄밉게 여울의 어깨를 움켜잡았다. 체중을 실어 꾸욱 누르기까지 하는 태경의 행동에 여울이 신경질을 부리며 고개를 젖혔다. 여울의 뒤에 서 있던 태경은 어깨에 얹었던 손을 들어 여울의 머리를 쓰다듬었다.

"하지 마세요."

"이것 보세요, 형. 귀여워해 주려니까 싫다고 하잖아요."

"얘가 배가 불렀네. 발라드계의 로맨티스트가 그렇게 해 주면 말이라도 넙죽 고맙다고 할 것이지. 별 감흥도 없고 그게 뭐냐."

잠시 눈이 삐었던 거다. 호감은 무슨 얼어 죽을. 그나마 남아 있던 호감마저 말끔히 날려 주는 태경의 행동이 오늘따라 잔미웠다. 교묘히 우진을 이용해 접근해서는 괴롭히기나 하고. 여울은 손으로 머리를 털어 태경의 손을 떼어 냈다.

"이거 엄연히 성희롱이거든요?"

"어이구, 나는 한 번이라도 태경이가 그렇게 해 줬으면 좋겠네. 얘가 진짜 복 받은 줄을 몰라요."

"지금 그 발언 상당히 위험합니다, 지원 누나. 저 그러다가 성범죄자로 찍혀요."

마구잡이로 털어 낸 머리가 부스스했다. 입이 댓 발이나 튀어나온 여울의 뒤에서 숨죽여 웃던 태경은 다시 한 번 여울의 머리를 쓰다듬었다.

"머리가 이게 뭐야."

엉망이 된 머리를 정리해 주는 태경의 손길이 부드러웠다. 방금 전까지 장난을 치던 사람답지 않게 태경이 살가운 목소리로 핀잔을 주자 여울은 삐죽 내밀었던 입술을 집어넣으며 대꾸했다.

"제 머리니까 신경 쓰지 마세요."

"어떻게 신경을 안 써."

"왜요. 그냥 무시하면 되잖아요."

"너 정말 몰라서 물어?"

여울이 태경의 눈빛에 장난이 깃들었다는 걸 깨달았을 땐 이미 늦은 뒤였다.

"우리 프로그램 작가가 미쳤다는 소문이 날 것 같아서 그래. 이런 머리, 오해하기 딱 좋잖아?"

"오빠!"

"아, 다 됐다. 머리 예쁘게 정리했으니까 이제 밖에 나가도 돼."

태경 덕분에 비가 와서 눅눅하고 찝찝했던 기분이 한 방에 날아가는 것 같았다. 두 사람의 말싸움을 지켜보던 우진과 유정, 그리고 지원이 숨넘어갈 듯이 웃어 젖혔다. 태경은 어느새 씩씩대고 있는 여울에게 싱긋 웃어 주었다.

"에잇. 웃지 마세요!"

"내 마음인데?"

"오빠 마음이라도 웃지 말라고요. 저 놀리니까 재미있어요?"

"놀린 거 아니야."

"놀린 게 아니면요?"

"얘기했잖아. 몇 번을 말해야겠니."

다들 친절과 예의로 점철된 태경의 본모습을 알아야 한다. 그 속에 얼마나 큰 능구렁이를 키우고 있는지 안다면 태경이 장난치는 모습을 보면서 마냥 즐길 수만은 없을 텐데. 그러나 또 신경 쓰인다는 말을 하려는 거냐고 따지려던 여울은 선한 미소를 머금고 있는 태경을 보고 입을 꾹 다물고 말았다. 이미 세뇌당한 사람들한테 말해 봤자 입만 아팠다.

"자, 자. 장난은 그쯤에서 그만하고, 태경이 넌 여울이 괴롭히지 마. 이 녀석 괴롭히는 건 나 하나로 족해."

태경보다 더 자주 저를 괴롭히는 우진일지라도 지금 이 순간만큼 은 여울에게 더없는 은인이었다. 여울은 냉큼 태경을 밀쳐 내고 우 진의 뒤로 숨었다.

"이 녀석 보게. 언제는 내가 싫다더니."

"지금은 태경 오빠보다 남 피디님이 훨씬 나아요."

"그래? 그럼 조만간에 다시 괴롭혀 줘야겠는데?"

우진의 사악한 웃음도 온화한 태경의 미소에 비할 바 못 된다. 적 어도 오늘은 그랬다.

"어쨌든 내가 오늘 또 중대 발표를 할 게 있어. 다들 집중."

우진의 얼굴이 한껏 상기되어 있었다. 경호가 흔쾌히 출연을 하 겠다고 했을 때 보았던 그 표정과 같았다. 대체 얼마나 대단한 뉴스 를 가지고 왔기에 중대 발표라고까지 하는 건지 지켜보는 사람들도 호기심을 감추지 못했다.

"우리 토요일 코너 있지. 책 읽어 주는 남자. 거기에 스테디셀러 작가이신 이혜민 선생님께서 출연해 주시기로 했다. 그날 하루, 작 품 소개와 함께 해설을 해 주실 예정이야."

이건 분명히 잘못 들은 거다. 이혜민이라니. 혜민이 어째서 방송 에 출연한단 말인가. 여울은 하얗게 질린 얼굴로 우진의 옷자락을 움켜쥐며 물었다.

"그, 그분이 왜 라디오에 출연을 하신대요?"

"이번에 그분 작품이 드라마화돼서 우리 방송사에서 방영이 되잖 아. 그것 때문에 윗선에서 선생님께 홍보를 부탁드린 모양이야. 물 론 우리야 굿이나 보고 떡이나 먹으면 되는 거고."

왜 하필이면 이 프로그램으로. 얼마 전에 있었던 그 일의 복수인 건가. 그 사람, 도대체 뭘 원하는 건지 모르겠다. 정말로 엄마 노릇을 하겠다는 걸까. 그런 거라면 사양하겠다고 확실히 말했는데 그 사람은 흘려들었나 보다.

"그리고 예전에 우리 프로그램 작가로 활동한 적이 있다면서 첫 홍보는 우리 프로그램으로 했으면 좋겠단 의사를 밝히셨다나 봐. 그래서 다음 주에 출연하는 걸로 스케줄이 잡힌 거지. 어때? 대단하지 않아?"

그 뒤, 여울은 우진 혼자 들떠서 하는 말들을 전혀 알아듣지 못한 채 방송 녹음을 끝냈다.

태경도 아까부터 심각해진 여울이 신경 쓰여서 어떻게 녹음을 마쳤는지 기억이 나질 않았다. 이래선 둘 다 저녁 본방송 때 실수를 할 것 같았다. 저녁이라도 든든히 먹으면 조금 나아질까. 태경은 한숨을 푹푹 내쉬고 있는 여울에게 몰래 메시지를 보냈다.

「같이 밥 먹으러 갈까?」

태경의 손에 이끌려 식당 안 제일 구석진 곳으로 자리를 잡은 여울은 그가 주문한 밥을 말없이 꾸역꾸역 입으로 밀어 넣었다. 혜민의 일 때문에 입맛이 뚝 떨어져서 지금 밥을 씹고 있는 건지 돌을 씹고 있는 건지 모를 정도로 여울의 고민은 깊었다.

"무슨 생각을 그렇게 골똘히 해?"

"아무것도 아니에요."

"또 그런다. 너 자꾸 나 신경 쓰이게 할래?"

"오빠가 신경 쓴다고 해서 해결될 일이 아니니까 그렇죠."

태경은 얼굴에 모든 감정이 다 드러나는 여울을 보고 있노라면 재미있다가도 한편으론 참 안쓰러웠다. 표정이 얼마만큼 심각해지느냐에 따라 여울이 가진 고민은 다양했고 그 고민의 크기도 남들이 겪을 수 있는 것과 확연히 달랐으니 말이다.

이번엔 또 어떤 걱정거리를 안고 있으려나. 밥을 먹다 말고 자꾸만 한숨을 내쉬는 여울이 걱정되어 태경도 수저를 내려놓았다.

"말해 봐. 내가 해결할 수 있는지 없는지는 들어 보고 판단할게."

"말하고 싶지 않아요."

"이혜민 작가님과 관련된 일이지?"

우진의 말을 들을 때부터 여울의 표정이 이상해진다 싶더니 예상대로 이혜민 작가가 여울의 걱정거리였나 보다. 태경은 대답을 거부하는 여울을 바라보다 소주를 시켜 큰 컵에 가득 부어 마셨다.

"세상에! 미쳤어요?"

"이거 마시고 안 취해. 그리고 나 술 센 거 몰라? 이 정도는 간에 기별도 안 가."

"그래도 음주 방송을 하는 사람이 어디 있어요? 난 몰라. 남 피디님이 뭐라고 해도 난 몰라요. 이따 방송할 때 혀 꼬이면 어쩌려고 그래요."

저녁을 먹으면서 가볍게 한두 잔 정도 마시는 거야 금세 소화돼서 방송에 지장을 주지 않을 테지만 이렇게 큰 컵으로 술을 마시는 건 상황이 달랐다. 머릿속이 혜민 생각으로 가득하던 여울은 무모한 짓을 벌인 태경에게 잔소리를 퍼부으며 술을 치워 버렸다.

"디제이 맞아요? 디제이가 생방송 앞두고 이러는 게 말이나 돼요? 어서 이것들 다 드세요. 그래야 술이 깨죠. 어휴, 다음에도 이러면 안 봐줄 거예요!"

눈도 마주치지 않고, 밥도 제대로 먹지 못하던 여울이 그제야 얼굴을 보여 주었다. 그 사실이 무엇보다 기뻤던 태경은 여울이 밥 위에 올려 준 반찬을 물끄러미 바라보며 웃었다. 철없어 보여도 여울은 누구보다 남을 위하는 사람이다. 그녀가 방송을 핑계 삼아 타박을 주었지만 그것 또한 걱정이라는 걸 태경은 잘 알고 있었다.

"여울아. 난 네가 이혜민 작가님과 무슨 사이인지 몰라. 하지만 그분 때문에 네가 너무 힘들지 않았으면 좋겠다."

"안 힘들어요. 아까는 놀라서 그랬어요."

"거짓말."

어째서인지 태경에게만은 숨기려고 할수록 모든 일이 더 명확하게 드러났다. 경호의 일부터 혜민의 일까지 한여울이라는 여자와 관련된 모든 것들을 여과 없이 보여 준 사람은 태경이 처음이었다. 다른 사람과 달리 그가 잘 알아채기 때문이기도 하겠지만 태경에게는 여울을 무장해제하게 만드는 힘이 있었다. 여울은 깊은 한숨과 함께 태경에게 속내를 털어놓기 시작했다.

"…… 어떻게 알았어요? 내가 그 사람하고 관계있는 거."

"너 그분 얘기 나오자마자 얼굴이 새하얗게 질렸던 거 모르지? 다른 사람들이야 그냥 넘어간다고 쳐도 나는 못 속여."

이 남자의 다정함을 어떻게 해야 할까. 여울은 속으로 감내하려던 고민거리를 끄집어내게 만드는 그의 다정함에 마냥 기대어 어리광 부리고 싶었다.

"오빤 정말 이상한 사람이에요."

"알아."

"다른 사람은 모르는 걸 왜 오빠만 알아요? 오빠가 알아채기 전까지 나 잘 지냈단 말이야. 오빠랑 엮이고부터 자꾸 이상해져."

"너 잘 지낸 거 아니야. 참고 또 참았던 게 곪아서 나한테 보였을 뿐이지."

"……왜 하필 오빠였을까요."

글쎄. 왜였을까. 그 답은 태경도 알 수 없었다. 하지만 힘들어하는 여울을 혼자 내버려 두기엔 태경의 마음이 편치 않았다. 그래서 자꾸 신경이 쓰이고 눈길이 갔던 거겠지.

"강요하는 건 아냐. 네가 털어놓고 싶을 때 털어놔. 나는 언제든지 들어 줄 준비가 돼 있으니까."

태경은 울먹이는 여울의 앞으로 물을 따라 놓아 주었다. 울다가 체할까 봐 그 나름대로 배려를 해 준 것이었다.

여울이 물을 한 잔 마시더니 다시 억지로 밥을 먹기 시작했다. 밥도 반찬도 꼭꼭 씹어 먹고 흐르는 눈물도 반찬 삼아 삼켰다. 태경은 그런 여울을 보다가 여울이 해 주었던 것처럼 그녀의 밥 위로 반찬을 놓아 주었다.

"가시 발라 줄 테니까 이것도 먹어."

생선 가시를 일일이 발라내는 태경의 목소리가 너무나도 다정했다. 여울은 고개를 끄덕이곤 조심히 생선을 입으로 가져갔다.

"오빠도 얼른 드세요."

"너부터 많이 먹어. 밥을 든든히 먹어야 기분이 좋아진다잖아."

단순하지만 먹는 것이 기분을 푸는 데 가장 확실한 방법이긴 했다. 여울은 아직도 생선 가시를 발라내는 데 열중하고 있는 태경을 보며 수저를 내려놓았다.

"고맙습니다."

"고마우면 선수라고 했던 거 취소해. 나 아무한테나 이렇게 해 주는 사람 아니야."

"그럼 저는 아무나가 아닌 거예요?"

"몰라서 물어?"

"전 오빠한테 신경 쓰이는 사람이라고요?"

"아니. 한 단계 올랐어. 넌 내가 마음에 둔 사람이야."

임조련의 재림. 이혜민 때문이 아니라 임태경 때문에 밥 먹은 게 체할 것 같다.

"으이그. 뭘 먹었기에 속이 안 좋아?"

여울이 인상을 찌푸리며 가슴을 톡톡톡 두드리자 우진이 어디엔가 처박아 두었던 소화제를 찾아와 건넸다. 여울은 꾸벅 감사 인사를 하고 물과 함께 소화제를 삼켰다.

"일찍 퇴근 안 해도 되겠어?"

"네. 괜찮아요. 버텨 보다가 안 되겠으면 바늘 사 와서 손 딸게요."

"그래. 나중에 태경이한테 부탁해서 집에 데려다 달라고 그러고."

여울이 아프건 말건 정작 체기의 원흉인 태경은 콘솔을 만지느라 정신이 없었다. 저 때문에 놀라서 체한 건데 어쩜 아프냐고 물어보지도 않는담. 방송 시작 전까지 20분도 더 남았으면 괜찮으냐고 한마디 건넬 법도 한데 태경은 느긋하기만 했다.

"인마, 임태경! 너는 여울이가 아프다는데 걱정도 안 돼?"

남우진도 이럴 땐 쓸모가 있다. 그래도 형이랍시고 태경에게 호통을 치니 태경이 콘솔을 만지다 말고 부스 밖으로 나왔다.

"계속 콘솔이나 만지지 왜 나왔어요?"

"방송 준비해 놓고 나온다고 늦은 거야."

"변명은."

"손 이리 줘."

여울이 반항하듯 고집스레 두 손을 숨겼다. 그러나 남자의 힘을 이겨 내기에 여울의 힘은 턱없이 부족했다.

"약 먹었으니까 괜찮아질 거예요. 그냥 두세요."

"가만히 있어. 이래야 체기가 내려가지."

사람들의 시선은 개의치 않고 태경이 여울의 손을 억지로 빼내어 주무르기 시작했다. 여울이 부끄러워하건 말건 힘을 주어 꾹꾹 눌렀다가 부드럽게 쓸어내리기를 반복하던 그는 십 분쯤 손을 주무르다가 여울의 귀로 손을 뻗었다.

"귀는 왜 만지는 거예요?"

"우리 어머닌 이렇게 귀를 만져 주셨거든. 체한 게 내려가면 귀도 따뜻해진다더라. 따뜻하네. 이제 괜찮을 거야."

여울은 손을 주물러서가 아니라 부끄러워서 귀가 달아오른 거라고 얘기하고 싶었지만 진지하게 귀 온도를 재는 태경에게 차마 그 말을 할 수 없었다.

"이거, 이거, 야릇한데?"

"이상하게 보지 마세요. 이건 엄연히 지압해 준 거예요."

"태경이 너, 여울이한테만 유독 다정하다."

"아픈 사람한테 신경 안 쓴다고 하던 사람이 누군데 그러세요?"

생방송 20분 전, 촉박한 시간을 쪼개어 체한 여울의 손을 주물러 주고, 다시 시간에 쫓겨 부스 안으로 돌아간 태경에게 누구도 뭐라 할 수 없었다. 하지만 태경이 여울의 손을 주무르며 지었던 표정을 똑똑히 기억하고 있는 우진으로선 태경의 반박에 코웃음만 칠 뿐이었다.

"한여울."

"네?"

"너 손 내밀어 봐."

순순히 우진에게 손을 내민 여울은 그가 태경이 한 것처럼 손을 주무르자 얼른 손을 뺐다. 온몸이 노곤하도록 시원하게 손을 주무르던 태경과 달리 우진의 지압은 아프기만 했다. 여울은 세게 눌러 빨갛게 변한 손바닥을 문지르며 태경의 눈치를 살폈다. 입은 웃고 있으면서 눈은 어찌 웃질 못하니. 여울이 재빨리 손을 치웠으나 태경의 매서운 눈길은 쉬이 잠들지 않았다.

"이제 여울이 말고 태경이 괴롭혀야겠다. 저 녀석 괴롭히는 재미도 쏠쏠하겠어."

부스 밖을 보고 있던 태경은 어느새 대본에 집중하고 있었다. 우진은 검지를 편 손을 머리에 갖다 대며 씨익 웃었다. 이번에도 자신의 촉은 틀리지 않았다는 자신감의 제스처였다.

"그런 거 아니에요, 남 피디님."

"아니긴. 저 녀석이 너 데려다 줄 때부터 알아봤어. 난 이렇게 될 줄 알았다니까."

"오빠가 저 데려다 주기 시작한 건 남 피디님 때문이었잖아요. 오빠랑 제가 집이 같은 방향이라면서 떨이 팔듯이 밀어준 게 누군데."

"어허, 다리 놔 주는 사람은 있어야지."

"뭐야. 확신도 없으면서 떠민 거란 말이에요?"

"왜 확신이 없어? 순하디순한 임태경이랑 한 성깔 하는 한여울이 만났는데. 당연히 불꽃이 인다고 믿었지. 원래 정반대의 성격들이 만나면 끌린다고 하잖아."

"기가 막혀. 제 성격이 뭐가 어때서요!"

"내가 없는 말을 한 건 아니잖아? 지금도 봐. 불같이 화내는 거."

상대방이 할 말을 잃게 만드는 언변만 본다면 우진은 피디가 아니라 변호사가 됐어야 했다. 누구를 붙여 놔도 백전백승. 그런 천재적인 능력을 이런 비생산적인 일에 쓰다니. 한심하다고 해야 할지, 아니면 철이 없다고 해야 할지 모르겠다.

"그만들 하시죠? 곧 방송 시작하거든요?"

유정이 "지금 이 중요한 시간에 유치하게 누구 말이 옳다고 싸워야겠어요?"라고 목소리를 높이는 통에 우진과 여울은 준비했던 2차전을 슬그머니 접어야만 했다.

한 번 말리면 빠져나올 수 없는 우진의 개미지옥과도 같은 질문 공세를 이길 수 있는 자, 과연 누가 있을까. 방송도 끝났겠다. 시간에 쫓길 일도 없게 되니 우진이 물 만난 고기처럼 속사포 질문을 던져 대기 시작했다.

"남 피디님. 집엔 가야 할 거 아니에요!"

"대답하면 보내 준다니까. 너 태경이 보면 막 가슴이 벌렁벌렁 뛰지?"

"그래요. 연예인 보니까 가슴이 마구 뛰네요. 이제 됐죠?"

쉽게 대답해 줄 거라고 생각했다면 오산이다. 한여울 별명이 한고집이라는 걸 우진은 잊고 있는 듯 여울의 뒤를 졸졸 따라다니면서 귀찮게 대답을 요구했다.

"태경이 보니까 가슴이 뛴다고? 그래. 잘 생각했어. 태경이만 한 녀석도 없다니까."

"그런 거 아니거든요? 거, 왜 있잖아요. 잘생긴 남자 연예인이 윙크 한 번 날려 주면 죽어도 여한이 없을 것 같은 기분. 남 피디님도 그런 거 한 번쯤은 느껴 보셨을걸요? 솔직히 남 피디님도 예쁜 여자

연예인들 보면 무심코 눈길이 가잖아요. 안 그래요?"

"잘생긴 남자 연예인이랑 태경이랑 같아?"

비교할 걸 비교하란 말인가. 뒷정리를 마치고 부스로 나오던 태경은 우진의 말에 반박하며 여울을 뒤로 숨겼다.

"그 말은, 제가 못생겼다는 겁니까?"

"누가 그렇대?"

"충분히 오해의 소지가 있는 말이죠. 임태경은 잘생기지 않았으니 애초부터 잘생긴 다른 남자 연예인들과 비교가 되지 않는다고. 전 그렇게 들었는데요."

여울이 밀린다 싶을 땐 태경이 끼어들어 여울을 막아 주고, 태경이 곤란해지면 여울이 끼어들어 방패막이가 되어 주는 상황이 반복되자 우진이 결국 손을 들고 말았다. 방송이 파하기 무섭게 재개됐던 여울과의 2차전이 생각보다 쉽게 끝나서 못내 아쉬웠는지 우진은 인사를 하고 스튜디오를 나가는 태경에게서 눈을 떼지 못했다.

"남 피디님 표정 봤어요? 저 정말 통쾌했다니까요. 그런 식으로 빈틈을 노릴지 누가 알았겠어요? 역시 디제이는 달라. 말솜씨 하난 끝내줘요!"

가방 끈을 고쳐 잡고 태경의 곁으로 다가간 여울은 자못 심각해진 태경을 보곤 놀라서 되물었다.

"왜 그래요?"

"너 때문에 그래."

"저요?"

주차장을 지나 차에 올라탈 때까지 대답을 해 주지 않던 태경은 여울이 안전벨트를 매자마자 꽁해 있던 속마음을 털어놓았다.

"난 너한테 연예인 그 이상, 그 이하도 아닌 거야?"

"네?"

"네가 그랬잖아. 잘생긴 남자 연예인 보는 거랑 똑같다고 말이야. 나만 널 마음에 담아 둔 거면 곤란해. 난 나 싫다는 사람한테 들이대는 거 딱 질색이거든."

"어…… 음……."

여기 할 말을 잃게 만드는 남자 추가요. 오늘 하루만 벌써 몇 번째 직구를 날리는 건지 모르겠다. 신경이 쓰인다고 했다가, 한 단계 올랐다며 마음에 담아 뒀다고 하질 않나. 그것도 모자라 이제는 심술을 부리기까지. 여울은 당혹감에 눈만 끔뻑거렸다.

"너도 알다시피 나 누구한테 마음 가는 거 오랜만이야. 우진이 형이 장담한 대로 된 것 같아서 좀 억울하기는 해도 기분 나쁠 만큼 네가 싫은 것도 아니고, 오히려 널 알면 알수록 더 알고 싶고 더 보듬어 주고 싶어져."

"이거 고백이에요?"

"아니. 그냥 넋두리."

듣는 여울은 고백 같은데 정작 태경은 넋두리란다. 설마 이 사람, 연애를 오래 쉬어서 넋두리와 고백을 헷갈리는 건가. 그래도 그 넋두리가 듣기 싫을 정도는 아니어서 여울은 조금 더 그의 얘기를 들어 보기로 했다.

"근데 아까 우진이 형이 너 체했다고 손 주물러 줄 때, 그때 기분이 이상하더라. 방송은 곧 시작하지, 넌 계속 손을 내밀고 있지. 표정을 숨겼어야 했는데 그러질 못했어. 아마 우진이 형이 내 표정을 보고 널 괴롭힌 걸 거야. 미안하다."

"혹시 남 피디님 질투한 거예요?"

"어. 질투. 질투했어."

세상에. 하루 만에 대체 몇 단계를 건너뛴 건지. 여울은 운전을 하고 있는 태경의 옆모습을 바라보다가 들릴 듯 말 듯한 목소리로 말했다.

"이런 거 처음이에요."

"뭐가?"

"누군가가 저한테 호감을 가질 거란 생각을 해 본 적이 없었거든요. 그래서 오빠가 그런 말 하니까 되게 신기해요."

"신기할 것도 많다. 남자가 여자한테 관심 가질 수도 있는 거지."

태경이 바람 빠진 웃음소리를 냈다. 여울은 오늘따라 더 다정한 그를 보며 무심한 대꾸를 했다.

"칫. 거짓말. 나같이 괄괄한 애, 뭐가 좋다고. 솔직히 오빠가 저한테 관심 있다고 한 거, 기분 좋긴 해도 별로 믿기진 않아요. 누가 봐도 그렇잖아요. 제가 예쁜 것도, 그렇다고 성격이 좋은 것도 아닌데. 제 어디가 마음에 든다는 건지 모르겠어요."

"나, 네 팬이잖아. 몰랐어?"

한여울이라는 여자는 숨겨진 매력이 많은 여자였다. 아버지를 생각하는 예쁜 마음과 섬세한 글솜씨, 안도할 때 보이는 무장해제의 미소. 이 모든 게 유심히 지켜보지 않으면 결코 알지 못할 여울만의 매력 포인트였다.

"네 코너가 있는 날이면 막 설레. 어떤 얘기로 청취자들을 웃고 울릴지 궁금해지거든. 대본 읽다가 감정이입이 돼서 눈물 흘린 적도 많고."

"그건 오빠가 대본을 잘 살려 줘서……."

"대본이 별로면 죽어도 못 살리는 거 알잖아. 반응 바로바로 확인하면서 그런다."

갑작스런 태경의 칭찬이 쑥스러워 얼굴이 화끈 달아올랐다. 뭐라고 대답을 해야 할지 몰라 고민하던 여울은 반박 대신 창밖으로 고개를 돌렸다. 지금 짓고 있는 표정을 들키면 태경에게 두고두고 놀림을 받을 것 같았다.

"큭큭. 이제 기분 나아졌지?"

앞만 보고 운전하던 태경이 마치 여울이 무슨 표정을 짓고 있는지 다 안다는 투로 말했다. 혹시 옆에도 눈이 달린 걸까. 태경의 미세한 숨소리에까지 귀 기울이던 여울은 계속 창문 밖으로 시선을 둔채 태경을 보지 않았다.

"오늘 일은 생각하지 말고 푹 자. 너 오늘 감정적으로 많이 힘들었어."

태경의 말대로 오늘은 유독 감정 소모가 심했다. 혜민의 일부터 우진의 장난 그리고 태경의 넋두리까지. 일주일치 신경은 다 쓴 기분이었다.

"괜찮아요. 덕분에 많이 좋아졌어요."

"하여튼 말은 청산유수지. 어휴, 우느라 팅팅 부은 눈은 어떡할거야."

"운전하느라 앞만 본 사람이 거짓말은……. 진짜 옆에 눈 달린거 아니에요?"

"그러는 넌? 넌 뒤통수에 눈이 달렸나 봐. 내가 널 봤는지 안 봤는지 어떻게 알아?"

말이나 못하면 밉지나 않지. 한 마디도 지지 않는 태경을 곱게 흘겨본 여울은 차가 집 근처에 멈춰 서자마자 냉큼 차에서 내렸다.

"너 잠깐 거기 서 봐."

예의상 얼른 공연 연습하러 가라는 말만 하고 돌아서는 여울을 태경이 불러 세웠다. 태경은 그길로 차에서 내려 여울에게 다가갔다. 예상대로 눈이 퉁퉁 부어서 보기 싫을 정도였다. 경호가 본다면 정말로 속상해하겠단 생각이 들자 태경은 장난기 그득한 손길로 여울의 두 눈을 벅벅 문질러 댔다.

"아야! 아파요!"

"당연하지. 아프라고 하는 거야."

여울이 이리저리 고개를 돌려도 절대 봐주지 않던 태경은 자동차 헤드라이트 불빛에 여울의 얼굴을 비춰 보곤 흡족한 듯이 손을 뗐다. 울어서 퉁퉁 부은 눈이 아닌 임태경이 마구 비벼서 빨갛게 변한 눈. 경호에게 적당히 둘러댈 변명거리가 생긴 것이다. 그러나 그런 태경의 마음을 알 리 없는 여울은 속 좁게도 태경에게 소리를 질렀다.

"눈가에 주름지면 어쩌려고 그래요!"

"아직 젊으면서 뭘 그래. 그리고 이거 한 번에 주름이 백 개씩 생기는 거 아니잖아. 다 뜻이 있어서 그러는 거니까 잔말 말고 집에 들어가."

"벌써부터 주름지면 더 못생겨지는데……."

"주름 있어도 예쁘기만 합니다, 아가씨."

태경은 벅벅 문질러 대느라 엉망이 된 여울의 머리카락을 정리해 주고 차에 올라탔다. 여울을 데려다 주느라 시간을 지체해 버려 연습실에 빨리 가야 된다는 조급증이 일었다. 하지만 바쁜 와중에도 태경은 여울에게 당부하는 것을 잊지 않았다. 울지 않기, 웃기 또 웃기.

"간다. 얼른 들어가."

"가세요. 누가 못 가게 했나."

여울의 이죽거림에도 태경은 태연했다. 여울은 가만히 웃어 주던 그의 차가 더 이상 보이지 않을 때까지 서서 혼자만의 배웅의 마쳤다. 그리고 잠시 후 태경에게서 온 문자 메시지 하나.

「나, 네가 점점 좋아져. 관심이 호감이 되고, 호감이 사랑이 되는 거. 느리지만 천천히 마음이 바뀌어 가는 게 느껴질 때마다 내 모습이 낯설고 새롭다.」

혼자만 낯선 게 아니다. 태경을 따라 여울도 조금씩 변하고 있었다. 부끄럽고 쑥스러워 차마 말하지 못했지만 태경이 간혹 보내 주는 메시지에 여울은 많은 힘을 얻고 있었다. 그에 비해 도무지 나아질 기미가 보이지 않는 이 못된 성격은 도대체 어떻게 해야 하나. 짜증이 날 법한데도 화 한 번 내지 않고 받아 주는 태경이 신기할 따름이었다.

"일찍 왔네? 어, 근데 얼굴이 왜 그래. 울었어?"

여울을 마중하러 나왔던 경호가 가로등 불빛에 비친 여울의 얼굴을 보고 놀라 물었다. 경호의 걱정스런 손길이 여울의 빨개진 눈가에 닿았다. 여울은 자신의 얼굴에 경호의 손길이 닿자 그제야 태경의 행동이 무엇을 위한 것이었는지 알아챘다. 분명히 날카로운 눈썹미를 가진 경호에게 울어서 빨개진 눈가를 들킬 거라고 생각을 했겠지.

그러나 요 며칠 소원했던 부녀 관계를 풀어 보려 무던히도 노력하는 경호에게 여울은 제 할 말만 꺼냈다.

"오늘 그 사람하고 통화하셨어요?"

"무슨 일 있었던 거야?"

여울 쪽에서 먼저 혜민의 얘기를 꺼내자 경호가 오히려 당황스러웠는지 고개를 갸웃거렸다. 반응을 보아 연락을 못 받은 게 분명했다. 하긴, 알았다면 그런 황당한 일은 애초부터 일어나지 않았을 터였다.

여울은 한결 덤덤해진 표정으로 경호에게 말했다.

"그 사람, 다음 주에 우리 방송 출연한대요."

경호의 표정이 걷잡을 수 없이 굳어졌다.

7.
널 사랑하겠어

　경호는 상의 없이 결정된 혜민의 방송 출연이 너무 이르다고 판단했다. 여울과의 사이가 좋아지길 바란다면 시간을 두고 천천히 해나가는 게 누가 봐도 나은 상황이건만 혜민은 어째서인지 강경했다. 덕분에 방송 녹음 당일에 경호의 걱정이 극에 달한 것은 말하면 입이 아플 정도였다. 여울은 다시 걸려 온 경호의 전화를 받으며 짜증을 냈다.

　"걱정 마세요. 저 못 믿으세요? 저도 프로예요. 적어도 공과 사는 확실히 구분할 줄 알아요."

　절대 흔들리지 말자. 회유가 아닌 통보에 가까운 혜민의 출연이 걱정되지 않는 건 아니었지만 그쪽에서 그렇게 나온다면 여울은 무시로 혜민을 대하겠다고 마음먹었다. 물론 그렇게 될지는 미지수였지만.

　"조심할게요."

아무것도 모르는 사람들 앞에서 무턱대고 화를 내지 않도록 조심하겠다는 확답을 해 주고 나서야 경호와의 통화를 끝낼 수 있었다. 진이 빠져 말할 기운도 없어진 여울은 비상구 계단을 올라오고 있는 태경을 보고 허탈한 웃음을 지었다. 보나마나 또 통화 내용을 들켰을 테지.

"다 들었죠?"

"어쩌다 보니."

"못 살아, 정말. 오빠한텐 뭘 숨길 수가 없어요."

"어차피 나도 숨기는 거 없으니까 된 거 아냐? 너만 손해 보는 건 아니라고 보는데."

"그야 숨길 만한 일이 없으니까 그렇죠."

"그런가?"

여울은 태경이 건네는 커피를 받아 한 모금 입에 머금었다. 걱정으로 버석해진 목을 타고 넘어가는 아이스커피가 꽤나 달큼했다. 입속을 맴돌던 텁텁함이 조금 가시자 그제야 여울이 엷은 미소를 지어 보였다.

"오늘 괜찮겠어?"

"글쎄요. 저도 저를 잘 모르겠어요. 그 사람 얼굴을 태연하게 볼 수 있을지……."

"웬일로 자신감이 없다, 너. 한여울답지 않아."

"남들 눈엔 처음 만난 사이일 건데 노골적으로 적의를 품은 게 보일까 봐 겁나서 그렇죠."

"그건 나한테도 그랬거든? 대뜸 처음 본 나를 이유 없이 미워한 건 누구였더라?"

"지, 지금은 안 그래요."

얄밉게도 태경이 예전 일을 들먹이자 여울은 부끄러운 마음에 두 손으로 얼굴을 가려 버렸다. 그 모습이 재미있었는지 슬금슬금 옆으로 다가온 태경이 여울의 머리를 쓰다듬으며 물었다.

"그래? 지금은 날 보면 무슨 생각이 드는데?"

"이거 서, 성희롱이에요."

"아닌데. 너한테만 다정한 건데."

태경의 손길이 분주해질수록 여울의 반항은 거세졌다. 하지만 태경은 아랑곳하지 않고 어지러이 흩어져 있는 머리카락을 부지런히 정리해 주었다.

"모르는 척하는 거니. 아니면 정말 모르는 거니."

"뭐가요."

"너도 내가 싫진 않잖아."

입 밖으로 꺼내기 힘든 그 말, 좋아한다. 오래전부터 자신의 마음이 오롯이 태경을 향하고 있다는 걸 여울도 모르지 않았다. 그러나 그가 눈치채 주길 바라며 그의 마음을 확인하기를 여러 날. 성마른 태경의 재촉에 여울은 눈을 질끈 감아 버렸다.

"싫지 않으면 다 좋아하는 건가, 뭐."

"응. 좋아하는 거야."

"좋다는 말은 안 했거든요?"

"물론 그랬지. 하지만 싫다는 말도 안 했잖아."

"그러니까, 싫지는 않지만 좋지도 않다고요!"

여울의 말도 안 되는 억지에 태경이 낮낮하게 웃었다. 호감을 가진 남녀 사이에 싫지도, 좋지도 않은 어중간한 감정이라는 건 있을 수 없다. 적어도 지금 그들에게는 이분법적 감정만이 존재할 뿐. 태경은 슬금슬금 물러나는 여울을 코너에 몰아세우며 단언했다.

"내가 전에 그랬지? 마음만 먹으면 이 자리에서 널 넘어오게 할 수도 있다고."

"어디 한번 해 보시든지요."

"도발인 거야?"

여울이 감았던 눈을 동그랗게 떴다. 태경은 여울의 머리를 쓸어 넘기던 손을 내려 여울의 얼굴을 들어 올렸다. 설마 자기가 생각하는 그건 아닐 거라고 믿고 있는 듯 여울은 떨리는 시선을 애써 감춘 채 담담히 태경을 올려다보았다. 곧 그 믿음이 산산이 부서질 거란 걸 모르고.

느럭느럭 감질나도록 여울에게 다가간 태경은 여울의 조그마한 입술 언저리에서 옅은 숨도 내뱉어 보고, 뽀얀 뺨도 쓸어 보며 여울의 반응을 살폈다. 여울은 닿을 듯 말 듯 아슬아슬하게 태경의 입술이 스쳐 지나갈 때마다 입술을 앙다물었다. 그러다 태경이 잠시 멀어지면 메마른 입술을 혀로 잠시 축였다. 등 뒤로 느껴지는 습한 벽이 아찔했다.

"이러지 마세요."

"글쎄, 눈 좀 감지?"

"시, 싫어요."

"무드 없게."

바짝 언 여울의 꽉 깨문 입술을 손가락으로 두어 번 톡톡 두드린 태경은 여울의 콧잔등에 가볍게 입을 맞추었다. 그리고 이어 도톰하게 봉긋 솟은 코끝을 살며시 깨물었다. 짧고도 아릿한 통증이 일자 여울이 재빨리 두 손으로 얼굴을 가렸다. 그 모습이 또 어찌 그리 보기 좋은지. 태경은 작게 소리 내어 웃고 말았다.

"도망 안 가는 거 보니까 내가 좋은가 보네, 한여울."

"도망 못 치게 한 사람이 누군데요."

"얼마든지 도망갈 수 있었잖아. 평소의 너라면 그랬어."

"그러는 오빠는 절 좋아하는 것도 아니면서 왜 이러세요?"

태경의 시원한 눈매가 얇아진다 싶더니 이내 그가 손가락으로 가볍게 여울의 이마를 툭 밀어냈다.

"바보야. 싫어하는 여자한테 키스하는 남자가 어디 있어?"

사랑이 되고 있다고, 너를 좋아한다고, 태경의 눈빛이 말하고 있었다. 그의 은근한 시선에 여울이 마른침을 삼키며 물었다.

"저 좋아하세요?"

"좋아한단 말은 안 했어."

여울이 했던 그대로 심술궂게 되돌려 준 태경은 그만 얼이 빠져 버린 여울을 끌어안고 속삭였다.

"너, 내 생각하느라 이제 이 작가님 일은 걱정도 안 되겠다. 그치?"

귀를 간질이는 그의 목소리에 머리가 어지러웠다.

녹음 한 시간 전, 혜민이 스튜디오로 들어서자 우진이 스태프들을 불러 모았다. 나란히 줄을 선 사람들과 인사를 나누던 혜민은 유난히 굳은 얼굴의 여울을 보곤 잠시 멈칫했다. 싫어할 줄이야 알았지만 다른 사람들이 보는 앞에서까지 싫은 기색을 비치리라곤 생각지도 못했는지 혜민도 덩달아 표정이 어두워졌다.

"안녕하십니까. 임태경이라고 합니다."

더 이상 분위기가 가라앉지 않도록 태경이 혜민에게 먼저 인사를 건넸다. 얼떨결에 태경의 인사를 받아들인 혜민은 바로 자리를 내어 주는 우진에게 작게 웃어 주곤 의자에 앉아 스튜디오를 둘러봤다.

"기계만 조금 바뀌었지, 그대로네요."

라디오의 특성상 다른 미디어보다 현저히 늦게 변하기 때문일까. 스튜디오는 경호와 같이 일하던 때와 거의 다름없었다. 경호가 만지던 콘솔부터 마이크, 부스 안에 마련된 좌석 배치까지. 혜민은 스튜디오 곳곳을 찬찬히 눈에 담았다.

"그래서 더 정겨우시죠? 고향에 돌아온 기분도 나고요."

"그러네요. 여기서 일한 게 엊그제 같은데……."

우진은 멍청히 서 있는 여울에게 대본을 가져다 달라고 부탁했다. 삐걱대는 걸음으로 혜민에게 다가가 대본을 건넨 여울은 꾸벅 인사를 하고 혜민의 맞은편에 앉았다. 혜민은 대본을 읽다가 여울이 꼼꼼하게 체크해 놓은 부분에서 눈을 떼지 못했다. 깨알같이 반듯하게 쓴 글씨체는 어릴 때와 다름이 없었다. 적어도 하나쯤은 여울에 대해 기억하고 있다는 것이 다행이라면 다행일까. 혜민은 물기 하나 없는 건조한 목소리로 대본을 설명하고 있는 여울을 물끄러미 바라보았다.

"한 작가는 이 일을 참 좋아하나 봐요."

"네, 좋아합니다."

"……나도 참. 방송 일 하는 사람들이 다 그런데 당연한 걸 물었네요. 열심히 설명하는 모습이 보기 좋아서 나도 모르게……."

"괜찮으니 설명에 집중해 주시죠."

여울이 딱딱하다 못해 뚝뚝 부러지는 말을 뱉고 다시 설명을 하려는데 불쑥 태경이 여울의 옆자리를 차지하고 앉았다. 여울은 벌써 한계에 도달한 표정으로 태경을 바라보았다.

"저도 같이 참여하면 안 될까요? 어차피 질문을 드리는 건 저고, 방송 전에 대충 맞춰 보면 좋을 것 같아서요. 괜찮지, 여울아?"

"그렇게 하세요."

여울의 허락이 떨어지자 태경도 대본을 가져와서 혜민과 얘기를 나누기 시작했다. 혜민과 여울, 두 사람만 있을 때보다는 분위기가 한결 유해지자 태경이 조금 마음을 내려놓았다. 아무래도 가까이서 지켜보는 눈이 있으니 여울도 감정을 누그러뜨린 것 같았다. 물론 얼어붙은 표정은 그대로였지만.

처음보다 차분하게 설명을 마친 여울은 우진에게 혜민을 부탁하고 잠시 바람을 쐬러 밖으로 나왔다. 설명하는 내내 긴장하는 모습이 역력했던 여울이 걱정돼 태경도 눈치껏 여울을 따라나섰다.

"또 여기로 도망친 거야?"

"지금은 여기밖에 없잖아요."

촉박한 시간 탓이리라. 그나마 인적이 드문 비상구 계단이 마음을 다스리기에 적절했다. 문이 닫히고 컴컴한 비상구에 태경과 둘만 남게 되자 여울은 뒤로 돌아 태경의 품을 찾아들었다.

"그래. 수고했어. 잘 참았다."

단 한 번도 먼저 손 내미는 법 없던 여울이었다. 그랬던 여울이 제 허리를 와락 끌어안고 놓지 않았다. 태경은 왜 그러느냐는 말 대신 언제나처럼 여울의 머리를 쓰다듬었다. 가늘게 떨리는 여울의 어깨를 모른 척하기 힘들었다.

"울면 우진이 형이 또 괴롭힐 거야. 내가 널 울렸다고."

"오늘만 오해하게 해 주세요."

"알았어. 그래도 많이 울진 마. 마음 아프다."

"미안……해요."

물기 묻은 음성이 애원하듯 태경을 붙잡았다. 태경은 여울을 품에서 떼어 내어 눈물로 얼룩진 얼굴을 조심조심 닦아 주었다. 잘 참았다는 말 외에 해 줄 수 있는 말이 없어서 오히려 태경이 미안했다.

"네가 뭐가 미안해."

"저 때문에 항상 오빠가 곤란하잖아요."

"그런 거 전혀 없어. 그것 때문에 네가 우는 거라면, 난 싫다. 그만 울라고 할 거야."

"그건 아니지만……."

"그럼 딱 1분만 실컷 울어. 실컷 울고 돌아가자. 우리가 있어야 할 곳으로."

우리가 있어야 할 곳. 내가 있어야 할 곳. 여울은 태경의 품을 파고들며 되뇌었다. 이곳에서 잠시 머무르는 바람처럼 지나가 버릴 사람, 그 사람은 혜민이고 자신은 이곳을 지키며 우두커니 서 있을 한 그루 나무라는 걸.

"네. 돌아가요. 그리고…… 버텨 볼게요."

나무가 흔들리지 않게 붙잡아 주는 대지 같은 태경의 품에서 여울은 다시금 눈물을 쏟아 냈다. 딱 1분만. 정말 1분만 울어야지. 태경은 안쓰럽게 마른 여울의 등을 언제까지고 끌어안았다.

"오늘 방송, 어떠셨나요?"

"방송을 만드는 것만 해 보다 오늘 직접 방송을 해 보니까 기분이 얼떨떨해요. 정신도 없고요. 제가 뭐라고 말을 했는지 기억이 나지 않네요."

"어우, 그런 걱정은 안 하셔도 돼요. 오늘 해설 정말 최고였습니다."

유독 힘든 방송이었다. 부스 안과 밖을 두루 신경 쓰느라 태경은 게스트인 혜민보다 더 정신이 없었다. 실수 없이 방송을 진행했다는 게 어쩌면 기적일지도 모를 정도로. 2부 마무리 멘트로 혜민을 살짝 치켜세워 준 태경은 앞으로 방영될 혜민의 작품이 잘 되길 바란다는 말과 함께 녹음을 마쳤다.

"수고했어요, 임태경 씨."

"별말씀을요. 먼 길 오시느라 선생님께서 수고하셨죠."

혜민이 예의상 건네는 말에 태경이 성의껏 대답했다. 혜민은 태경이 매너 있게 문을 열어 주자 가볍게 목례를 하고 서둘러 여울을 찾아 두리번거렸다. 혹시라도 여울이 도망가지 않았을까, 가슴 한구석이 불안에 휩싸였다.

"저기, 한 작가님?"

혜민의 걱정과 달리 여울은 의연하게 자리를 지키고 있었다. 혜민은 떨리는 가슴을 추스르며 여울에게 다가갔다.

"덕분에 오늘 방송 잘 마칠 수 있었어요. 대본 정리를 워낙 꼼꼼하게 해 놔서 보기 좋더라고요. 설명도 참 좋았고."

"그게 제 일이니까요."

"그래서 말인데, 저, 이거……."

혜민은 기다렸다는 듯이 가방에서 책을 꺼내어 여울에게 내밀었다. 드라마화 확정으로 인해 품절 사태를 일으킨 혜민의 책이었다. 이걸 받아야 하나, 말아야 하나 잠시 고민하던 여울은 결국 고맙다는 인사와 함께 혜민의 책을 받아 들었다.

"이건 다른 분들 몫으로 챙겨 온 거예요. 한 부씩 가져들 가요."

받았다 한들 집에 가면 쓰레기통행일 게 뻔한 책을 여울은 사람들의 눈을 의식해 가방에 넣어 두었다. 그걸 보고 혜민은 일말의 기대를 가지는 듯했으나 어림도 없는 소리였다. 방송국을 벗어나는 즉시 책은 처분될 것이었다.

그러나 그런 여울의 마음은 모르고 태경이 책을 챙겨 들며 말했다.

"이런 과분한 선물을 주셔서 어쩌죠?"

"고작 책 한 권인걸요."

"이 책 구하기 힘들다고 하던데……. 감사히 받겠습니다."

"그렇게 생각해 주면 고맙죠. 그럼, 먼저 가 볼게요."

우진이 어렵게 모신 손님이니 주차장까지 데려다 주겠다며 혜민과 함께 스튜디오를 나섰다. 여울은 혜민이 끝까지 사람 좋아 보이는 미소를 유지하는 것을 보고 주먹을 있는 힘껏 움켜쥐었다. 도대체가 저 여자의 속내를 모르겠다.

"다 끝났어. 이제 괜찮아."

어느새 다가온 태경이 딱딱하게 굳은 여울의 어깨를 감싸 쥐었다. 여울은 제 뒤에 자리한 태경을 올려다보며 어색하게 웃었다. 오늘은 이게 끝일지 몰라도 내일부터 또 무슨 일이 일어날지 짐작조차 되지 않았다. 여울은 지끈거리는 머리를 짚는 대신 작게 인상을 찌푸렸다.

"과연 그럴까요?"

"왜?"

혜민이 자신의 엄마라는 말이 목 끝까지 자리를 잡고 앉았지만 여울은 그 말을 도로 삼켰다. 경호의 일만으로도 태경에게 이미 많은 부담이 될 거란 걸 알기에 이 고민까지 떠넘길 순 없었다. 그렇게 마음먹은 여울은 말간 태경의 두 눈을 들여다보며 고민으로 인한 고통을 기꺼이 감내했다.

"아무것도 아니에요."

이번엔 절대 들키지도, 가르쳐 주지도 않으리라. 결심을 보여 주기라도 하듯 여울은 되묻는 태경을 피해 아예 고개를 돌려 버렸다.

"알았어. 안 물어볼게. 대신, 힘들 땐 말해야 한다."

혜민의 방송 출연이 결정되던 날, 태경은 여울의 반응을 보아 혜민과의 사이가 단순하지만은 않다는 걸 어렴풋이 알아챘다. 그리고 경호가 아버지라는 사실만큼 쇼킹한 일일 것이라는 것도.

사실, 검색을 해 볼까 하는 생각을 안 해 본 건 아니었다. 하지만 그렇게 해서 알아낸들 무엇하랴. 이미 경호와의 관계를 들킨 여울에게 자신이 다른 비밀까지 알고 있다는 부담감을 주고 싶지 않았다.

태경은 결 좋은 여울의 머리칼을 쓰다듬곤 다시 부스로 들어가 버렸다.

❀   ❀   ❀

저녁 방송까지 마치고 나니 시간은 벌써 자정을 향하고 있었다. 여울은 데려다 주겠다는 태경의 제안을 거절하지 않았다. 혜민의 일로 마음이 싱숭생숭하던 오늘, 빨리 집에 가서 쉬고만 싶었다.

"선생님, 걱정되시나 봐. 전화 계속 오네?"

"오빠가 저 오늘 녹음 잘했다고 말 좀 해 줄래요?"

"그래도 돼?"

"네. 오빠가 우리 비밀 알고 있는 거, 아빠도 알거든요. 조만간 다 같이 식사 한 번 했으면 했는데 오빠도 그렇고 아빠도 바빠서 시간 맞추기가 힘드네요. 오빠만 괜찮다면 식사 한 번 해요."

"그렇게까지 안 해도 되는데."

본의 아니게 두 사람의 인생에 끼어들어 괜한 걱정을 끼친 건 아닐지. 태경이 쓴 웃음을 짓자 여울이 고개를 저었다.

"부담 갖지 않으셔도 돼요. 그냥, 가볍게 평소 존경하던 선배님이랑 밥 한 끼 먹는다고 생각하세요."

하긴. 남들 눈엔 그렇게 보일 수도 있겠다. 태경은 여울의 말에 고개를 끄덕였다.

"근데, 전화 안 받을 거야?"

"생각해 보니까 안 받아도 될 것 같아요. 곧 집에 갈 건데요, 뭘."

여울은 애타는 경호의 마음을 단칼에 거절해 버렸다. 태경은 수신거부를 해 버리는 여울을 보곤 어이없는 웃음을 흘렸다.

"고집하고는."

다시 한 번 경호에게서 전화가 걸려 왔지만 여울은 태경의 핀잔에도 불구하고 보란 듯이 경호의 전화를 무시했다. 싫다고 하는 사람에게 강요해 봤자 소용없을 것 같아 태경도 더는 전화를 받으란 말을 하지 않았다.

"여울아."

방송국 주차장에 거의 다다랐을 즈음 여울은 자신을 부르는 소리에 주변을 두리번거렸다. 그리고 애처롭게 서 있는 혜민을 발견했다. 급속히 식은 표정으로 태경의 팔을 붙잡은 여울은 다시 한 번 저를 부르는 혜민의 목소리를 외면했다.

"가 봐야 하는 거 아니야?"

"됐어요. 저 사람 얼굴은 더 보고 싶지 않아요."

여울은 자꾸만 뒤돌아보는 태경을 억지로 끌고 차로 향했다. 하지만 태경은 무슨 생각에선지 순순히 끌려와 주지 않았다. 하는 수 없이 그 자리에서 멈춰 선 여울은 잠시 호흡을 골랐다.

조금씩 다가오는 발소리와 흐느낌. 여울은 돌아보지 않아도 혜민이라는 것을 알았다. 곧 태경이 슬그머니 잡힌 팔을 빼내어 자리를 피해 주었다. 더는 도망칠 수 없도록 둘만 남겨 놓고.

"여울아."

"아직도 할 말이 더 남았어요?"

"할 말이 있어서 기다린 거야. 책에 메시지를 끼워 놨는데, 못 본 모양이구나."

"그 책, 버린 지 오래예요."

여울이 무심한 눈길을 고스란히 드러내며 돌아섰다. 혜민은 그런 여울의 시선을 덤덤하게 받아 냈다. 여울이 지난 십오 년간 무슨 생각으로 엄마란 존재를 지우고 살았는지 짐작하고도 남았으니까. 그렇지만 오늘만큼은 말을 해야 했다. 여울을 만나러 온 진짜 이유를.

"그럴 거라고 생각했어. 넌 내가 미울 테니까."

"밉다니요? 내 인생에 한 점 가치도 없으니까 버린 거예요. 사실 그쪽이랑 저, 만난다고 해서 좋을 것 하나 없잖아요. 피차 그럴 바에야 우리, 잊고 살죠? 그게 서로 간에 편해요."

혜민은 제 할 말만 쏟아 내고 가 버리는 여울을 서둘러 불러 세웠다. 정작 하고픈 말은 꺼내 보지도 못하고 보낼 수는 없었다.

"나, 길어야 육 개월이래!"

혜민은 귀가 아플 정도로 크게 소리를 쳤다. 효과가 있었는지 냉정하게 걸어가던 여울이 멈칫했다. 하지만 그게 다였다. 여울은 아까보다 더 독한 말만 골라 뱉었다.

"소리칠 힘은 있는 거 보니까 육 개월보다 더 살겠네요."

"너는 엄마가 죽는다는데 아무런 느낌도 없어? 어쩜 그러니!"

"언제 엄마였던 적이 있었나요? 당신이 당신 스스로 엄마란 자리를 박차고 나갔는데 그걸 바라는 게 더 염치없다는 거 몰라요? 난 말이죠. 당신이 죽든 말든 상관 안 해요. 어차피 우린 남인데, 아니, 남보다 못한 사이인데 그깟 일에 연연하는 것도 웃기고요."

혜민의 빨간 입술이 보기 싫게 짓뭉개졌다. 여울이 조금이라도 돌아봐 주길 바라며 꺼낸 히든카드가 아무런 힘도 발휘하지 못하게 되자 혜민은 그 자리에 털썩 주저앉고 말았다.

"괜찮으십니까?"

차에 먼저 타서 백미러로 두 사람을 지켜보고 있던 태경이 달려와 혜민을 부축했다. 혜민은 제 어깨를 붙잡은 태경의 손을 조심스레 밀어냈다.

"난 괜찮으니 여울이부터 챙겨 줘요."

혜민이 여느 엄마들처럼 딸을 걱정하는 목소리로 태경에게 부탁하자 그 소리를 들은 여울은 치밀어 오르는 화를 주체할 수 없었다. 여울은 고집스레 앞만 보고 있던 고개를 돌려 혜민을 일으켜 세워 주고 있는 태경에게 말했다.

"저 먼저 갈게요, 오빠."

깜빡이를 켜고 인도에 차를 바짝 붙인 채 운전하고 있는 태경은 묵묵히 걷기만 하는 여울의 뒤를 따라가며 한숨을 내쉬었다. 저 조그만 몸에 그런 고집스러운 면이 숨겨져 있었다니. 대체 혜민과 무슨 사이기에 여울이 그렇게까지 화를 내야만 했는지 이해가 되지 않았다.

"오늘 공연 연습 없어요? 저 따라오지 말고 빨리 연습이나 하러 가세요."

"너 따라가는 거 아닌데. 어차피 이 방향으로 가야 해. 너도 알잖아. 나 매일 이 길로 지나갔던 거."

"그럼 귀찮게 하지 말고 빨리 가세요."

태경은 여울의 짜증 섞인 목소리에도 아랑곳하지 않고 천천히 차를 몰았다. 연습 시간까지 아슬아슬하긴 해도 늦을 정도는 아니었다. 적어도 여울이 딴 곳으로 새지만 않는다면 말이다.

"한여울. 아까 일 설명해 봐."

"봤으면서 뭘 물어요."

"보긴 했는데 못 들었어."

"거짓말 마세요. 분명히 다 들었으면서."

"난 예의 없게 엿듣는 짓은 안 해."

안다. 태경은 충분히 그러고도 남을 사람이란 걸. 하지만 여울은 태경이 끝까지 모르기를 바랐다. 이제 와서 태경에게 가릴 것도 없긴 했지만 자격 부족인 엄마만큼은 태경에게 내보이기 싫었다.

"말 안 해 줄 거예요."

"그럼 둘 중에 선택해. 내가 지금 인터넷을 검색해서 더 이상한 소문을 믿게 하든지, 아니면 네가 스스로 진실을 말해 주든지. 선택은 네 자유야."

"마음대로 하세요."

이상한 소문이라고 해 봤자 지금보다 더 나쁠까. 어떻게 하든 상관하지 않겠다는 투의 여울의 말이 태경의 신경을 거슬렀다. 눈에 보일 만큼 혼란스러워하는 걸 아는데 여울이 그 힘든 일을 혼자 짊어지려고 하는 게 마음 아팠다. 결국 태경은 차를 놔두고 여울을 붙잡아 세웠다.

"나한테 털어놓으면 안 되는 거야?"

"검색 한 번이면 다 알 사실을 왜 굳이 제가 말해야 해요?"

"정말 몰라서 물어? 내가 널 그만큼 존중한다는 거잖아! 자기 여자

162

를 아낄 줄 모르는 남자들이랑 날 동급으로 취급하는 건 사양이야."

여울은 앞을 가로막은 태경의 너른 가슴을 쳐다보며 숨을 골랐다. 어느 것 하나 마음대로 되는 일이 없었다. 태경에게 절대 말하지 않겠다고 결심한 지 하루도 채 지나지 않아 이런 일이 일어나다니. 이 남자완 대체 무슨 인연이기에 이렇게나 꼬이는 걸까.

"힘들면 얘기하겠다고 했잖아. 얘기해 봐. 이 작가님이랑 무슨 일이 있었던 거야?"

"얘기하고 싶지 않아요."

"여울아."

"늦겠어요. 얼른 연습실로 가세요."

"한여울."

어깨를 쥔 태경의 손아귀에 힘이 들어갔다. 누구 고집이 더 센지 대결이라도 하자는 건가. 태경은 주변을 살펴보곤 갑자기 여울을 번쩍 들어 올려 어깨에 둘러멨다.

"뭐 하는 짓이에요!"

"보다시피 납치."

납치라는 말을 참 아무렇지도 않게 한다. 여울이 태경에게서 벗어나려 필사적으로 버둥댔다. 하지만 여울을 차에 구겨 넣듯 아무렇게나 집어넣은 태경은 내려 달라는 여울의 외침을 무시하고 곧바로 차를 출발시켰다.

"미쳤어요?"

"그러게 곱게 대답해 줄 것이지. 너 지금 대답 안 하면 이대로 연습실에 데려갈 거야."

"마음대로 하세요. 그런다고 도망 못 가는 것도 아니니까."

"거기에 내 매니저 있어. 매니저한테 너 도망 못 가게 감시하라고 하면 돼. 지금 전화해야겠네. 주차장에서부터 감시해 놔야 도망을 못 가지."

기억 속 태경의 매니저는 곰처럼 큰 사람이었다. 그런 사람에게 붙들린다면 도망은 절대 칠 수 없을 터였다. 그럴 리는 없을 거라고 수십 번 되뇐 여울은 반대로 태경의 약점을 끄집어냈다.

"곤란한 건 오히려 오빠일 텐데요? 이러다 열애설이라도 나면 어쩌려고 그래요?"

"그까짓 열애설, 나라고 그래. 어차피 난 그동안 한 번도 열애설이 난 적 없으니까 하나쯤은 터져도 이상하지 않아. 게다가 그 열애설 상대가 넌데, 열애설 터지면 곤란해지는 건 너도 마찬가지야."

호기롭게 받아치는 그 때문에 여울은 말을 잃고 말았다.

"아, 선생님께 전화 드려서 알아보는 방법도 있겠네. 그건 경우 없어 보여서 안 하려고 했는데, 네가 끝까지 말 안 해 주겠다면야 그렇게라도 해야지. 안 그래?"

태경이 경호까지 끌어들인다고 하자 여울은 그만 아연실색하고 말았다.

"왜 그렇게 알고 싶어 해요? 안다고 해도 오빠가 해결해 줄 수 있는 건 아무것도 없다고 했잖아요."

"같이 고민해 줄 순 있는 거잖아. 혹시 알아? 내가 지금보다 더 나은 방향을 제시할지."

간단히 해결될 문제가 아닌데도 태경은 자신이 도움이 될 거라며 억지를 부렸다. 여울은 안전벨트를 쥐고 잠시 고민에 빠졌다. 정말로 태경에게 이 일까지 털어놔도 될지를. 그러나 몇 번을 생각해 봐도 태경 외엔 이 비밀을 믿고 털어놓을 수 있는 사람이 없었다. 또한 그가 딱히 이 난관을 헤쳐나갈 해결책을 제시해 주지 못한다 하더라도 그라면 모든 걸 털어놓을 수 있을 것 같았다.

"얼굴 보면…… 알잖아요. 그 사람하고 나, 닮은 거."

경호와 많이 닮았다고 생각했던 여울의 얼굴이 실은 혜민을 더 닮았다는 걸 태경은 그제야 알아차렸다. 그러나 조목조목 앙증맞게 자리 잡은 이목구비와 전체적인 분위기가 혜민을 쏙 빼닮았다 하더라도 여울이 혜민의 딸인 것을 밝히지 않는다면 모르고 넘어갈 수도 있는 정도의 닮음이었다.

"어머니구나."

"생물학적으론 그래요. 그렇지만 난 그 사람을 엄마라고 인정하지 않아요."

"어째서?"

"정작 필요할 땐 없다가 이제 와서 엄마처럼 굴려고 하잖아요. 그 사람이 언제부터 나한테 엄마였다고……."

"그래도 어머니인데 너무하는 거잖아."

"그 사람이 저한테 했던 것에 비하면 아무것도 아니에요."

유치한 앙갚음이라고 해도 좋다. 그럼에도 혜민에게 받은 상처를 메우기엔 한없이 모자라서 여울은 어떤 식으로든 그녀를 더 괴롭히고 싶었다. 그게 바로 자학이건만. 태경은 그걸 모르는 여울이 안타까웠다. 혜민에게 상처를 주며 여울이 자기 자신에게 똑같이 난도질을 하는 모습을 더는 두고 볼 수 없었다.

"네가 너무 괴롭잖아. 그렇게 하면 속이 시원해?"

태경은 잠시 차를 세우고 여울의 손을 그러쥐었다. 자그마한 여울의 손에 땀이 그득 들어차 있었다. 그러나 태경은 그런 건 아랑곳없이 조심스레 깍지를 꼈다.

"너를 사랑해 줘, 여울아. 너를 사랑해야 네가 행복해지는 거야."

"어떻게…… 어떻게 해야 행복해질까요."

태경은 평범하지도, 완전하지도 않은 가정에서 꼿꼿하게 살아남은 여울이 가여웠다. 물론 경호의 보살핌이 있었지만 그래도 틈새를 비집고 새어 나오는 모진 칼바람을 모두 피하기엔 역부족이었을 것이다.

피하는 대신 억세지는 것을 택한 여자. 많은 사랑을 받았지만 정작 자기 자신은 사랑할 줄 모르는 여자. 태경은 그런 여울의 눈을 가만히 들여다보며 말했다.

"네가 잘 모르겠다면 내가 대신 너를 사랑해 줄게. 내가 너를…… 아주 많이 사랑해 줄게. 그러니까 네가 너한테 상처 주는 짓, 이젠 하지 마. 내 마음이 아프다."

혜민이 그토록 여울을 만나고자 했던 이유가 얼마 남지 않은 생 때문이었다는 것이 경호를 더욱 당혹스럽게 했다. 경호는 덤덤하게 얘기를 해 주는 여울을 보며 어떻게 해야 좋을지 고민에 빠졌다.

"여울아. 너는 어떻게 했으면 좋겠니?"

"지금으로선 아무 생각이 없어요. 길어야 6개월이라는 게 진짜라는 확신도 안 들고요."

"그게 사실이라면?"

"모르겠어요. 거기까지는 생각 안 해 봤어요."

유난히 머리가 아픈 날이었다. 여울은 냉수 한 컵을 들이켜며 곧 죽는다고 말하던 혜민의 모습을 떠올렸다.

유독 진했던 화장과 빨간 입술, 그리고 남들보다 현저히 야위어 보이던 몸. 아까는 워낙 정신이 없어서 혜민을 제대로 쳐다볼 여력이 없었지만 지금에서야 천천히 되짚어 보니 혜민이 아파 보였던 것도 같다. 여울은 고개를 저으며 혜민의 잔상을 지워 버렸다. 신경 쓴다고 달라질 건 아무것도 없었다.

"당장 연락을 해 봐야겠어."

"그러지 마세요."

"아픈 사람 모른 척하는 거 아니다."

당연한 것이라며 엄하게 여울에게 핀잔을 준 경호는 재빨리 휴대폰에서 혜민의 번호를 찾았다. 여울은 그런 경호가 참 바보 같아 보였다. 바보스러울 정도로 착해 빠진 경호의 모습에 할 말도 잃어버렸다. 밸도 없는 사람. 그러니 아프다는 전처에게 무작정 전화하는 거겠지.

"난 가끔 아빠 머릿속에 뭐가 들었는지 궁금해져요. 그렇게 당하고도 그 사람을 모르겠어요?"

"사람은 망각의 동물이라잖니. 이혼하고 십오 년쯤 지나고 나니까 그 사람에 대한 감각도 무뎌진 모양이야. 이젠 그 사람이 가여워. 너도 나도 없이 결혼도 안 하고 혼자 사는데 얼마나 외롭겠어. 처음엔 나도 너처럼 그 사람이 미워서 화도 내고 모진 말도 해 댔는데 시간이 지나니까 그게 다 부질없는 짓이라고 느껴지더라."

"착한 것도 병이에요. 적당히 미워할 줄도 알고, 적당히 화도 내고, 적당히 욕도 하고 그러는 게 사람이라고요. 속도 없어, 정말."

경호를 보고 있자니 속이 터질 것 같았다. 경호를 지나쳐 거실로 나간 여울은 답답한 마음을 털어 내려 창문을 있는 대로 다 열어 놓았다.

"네 엄마, 그 사람은 나한테 그런 사람이야. 지금도 그 사람을 사랑한다고 말할 순 없어도 그땐 그 누구보다 사랑했다. 비록 그 끝은 많이 썼지만."

사랑. 그 달고도 쓴 양면의 맛. 진정한 사랑이 바로 이런 것일까 싶을 정도였다. 여울은 혜민과 통화를 하며 인상을 찌푸렸다가도 엷게 웃는 경호를 한참 동안 바라보았다. 저렇게 마음을 내려놓은 경호가 한편으론 부러웠다.

이성을 흐리게 해 사람을 바보로 만드는 사랑. 사랑이라는 녀석에게 충실해지면 그 어떤 날카로운 감정이라도 무뎌지는 것 같았다. 여울은 자신을 사랑해 주겠다던 태경의 말을 떠올리며 창밖으로 시선을 돌렸다.

이상하게 태경의 말을 믿고 싶어지는 밤이었다.

8.
그대와 나, 설레임

"몸은 괜찮은 거야?"

바쁜 스케줄 때문에 이제야 시간이 났다며 너스레를 떠는 혜민에게 경호는 걱정이 가득한 목소리로 물었다. 순간 멈칫거린 혜민이 분주해진 손길로 머그잔을 매만졌다. 경호는 곤란해하는 모습이 역력한 혜민을 찬찬히 살펴보았다.

경호의 시선을 느낀 혜민이 전보다 핼쑥해진 얼굴과 가죽만 남은 손등을 숨기려 안간힘을 썼다. 경호는 그런 혜민이 너무 미련하게 느껴져 혜민에게서 눈을 뗄 수 없었다.

"어디 가는 길인가 봐."

좀체 다른 말을 하지 않는 경호를 대신해 화제를 전환한 혜민은 말쑥하게 차려입은 경호를 보며 젊은 시절의 그를 떠올렸다. 그땐 많이 사랑했는데. 그땐 참 행복했는데. 지금은 뭐라고 정의할 수 없는 사이로 남아 애매한 감정으로 서로를 보고 있다는 게 기분이 묘했다.

"태경 군 공연에 초대를 받았거든. 곧 가 봐야 해."

지난번 통화 이후 처음 얼굴을 마주한 두 사람은 깊은 이야기를 나눌 시간도 부족했다. 혜민은 문득 그게 참 아쉽단 생각이 들었다. 만나면 그동안 하지 못했던 말을 모두 하리라 마음먹었었는데 막상 경호의 얼굴을 보니 뭐라고 얘기를 해야 할지 몰라 헛웃음만 났다.

"웃는 거 보니까 내가 괜한 걱정을 했나 봐. 좋아 보인다. 치료는 계속 받고 있는 거지?"

늘 유하던 경호가 오늘만큼은 강경했다. 단 한 번, 혜민이 웃었을 뿐인데 경호는 그 순간을 놓치지 않고 잠시 벗어났던 얘기를 원점으로 돌려놨다. 말문이 막힌 혜민은 어쩔 수 없이 고개를 끄덕였다. 못 미더웠는지 경호의 표정이 시원치 않았으나 이내 그는 혜민을 믿어 주었다. 대답하기 싫다는 사람에게 억지로 캐묻는 것도 실례인 것 같아서.

"간호해 주는 사람은 있는 거야? 혹시 없으면 아플 때 나한테 전화해. 그래도 생판 모르는 남보다는 내가 나을 거 아니야."

"아냐……. 당신은 안 와도 돼. 나, 친구 있어."

"……그래, 그럼."

강경하게 나오던 경호가 금세 한 발 물러났다. 다시 원래의 부드러운 경호로 돌아오자 혜민은 그만 눈물이 날 것 같았다. 평화롭던 가정을 깬 건 다름 아닌 자신인데 십오 년이 지났어도 자신을 똑같이 대해 주는 경호에게 미안했다.

"미안해, 정말."

경호는 아무것도 몰랐다. 혜민의 이기적인 결정에 자신이 희생돼야 했던 이유를. 혜민은 혀끝까지 올라온 그 말을 죽을 힘을 다해 삼켰다.

"뭐가."

"그냥. 다."

"싱겁기는."

혜민은 어설픈 웃음으로 어색해진 상황을 웃어넘기려 했다. 하지만 경호는 기다렸다는 듯이 그 애매한 순간을 붙잡았다.

"실은 나도 싱거운 말을 하나 할까 하는데."

"무슨…… 말?"

"우리 헤어졌을 때 말이야. 당신, 이유가 있어서 날 떠났던 거지? 그러지 않고서야 사람이 그렇게 갑자기 변할 리가 없어."

그것은 전혀 싱거운 말이 아니었다. 십오 년을 묵혀 놓아 짜질 대로 짜진, 짜고도 강렬한 질문이었다. 혜민은 자신의 대답만 기다리는 경호의 입술을 보면서 입술을 더욱 앙다물었다. 절대 대답해 주지 않겠다는 무언의 표현이었다.

"난 가끔 그런 생각을 해. 내가 당신에게 좀 더 잘했다면, 내가 당신을 좀 더 잘 다독였다면 내가, 당신이, 우리 여울이가 조금은 편해졌을까, 하고 말이야."

혜민은 경호가 한 번쯤은 자신을 원망하는 말을 할 거라고 생각했다. 하지만 예상은 보기 좋게 빗나갔고, 경호는 덤덤한 얼굴로 예전의 그 일을 끄집어냈다. 시간이 많이 흘렀으니 혜민이 얘기를 해 줄 거라는 일말의 기대를 품고.

하지만 혜민은 절대 말할 수 없었다. 자신이 왜 두 사람을 떠나야만 했는지 그 이유를 경호가 알게 되면 죄스러워서 그의 앞에서 얼굴을 들 수 없을 것 같았다.

"배 속에 있던 우리 둘째 때문에 당신 많이 힘들어한 거 알아. 하지만 시간이 많이 지났잖아. 오해하고 있는 게 있다면 우리 이제 그만 풀자. 난 정말로 당신이 우릴 떠나야 했던 이유를 알고 싶어."

그 말을 어떻게 한단 말인가. 제 손으로 여울을 죽이려 했다는 말을 어떻게.

엄마로서 위험에 처한 여울을 구하는 건 당연했다. 하지만 그때의 여파로 혜민은 유산을 했고, 그 충격으로 우울증에 걸려 여울을 원망하고 미워했다. 죽은 아이를 끌어안느라 정작 지켜야 할 여울을 죽이려 했다는 사실을 경호가 알면 무슨 반응을 보일지. 혜민은 자신에게 크게 실망한 경호의 모습을 보는 것이 두려웠다.

"고마워, 경호 씨. 날 미워하지 않아 줘서."

혜민은 급히 말을 돌렸다. 그리고 경호보다 먼저 자리에서 일어났다.

"당신 그만 가 봐야지. 공연에 늦겠다."

"이혜민!"

경호가 서둘러 밖으로 나가는 혜민을 불러 세웠다. 멈춰 선 혜민의 안색이 좋지 않았다.

"제발…… 말해 줘."

혜민은 주먹을 꽉 쥔 채 돌아보지 않았다. 경호가 그대로 혜민을 끌어안았다. 혜민은 조금이라도 울음이 새어 나갈까 고개도 푹 숙인 채 바르르 떨리는 입술을 꽉 깨물었다. 이렇게라도 하지 않으면 경호의 너른 마음씨에 기대어 기껏 숨겨 온 비밀을 털어놓을 것 같았다.

"미안해."

경호는 하는 수 없이 대답하기를 꺼려하는 혜민을 놓아 주었다.

혜민은 그대로 경호의 품을 벗어났다.

백 마디 말보다 한 번의 포옹. 경호를 떠난 혜민은 그의 다정함에 결국 울고 말았다.

공연장은 태경을 보기 위해 온 사람들로 북적였다. 입구에 줄을 서서 공연장 안으로 꾸역꾸역 들어가는 사람들을 보고 있자니 여울은 숨이 턱 막히는 것 같았다. 다른 사람들도 같은 생각이었는지 상상도 못 한 광경에 절레절레 고래를 저었다. 딱 한 사람, 지원만 빼고.

"예매 시작한 지 5분 만에 표가 동났다더니 거짓말 아니었나 봐. 공연 기간도 길고, 공연장도 소극장치고 규모가 꽤 큰 편이라서 표가 남을까 봐 걱정하더니⋯⋯. 녀석, 엄살은."

"난 그럴 줄 알았다니까요. 태경이, 앤 항상 그랬어요. 예매 시작하면 몇 분 안 돼서 표가 다 매진되고, 조금만 늦으면 좋은 자리는 아예 없고. 내가 성냥만 한 태경이 보면서 얼마나 눈물을 흘렸는데!"

우진이 태경의 티켓파워에 놀란 것도 잠시 가끔 태경의 공연을 보러 왔던 지원은 이 정도는 아무것도 아니라며 반박했다. 물론 소극장 공연이기에 망정이지 올림픽공원 체조경기장 정도의 공연장이라면 이보다 더 사람이 많았을 거라고 얘기하는 지원에게 우진이 학을 뗀 건 두말 할 것도 없었다. 질린 얼굴로 입장하는 사람들에게서 고개를 돌린 우진은 멀리서 걸어오고 있는 경호를 발견하고 냉큼 달려가 인사를 했다.

"선생님, 오셨군요."

"여기서 보네요. 다들 태경 군 초대받고 온 거지요?"

"네. 저희도 겨우 시간 내서 왔습니다. 그나저나 오늘 옷차림이 근사한데요?"

"아…… 우리 딸이 코디해 줬어요. 나이 들어도 젊게 살아야 한다고 젊은 사람들처럼 코디해 주더라고요. 잘 어울리나요?"

"어울리다마다요. 정말 잘 어울리세요."

"네. 진짜 멋있으세요."

유정과 우진의 칭찬에 쑥스러워진 경호가 헛기침을 했다. 여울은 아침부터 수선을 떤 보람을 느끼며 뿌듯한 표정으로 경호를 바라보았다. 물론 그 표정을 알아챈 건 경호뿐이었지만.

길었던 줄이 줄어들고 공연 시작 시간이 가까워질 때쯤 공연장으로 들어선 그들은 곧바로 태경이 있는 대기실로 향했다. 촉박한 시간 탓에 준비했던 꽃만 전해 주고 바로 불 꺼진 공연장으로 향해야 했으나 태경은 그들이 건네 꽃다발만으로도 무척 기뻐했다. 특히 잊지 않고 공연을 보러 와 준 경호 때문에 더욱 감격한 것 같았다.

불이 꺼진 공연장에 들어가 겨우 착석을 하고 나니 곧 태경이 노래를 부르며 모습을 드러냈다. 평소와 달리 무대 위의 태경은 말 그대로 연예인이었다. 공연장을 꽉 채운 관객들의 함성과 박수 소리를 진심으로 즐길 줄 아는 아티스트. 제대 후 처음으로 하는 공연이라서 많이 긴장할 줄 알았더니 태경은 그런 걱정 따윈 말끔히 날린 채 무사히 마지막 곡까지 소화해 냈다.

"목소리가 예전처럼 곱진 않죠?"

2년 가까이 고함을 지르며 훈련에 임하느라 변해 버린 목소리가 신경이 쓰였는지 태경은 마지막 곡을 부르고 나서 앞좌석에 자리한 관객에게 물었다. 관객은 오히려 변한 목소리가 더 마음에 든다며 그를 위로했다. 서른둘이라는 나이에 언제까지나 소년 같은 목소리를 유지할 수는 없지 않느냐는 관객의 말에 마음이 놓였는지 그가 가볍게 농을 쳤다.

"하긴. 나이가 들면 목소리도 나이 드는 거겠죠? 여든 살이 됐을 땐 제 목소리가 얼마나 변해 있을지 궁금하네요."

무대 끝자락에 주저앉아 물을 한 모금 마신 그는 제일 앞자리에서 물통을 향해 손을 뻗은 학생을 보고 피식 웃었다. 이깟 물통이 뭐라고.

"이게 갖고 싶어요?"

카메라맨이 힘차게 고개를 끄덕이는 학생과 태경을 클로즈업했다. 땀방울이 턱을 타고 내려가다 툭 하고 떨어졌다. 태경은 장난스런 표정을 지으며 물통을 내려놓고 학생에게 다가갔다.

"이게 왜 갖고 싶지? 이해가 안 되네. 그것보단 사인이 낫지 않겠어요?"

매니저에게 사인지와 펜을 가져와 달라고 부탁한 태경은 황홀하다 못해 얼이 빠진 학생에게 멋대로 사인을 해 주었다. 사인지를 받아 든 학생은 태경이 내미는 손을 잡곤 울먹였다. 생각지도 못한 행운에 울음을 주체할 수 없는 것 같았다.

"에구, 예쁜 얼굴 다 망가지겠네. 날 좋아해 줘서 고마워요. 학생뿐만 아니라 여러분도요."

왜 갖고 싶은지 이해되지 않는다는 물통까지 학생에게 주고 훌쩍 무대로 뛰어 올라온 태경은 자신을 잊지 않아 준 사람들을 위해 쓴 곡이 있다며 무대 끝에서 중앙으로 피아노를 끌어왔다. 가사는 아직 쓰지 못했지만 멜로디만이라도 들려주고 싶은 마음에 앙코르곡으로 이 곡을 준비했다는 태경은 긴장했는지 새 물을 가져와 벌컥벌컥 들이킨 뒤, 피아노 건반 위로 손을 얹었다.

공연장을 감싸는 피아노 소리가 유리알처럼 맑았다. 건반을 누르는 섬세한 동작에서 태경이 얼마나 많은 감정을 담아 연주하고 있는지가 보여 보는 사람들마저 숨이 멎을 듯했다. 쥐 죽은 듯이 고요한 사위 속에서 연주 중인 태경만을 바라보는 사람들 눈에 감동과 희열이 피어올랐다.

태경은 연주하는 틈틈이 여유롭게 관객들을 훑어보았다. 쉬는 동안 실력이 녹슬지 않도록 노력하고 또 노력했던 것들을 보여 주는 시간. 어느 때보다도 긴장되고 숨이 막히는 순간이었다. 부드럽게 건반을 누르고 마지막 음까지 신경 써서 연주를 끝낸 그는 조심스레 건반에서 손을 떼어 냈다.

"어떠……셨어요?"

떨리는 마음으로 자리에서 일어난 태경은 객석에 앉아 있는 경호와 눈을 맞추었다. 경호야말로 누구보다도 인정받고 싶은 사람이었기에 그의 마음에 쏙 들었으면 했다. 경호는 잠시 가슴 졸이는 태경을 응시하다가 기쁜 마음으로 박수를 쳤다. 경호를 시작으로 온 공연장이 박수 소리로 가득 찼다. 긴장이 풀린 태경은 고개를 푹 숙이고 피아노 의자에 주저앉아 버렸다.

그동안의 고생을 보상받는 느낌. 오늘은 다른 날보다 더 마음 편히 잘 수 있을 것 같다.

"수고했어. 마지막 곡 좋던데?"

뭐니 뭐니 해도 오늘 공연의 하이라이트는 태경의 자작곡이었다. 잔잔하면서도 밝은 선율이 무척이나 인상 깊었는지 우진은 공연 뒤풀이에 참석하자마자 태경에게 언제 그렇게 곡을 써 뒀느냐며 물었다.

"자기 전에 조금씩이요. 제대하고 나서 복귀하는 무대가 늦어지면 안 될 것 같아서 미리 써 뒀죠."

"가사는? 아직이야?"

"애석하게도 아직입니다."

가사 때문에 골머리를 앓던 태경이 어색하게 웃었다. 금방 곡을 쓴 만큼 가사도 빨리 써졌다면 얼마나 좋았을까. 하지만 마음과 달리 쉬이 가사가 써지지 않아 얼마나 애를 먹었던지 한동안 가사 쓰는 걸 포기할 정도로 태경은 지쳐 있었다.

"하긴. 가사 붙이기 쉽지 않겠더라. 곡이 워낙 좋았어야 말이지. ……그럼 다른 사람들한테 부탁하는 건 어때?"

물론 우진의 말처럼 다른 사람에게 가사를 써 달라고 부탁을 해 볼까 생각도 해 봤지만 선뜻 그러겠다고 나설 사람이 없을 것 같아서 태경은 섣불리 부탁도 하지 못했다.

"제가 써야 할 것 같아요. 아무래도 제가 곡을 썼으니까 제일 많이 느낌을 살릴 수 있을 것 같아서요."

"그 말도 일리가 있네. 그래도 정 안 되겠으면 다른 사람도 생각해 봐."

"하하. 글쎄요."

"여울이랑 너, 꽤 합이 좋잖아. 여울이가 가사 써 주는 것도 나쁘지 않겠네."

"여울이가요?"

뜬금없이 그게 무슨 말인가. 멀찍이 떨어져서 다른 작가들과 술잔을 기울이고 있던 여울은 제 이름이 들리자 태경과 우진을 번갈아 보았다.

"지금 저더러 가사를 쓰라고 하신 거예요?"

"응. 미지의 영역에 도전하는 것도 나쁘지 않잖아."

"남 피디님 일이 아니라고 너무 함부로 말하시네요. 작사라는 게 얼마나 어려운 일인데."

"어려운 일인 거 알아. 하지만 난 가능성 없어 보이는 사람한테 하라는 소리는 안 해. 알잖아. 나 남우진인 거."

저 여유만만 한 표정으로 설득을 하면 못 꾀어낼 사람이 없었다. 하지만 여울은 태경이 허락하지도 않았는데 함부로 해 보겠다고 나서고 싶지 않았다. 더군다나 종종 가사를 써 보지 않겠느냐고 권유하는 경호까지 물리쳐 온 자신이 태경의 곡에 어울리는 가사를 쓸수 있을 거란 자신감도 없었다.

"태경아. 여울이 어때? 작사가로 키워 볼 생각 없어?"

"으음……. 여울이만 괜찮다면 저야 시름 더는 셈이죠."

"그럼 둘이서 머리 맞대 봐. 여울이가 가사 써 본 경험이 없으니까 태경이 네가 도와주면 되겠네."

단숨에 상황을 종료시킨 우진은 아무것도 아닌 일에 시간을 낭비했다며 톡 쏘아붙였다. 말을 잃은 여울은 어안이 벙벙해진 얼굴로 태경을 바라보았다. 역시나 사람 좋은 미소를 지은 채 가만히 있는 태경 때문에 여울만 속이 터질 지경이었다.

"제가 하겠다고 한 거 아니에요."

"난 너만 괜찮다면, 이라고 전제 조건을 붙였는데."

"그럼 얘기 끝났네요."

태경은 또 웃고만 있었다. 안 할 거라고 으름장을 놓았는데도 뭐가 그렇게 신이 났는지 웃고 있는 태경이 되레 신기할 따름이었다. 여울은 못마땅한 눈길로 태경을 쳐다보았다.

"그 표정은 뭐예요?"

"싫다는 사람한테 강요할 수는 없는 거잖아."

지금은 어떻게 해야 가사를 완성할 수 있을지 걱정하는 것보다 첫 공연을 무사히 치렀다는 안도감이 훨씬 컸다. 고조된 긴장이 턱 하니 풀리자 지친 태경은 여울과의 입씨름을 피해 얼른 술을 머금었다. 여울은 단칼에 제안을 거절한 것이 못내 마음에 걸렸는지 말없이 술만 들이켜는 태경의 눈치를 보았다. 그 모습이 어찌나 우스운지, 태경은 웃음을 참으려 연거푸 술을 들이켜고는 말했다.

"저 먼저 가 볼게요. 더 마셨다간 내일 공연에 지장이 있을 것 같아요."

자리에서 일어나는 태경을 따라 여울도 일어섰다. 태경이 다른 사람들과 조금 더 즐기고 오라고 말했지만 여울은 얼른 집에 가서 쉬고 싶단 핑계를 대며 사람들에게 먼저 가겠단 인사를 했다. 물론 말은 그렇게 해도 아까의 일이 계속 신경이 쓰인 게 분명했다.

"나 술 마셔서 운전 못 해. 너 못 데려다 줘."

"대리 부르면 되죠."

"걸어갈 건데?"

생각지도 못한 변수에 당황한 여울이 말을 더듬었다. 태경은 툭 내뱉는 말과 달리 여울과 같이 집에 가게 된 것이 기분 좋았는지 여울이 다른 대안을 내놓기 전에 여울과 함께 회식자리를 빠져나왔다. 자연스럽게 여울과 나가는 태경의 모습에 여기저기에서 수군거렸다.

"저기, 오빠……."

"왜?"

"사람들이 오해하니까 손은 좀 놓죠."

"아……."

여울은 태경이 손을 놓아주자마자 시큰거리는 손목을 조심스레 주물렀다. 앞뒤 생각 없이 태경에게 끌려 나왔으니 이 일을 어쩜담. 회식 장소에서 멀리 떨어져 있음에도 사람들의 수군거림이 들리는 듯했다.

"그나저나 우리 어떡해요?"

"그러게. 나도 지금 뭐하는 짓인지 모르겠다."

우진의 반응은 보나마나다. 문제는 같이 공연 준비를 하는 사람들인데, 워낙 인원이 많아서 어떻게 입을 막아야 할지 걱정이었다. 대책 없이 저지른 일은 이래서 피곤하다. 방금 전까지만 해도 아무런 생각 없던 머리가 지끈거리며 아파 왔다. 정말 웃음밖에 나오지 않는 상황이었다. 태경은 헛웃음을 지으며 주머니에서 울려 대는 휴대폰을 꺼내서 보았다.

「내가 대충 수습해 놨어. 여울이나 잘 데려다 줘.」

신이 나서 자신의 촉을 자랑할 줄 알았던 우진이 되레 방어막이 되어 준 모양이었다. 하는 수 없지. 지금으로선 우진을 믿을 수밖에. 태경은 우진에게 고맙단 메시지를 보내고 어느새 멀찍이 떨어져서선 여울에게 말했다.

"우진이 형이 잘 말해 뒀대. 별일 없을 거야."

"제일 걱정되는 사람이 그러니까 왠지 안 믿기는데요."

"글쎄. 이번엔 좀 다를 것 같은데?"

먼저 부탁하지 않았음에도 나서서 상황을 정리해 준 우진의 행동으로 미루어 보아 일이 크게 번지진 않을 것이란 예감이 들었다. 뭔지 모를 안도감이 느껴지기까지 하는 우진의 메시지에 태경은 졸였던 마음을 내려놓았다.

"한 번 믿어 보는 게 어때?"

"남 피디님을 믿는 건 둘째 치고⋯⋯. 제발 조심성 좀 기르세요, 오빠."

"나도 노력하고 있거든? 지금도 봐. 모자도 쓰고 있고, 가끔 안경으로 변장도 하고. 근데 이번엔 진짜 충동적으로 그런 거야. 나도 내가 왜 그랬는지 모르겠어."

"다른 연예인들은 열애설 안 나게 하려고 갖은 노력을 한다는데 오빠는 대체⋯⋯."

"나도 당연히 걱정되지. 그래도 이제 와서 내가 한 행동을 취소할 순 없는 거잖아. 우진이 형과 내 운을 믿어 보는 수밖에."

"말이나 못하면⋯⋯."

"뭐, 그래도 우리 어머니는 좋아하실걸?"

"네에?"

"선이 들어와도 내가 안 나간다고 버티는 바람에 어머니 걱정이 이만저만이 아니었거든."

일명 임태경 자폭 사건으로 인해 꼼짝없이 거짓말이 들통 나 버린 태경은 지난 한 달간 어머니가 들이미는 선을 거절하느라 진땀을 빼고 있었다. 차라리 애먼 열애설이라도 터지는 게 낫겠다 싶을 정도로 시달리는 중이어서 어쩌면 이번 일이 전화위복이 될 수도 있다는 생각이 들기도 했다. 태경은 혼자 시름에 빠져 있는 여울을 안심시키려 재빨리 여울의 손을 잡았다.

"뭐, 개인적으론 그렇다는 거야. 그리고 스캔들이 난다고 해도 내가 끝까지 발뺌하면 조용히 넘어가겠지. 누가 서른두 살 된 아저씨 연애사에 관심을 가지겠어?"

"평범한 서른두 살 아저씨가 아니니까 그렇죠."

"내가 평범한 서른두 살 아저씨가 아니면 뭐야?"

여울은 경호를 보면서 연예인의 삶이 참 피곤하다는 걸 알았다. 그래서 자신은 절대 연예인과 엮이지 않으리라 마음먹었건만 임태경이라는 복병의 등장으로 여울의 오랜 결심은 흐지부지 무너지고 말았다. 여울은 열애설이 날까 봐 겁이 나면서도 당당하게 행동하는 태경을 곱게 흘겨보았다.

"그걸 지금 몰라서 물어요?"

"응. 몰라. 그러니까 가르쳐 줘 봐."

"그 난리를 피우고도 모르시겠어요?"

이 사람이 점점. 농담할 분위기가 아님에도 불구하고 능글맞게 대꾸하는 태경이 얼마나 얄밉상스러운지, 여울이 흘겨보던 눈에 더욱 힘을 주었다. 그러자 태경이 잡고 있던 손에 힘을 주어 여울을 끌어당겼다.

"여울아."

"이 손 놓으세요."

"여울아."

"이 손 놓으시라니까요."

"여울아."

"알았으니까 제 이름 그만 부르고 손 놓으세요. 겁도 없어, 정말!"

냅다 소리를 지르다 말고 주변을 둘러본 여울은 숨죽여 웃는 태경을 노려보았다. 이게 지금 누구 때문에 그러는 건지도 모르고 웃기 급급한 태경을 보고 있자니 여울은 맥이 빠지는 것 같았다.

"내가 그렇게 못 미더워?"

"미더운 짓을 해야 미덥죠. 열애설 터지면 제일 곤란할 사람이 이렇게 조심성 없이 행동하는데 믿음이 가겠어요? 난 몰라. 이제 오빠 걱정하는 거, 안 할래요."

태경이 단단히 얽은 손을 살며시 잡아당겼다. 힘없이 끌려간 여울은 깊어진 눈빛으로 바라보는 그의 시선을 피해 버렸다.

"어쩌지. 난 네가 내 걱정해 주는 게 좋은데……."

여울의 볼을 조심스레 쓰다듬던 태경은 뜨겁게 달구어진 손길로 봉긋 솟은 여울의 입술을 아프지 않게 문질렀다. 그러곤 온몸을 잠식한 술기운을 빌어 가볍게 여울의 입술에 입을 맞추었다. 한 번, 두 번, 세 번. 촉촉촉. 짧게 와 닿은 태경의 입술을 멍하니 바라보던 여울이 뒤늦게 입술을 가리며 주저앉았다. 계속 툭툭거리던 여울이 드디어 원하던 반응을 내보이자 태경은 여울의 곁에 조용히 자리 잡고 앉아 여울의 어깨를 끌어안았다.

"우리, 사귀어 볼까?"

어둠이 스민 밤거리는 고요했다.

집으로 돌아온 여울은 곧장 욕실로 들어갔다. 열심히 손부채질을 해 봐도 소용이 없었다. 자꾸만 더워지는 얼굴을 식히려 찬물에 연거푸 세수를 한 여울은 축축하게 젖은 머리카락을 괴롭히며 거울을 들여다보았다.

"이게 무슨 일이야."

아직도 발그레한 뺨이 아까의 일이 거짓이 아니었음을 증명하고 있었다. 가붓이 부딪던 태경의 입술과 알코올 섞인 숨이 여전히 떠올라 여울을 괴롭혔다. 여울은 입술을 만지작거리다가 눈을 질끈 감았다.

"꿈인가?"

꿈이라고 하기엔 너무나도 선명한 감촉이었다. 절대 허투루 말하는 법 없는 태경이니 그가 사귀자고 말한 게 분명 진심이었을 텐데도 믿기지 않았다. 몇 번이나 볼을 꼬집어 보고 뺨도 두드려 보면서 점차 거짓이 아닌 진짜라는 것을 확인하고서야 여울은 태경이 자신의 남자 친구가 됐다는 사실을 확실하게 인지했다.

"나 어떡해……."

"뭘 말이야?"

"아, 깜짝이야!"

멍하니 거실로 걸어 나온 여울은 불쑥 말을 붙이는 경호를 보고 놀라서 저도 모르게 뒷걸음질 쳤다. 사람이 들어오는 줄도 모르고 다른 곳에 정신을 팔고 있는 여울을 경호는 의심스러운 눈초리로 바라보았다. 도대체 무슨 생각을 했기에 그리 골몰히 있는 건지, 갑자기 궁금증이 일었다.

"무슨 일 있었어?"

"아뇨. 일은 무슨……."

"그런데 왜 놀라?"

"갑자기 말을 거니까 그렇죠."

"난 충분히 기척을 냈는데……."

"안 그러셨어요."

"그랬다니까?"

"언제요!"

"흐음, 안 되겠어. 태경 군한테 물어보는 수밖에."

"거기서 태경 오빠 얘기가 왜 나와요? 태경 오빠랑은 아무 상관 없는 일이란 말이야."

경호가 태경을 끌어들이려고 하자 여울이 냅다 부정했다. 경호는 여울이 태경과 전혀 관계없는 일이라고 딱 잡아떼며 자신의 눈치를 슬슬 살피자 비로소 감을 잡았다. 여울의 혼을 쏙 빼놓은 범인이 바로 태경이라는 것을.

"정말이지?"

"그럼요! 제가 거짓말해서 뭐하겠어요."

여울의 어설픈 거짓말에 웃음이 났다. 그 거짓말 때문에 되레 모든 것이 들통 났다는 걸 정녕 모르는 건지 경호가 대충 넘어가려고 하자 여울은 안도의 표정을 짓기까지 했다. 경호는 그런 여울을 보면서 긍정의 의미로 고개를 끄덕였다. 그것을 신호로 여울이 재빨리 화제를 바꾸었다.

"참, 태경 오빠 공연 어떠셨어요?"

"좋더구나. 역시 젊은 뮤지션은 감각이 남달라."

"기존의 곡도 죄다 편곡을 했더라고요. 그걸 태경 오빠 혼자서 다 했대요."

"그래? 그 친구 참 능력 있구나. 앙코르 때 들려준 연주곡도 꽤 마음에 들었는데……. 그것도 직접 작곡한 거라지?"

"네. 그런데 아직 가사를 못 써서 걱정인가 봐요. 혼자 써 보려고 애는 쓰는데 마음대로 안 되는지 많이 속상해했어요."

여울은 은근히 경호에게 작사를 부탁하는 뉘앙스를 풍기며 말했다. 경호라면 태경의 오랜 고민을 한 방에 타파할 수 있을 것 같았다. 그동안 자신을 도와주기만 한 태경에게 해 줄 수 있는 작은 선물이라고나 할까. 늘 존경해 마지않는다던 경호가 작사를 해 준다면 태경에겐 더할 나위 없는 영광일 터였다. 여울은 크게 기뻐할 태경의 모습을 떠올리며 경호의 답을 기다렸다.

"그래서 말인데, 아빠가 가사를 써 주시는 건 어떨까요? 오빠한테 그만한 선물도 없을 것 같은데……."

"흐음……. 네가 써 주는 건 어때? 나보단 네가 느낌을 잘 살릴 것 같아."

"제가요?"

우진이 얘기할 때는 흘려들을 수 있었으나 작사라는 게 보기보다 쉽지 않다는 걸 누구보다 잘 아는 경호가 그렇게 말을 하니 여울도 조금씩 마음이 동했다. 한 번도 해 본 적 없는 일에 도전한다는 것은 언제나 두려움을 동반한다. 하지만 여울은 작사의 스트레스로부터 해방되고 싶어 하던 태경의 얼굴을 떠올리며 경호의 제안을 긍정적으로 받아들였다.

"정말, 그럴까요?"

"그럼. 당연하고말고. 아, 쇠뿔도 단김에 빼랬다. 기억나는 대로 곡을 쳐 줄 테니까 가사를 생각해 보는 건 어때?"

경호가 딱 한 번 들었던 곡을 능수능란하게 연주해 냈다. 한 번으론 부족한 듯해 경호에게 한 번 더 연주를 부탁한 여울은 뭐라고 시작하면 좋을지 고민하다가 한 글자씩 정성 들여 하얀 종이를 채워 나갔다. 머뭇거리던 모습은 온데간데없이 작사에 온 신경을 곤두세우는 여울을 흐뭇하게 바라보던 경호는 여울에게 방해가 되지 않도록 잠시 자리를 피해 주었다.

여울은 대본을 쓸 때보다 더 집중을 하더니 이십여 분쯤 지나서 펜을 내려놓았다. 흰 종이에 썼다 지운 글자가 여기저기 난잡하게 널려 있었다. 그 안에서 용케 단어들을 조합해 낸 여울은 깨끗한 페이지에 완성된 가사를 옮겨 적었다.

"벌써 다 된 거야?"

"네."

"어디 보자. 얼마나 잘 썼는지 한번 볼까?"

경호는 쑥스러워하는 여울에게서 노트를 건네받아 들었다. 그러곤 태경의 곡에 맞춰 노랫말을 흥얼거렸다. 처음치고 완성도 높은 가사였다. 경호는 그런 가사를 써 낸 여울에게 엄지를 척 내밀었다. 어떻게 편곡을 하느냐에 따라 곡의 느낌이 많이 달라지겠지만 태경이 이 가사로 노래를 부른다면 엄청난 시너지 효과를 낼 것이라는 생각이 들었다.

"이렇게 잘 쓸 걸 그동안 왜 안 한다고 한 거야? 나 서운해지려고 한다. 태경 군 가사만 써 주고 말이야."

"그게 아니라……."

"그게 아니면?"

입술을 잘근잘근 씹으며 시선을 회피하는 여울의 모습이 싫다기보다 좋았다. 이 모든 게 태경의 덕분이어서, 여울을 바꾼 사람이 태경이어서 오히려 다행이라고 여겨질 정도로. 경호는 대답 대신 엉거주춤 도망갈 준비를 하는 여울을 붙잡았다.

"알았어. 안 물을 테니까 다음에 내가 부탁하면 그때도 태경 군 것처럼 잘 써 줘."

경호는 손가락만 꼼지락거리는 여울을 바라보다 가사가 적힌 노트를 휴대폰으로 찍었다. 태경을 위해 쓴 가사이니만큼 얼른 태경에게 이걸 보여 줘야겠단 생각이 들었다. 이리저리 노트를 돌려 가며 글자가 잘 보이게끔 사진을 찍은 경호는 그길로 태경에게 메시지를 보냈다.

어쩌면 벌써 잠이 들었을지도 모른다. 그렇지만 그의 성격상 대선배가 보내는 메시지를 그냥 무시할 리 없었다. 분명히 내일 아침에라도 연락이 올 터였다. 경호는 소파에 휴대폰을 아무렇게나 던져 놓고는 씩 웃었다.

"오빠한테 보내신 거예요? 왜요?"

"하루라도 빨리 곡을 완성시키는 게 좋을 것 같아서 보내 줬지. 아, 공연 치르느라 벌써 잠들었을지도 모르겠구나. 내일이나 돼야 연락이 오겠어."

그러나 경호의 예상이 무색하게 메시지를 확인한 태경은 곧바로 전화를 걸어 왔다. 진동으로 소파가 잔잔하게 일렁이자 경호는 냉큼 휴대폰을 집어 들었다. 여울은 심사 결과를 기다리는 오디션 참가자처럼 경호와 태경의 통화를 초조하게 지켜보았다.

"늦은 시간인데 내가 태경 군을 깨운 건 아닌지 모르겠네요."

— 아닙니다. 이제 막 씻고 누우려던 참이었어요.

"그렇다면 다행이고요. 참, 내가 보낸 메시지는 봤나요?"

— 네. 갑자기 가사를 보내 주셔서 깜짝 놀랐어요. 딱 한 번 들은 걸 어떻게 기억하시고…….

"나도 뮤지션입니다. 한 번 들은 노래라도 연주할 수 있어요."

은근히 자신이 천재 뮤지션임을 내세운 경호는 본격적으로 가사에 대해서 언급했다.

"가사 쓰느라 애를 먹었다면서요. 여울이한테 들었어요."

— 그래서 선생님께서 가사를 써 주신 겁니까?

"아니요. 그건 내가 아니라 여울이가 쓴 거예요."

단칼에 태경의 말을 잘라 낸 경호는 많이 놀랐는지 말을 더듬는 태경의 목소리를 듣고 웃었다. 여울이 가사를 쓰리라곤 생각도 못한 거겠지. 메시지 어디에도 여울이 쓴 가사라는 말이 없었으니 그럴 만도 했다.

— 저어, 그럼, 여울이가…….

"처음엔 나한테 부탁을 했어요. 그런데 내가 고집을 부려서 여울이더러 써 보라고 했지요. 내가 가사를 써 달라고 해도 안 쓰던 녀석이 태경 군 가사는 어쩜 그렇게 빨리 써 냈는지, 보는 내가 질투가 날 지경이었다니까요."

— 저어, 선생님. 여울이 좀 바꿔 주실 수 있으신가요.

태경이 여울과 통화하기를 원했지만 경호는 모르는 척 그의 말을 무시하고 계속해서 얘기를 이어 나갔다. 지금쯤 여울과 통화하고 싶어 안달이 나 있을 게 분명한 태경의 모습을 생각하자 왠지 모르게 흐뭇하기까지 했다.

"여울이가 처음으로 써 본 가사예요. 많이 부족하고 마음에 안 드는 부분도 있겠지만 그건 두 사람이 차차 의견을 조율해 나가면 될 문제고……. 내가 묻고 싶은 건, 태경 군, 혹시 우리 딸한테 무슨 말 했어요?"

태경은 경호의 뜬금없는 질문에 말문이 막히고 말았다.

"내가 아빠 때문에 못 살아."

너무 놀라고 당혹스러운 마음에 휙 휴대폰을 낚아채 전화를 끊어 버렸기에 망정이지 안 그랬다면 경호가 태경을 얼마나 들들 볶았을지 상상만 해도 식은땀이 흘렀다. 껄껄 웃는 경호에게서 도망치듯 방으로 들어온 여울은 자신의 투덜거림을 가만히 들어 주고 있는 태경에게 미안해서 어쩔 줄 몰라 하며 물었다.

"아빠 때문에 많이 당황했죠? 저도 아빠가 그렇게 말할 줄은 몰랐어요."

— 큭큭큭. 너 때문에 들켰다는 생각은 안 해?

기껏 구해 주었더니 태경은 되레 그게 여울의 탓이라며 몰아세웠다. 장난기가 뚝뚝 묻어나는 그의 음성에 여울은 허공에 태경이 있기라도 한 것처럼 새치름하게 노려보았다.

"저 때문이라니요?"

— 너, 얼굴에 표정이 다 드러나잖아. 말 안 해도 선생님은 다 알아채셨을 거야.

"그래서, 제가 지금 잘못했다는 거예요?"

— 아니. 잘했어.

잘못했다고 할 줄 알았던 그가 오히려 잘했다고 치켜세우자 여울은 순간 할 말을 잃고 말았다. 따지고 보면 모두 저 때문에 일어난 일인데 그럼에도 태경은 아무렇지 않게 웃어넘겼다.

처음 만났을 때부터 느꼈던 거지만 이 남잔 정말 착한 건지, 아니면 덤덤할 뿐인 건지 모르겠다. 그래서 매번 짜증내고 화를 내는 여울이 오히려 미안해질 정도였다. 그걸 아는지 모르는지 태경은 버석하니 잠긴 목을 풀곤 여울이 써 준 가사를 소리 내어 읽었다.

— 좋다. 마음에 들어.

여울에게 잠시 기다리라고 하고는 피아노로 다가간 태경이 노랫말을 입힌 완벽한 곡을 들려주었다.

단순히 글자들의 집합일 뿐이던 가사는 임태경이라는 가수의 목소리와 어우러지자 빛이 나기 시작했다. 여울은 가사를 쓸 때는 몰랐던 희열감과 뿌듯함이 느럭느럭 가슴에 스미는 것을 느끼며 침대에 드러누웠다. 사랑의 말로 점철된 가사가 왜 이렇게 달콤한지. 쓰고 보니 손발이 오그라드는 것 같던 가사가 태경을 만나자 완전무결한 세레나데가 되는 것이 신기할 따름이었다.

"그만 불러요. 오늘 많이 무리했잖아요."

여울의 만류에도 아랑곳하지 않고 노래를 부르던 태경은 피곤했는지 어느새 잠이 든 여울의 숨소리를 들으며 마지막 후렴구를 낮게 속삭였다.

　— 바라만 보아도 좋은 그대. 그대가 있어서 행복한 하루. 내가
그대를 사랑합니다.

9.
잃어버린 것들

공연 때문에 잠시 자리를 비운 태경을 대신해 임시 디제이를 맡은 경호는 마지막 방송을 하기 위해 방송국으로 향했다. 지난 일주일간 임시직이긴 했으나 같이 일할 수 있게 되어서 기뻐하던 여울을 떠올리니 더 오래 방송을 하고픈 욕심이 생겼다. 하지만 지금 맡은 자리는 자신의 자리가 아니라는 것을 알기에 경호는 애써 마음을 추슬렀다. 다음에 더 좋은 기회가 생기면 그땐 예전처럼 물러나지 않으리라. 지금은 그 정도 다짐만으로도 충분했다.

"오늘이 마지막 방송인데 섭섭하진 않으세요?"

방송 시작 전 스태프들과 함께 커피를 마시러 로비의 카페로 내려온 경호는 우진의 물음에 진솔하게 대답을 해 주었다.

"솔직히 시원섭섭해요. 그렇게 안 하려고 버티던 방송인데 막상 해 보니까 예전 생각도 새록새록 나는 게……. 나이 들어서 디제이를 맡는 것도 나쁘지 않겠단 생각이 들더라고요."

"엇, 그럼 다음 개편 때 좋은 소식 기대해도 되는 거죠?"

"글쎄요. 절 불러 줄 곳이 있을까요? 하하."

경호가 임시 디제이를 맡게 됐다는 공지를 하자마자 많은 청취자들이 그의 복귀를 축하해 주었다. 경호는 그에 보답이라도 하듯이 태경의 빈자리가 느껴지지 않게끔 세심하고도 정감 있는 방송을 보여 주었다. 임시직이라는 것이 무색할 정도로 말이다. 우진은 그런 경호를 보면서 경호야말로 모든 디제이들의 표본이라 여겼다.

"선생님. 이것 좀 드세요."

경호는 사람 수에 맞춰 커피를 하나씩 건네는 여울을 흐뭇하게 바라보다 웅성거리는 쪽으로 고개를 돌렸다. 거기엔 파리한 안색으로 대본을 꼼꼼하게 체크하며 지시하는 혜민이 있었다. 금방이라도 쓰러질 듯 아슬아슬하게 서 있는 모습이 안쓰러워 저도 모르게 앉은 자리에서 엉덩이가 들썩일 정도로 혜민은 위태해 보였다.

경호의 시선이 혜민에게 머무르자 덩달아 우진도 그쪽을 바라보았다. 웅성거림의 중심에 혜민이 있는 것을 발견한 우진은 경호가 혜민에 대해 물어보기 전에 자신이 알고 있는 것들을 말해 주었다.

"얼마 전부터 이 작가님 작품이 저희 방송국에서 방영되고 있잖습니까. 대본도 직접 쓰시고 가끔 촬영장에 오셔서 배우들 연기까지 꼼꼼하게 체크하시는데, 깐깐하기로 소문이 나서 그런지 드라마 하나는 탄탄하더라고요. 물론 원작이 워낙 출중하니까 그런 거겠지만 아마 대본을 미리 다 써 둔 것도 한몫 했을 겁니다. 쪽대본이 없다는 건 그만큼 촬영에만 몰입할 수 있다는 뜻이니까요."

"대본을 다 써 뒀다고요?"

혜민은 근처에 경호와 여울이 있다는 것도 모르고 사람들에게 이것저것 말하느라 정신이 없어 보였다. 여전히 안색은 안 좋아 보였지만 아픈 사람답지 않게 열정적으로 일에 임하는 그녀의 모습이 보기 좋았다. 차라리 저렇게라도 고통을 이겨 냈으면 싶었다.

"저희도 이제 슬슬 올라가 봐야겠네요."

경호는 우진을 따라 반쯤 남은 커피를 들고 일어섰다. 순간 혜민이 몸을 틀어 경호가 있는 쪽을 바라보았다. 생각지 못하게 눈이 마주치자 두 사람은 누가 먼저랄 것도 없이 가벼운 목례로 인사를 건넸다. 우진은 두 사람이 인사하는 것을 보고 경호에게 아는 사이냐고 물었고 경호는 별로 대단한 것도 아니라며 꽤나 덤덤하게 사실을 말해 주었다.

"이혜민 작가, 내 전처예요."

우진과 여울이 놀란 것은 두말 할 것도 없었다.

"야속하게도 오늘이 제 마지막 방송이네요. 내일부턴 여러분의 디제이, 임태경 씨가 돌아옵니다. 아, 그새를 못 참고 태경 씨가 왔네요. 공연 끝나자마자 부리나케 달려왔는지, 아이쿠, 보기 안쓰럽습니다. 메이크업은 번져 있고, 의상도 그대로고. 아니, 옷이라도 갈아입고 오지 그랬어요, 태경 씨."

부스 밖에서 정중하게 인사하는 태경을 향해 경호가 손짓을 했다. 태경은 머뭇거리다가 우진에게 등 떠밀려 부스 안으로 들어섰다. 뒤풀이까지 미루고 잠시 들른 것이긴 했지만 갑작스레 방송을 하게 되자 그만 얼떨떨해졌다.

"열흘 만에 돌아왔는데 인사부터 하세요."

태경은 경호가 시키는 대로 고분고분 인사도 하고 그동안의 근황에 대해 얘기를 늘어놓았다. 팬들의 사랑에 힘입어 공연도 성황리에 끝났고 열정적으로 공연에 임하느라 목이 쉴 대로 쉬어 버렸다는 것. 그리고 누적된 피로로 인해 지금 굉장히 졸린다는 그런 소소한 얘기를 하는 태경을 향해 청취자들은 아낌없이 수고했다는 말을 전했다.

실시간 메신저를 가득 채운 청취자들의 따뜻한 반응이 얼마나 반가웠는지 좀처럼 모니터에서 시선을 떼지 못하는 태경을 경호는 기분 좋게 바라보았다. 라디오 바보들만이 느낄 수 있는 동질감이었다.

"참, 이번 공연에서 새로운 곡을 발표하셨죠? 저도 공연을 보러 갔었는데 노래가 참 좋더라고요. 언제쯤 들어 볼 수 있는 건가요?"

"곧 들을 수 있을 거예요. 음원으로 나오면 제일 먼저 라디오에서 공개하도록 하겠습니다."

"기대하고 있겠어요, 태경 씨. 자아, 아쉽지만 오늘은 이쯤에서 태경 씨를 보내 드려야겠습니다. 태경 씨도 푹 쉬고 내일 더 좋은 모습으로 라디오에서 만나요."

"내일 봬요, 여러분."

안쓰러울 만치 쉬어 버린 목소리로 겨우 인사를 마친 태경은 경호의 기특해하는 눈빛을 한 몸에 받아 내며 부스를 나왔다. 공연 마지막 날이니만큼 제가 할 수 있는 모든 것을 쏟아 낸 터라 몸에 기운이 하나도 남아 있지 않았다. 그래도 억지로 목소리를 쥐어짜 내어 청취자들에게 인사를 하고 나니 오히려 힘이 돌아오는 것 같았다. 그래서 일부러 경호가 저를 부스 안으로 불러들인 걸까 싶기도 하고.

"공연 끝나고 바로 뒤풀이하러 갈 줄 알았더니 여긴 대체 어떻게 온 거야?"

"다 같이 뒤풀이 가자고 하려고 그랬죠. 저 대신 고생한 선생님도 계시고 해서."

"그래. 선생님도 저번 뒤풀이에 빠진 게 아쉬우셨는지 마지막 공연 뒤풀이는 꼭 참석하고 싶다고 하시더라. 으이그, 그런 건 전화로 말할 것이지 뭐하러 여기까지 와? 너도 참 미련하다, 미련해."

"다들 못 온다고 하면 어쩌나 해서요."

"어이구. 우리가 가면 회식비만 더 깨질 건데, 그건 생각 안 해?"

"어우, 형. 그 회식비, 제가 좀 더 내면 되죠."

"임태경, 돈 많이 벌었나 보구나? 하긴, 이번 공연이 5분 만에 매진이 될 정도면 말 다했지. 부럽네, 부러워!"

4부 방송이 거의 끝나 가고 있었다. 힐긋 시간을 확인한 태경은 노래가 나가는 사이에 부스 안으로 들어가 사진을 찍고 있는 여울을 눈으로 좇았다. 오늘이 경호와 같이하는 마지막 방송인 걸 알면서도 미소를 잃지 않는 여울이 오늘따라 왜 이리 예뻐 보이는지. 태경은 저도 모르게 휴대폰을 꺼내 들어 두 사람이 같이 있는 모습을 사진으로 남겼다.

"뭐 하는 거야?"

"이거 찍어서 여울이 보여 주려고요."

성능 좋은 DSLR 카메라보다는 못하겠지만 밝은 조명 덕에 부스 유리창에 반사된 빛조차 멋들어지게 사진 속에 담겼다. 여울이 본다면 무척이나 좋아할 거란 생각이 절로 들 만큼.

"하긴. 맨날 다른 사람 찍어 주기만 했지, 자기는 찍힌 적 없었을 거 아냐. 좋아해 마지않는 한 선생님이랑 찍힌 사진이니 저 녀석, 분명히 기뻐할 거야."

밖에서 사진을 찍건 말건 경호와 여울은 서로의 얼굴을 바라보며 웃기 바빴다. 마지막 방송이라는 것에 구애받지 않고 진정으로 방송을 즐길 수 있게 된 두 사람이 무척이나 보기 좋았다.

"지금 표정만 봐도 충분히 즐거운 것 같은데요? 두 사람 다, 표정이 살아 있잖아요."

"네가 보기에도 그래? 한 선생님 기분, 괜찮은 것 같아?"

"네. 괜찮아 보이는데……. 무슨 일 있는 거예요?"

자신이 없는 사이에 무슨 일이 일어나기라도 한 걸까. 태경은 우진의 낯빛이 흐려지자 덜컥 겁부터 집어먹었다.

"왜 그러는 건데요?"

"내가 오늘 선생님께 실수를 좀 한 것 같아. 그런 건 미리 알아봤어야 했는데, 그러질 못했어."

"뭘 말이에요?"

"방송 전에 다 같이 잠깐 커피 마시러 내려갔다가 거기서 이혜민 작가님을 만났지 뭐야. 한 선생님이 자꾸 이 작가님을 쳐다보시기에 내가 입을 좀 털었거든. 그러더니 조금 있다가 한 선생님하고 이 작가님이 서로 인사를 하시더라고. 무슨 사이냐고 여쭈니까 이 작가님이 선생님 전처래. 내가 그때 식은땀을 얼마나 흘렸는지. 어휴, 머리 끝에서 발끝까지 쩡, 하고 번개가 관통하는 것 같았다니까."

"선생님은 별말씀 없으셨고요?"

"웬만하면 한 소리 할 법도 한데, 전혀 그런 기색 없으셔."

"그래도 형이 나쁜 소리는 안 했을 거 아니에요. 모르고 그런 거니까 선생님도 크게 개의치 않으실 거예요."

아무렇지 않게 마무리 멘트를 하고 있는 경호의 모습만 보아도 그러리란 확신이 들었다. 우진에게 별다른 말은 하지 않을 거라며 안심을 시킨 태경은 방송이 끝나자마자 부스 밖으로 나온 경호에게 같이 공연 뒤풀이에 참석하자고 제안했다. 경호를 따라 나온 여울은 당연히 경호가 뒤풀이에 참석할 거라고 믿는 모양인지 벌써부터 들떠 있는 것 같았다.

"할 일이 있어서 오늘도 무리일 것 같네요. 지난번 뒤풀이도 스케줄 때문에 참석 못 했었는데……. 아쉬워서 어쩌죠?"

경호에게 별다른 스케줄이 없다는 걸 아는 여울로선 경호의 갑작스런 발언이 어리둥절할 뿐이었다. 그렇지만 사람들이 보는 앞에서 왜 그러는 거냐고 따져 물을 수도 없었기에 여울은 하려던 말은 속으로 집어삼켜야만 했다.

"따님과 데이트하시려는 거죠? 이야, 부럽습니다."

여울이 경호의 딸인 것을 모르는 우진은 경호가 유별난 딸 바보였던 것을 떠올리며 넘겨짚었다. 그러자 경호는 천천히 고개를 저으며 우진의 질문에 답을 해 주었다.

"아니요. 오늘은 딸이 아니라 이 작가를 만나 볼까 해요. 아직까지 방송국에 있을지는 모르겠지만 아까 남 피디 말마따나 워낙 꼼꼼하고 깐깐한 사람이니 지금도 분명히 녹화장 어딘가에서 이것저것 조언을 해 주고 있을 거란 생각이 드네요."

여울은 자신과 아무런 상의도 없이 혜민을 만나겠다고 하는 경호의 단언에 놀라 홀린 듯이 경호의 앞에 끼어들었다. 그 모습을 본 태경이 재빨리 여울을 끌어내어 저지했다. 자신을 제외한 어느 누구도 경호와 여울의 관계를 알지 못하는데 이렇게 허무하게 그 비밀이 드러나게 할 순 없었다.

"한 작가가 많이 놀랐나 봅니다. 지난번에 선생님께서 뒤풀이 참석을 못 하셔서 서운해했거든요. 오늘이야말로 같이 뒤풀이에 참석할 수 있을 것 같다고 기뻐했는데……. 선생님께서 이해해 주세요."

무언가 이상한 점을 느낀 우진이 한 치의 흐트러짐도 없이 완벽한 변명을 늘어놓는 태경에게 물었다.

"너 그거 여기 와서 처음 말한 거 아니었냐?"

"아까 여울이랑 통화했어요."

"통화를 했다고? 그런 말 없었잖아?"

"그 정도 통화는 할 수 있는 사이잖아요, 우리."

"아니, 여기 와서 말할 걸 굳이 왜 여울이한테 먼저 얘기했느냐 말이지. 그리고 한여울, 너는 그런 얘길 들어 놓고 왜 미리 말을 안 해 줬어?"

"제가 말할 정신이 어디 있었어요? 한 선생님 마지막 방송이라고 이것저것 신경 쓰느라 저도 정신이 없었단 말이에요."

태경이 힘껏 손목을 움켜쥐자 뭉근한 통증과 함께 정신이 돌아왔다. 우진의 말을 곧장 받아친 여울은 속내를 알 수 없는 얼굴로 서 있는 경호를 날카롭게 쳐다보았다. 경호는 여울의 시선을 담담하게 받아 내며 다른 사람들에게 인사를 했다.

일주일 동안 같이 일했던 사이치고 너무나도 간단명료한 인사였다. 그만 가 봐야겠다는 말과 함께 훌쩍 스튜디오를 나가 버리는 경호의 뒷모습에서 라디오를 향한 미련 따위는 찾아볼 수 없었다. 설령 미련이 남아 있다 해도 지금은 혜민의 일에 묻혀서 볼 수 없을 게 뻔했다. 여울은 경호가 나간 곳을 한참 멍하니 바라보다가 자신의 짐을 대신 챙겨 든 태경의 손에 이끌려 스튜디오를 빠져나갔다.

오늘은 마냥 술에 빠지고 싶은 날이었다.

한층 핼쑥해진 얼굴, 깡마른 몸. 쪽대본 없이 촬영하기 위해 미리 대본을 써 놓은 건 혜민에게 거의 자살행위나 다름없었다. 경호는 촬영 중 쉬는 시간이 생기자 그 틈을 타 혜민을 불러냈다. 별로 탐

탁지 않아 하면서도 순순히 경호의 부름에 응한 혜민은 얼굴을 보자 마자 벌컥 화부터 내는 경호의 목소리에 미간을 찌푸렸다.

"그 많은 대본, 혼자 다 써 둔 이유가 뭐야! 혹시라도 중간에 죽으면 방송 차질 생길까 봐 그런 거야?"

"경호 씨……."

"대답해, 이혜민!"

"소리 지르지 마. 머리 아파."

"그럼 내가 소리 안 지르게끔 했어야지. 이게 뭐야. 당신 이런 모습 보여 주려고 내 앞에 나타난 거야?"

"얘기했잖아. 여울이랑 평범하게 밥 먹고, 쇼핑하고, 차 마셔 보고 싶었다고. 죽기 전에 해 볼 수 있을지는 모르겠지만……."

경호가 걱정스런 마음에 오히려 큰 소리를 냈다는 걸 알기나 할는지. 혜민이 울먹이자 경호는 높였던 톤을 낮춰 부드럽게 말했다.

"그럼 내 말대로 해. 절대 무리하지 마. 죽는다는 헛소리도 하지 말고, 무조건 살 생각만 해. 그래야 여울이 만날 수 있어. 그 녀석, 보기보다 독해서 당신이 웬만큼 마음먹어서는 그 녀석 못 이겨. 당신도 알잖아."

"나, 정말로, 여울이 만날 수 있을까? 예전처럼 여울이랑 잘 지내보겠다고 이러는 거, 그 애한테 못 할 짓하는 것 같아서 자꾸 자신이 없어져. 딱 한 번인데……. 더도 말고 딱 한 번인데, 그 한 번이 너무 어렵다."

"혜민아."

"요즘은 내가 여울이한테 했던 일이 꿈속에서 자꾸만 반복해서 보여. 그 꿈꿀 때마다 내가 그 앨 볼 낯이 없어진단 말이야. ……나 그만할 거야. 이제라도 그 애가 편하게 그만할 거야."

"······시작했으면 끝을 봐. 당신이 미안한 만큼 매달리고 또 매달려서 용서 빌어. 그래야 나중에라도 후회 안 해."

마음이 편해야 병도 더디게 진행될 텐데. 대본을 몰아 쓰느라 몸을 혹사시키고 여울의 일로 감정 소모까지 심해졌으니 어느 것 하나 병에 도움 되는 것이 없었다. 간병인도 없이 혼자 고스란히 고통을 견뎌 내는 것이 얼마나 어렵고 위험한 일인지 안다면 그렇게까지 할 순 없었을 것을. 이 미련한 여자 때문에 경호의 속만 타들어 갔다.

"당신이랑 이렇게 마주 보고 있는 거, 그것도 솔직히 미안해. 내가 당신한테 한 짓을 생각하면 당신이 날 받아 준다고 해도 덥석 그러겠다고 하면 안 되는 거였어. 죽을 날 다가오니까 내가 미쳤던 거지. 그러지 않고서야 내가 어떻게 당신을······. 내가 당신을 어떻게 버렸는데······."

경호는 두 손으로 얼굴을 가리고 흐느껴 우는 혜민을 안아 다독였다. 전보다 더 마른 혜민 때문에 화가 났다. 이 가녀린 여자를 혼자 내버려 둘 수밖에 없는 자신이 너무 한심하고 못나 보여서.

"왜 그러는 건데······. 나한테 다 털어놓을 순 없는 거야? 당신 편해지게 그냥 털어놓으면 되잖아. 난 말이야, 당신이 뭘 숨기고 있는지, 왜 그래야만 했는지 알고 싶어."

"난 못 해, 경호 씨······. 절대 말할 수 없어."

답답했다. 경호는 끝끝내 숨기려 드는 혜민을 더는 다그칠 수 없었다. 혜민이 고개를 세차게 저으며 경호의 품을 파고들었다. 경호는 울먹이는 혜민을 보듬으며 눈을 꼬옥 감았다.

"우린 언제쯤 편해질 수 있을까······."

✳   ✳   ✳

"우리, 2차 갑시다! 2차!"

뒤풀이가 끝난 뒤, 남은 사람들을 모두 집으로 돌려보내고 다시 가게로 돌아온 태경은 숟가락을 쥐고 2차를 외치는 여울을 등에 업었다.

"이거 놔요. 나도 걸을 수 있단 말이야!"

"으, 가만히 있어. 버둥거리면 내가 힘들어져."

"무거우면 내려놓으시든지! 나는 걸어가면 되니까 아쉬울 거 하나 없네요!"

술에 취해 고래고래 소리를 지르는 여울을 고쳐 업으며 태경이 한숨을 내쉬었다. 경호 때문에 화가 나서 스트레이트로 술을 마시더니 결국 이 사달이 나고야 말았다. 이 일을 어디에서부터 풀어야 하나. 막막함이 밀려왔지만 태경은 곧바로 술 취한 여울과 대화를 시도했다.

"여울아."

"네에."

"많이 속상하지?"

"안 속상해요. 아빠가 그 사람을 만나러 가든 말든 난 안 속상해."

"안 속상한 사람이 왜 그렇게 술을 많이 마셨을까?"

"이건, 오빠 공연 무사히 마친 기념으로 마신 거거든요? 내가 진짜 속상해서 마셨으면 여기, 가게에 있는 술을 모옹땅 다 마셔 버렸을 거야!"

"어이구, 그러셨어요? 그래서 2차 가자고 그런 거예요?"

놀리는 게 분명한 태경의 말투에 자존심이 상했는지 여울은 꽉 말아 쥔 주먹에 힘을 줘서 태경을 무자비하게 내리쳤다. 그러나 태경은 아픈 기색도 없이 걷기만 할 뿐이었다. 그게 얄미워서 이번엔 태경의 어깨를 콱 깨물어 버렸다.

"악! 한여울! 아프잖아!"

"이제야 반응이 오네. 하하."

태경이 놀라서 손을 놓자 여울은 술 취한 사람이라고는 믿기지 않을 정도의 반사 신경으로 땅에 폴짝 뛰어내렸다. 태경은 곧바로 뒤돌아서 넋 놓고 웃고 있는 여울의 작은 머리통을 끌어당겼다.

"날 깨문 게 요 주둥이냐?"

물린 어깨를 문지르다 검지로 여울의 입술을 세게 톡톡 두드린 태경은 말도 안 되는 대답을 해 대는 여울을 보고는 웃어 버렸다.

"되게 짜릿했죠? 깨물리니까 막 몸에 전율이 부르르르, 으흐흐흐."

"오냐. 짜릿하다 못해 아팠다."

"한 번 더 깨물어 줘요?"

"또 어딜 깨물려고?"

"그건 깨물어 봐야 알겠는데요? 어깨는 깨물어 봤으니까 이번엔 어딜 깨물어 볼까? 흐흐."

"뭐라고?"

"말라서 살집도 없을 줄 알았더니 제법 깨무는 맛이 있더라고요. 오빠, 꽤 맛있어요."

"내가 맛있어? 나 참. 너도 어디 당해 봐라."

여울이 비틀거리는 걸음걸이로 요리조리 태경을 피해 달아나기 시작했다. 하지만 그렇다고 쉽게 포기할 임태경이 아니었다. 평소 열심히 운동했던 것을 지금 여기에서 보여 주기라도 하듯 여울이 아무리 멀리 도망가도 금세 따라잡는 것은 물론이고 여울이 제풀에 지쳐 멈춰 설 때까지 흡사 양을 모는 목양견처럼 여울을 쫓고 또 쫓았다. 결국 끝까지 물고 늘어진 태경 덕분에 여울은 백기를 들어야만 했다.

"내가 너 때문에 온 동네에 '여기 임태경 있어요.' 라고 광고를 해야겠냐. 숨어 다녀도 모자랄 판에."

"그러게 누가 기를 쓰고 따라오래요?"

"너도 깨물려 봐야 얼마나 아픈지 알지."

"내가 깨물면 얼마나 깨문다고. 엄살은."

"엄살 아니거든? 진짜 아팠거든?"

태경은 마치 학생을 혼내는 선생님이라도 된 양 여울이 더는 도망가지 못하게 어깨를 붙잡았다. 술기운에 생각보다 세게 물었을 수는 있겠다 싶어진 여울은 태경이 조금씩 다가오자 깨물기 좋도록 고개를 살짝 기울여 주었다.

"내가 어딜 깨물 줄 알고 그러는데?"

"으음…… 목?"

"내가 뱀파이어냐? 목을 깨물게?"

"그럼 어디를 물려고요?"

"너보단 이성적이야."

억지로 여울의 눈을 감긴 태경은 그길로 여울의 입술을 훔쳤다. 가볍게 부딪다 떨어지는 짧은 입맞춤이 아니라 입술을 머금고 숨을 불어넣는 깊은 입맞춤이었다. 여울이 어깨를 깨물었던 것보다 훨씬 짜릿하게, 감질나게 그리고 황홀하게, 태경은 오랫동안 여울의 입술과 자신의 입술을 맞댄 채 물러나지 않았다.

숨이 점점 가빠 오고, 흥분으로 인해 살며시 달아오른 여울의 입술 사이로 달뜬 신음이 흘렀다. 태경은 여울의 작은 숨소리 하나도 놓치지 않도록 여울의 두 뺨을 감싸 올렸다. 처음 하는 키스가 어색했던 여울은 밀어붙이는 태경의 행동에 자꾸만 몸을 뒤로 뺐다. 그러나 도망은 용납하지 않겠다는 듯 태경이 허리를 감싸 안았다.

"그, 그만……."

주먹으로 태경의 어깨를 사정없이 내려쳐 봤으나 별로 효과는 없었다. 다른 남자들에 비해 현저히 말랐다고 해도 억센 남자의 힘을 여자가 뿌리치기란 역시나 무리였던 거다. 하지만 태경이 놓아주기만을 얌전히 기다릴 수 없었던 여울은 계속해서 온 힘을 다해 태경을 밀어냈다.

"날 죽일 셈이에요?"

여울이 그 말을 하고서야 태경이 물러났다. 태경은 뭐가 그리도 좋은지 씩씩 숨을 몰아쉬는 여울을 보며 웃었다.

"키스하다가 죽은 사람 봤어? 없지? 그럼 괜찮은 거야."

"오빠!"

변명 하나는 기가 막히게 잘하는 태경 때문에 그만 턱 말문이 막힌 여울은 빽 소리를 지르는 것으로 답답함을 드러냈다. 하지만 여울이 답답해하건 말건 태경은 자신의 행동에 정당성을 부여하며 자신의 주장을 굽히지 않았다.

"쉿. 조용히 해. 여기 임태경 있다고 광고할 거 아니면."

"오빠!"

"그러게 제대로 된 곳을 깨물었으면 이런 일도 없었을 거 아냐. 우리 첫 키스를 꼭 이런 식으로 해야겠어?"

"깨무는 건 오빠가 먼저 시작했거든요?"

"내가 언제?"

"내 코 깨물었잖아요. 기억 안 나요?"

그놈의 기억력은 어째 술이 취해도 그대로인 모양이다. 얼마 전 콧등에 입을 맞추며 살짝 코를 깨물었던 게 꽤나 놀란 일이었는지 여울은 그때의 일에 대해 설명을 해 보라며 으름장을 놓았다.

"코에 하는 키스는 말이야. 키스하는 대상이 굉장히 사랑스럽고 깜찍해 보일 때 하는 키스야. 물론 깨무는 건 덤이고. 내가 그랬지? 싫은 사람한테 키스를 하겠냐고. 난 네가 좋아서 키스한 건데 그게 그렇게 싫었다면 다음부턴 조심할게. 그럼 됐지?"

자신이 사랑스럽다고 느껴서 키스를 했다는데 화를 낼 수도 없는 일이었다. 여울은 어느새 제 허리를 끌어안고 있는 태경의 시선을 피해 눈을 내리깔며 더듬더듬 말했다.

"그래요. 다, 다음부턴 조심해 줘요. 저 이런 거, 처음……이란 말이에요."

"너, 설마 이게 첫 키스야?"

"아니거든요!"

"에이, 아닌 것 같은데?"

"아빠랑 해 봤어요!"

"어, 그거 굉장히 오해받기 좋은 발언이다."

경호와 가볍게 볼에 입을 맞춘 걸 두고 키스라고 할 만큼 어린 나이가 아닌데도 여울은 이번이 절대 첫 키스가 아니라며 우겼다. 이걸 어떻게 받아들여야 하나. 태경은 순진하게도 이성에 대해서 모르는 것투성이인 여울이 싫지 않았다. 오히려 자신이 여울에게 처음이 될 수 있어서 더 기뻤다. 태경은 처음부터 하나씩 차근차근 가르쳐 줘야겠다고 생각하며 다시 여울의 두 볼을 감싸 쥐었다.

"잘 봐. 이건 아빠랑 하는 뽀뽀고……."

쪽, 경쾌한 소리를 내며 태경의 입술이 여울의 볼에 닿았다 떨어졌다.

"이게 좋아하는 남자랑 하는 키스야."

두 번째는 입술에. 태경은 확실한 시범을 보인 후 엉큼한 속내를 드러내며 몇 번이나 여울의 입술에 제 입술을 맞대었다.

"사람들이 보면 어쩌려고 그래요. 그만해요!"

"그건 너 들쳐 업을 때부터 각오한 일이거든? 모자 썼으니까 너만 조용히 하면 아무도 몰라."

마지막으로 입을 맞춘 후 태경은 조심스레 여울의 손을 그러쥐고 나지막이 여울의 이름을 불렀다.

"여울아."

"네."

"내가 열애설 터질 걸 무릅쓰고 너한테 이러는 건, 네가 나로 인해 조금이나마 짐을 덜었으면 해서야. 오늘처럼 선생님이 이 작가님을 만나러 간다고 해서 네 몸을 혹사시키는 일, 없었으면 좋겠다. 선생님은 선생님대로, 너는 너대로, 그렇게 각자의 삶을 살았으면 좋겠어."

"오빠……."

"기억해? 내가 널 많이 사랑해 주겠다고 한 거. 내가 널 아주 많이 사랑해 줄 테니까 이제 너도 널 사랑해 줘. 너 그럴 자격 충분히 있어."

여울은 모나고 여기저기 상처 난 자신을 끌어안아 준 태경이 고마워서라도 경호를 이해해 보려고 노력해야 할 것 같았다. 물론 지금 당장 경호 때문에 속상한 마음을 다 누그러뜨릴 순 없겠지만.

"아, 그리고 우리 노래. 다음 주에 싱글 앨범으로 나올 거야. 녹음 거의 끝냈어."

태경이 책장을 넘기듯 휙 다른 얘기로 넘어갔다. 조금이라도 빨리 여울의 기분을 풀어 주기 위함이리라. 언제나 그렇듯 늘 자신의 기분을 먼저 생각해 주는 태경이기에 여울은 그의 배려를 잠잠히 받아들였다.

"벌써요? 그동안 공연 때문에 바빴잖아요."

"빨리 보여 주고 싶었거든. 너한테."

"……아무리 그래도……. 너무 무리했어요."

"다음부턴 안 그럴게."

"그렇게 말해 놓고 또 그럴 거면서. 그거 알아요? 그 말, 오빠 입버릇이에요. 내가 괜찮다고 하는 것보다 더 안 좋은 버릇이라고요."

다음부터 안 그런다, 다음부턴 조심하겠다. 그러면서 또 똑같은 일을 만드는 태경도 만만찮은 고집쟁이임을 여울도 이젠 안다. 끼리끼리 만난다는 말이 괜히 있는 게 아닌 거지. 어쩌다 고집불통들끼리 만나서 서로 좋아하게 됐는지는 몰라도 여울은 그의 고집마저도 사랑스러웠다. 자신을 위해 무리한 스케줄을 감행했다는데 그가 예뻐 보이지 않을 리가 없었다.

"웃지 마요."

어둠에 가려 감질나게 보이는 태경의 미소가 숨이 멎을 듯 예뻤다. 남자가 웃는 게 뭐 저렇담. 웬만한 여자들 울리고도 남을 그의 미소에 가슴이 떨렸지만 여울은 강경하게 태경에게서 손목을 비틀어 빼냈다.

"저, 갈래요."

"같이 가."

"혼자 갈 거예요."

"위험하잖아. 데려다 줄게."

"혼자 갈 수 있거든요?"

"선생님께 날 혼나게 할 작정이야?"

"안 혼나요."

"왜 안 혼나? 너랑 같이 뒤풀이에 참석하고, 집도 같은 방향인데. 안 데려다 주는 게 이상하지. 따라와. 이럴 때 남자 친구 행세 좀 해 보자."

태경이 다시금 여울의 손을 움켜잡고 천천히 걸어 나갔다. 여울은 따라가기 싫다고 버티면서도 은근슬쩍 태경에게 끌려갔다.

맞잡은 손에 땀이 차오르고 두 사람 사이의 간격이 점차 줄어들었다. 곧 종종걸음으로 뒤따라가던 여울이 태경과 어깨를 나란히 했다. 여름밤 치고 꽤 선선한 바람이 불어와 기분 좋게 뺨을 스쳤다. 뽀뽀와 키스의 차이를 설명해 주던 태경의 입술이 닿았던 뺨, 그 뺨이 서늘하게 식자 아쉬웠는지 여울은 집에 도착할 때까지 자꾸만 뺨을 만지작거렸다.

"많이 늦었네. 뒤풀이 어땠어?"

여울은 술잔을 들고 있는 경호를 찬찬히 바라보다가 한참 만에야 입을 열었다.

"재밌었어요."

"태경 군이 데려다 줬고?"

"네."

거실 테이블 위엔 혼자서 마셨다고 하기엔 너무 많은 양의 술병이 나뒹굴고 있었다. 급히 신발을 벗어 던진 여울은 빈 병 개수를 세어 보곤 경호의 손에서 술잔을 빼앗아 버렸다.

"지금 뭐 하시는 거예요."

"뭐 하긴. 술 마시지."

"이럴 거면 늦게라도 뒤풀이에 참석하지 그러셨어요."

여울이 주섬주섬 빈 병을 치우자 경호가 그냥 놔두라며 말렸다. 언제부터 술을 마셨는지 경호가 말을 하는 내내 입에서 술 냄새가 가시지 않았다. 물어보지 않아도 혜민 때문에 술을 마신 게 분명했다. 대체 혜민을 만나러 가서 무슨 일이 있었기에 학대하듯이 술을 왕창 들이마신 걸까. 차라리 이럴 때 주사라도 부리면서 속을 털어놓으면 좋으련만. 여울은 오늘따라 별다른 주사를 가지지 않은 경호가 야속할 뿐이었다.

"늙은이가 가면 젊은 친구들이 싫어해. 그냥 이렇게 마시는 게 좋다."

"그런 말이 어디 있어요? 태경 오빠도 아빠가 안 오셔서 많이 서운해했단 말이에요."

"아, 태경 군은 빼고. 하하."

이런 상황에서도 농담이라니. 여울은 빼앗은 술잔에 술을 가득 채워 연거푸 들이켰다. 태경이 기껏 다스려 준 속이 다시 상하려고 했다.

"한여울, 그만 마셔."

"지금 저를 지적하실 때가 아니에요."

"나는 좀 더 마셔도 돼."

"왜요? 그 사람이 아빠한테 이상한 말이라도 한 거예요?"

무사히 공연을 마친 태경을 축하해 줘야 하는 날, 여울은 불쑥 나타나 이렇게 또 자신과 경호를 흔들어 놓은 혜민을 도저히 용서할 수 없었다. 그것이 계획된 만남이었든, 우연이었든 혜민이 나타남으로 인해 매번 힘들어하는 경호가 안쓰러웠기 때문이다.

"그 사람이 뭔데 그래요. 그 사람이 뭔데 자꾸 우리 인생에 끼어들어요!"

"여울아."

"아직도 미련이 남았대요? 그만큼 얘기했고, 무시했으면 됐잖아요. 왜 또 나타나서 우릴 힘들게 하는 건데요?"

애초부터 혜민이 만나려던 사람은 여울, 자신이었다. 그렇다면 몇 번이든 깨지고 욕을 들어도 여울의 앞에 나타나야 했던 게 맞다. 이렇게 경호를 괴롭힐 것이 아니라.

"엄마가 많이 아파."

"그게 저랑 무슨 상관이에요! 제가 아프라고 했어요? 아니면 제가 죽으라고 했어요? 자식까지 버리고 갔으면 보란 듯이 다른 남자랑 결혼해서 잘 살 것이지 청승맞게 이게 무슨 짓이냐고요! 왜 이렇게 다들 미련을 떨어!"

걷잡을 수 없이 커지는 화를 주체하지 못하고 여울이 모든 울분을 토해 냈다.

"내가 만나자고 했어. 내가 걱정이 돼서, 내가 보고 싶어서, 내가 그 사람한테 만나 달라고 했다고. 네 엄마가 먼저 만나자고 한 거 절대 아니야, 여울아."

"아빠!"

"내가 많이 아프다. 평소엔 아무렇지 않은 척 지내도 네 엄마만 보고 오면 여기가 미친 듯이 아파."

여울은 울음을 꾹 참아 내며 가슴에 피멍이 들도록 주먹으로 치고 또 치는 경호를 가만히 바라보기만 했다. 생전 처음 보는 모습. 눈이 충혈되도록 부들부들 떨면서도 끝끝내 눈물을 참아 내는 경호의 모습이 생경하고도 낯설었다.

태경은 경호가 이럴 거란 걸 미리 알고 있었을까. 그래서 경호를 이해해 주라는 뉘앙스의 말을 남겼던 걸까. 여울은 경호를 보면서 어쩔 수 없이 조금이나마 마음을 정리해야만 했다.

"여울아. 아빠 엄마랑 같이 있고 싶다."

미운데, 미워 죽겠는데 경호는 혜민을 사랑한다고 말했다. 애처럼 매달려 울부짖는 것만으로도 경호는 충분히 여울에게 제 마음을 표현하고 있었다.

"……저더러 뭘 어떻게 하라고요."

"엄말 용서하라는 거 아니야. 충분히 곤욕스러운 것도 알아. 알지만, 나중에 그 사람 죽고 나서 후회하기 싫다. 솔직한 마음으론 네가 그 사람 때문에 후회하는 게 싫어. ……죽은 사람 소원도 들어준다는데, 우리 세 사람 단란하지는 못해도 가끔 얼굴은 보고 지냈으면 좋겠다. 그러는 게…… 좋을 것 같아."

"그건 무리예요."

"여울아."

"한 번 만나는 거? 그건 제가 어떻게든 참아 볼게요. 한 번쯤은 곤욕스러워도 아빠 생각해서 만나 줄 수 있어요. 하지만 그 이상은 안 돼요. 제가 힘들어요."

순순히 받아들여 주나 싶었는데. 역시나 그 이상은 무리였던가 보다. 그래도 경호는 아예 무시해 버릴 줄 알았던 여울이 조금이나마 자신의 진심을 받아들여 준 것이 고마웠다.

"그리고 그 사람이 걱정되고 보고 싶으면 그 사람 곁에 있어 주세요. 저도 이제 성인이고, 혼자서 지낼 수 있으니까. 저한테 저의 인생이 있듯이 아빠한테도 아빠의 인생이 있는 거잖아요. 마음이 그렇게 시킨다면 그 사람한테로 가세요. 가서 그 사람의 마지막을 지켜 주세요."

"여울아."

"그 사람 사랑하시잖아요. 솔직히 아직도 그 사람한테 마음이 남아 있다는 거, 전 이해할 수 없지만 아빠가 사랑하는 사람이니까 이해하려고 노력해 볼게요. 그러니까…… 이제 그만해요."

산산조각 나 버린 관계를 다시 이어 붙이는 것이 쉽지 않다는 걸 알기에 경호는 고개를 끄덕이는 것으로 대답을 대신했다.

희망이…… 희망이 보였다.

10.
산책

　제대 후 처음으로 공개한 태경의 곡은 아무런 홍보가 없어도 음원 차트 상위권을 휩쓸며 공개된 지 단 몇 시간 만에 실시간 검색어 1위에 오르기까지 했다. 별생각 없이 느른한 몸을 이끌고 방송국으로 향한 태경은 스튜디오에 들어서자마자 축하해 주러 달려드는 사람들을 보고 뒷걸음질을 쳤다.

　"왜들 이래요?"

　"축하한다, 태경아!"

　"그래, 축하해!"

　"완전 축하, 대박 축하!"

　"축하해요, 태경 오빠!"

　"뭘요?"

　정작 제일 기뻐해야 할 당사자가 관심이 없으니 축하의 의미가 무색해져 버리고 말았다. 우진은 아무것도 모른단 얼굴로 되묻는 태

214

경을 모니터 앞에 앉혀 놓고 실시간 검색어와 음원 사이트의 순위 차트를 보여 주었다. 뒤늦게 축하의 의미를 깨달은 태경은 그제야 얼굴을 붉히며 고맙다는 인사를 했다.

"분명히 정오에 공개된 걸로 아는데, 반응이 어떨지 궁금하지도 않았어?"

"그러게요. 제가 이걸 왜 잊고 있었나 싶네요. 하하."

"지금 웃음이 나와? 그리고 한아울, 너도 그래. 네가 태경이 곡에 작사를 해 줬으면 재깍재깍 말을 해 줘야지. 이게 뭐야? 하여튼 우리 놀라게 하려고 작정을 한 거야. 안 한다고 그렇게 버티더니 결국엔 해 줄 거면서 왜 그랬대."

너무한다 싶게 무심한 두 사람이었지만 우진은 그런 두 사람을 진심으로 축하해 줬다.

"아무래도 제가 한턱 쏴야겠는데요? 너무 많이 축하를 해 주셔서요."

"아서라. 그럴 거면 오늘 공개된 곡, 네가 라이브로 들려줘. 나는 그게 더 좋아."

"형이 웬일로 회식을 마다하세요?"

"너 공연 뒤풀이 때 마신 술이 아직도 소화가 안 됐어. 나이가 드니까 소화 기능이 떨어지는지 요즘은 알코올 분해 시간이 더뎌져서 해장하는 게 더 힘들다고."

"에이. 그때가 언젠데요. 벌써 열흘은 더 됐을걸요?"

"그래도 싫어."

정말 속이 안 좋은 모양인지 우진은 회식만 생각해도 몸서리가 쳐진다며 손사래를 쳤다. 그 모습에 태경도 더는 권유할 수 없어서 우진이 제안한 차선책을 택했다. 태경이 자신의 제안을 받아들이자

마자 우진은 기다렸다는 듯이 원래 쓰던 스튜디오가 아닌 음악 연주가 가능한 스튜디오로 모두를 이끌었다.

콘솔도 새롭고, 마이크도 새로웠다. 늘 앉던 의자가 아니어서 그런지 조금 불편한 것 같기도 해 태경의 눈살이 절로 찌푸려졌다. 예민한 아티스트의 감각이 쓸데없이 이런 곳에서 드러나다니. 연예인답지 않게 자유분방하게 돌아다닐 땐 늘 아무렇지도 않았으면서 말이다.

"괜찮겠어?"

처음부터 태경에게 연주를 하게 하려고 스튜디오를 바꿔 놓았으면서 우진이 모른 척 시치미를 뗐다. 마치 그럴 예정이 아니었던 듯 자연스럽게 상황을 이끌어 간 우진의 말주변에 혀를 내두르던 태경은 어쩔 수 없지 않느냐며 고개를 끄덕였다.

"그런데 방송을 사적으로 써도 되는 거예요? 이렇게 하면 홍보나 다름없는 거잖아요."

"임태경. 넌 그게 문제야. 네 이름을 건 네 프로그램인데 뭐가 문제야? 네가 노래를 부를 수도 있는 거지."

"그래도 신곡을 이렇게 대놓고 연주하는 건 좀……."

"그렇게 따지면 다른 가수들도 홍보하러 나오면 안 되지. 자기들 노래 홍보하러 오는 건데 너라고 하지 말라는 법 있어? 얘는 가만 보면 착한 건지, 모자란 건지 모르겠다니까. 밀어준다고 할 때 그냥 해. 뒷감당은 내가 할 테니까."

신곡 홍보를 위해 아무것도 준비하지 않은 태경이 답답해서 우진이 이런 자리까지 마련했건만 태경은 여전히 찝찝한 기분이 들었다.

"안 내켜?"

"조금……."

"그럼 이렇게 생각해. 네가 사랑해 마지않는 청취자들한테 네 신곡을 들려주는 거라고. 전에 한 선생님이 대신 디제이 맡으셨을 때 네가 그랬잖아. 제일 먼저 들려주겠다고. 잊었어?"

"그거야 음원으로 들려준단 말이었죠."

"뭐가 어찌 됐든, 들려주겠단 데에 의의가 있는 거야! 잔소리 말고 연주해. 내가 이 스튜디오 비워 달라고 손이 발이 되도록 빈 것도 모르고……."

우진이 방송 전에 연습을 해 봐야 한다며 태경을 억지로 신시사이저 앞에 앉혔다. 얼떨결에 건반 위로 손을 올린 태경은 네 쌍의 눈이 오롯이 저를 향한 것을 느끼며 마른침을 삼켰다. 이렇게 갑작스레 연주를 하게 된 것이 너무 오랜만인지라 뜬금없이 입이 바싹 말라 왔다. 공연장에서보다 소수의 사람들 앞에서 하는 연주가 오히려 더 긴장되었다.

"여기, 물."

눈치껏 여울이 물을 가져다주자 태경이 빙긋 웃었다. 그러자 여울이 눈에 띄게 부끄러워하며 후다닥 우진의 곁으로 물러났다.

"둘이 왜 이래요?"

"왜 저러긴. 내 촉이 들어맞은 거지."

첫 번째 공연 뒤풀이 날, 컨디션 조절을 위해 먼저 집으로 가려는 태경과 태경의 손에 이끌려 집으로 간 여울을 두고 여기저기서 두 사람이 사귀는 게 아니냐는 의심을 했다. 하지만 그때, 작사 문제로 두 사람 사이에 묘한 신경전이 있었다며 우진이 뒷수습을 해 준 덕분에 미심쩍어하긴 해도 대부분 태경과 여울이 사귄다는 의심을 접었다. 그 때문인지 유정과 지원도 두 사람 사이를 크게 의심하지 않는 것 같았다.

"그때 여울이가 태경이 눈치 보느라 따라간 거라고 하지 않았어요? 그, 왜, 가사 써 주는 것 때문에……."

"맞아요. 저도 그때 두 사람 분위기가 좀 요상하다 싶었는데 작사 때문에 얘기하던 걸 봐서 그런지 헷갈리더라고요."

"김 작가는 결혼할 남자 친구가 있어서 그런지 그나마 촉이 살아 있네. 근데 민 작가는……."

"제가 뭘요?"

"정말이지 총체적 난국이야. 분위기 파악도 못해. 눈치도 없어. 결정적으로, 연애 쉰 지 오래됐지?"

"아니, 여기서 그 얘기가 왜 나와요?"

우진이 연애 얘기를 들먹이자 발끈한 유정은 있는 힘껏 우진의 팔뚝을 때렸다. 풀스윙에 의한 엄청난 타격음과 함께 우진의 짧은 신음이 터져 나왔다.

"아니면 아닌 거지, 왜 사람을 때리고 그래, 민 작가?"

"남 피디님이 말도 안 되는 소릴 하시니까 그렇죠. 누가, 연애를, 뭘 어째요? 하, 나 정말 성질이 나서……."

더 큰 싸움으로 번지기 전에 태경이 얼른 연주를 시작했다. 목청 높여 본격적으로 싸움을 시작하려던 우진과 유정은 부드러운 멜로디가 흐르자 흥분한 감정을 억누르고 태경의 연주에 귀를 기울였다.

환하게 웃는 그대 미소에 내 가슴은 설레어.
나는 오늘도 그댈 따라 웃어요.
나란히 내딛는 발걸음, 가볍게 스치는 손길.
바람이 포근히 우릴 감싸면 나는 살며시 그대 손잡죠.
맞잡은 두 손에 어쩔 줄 몰라 하는 그대 모습이 나는 왜 이리도

기분이 좋은지.

바라만 보아도 좋은 그대, 그대가 있어서 나는 행복해요.

싱그러운 아침 햇살 내리쬐는 이 길을
오늘도 그대와 단둘이 걸어요.
나란히 내딛는 발걸음, 가볍게 스치는 손길.
눈이 부시도록 아름다운 그대의 어깨를 끌어안았죠.
너른 내 품에서 어쩔 줄 몰라 하는 그대 모습이 나는 왜 이리도
기분이 좋은지.
바라만 보아도 좋은 그대, 그대가 있어서 나는 행복해요.

그대에게 반해 버린 내 모습이 낯설고 어색해서 매일이 꿈만 같
지만
그대만 곁에 있다면, 그대만 곁에 있어 준다면
나는 무엇도 바라지 않아.

바라만 보아도 좋은 그대, 그대가 있어서 행복한 하루.
내가 그대를 사랑합니다.

태경의 열렬한 팬인 지원은 말할 것도 없고, 자신이 쓴 가사에 푹
빠져 태경을 바라보고 있는 여울, 그리고 싸움도 멈춘 채 태경에게
박수를 보내는 우진과 유정은 마치 공연장에 온 듯 연습마저도 완벽
하게 해내는 태경의 노래에 넋을 놓고 말았다.

"별 이상 없는 것 같은데요?"

"응. 그래 보인다. 컨디션도 좋아 보여."

단언컨대 임태경은 현존하는 가수들 중에서 가장 라이브가 완벽한 가수다. 음원과는 비교할 수 없는 라이브 실력을 라디오에서 보여 주는 것만으로도 꽤나 큰 홍보가 될 터였다. 우진은 자신의 결정이 엄청난 반응을 불러올 것을 직감적으로 깨달았다.

"너, 다른 데서는 홍보할 생각 없냐?"

"따로 방송 활동은 안 잡혀 있는 걸로 알아요."

"인마, 이런 좋은 곡을 그냥 썩히기엔 아까우니까 그렇지."

"썩힌다니요. 음원 차트 상위권에 올랐으니까 슬슬 입소문 타겠죠. 원래 노래라는 게 입소문을 타야 롱런하는 거잖아요. 따로 홍보 안 해도 형이 이런 자리까지 마련해 주셨으니까 오래 사랑받을 거예요. 제가 보장합니다."

소속사도 대체 무슨 생각으로 홍보를 안 하는 건지 모르겠다. 임태경이라는 네임 밸류 하나만 믿고 이러는 거라고 하기엔 너무나도 무모했다. 답답하기가 이루 말할 수 없을 정도여서 우진은 라디오에서라도 태경의 노래를 많이 틀어 줘야겠다는 생각을 했다. 그래 봤자 텔레비전 출연 한 번 한 것만 못하겠지만.

"내가 깜빡하고 말을 안 했는데, 오늘은 특별히 보이는 라디오야. 그렇게 알아."

"네? 아, 형!"

뜻하지 않게 후줄근하게 차려입은 모습을 실시간으로 내보내게 되자 태경은 그것만은 안 된다며 완강하게 거부했다. 하지만 어디 남우진의 고집을 꺾을 수 있으랴. 대본을 보기에도 촉박한 시간이었지만 태경은 부랴부랴 매니저와 스타일리스트를 불러 머리와 옷매무새를 고치고 약간의 메이크업도 했다. 불과 20분 만에 이뤄진 일이었다.

"갑자기 이러시면 어떡합니까? 이런 건 미리 언질이라도 주셨어 야죠."

놀라서 달려온 태경의 매니저가 우진에게 톡 쏘아붙이며 말했다. 그러나 남우진이 질쏘냐. 되레 그간 매니저로서의 의무를 성실히 이 행하지 않은 점을 하나하나 열거하며 매니저를 질타했다.

"태경이는 연예인 아닙니까? 관리 안 해요? 맨날 혼자 라디오에 보내고, 맨날 혼자 집에 가게 만들고, 더군다나 제대한 지가 언젠데 아직도 텔레비전 방송을 안 잡습니까? 도대체 회사에서 해 주는 게 있긴 한 거예요? 이번만 해도 그렇습니다. 신곡을 냈으면 홍보를 해 야지. 요즘 세상에 홍보 없는 신곡이 어디 있다고. 나 참, 이럴 거면 태경이 혼자 회사 꾸려서 일하는 게 편하겠네요."

매니저는 억울한지 태경을 원망스레 바라보았다. 그러자 태경이 할 말이 있다며 우진을 막아섰다.

"형. 그건 제가 그렇게 해 달라고 한 거예요. 특별히 바쁜 스케줄 도 없는데 사람들 줄줄이 달고 다니는 거 민망하잖아요."

"인마. 연예인이 연예인답게 행동하고 다녀야지. 너처럼 하고 다 니면 연예인이 아니라 동네 백수건달처럼 보여."

그래도 나름대로 깔끔하게 입고 다녔다고 생각했는데 우진의 눈 에는 차지 않았던 모양이다. 이대로 뒀다간 애꿎은 매니저만 계속 욕을 먹을 것 같아 태경은 분위기를 바꿀 생각으로 우진에게 물었 다.

"그런데 제가 평소에 그렇게 거지같이 하고 다녔어요?"

보이는 라디오는 성공적이었다. 라디오를 통해 처음으로 공개하는 태경의 곡 '둘이서'는 또 한 번 실시간 검색어 상위권에 오르는 기염을 토했다. 이로써 태경의 신곡 홍보에 단단히 한 몫을 한 우진은 어깨에 잔뜩 힘을 준 채 거드름을 피웠다.

"좋아. 오늘은 임태경이 연예인처럼 보여."

"제가 언제는 연예인 아니었습니까?"

"네가 네 입으로 물어 놓고도 몰라? 거지같이 하고 다녔다고 내가 했어, 안 했어? 한여울, 말해 봐. 너도 그렇게 생각했지?"

대체 언제까지 옷차림을 두고 왈가왈부할 건지. 끝나지 않을 것 같은 두 사람의 입씨름에 중재를 나선 여울은 말 한마디로 싸움의 정점을 찍었다.

"암만 거지 같아도 패션의 완성은 얼굴이에요."

그 말인즉, 임태경은 잘생겼으니 옷을 조금 못 입는다고 해서 문제 될 게 전혀 없다는 뜻이었다. 여울의 허를 찌르는 대답에 우진을 뺀 모두가 와하하 웃었다.

"잘 생각해 봐. 이 훌륭한 옷걸이에 그딴 후진 옷을 입혀야겠어? 나 아니었으면 이 녀석, 이렇게 차려입을 생각도 안 했을 거라고."

"자꾸 그러시니까 제가 정말 옷을 못 입는 사람처럼 느껴지잖아요. 저 이래 봬도 꽤 깔끔하게 하고 다녔는데……. 억울하네."

훤칠한 키에 잘생긴 마스크가 받쳐 주니 청바지에 흰 티셔츠만 입어도 태경에겐 어울렸다. 그걸 증명이라도 하듯 여울이 태경의 파파라치 사진을 찾아서 보여 주었다. 질투심이 절로 일 정도로 흠잡을 데 없는 완벽한 모습이었다.

"이건 신경 썼네, 뭐."

"이건 운동하러 간다고 트레이닝복 아무거나 주워 입은 건데요."

"그럼 이건? 이건 확실하게 신경 썼구만."

"이건 숍 가기 전에. 여기 보세요. 머리가 난리 났잖아요."

우진이 어떤 사진을 가리켜도 태경은 척척 막힘없이 대답을 해냈다. 이런 식으로라면 밤새도록 얘기를 해도 모자랄 것 같았다. 결국 두 사람을 지켜보던 유정이 끼어들어 화제를 바꾸었다.

"남 피디님. 혹시 질투하세요?"

"뭐?"

한순간에 우진의 관심이 태경에게서 물러났다. 신경에 거슬리는 유정의 말에 우진이 아예 몸을 돌려 그녀를 바라보았다. 유정은 담대하게 날카로운 우진의 시선을 고스란히 받아 냈다.

"아니, 멀쩡히 옷 잘 입고 다니는 사람한테 괜히 시비를 거니까 그렇죠. 할 게 없어서 동생을 질투하나. 유치하게."

"민 작가. 지금 뭐라고 했어?"

2차 대전이 발발할 상황이 닥치자 유정이 손짓으로 태경과 여울에게 빠져나가라 일렀다. 방송 내내 우진에게 시달리느라 피곤했을 태경을 배려한 유정의 행동이었다. 덕분에 아까 미처 못 했던 2차전을 다시 치르게 된 두 사람은 서로를 보며 한참이나 으르렁거렸다.

지켜보는 것만으로도 식은땀이 줄줄 흐르던 우진과 유정의 싸움을 뒤로하고 태경과 여울은 후다닥 스튜디오를 빠져나왔다. 공연이 끝난 후, 좀처럼 둘만의 시간을 갖기 힘들었던지라 태경은 오랜만에 여울과 하게 된 퇴근을 즐거운 마음으로 받아들였다.

"두 분, 괜찮을까요?"

"의외로 유정이 누나가 깡이 있어. 우진이 형하고 비겼으면 비겼지 절대 지지는 않을걸."

머릿속에선 이미 두 사람이 지워졌는지 태경은 아무도 없는 방송국 로비에 다다르자 두리번거리다가 여울의 손을 잡았다. 이젠 정말 열애설이 무섭지도 않은가 보다. 로비 중앙으로 가면 갈수록 손을 더 세게 움켜쥐는 게 오히려 여울이 곤혹스러울 정도였다.

"사람들이 보잖아요."

"사람들 없는 거 벌써 확인했어."

"그래도 만약이라는 게 있잖아요. 큰일 나려고 그래, 정말."

"연애 한번 참 힘들다."

연애 시작한 지 얼마나 됐다고 벌써부터 엄살이다. 여울은 얽은 손을 아쉽게 들여다보다가 이내 가방에서 모자를 꺼냈다. 그러곤 미련 없이 모자를 씌워 줬다. 잘 손질된 태경의 머리카락이 모자에 눌려 이리저리 엉망으로 뻗쳐 댔다. 여울이 태경의 머리카락을 정리해 주려 손을 뻗자 태경은 여울이 움직이기 편하도록 허리를 숙여 주었다.

"나 지금 조련당하는 기분이야."

자기가 알아서 허리를 숙였으면서 그런 말을 하는 태경이 사뭇 귀여웠다.

스으스윽 모자에 눌려 엉망이 된 머리카락을 정리해 주는 여울의 손길이 간지러웠다. 그러나 태경은 그마저도 가만히 받아들였다. 자신들이 방송국 로비 한가운데에 서 있다는 건 까맣게 잊고.

둘만의 세계에 빠져 있던 그들 앞에 혜민을 부축한 경호가 불쑥 나타났다. 서둘러 여울과 간격을 두고 떨어진 태경은 힘겹게 걸음을 떼고 있는 혜민의 곁으로 다가가 경호를 거들었다.

"여울이가 기다리잖아요. 태경 군은 가 봐요."

"선생님 혼자선 힘드시잖아요."

"이 사람 부축할 힘은 있어요."

태경의 도움을 점잖게 거절한 경호는 느리지만 조금씩 혜민의 걸음에 맞추어 걸어 나갔다. 태경은 앞서 걷는 경호와 멍하니 서 있는 여울을 번갈아 보다가 천천히 경호의 뒤를 따라 걸었다. 혹시라도 생길지 모르는 상황을 생각한 태경의 배려였다.

태경이 경호를 따라 로비를 빠져나가자 뒤늦게 여울을 태경의 뒤를 쫓았다. 버석하니 물기 하나 없이 말라 버린 입술만 달싹이던 혜민의 모습이 왜 그렇게 눈에 밟히는지. 터벅터벅 태경을 따라가는 여울의 머릿속엔 혼란만이 가득했다.

"어서 집에 들어가지 않고."

혜민을 차에 태운 경호가 멀찍이 떨어져 있는 여울에게 타이르듯 말했다. 하지만 여울은 그럴 생각이 없는지 조금씩 경호에게로 다가갔다.

마주칠 때마다 보았던 혜민의 붉은색 립스틱과 진한 화장이 오늘은 없었다. 멀리서 저를 발견이라도 하면 던지곤 했던 애처로운 시선으로 바라보지도 않았다. 경호에게 기대어 로비로 나오던 혜민은 평소와 다르게 자신이 근처에 있는데도 알아보지 못했다.

"신경 쓸 거 없어. 오늘 무리를 좀 했다나 봐."

"신경 쓰는 거 아니에요."

창문 너머로 손가락 하나 까딱하지 못하는 혜민의 모습이 보였다. 의식이 없는 것 같기도 했다. 하지만 그것뿐이었다. 여울은 더 다가가지 않고 돌아섰다.

"집에 들어오시긴 하는 거예요?"

"글쎄다. 집에 들어가는 건 무리일 것 같은데……."

"그럼 들어오실 때 연락 주세요."

냉정하게 돌아선 여울이 태경을 지나쳐 그의 차로 향했다. 지금 이게 무슨 상황인지 얼떨떨해진 태경은 경호와 여울을 번갈아 보다가 차에 올라탔다. 그러고도 한참이나 바깥 상황을 주시하던 그는 경호의 차가 멀어지는 걸 확인하고서야 여울에게 물었다.

"어떻게 된 거야?"

"오빠가 그랬잖아요. 아빠 아빠 인생이 있고, 나는 내 인생이 있다고. 아빠가 저 사람하고 있고 싶다기에 그러시라고 했어요."

"네 마음은 조금 누그러졌고?"

"모르겠어요."

한눈에 보아도 심각해 보이는 혜민의 상태에 일말의 연민이라도 느낀 모양이다. 밀어내려 해도 핏줄은 서로 끌리는 법이었나. 여울이 복잡해진 머릿속을 비우려 창문 밖을 멀뚱히 응시했다.

"배고프지 않아?"

생각이 많아질 땐 무언가를 먹는 게 좋았다. 배가 든든해야 걱정도 사라지고 좋은 생각만 하게 되니까. 기력 없어 보이던 혜민도 걱정이었지만 태경은 당장 눈앞에 있는 여울이 더 걱정이었다. 혜민과 마주치기만 하면 여지없이 감정이 흐트러지고 마는 여울이.

"내가 맛있는 거 해 줄게. 가자."

자정이 넘은 탓에 대형 마트가 다 문을 닫은 상황이었다. 아쉬운 대로 집 근처 마트로 가서 구할 수 있는 재료들을 사기로 한 두 사람은 나란히 한산한 마트로 들어섰다. 태경은 여울에게 여자들이 좋아한다는 크림파스타를 해 주기 위해 휴대폰으로 래시피를 찾아보며 바구니에 이것저것 재료를 담았다.

"오늘은 선생님도 집에 못 들어오신다고 하니까, 내가 너 잘 때까지 있어 줄게."

"집에 늦게 들어가도 돼요?"

"아마 우리 어머닌 안 들어오길 바라실걸."

아들이 결혼하기만을 바라는 어머니는 오히려 아들의 외박을 더 반기실지도 모른다. 아들의 이미지는 안중에도 없이 차라리 어디 가서 사고라도 쳐서 오라는 무시무시한 말씀을 하는 분이니 말이다.

"근데, 전 저희 집에 오빠를 초대한 적이 없는데요."

"지금 초대해, 그럼."

"제가 뭘 믿고 오빨 초대해요?"

"너 나 못 믿어?"

"아무래도 시간이 시간이니만큼……. 남들 다 자는 시간에 남자를 초대한다는 건, 솔직히 섹슈얼의 의미도 포함된 거 아니겠어요?"

"뭐? 코, 콜록!"

이 순진한 아가씨가 섹슈얼을 논하니 태경은 갑자기 사레가 들리고 말았다. 더도 말고 덜도 말고 여울이 잠들 때까지만 있을 생각이었던 사람을 한순간에 엉큼한 마음을 먹은 사람으로 만들어 버리자 얼마나 당황스러운지. 그런 태경의 마음은 안중에도 없이 여울은 진지하게 태경에게서 조금씩 물러났다.

"이보세요, 한여울 씨. 내가 널 어떻게 할 생각이었다면 애초부터 너희 집으로 간다는 얘기를 안 했을 거야. 나도 혈기 왕성한 남자인데 그런 생각 안 해 봤겠어?"

"결론은 그런 생각을 했다는 거네요."

"요점은 그게 아니지요, 이 아가씨야. 네가 걱정돼서 같이 있어 준다는 거잖아. 정 미심쩍으면 선생님께 허락받고 갈게."

정말 모르는 건지, 모르는 척하는 건지. 짧은 시간 동안 여울 덕분에 천국과 지옥을 오간 태경은 마지막 재료를 바구니에 담아 계산대로 향했다. 태경과 거리를 두고 있던 여울은 태경이 계산대 위로 재료들을 하나씩 내려놓자 그제야 슬금슬금 다가와 그의 옆에 자리를 잡고 섰다.

"내가 건드릴까 봐 겁난다면서?"

"안 그런다면서요. 믿어 보는 거죠, 뭐."

"됐어. 이미 맘 다 상했어."

"설마 삐쳤어요?"

"나 막 삐치고, 어, 그러는 쪼잔한 남자 아니거든?"

두 사람의 툭툭거림을 지켜보던 마트 주인이 이내 픽 하고 웃었다. 젊은 남녀의 애정 표현이 그가 보기엔 한없이 귀여웠던 모양이다. 다른 사람이 보고 있다는 걸 잊고 있던 두 사람은 갑자기 머쓱해져선 후다닥 봉투에 물건을 담아 넣었다.

몇 개 안 집은 것 같았는데 막상 계산을 하고 보니 비닐 봉투 하나를 채우고도 모자랄 양이었다. 나눠 들자는 여울의 말을 일언지하에 잘라 버린 태경은 차 키를 여울에게 넘겨주곤 양손에 비닐 봉투를 들었다. 묵직한 것이 여울이 들었다간 단번에 질질 끌 무게다. 태경은 그래도 남자랍시고 안 무거운 척 봉투를 들다가 여울이 뒷좌석을 열어 주자마자 던지듯이 내려놓았다.

"요리, 잘하세요?"

"잘하기도 하고, 자주 하는 편이기도 하고."

"오빠 못하는 게 뭐예요? 막 짜증나려고 해."

이 남자, 요리까지 잘한다고 한다. 두 눈으로 확인하기 전까지 정말로 요리를 잘하는지는 알 수 없지만 자신감 하나만큼은 프로급이었다.

"어머니가 종종 시키셨거든. 요즘 남자들 장가가려면 간단한 음식 정도는 할 줄 알아야 한다고. 집에 딸이 없어서 그랬을 수도 있어. 형들도 요리 잘하거든. 어찌 됐든 어머니 덕분에 할 수 있는 게 많이 생겼지."

기껏해야 밥이나 안치고 라면 정도 끓이는 게 전부인 여울은 자신보다 요리를 잘할 것 같은 태경의 앞에서 한없이 작아지는 기분이 들었다. 대체 이 남자는 못하는 게 뭐란 말인가. 괜한 자격지심이 생기려고 했다.

집에 도착하자마자 손부터 씻은 태경은 여울에게 조금만 기다리라고 하고는 앞치마를 둘렀다. 전혀 여성스럽지 않은 스타일의 앞치마만 보아도 여울이 주방에 관심이 없다는 것쯤을 쉽게 알아차릴 수 있었다. 하지만 태경이 그 사실을 전혀 모를 거라고 철석같이 믿은 여울은 태경에게 일이 없는 날엔 자신도 가끔 주방에 선다며 으스댔다.

"그래? 네가 잘하는 요리는 뭔데?"

"라면이요!"

"라면? 큭큭큭."

"어엇. 지금 라면 무시해요? 라면이 얼마나 어려운 요리인데!"

여울은 라면을 끓일 때 얼마만큼의 물을 넣느냐가 관건이라며 장황한 설명을 늘어놓기 시작했다. 번호까지 붙여 가며 물 양의 중요성을 거듭 강조하더니 태경의 뒤를 졸졸졸 따라다니며 "라면도 끓일까요?"라고 덧붙여 묻기까지 했다.

"아서라. 라면까지 먹으려고? 이것만 해도 많아. 밤에 많이 먹으면 살쪄."

"야식으로 크림스파게티를 선택한 것 자체가 이미 글러 먹었어요."

"그래도 해 주면 먹을 거면서. 냄비는 어디 있어?"

"싱크대 밑에요."

"오케이. 다 되면 부를 테니까 잠시만 기다려."

여울이 가르쳐 준 곳에서 냄비를 꺼내어 스파게티 면을 삶을 물을 올리고, 버섯과 양파 그리고 다른 재료들을 손질한 태경은 능숙한 솜씨로 요리를 하기 시작했다.

물이 끓자 먼저 스파게티 면을 삶았다. 버터를 두른 팬에 다진 마늘을 볶다가 향이 올라온 순간 잘라 놓은 베이컨을 넣었다. 너무 바삭하지 않게 촉촉한 느낌이 나도록 베이컨을 굽다가 베이컨에서 나온 기름으로 버섯과 양파도 함께 볶아 냈다. 마지막으로 가장 중요한 생크림과 계란 노른자를 섞고 소금과 후추로 간을 하여 건져 낸 스파게티 면과 함께 자작하게 끓여 냈다. 이 모든 게 25분 만에 이뤄진 일이었다.

"여울아. 접시는 어디 있어?"

"제가 꺼낼게요!"

후다닥 주방으로 달려간 여울은 요리를 하고 있는 태경을 대신해 큰 접시가 있는 찬장으로 손을 뻗었다. 하지만 얼마 전, 경호가 부엌을 정리하면서 접시들을 죄다 찬장 높은 곳 깊숙이 넣어 둔 탓에 여울은 접시를 찾아 한참이나 보이지 않는 곳을 더듬거렸다.

"내가 꺼내는 게 빠르겠다."

태경이 여울의 어깨를 잡고 접시가 있는 칸에 손을 쑤욱 넣었다. 의도치 않게 태경의 품에 안긴 여울은 싱크대를 붙잡고 요동치는 마음을 애써 감추었다. 늦은 밤, 좋아하는 사람과 단둘이 맛있는 음식을 만드는 일은 이처럼 떨리고도 설레는 것이었다. 태경은 아무것도 못 느낀 눈치였지만.

"됐다."

태경은 조심스레 접시를 꺼내어 요리한 것을 예쁘게 담았다. 조금 흘릴 법도 하건만 돌돌 만 스파게티를 손목의 스냅을 이용하여 깔끔하게 옮겨 담는 태경의 솜씨는 한두 번 해 본 것이 아니었다. 집에서 많이 해 봤다더니 허투루 하는 말이 아님을 여울은 그제야 깨달았다.

"데커레이션은 없어."

스파게티가 돌돌 말린 모양만으로도 이미 완벽한 데커레이션이었다. 여울이 뚝딱 만들어진 스파게티를 신기한 듯이 쳐다보자 태경은 쑥스러움에 여울을 식탁으로 몰아냈다. 밀리다시피 식탁에 앉은 여울은 서둘러 포크와 숟가락을 꺼내어 태경의 앞에 놓아 주었다. 곧 태경이 스파게티가 담긴 접시를 각자의 앞에 내려놓았다.

"먹자."

"근데…… 어쩌다 스파게티를 만들게 됐어요?"

여울이 스파게티를 돌돌 말아 한입 크게 먹으려는 태경에게 다짜고짜 물었다.

"일단 먹어."

"궁금하니까 얘기 좀 해 줘 봐요."

"한 입 정돈 먹고 물어봐야 하는 거 아니야? 면 불면 맛도 없어."

"먹으면서 얘기하면 안 돼요?"

면을 돌돌 말던 포크의 움직임이 멈췄다. 태경은 계속해서 무언가를 캐내려고 하는 여울을 어이없는 눈길로 바라보았다. 뜬금없이 무슨 의심이 들었는지 여울이 기껏 해 준 음식엔 손도 안 대니 태경도 먹고 싶은 마음이 싹 사라져 버렸다. 이렇게 된 이상, 여울의 고집에 져 주는 수밖에.

"너, 남자가 혼자 스파게티 사 먹으러 가는 거 봤어?"

"으음, 없는 것 같아요."

"그렇지? 대부분의 남자들은 여자 친구 없이 스파게티 먹으러 가는 짓 따윈 못 해. 여자들은 삼삼오오 모여서 먹으러 갈 순 있어도 시키면 남자들이 모여서 스파게티를 먹는다고 하면 왠지 민망해지고, 불쌍해 보이고 그러거든. 그럴 바에야 내가 만들어 먹고 만다, 싶어서 만들어 먹게 된 거야. 어머니도 내가 뭔가 만들어 드리면 좋아하시니까, 일석이조였던 거지."

태경이 스파게티를 만들게 된 이유를 기껏 자세히 설명해 주었음에도 여울은 영혼 없이 고개만 끄덕이곤 스파게티를 입으로 가져갔다.

"맛있네요. 솜씨가 좋은데요?"

"거짓말."

"아니에요. 정말 맛있어요."

맛있다면서 깨작깨작 먹는 폼이라니. 거짓말도 정도껏이다. 태경은 살짝 불쾌해지려는 감정을 억누르고 여울에게 물었다.

"너, 내 말 안 믿고 오해했지?"

"무슨 오해요?"

"내가 능숙하게 요리를 하니까, 혹시나 다른 여자한테도 해 준 거 아닌가, 하고 오해한 거잖아. 그러려고 물어본 거 아니었어?"

포크질은 멈췄는데 기다리던 대답은 나오지 않았다. 눈을 가늘게 뜬 태경은 턱을 괴고 다시 한 번 여울이 대답하기를 기다렸다. 음식은 식어 가고, 면은 점점 불어 가고. 촉촉하던 크림소스가 뻑뻑하게 굳어 가는 게 눈에 보였지만 태경은 결코 여울을 재촉하지 않았다.

"면 불면 맛없다면서요. 어서 드세요."

"새로 만들면 돼. 재료야 아직 많이 남아 있는데, 뭐."

"아깝잖아요. 이 많은 걸 언제 다 먹으려고……."

"나는 지금, 음식보다 네가 날 오해하고 있는 시간이 더 아까운데?"

태경이 눈을 동그랗게 뜬 채 포크를 입에 물고 있는 여울을 똑바로 바라보았다. 여울은 느른하게 조여 오는 태경의 눈길을 받으며 타는 목을 축였다.

"오해 안 했어요."

"그럼 무슨 생각했는데?"

"……질투요. 질투했어요."

"질투를 했다고? 아니, 대체 질투할 사람이 누가 있어?"

"……."

"말해 봐. 누굴 질투했는데?"

"오빠요. 오빤 못하는 게 없는 사람이잖아요."

속내를 털어놓은 여울은 곧바로 폭풍 포크질로 태경이 말도 못 꺼내게 해 버렸다. 그러고는 귀까지 빨개져선 꾸역꾸역 말라 버린 스파게티를 먹어 치우고, 목이 막히는지 자리에서 일어나 컵에 물을 따라서 가져오는 등 어느새 관조적인 눈빛을 한 태경을 피해 부산히 움직였다.

태경은 포크를 빙글빙글 돌리며 미묘하게 비켜 나간 여울의 질투심을 음미했다. 이제는 얼굴도 흐릿해서 제대로 기억나지 않는 예전 여자 친구를 질투한다고 하면 어떡하나, 하는 아찔한 생각이 잠시 들었지만 다행히 그 부분은 신경 쓰지 않는 것 같아서 한편으론 마음이 놓였다.

"여울아."

스파게티엔 거의 손도 못 댄 태경과 달리 한 접시를 다 비워 낸 여울은 갑자기 저를 부르며 다가오는 태경을 따라 고개를 들었다. 그리고 미처 손쓸 새도 없이 입을 맞추고 떨어지는 태경의 옷자락을 살며시 그러쥐었다.

"나, 네가 생각하는 것처럼 완벽한 사람 아니야. 네 앞이라서 완벽해 보이려고 노력하는 거지. 허술하기 그지없다고."

"거짓말."

"안 믿네. 내가 얼마나 허술하냐면 아침엔 항상 어머니 잔소리를 들으면서 일어나고, 가끔 편식도 해. 우진이 형 말처럼 패션 센스가 없어서 깔끔하게 옷 입는 것밖에 못하고, 게다가 나…… 코도 골아."

여울은 태경이 코를 곤다는 말에 웃음이 터지고 말았다. 완벽해 보이는 태경이 코를 곤다는 게 잘 상상이 되지 않았다. 그저 웃겨 주려고 한 말이겠거니, 하고 가볍게 웃어넘기려 했지만 아무리 참으려 해도 웃음이 났다.

"그만 웃지?"

"오빠가 코를 곤다니까 이제 좀 인간적으로 보이네요."

"난 원래 인간미 넘치는 사람이거든?"

태경이 눈을 가늘게 뜨며 반박해 봐도 여울의 웃음은 좀처럼 줄어들 줄 몰랐다. 하지만 태경은 괜히 코를 곤다는 얘기를 꺼냈나, 하며 후회하다가도 즐겁게 웃는 여울의 모습에 문득 모든 후회가 눈 녹듯이 사라지는 것을 느꼈다.

아무렴 어때. 내 여자가 즐거우면 그걸로 된 거지.

촉.

웃지 말라며 얼굴을 굳히던 태경이 표정을 풀자마자 여울이 다가

와 입을 맞추었다. 늘 자신이 먼저 입을 맞추었던 태경은 갑작스레 다가온 여울이 당황스러워 도리어 얼굴을 붉히며 입술을 가렸다.

"이런 기분이구나."

"뭐, 뭘?"

"얼굴 빨개져서 쳐다보는 거, 되게 기분 묘하네요. 오빠가 날 좋아하는 게 확실하게 느껴지기도 하고, 아쉬워서 자꾸 곁에 있고 싶고……. 사랑하니까 곁에 있고 싶다는 말이 뭔지, 이제야 알겠어요."

"너어……."

태경이 놀라건 말건 여울은 쌔 웃고는 담담한 목소리로 태경에게 고마움을 표현했다.

"고마워요. 이제 아빠의 마음을 이해할 수 있을 것 같아요."

웃다, 울다, 경호와 혜민의 일은 까무룩 잊고 있는 줄 알았던 여울이 가슴 깊은 곳에 잠시 놓아두었던 눈물을 꺼냈다. 태경은 말없이 여울을 끌어안아 다독였다.

깊은 밤. 복잡한 여울의 마음만큼이나 까만 밤이었다.

11.
나의 하류를 지나

경호가 집에 들어오는 날보다 집에 들어오지 않는 날이 더 많아 지고 있었다. 오늘 아침엔 며칠 동안 입을 옷가지들을 캐리어에 담 아 가지고 나가기까지 했으니 당분간 또 여울 혼자 집을 지켜야 할 지도 모른다.

— 아침은 먹고 출근한 거야?

"출근해서 간단하게 샌드위치 하나 사 먹었어요."

— 그거 먹고 어떻게 버텨? 점심시간 다 됐는데, 같이 밥 먹을까?

전화기 너머로 태경이 분주히 준비하는 소리가 들렸다. 오늘 갑 작스레 음악방송이 잡혀서 사전녹화를 하러 가야 한다더니 무척이 나 바쁜 모양이었다. 시끄러운 드라이어 소리와 이리저리 옷을 준비 하느라 바쁜 코디의 목소리 그리고 녹화가 임박했음을 알리는 매니 저의 목소리만 들어도 태경이 지금 얼마나 정신없을지 알 것 같았 다. 여울은 신경 쓰게 하고 싶지 않다며 태경의 제안을 거절했다.

"전 신경 쓰지 마시고 방송 잘하고 와요."

아쉬워하는 태경의 목소리가 귀를 간질였다. 태경을 처음으로 집에 초대한 날 이후, 부쩍 태경의 모든 것에 민감해진 여울이었다.

태경과의 통화가 끝나고 기다렸다는 듯이 배에서 신호가 왔다. 태경에겐 샌드위치를 먹었다고 거짓말을 했지만 사실은 아무것도 먹지 않아서 무척이나 배가 고팠다. 무얼 먹어야 할지 마땅히 떠오르는 게 없어서 여울은 하염없이 물배만 채워 댔다.

나중에 태경이 알면 필시 혼날 일이었지만 혼자 먹는 밥은 정말 맛이 없었다. 늘 경호나 다른 사람들과 어울려 먹던 밥을 혼자 먹는다는 건 그만큼 여울에게 익숙하지 않은 일이었다.

"한 작가. 나랑 점심 같이 먹을래?"

유정이 여울에게 같이 점심을 먹자고 말을 걸어왔다. 다크서클이 턱 밑까지 내려온 얼굴로 점심을 같이 먹자고 아니, 점심을 같이 먹어달라고 얘기하는 유정을 보고 있자니 여울은 그러겠다고 대답을 할 수밖에 없었다.

"고마워. 오늘 점심은 내가 살게."

"무슨 일 있으셨어요?"

"그건 밥 먹으면서 얘기하면 안 될까? 여긴 보는 눈이 많아서 말이야."

"브런치 종류도 괜찮은 거죠? 그럼 제가 자주 가는 곳이 있는데, 그리로 가실까요?"

단둘이 조용히 얘기할 수 있는 곳을 찾는 것 같아 여울은 일부러 인호의 가게로 유정을 데리고 갔다.

반가워하는 인호에게 간단히 먹을 수 있는 것들을 부탁하고 유정을 구석진 자리에 앉혔다. 심란한 기색이 역력한 유정은 자리에 앉아서도 한참이나 안절부절못하고 애꿎은 손톱만 괴롭혔다. 뭔가를 묻고 싶어 하는 것 같은데, 뭘 어떻게 말을 꺼내야 할지 모르는 것 같아서 여울이 먼저 유정에게 말을 걸었다.

"묻고 싶은 게 있는 거죠?"

타이밍 좋게 인호가 먼저 마실 것을 내왔다. 머리가 띵하도록 차가운 음료를 단숨에 들이켠 유정은 결심한 듯 말을 꺼냈다.

"한 작가, 태경이랑 진도 어디까지 나갔어?"

뜬금없이 태경과의 진도를 묻는 유정의 표정은 더없이 단호했다. 사레가 들려 입에 있던 음료를 모두 쏟아 낸 여울은 재빨리 티슈로 입가와 테이블을 닦았다.

태경과 사귀고 있다는 걸 들킨 뒤부터 간혹 우진의 놀림을 받긴 했어도 다른 사람들이 별다른 관심을 보이지 않았기에 유정의 질문은 무척 당황스러웠다. 아니, 다른 사람도 아닌 유정이 물으니 더 놀랐던 것도 같다. 잠시 놀란 가슴을 진정시킨 여울은 질문에 진지하게 대답해 주기 위해 유정에게 물었다.

"그건 왜 물으세요?"

"내가 요즘 미치겠어."

"왜요?"

"남 피디님 때문에……."

그러고 보니 우진의 행동도 전과 많이 달라졌다. 편한 동료처럼 유정을 대하던 우진이 요즘 들어선 유정의 일거수일투족을 감시하고 끼어들려고 했다. 단순히 동료로서 챙긴다기보다 무언가 살짝 달라졌다는 느낌이 들긴 했지만 워낙 속을 알 수 없는 우진이니 이번엔 유정을 괴롭히려고 뭔가 또 일을 꾸미는 거겠지, 하며 그냥 넘겨버렸는데 아마 그게 아니었나 보다.

"남 피디님이랑 무슨 일 있으셨던 거예요?"

"그, 왜, 있잖아. 전에 보이는 라디오 했던 날."

그날이라면 태경을 붙들고 이러쿵저러쿵하는 우진을 유정이 막아 주었던 날이다. 한참 전의 일을 이제 와서 꺼내는 유정이 이해되지 않아서 여울이 고개를 갸웃거렸다.

"내가 그날 남 피디님하고 같이 술을 마셨거든. 근데 남 피디님이 자꾸 내 연애사에 대해서 시비를 걸고 깐족거리는 거야. 홧김에 남 피디님이 나랑 사귀어 봤냐고, 내가 어떤 여자인지 알고는 있는 거냐고 따지다가 필름이 끊겼는데……."

"설마 눈을 뜨니 모텔이었다, 뭐, 그런 말은 아니죠?"

그러나 여울의 바람과는 반대로 유정은 고개를 떨구며 여울의 말이 맞는다는 걸 인정했다.

"세상에……. 어떻게 남 피디님이랑……."

"처음엔 같이 일하는 사이니까 불편해지지 말자고, 술 마시면서 다시 다 풀어 버리자고 그랬는데……."

"에이, 설마. 그러지 마요. 남 피디님이랑 또 그런 건…… 아니죠?"

"눈을 뜨니까 모텔에 남 피디님이랑 같이……."

심각한 분위기가 이어지자 음식을 가져다주러 왔던 인호가 어찌할 바를 모르고 난감해했다. 눈치껏 인호가 들고 있는 것을 받아서 유정의 앞에 놓아 준 여울은 어떡하면 좋으냐는 말만 계속 되풀이하는 유정의 손을 말없이 잡아 주었다.

"두 사람은 사귀는 사이잖아. 그럼 어느 정도 진도가 나갔을 텐데……. 이럴 땐 어떻게 하면 좋아? 김 작가한테 물어보려다가 혹시라도 소문나면 남 피디님이랑 더 어색해질 것 같아서 한 작가한테 물어보는 거야. 한 작가는 입이 무거우니까 내 비밀을 지켜 줄 것 같았거든."

태경과 만난 지는 오래됐지만 서로 마음을 나눈 지는 오래되지 않은 탓에 유정이 생각하는 그런 일은 단 한 번도 일어난 적이 없었다. 그래서 직접적으로 유정에게 도움이 될 만한 조언을 해 줄 수 없어서 오히려 여울이 미안할 정도였다.

"죄송해요. 저희도 아직 거기까진⋯⋯."

문득 태경은 다를지도 모른단 생각이 들었다. 건실한 남자라면 누구나 사랑하는 여자와 자고 싶은 게 당연할 텐데 태경은 그런 내색을 단 한 번도 하지 않았다. 처음인 여울을 배려하기 위한 것일 수도 있고, 여울을 둘러싼 여러 일 때문에 거기까진 차마 생각을 못했을 수도 있다. 하지만 어찌 됐든 여울은 태경의 그런 행동에서 자신을 무척이나 아껴 준다는 느낌을 담뿍 받았다.

"아무래도 저흰 사람들 눈에 띄면 오빠가 곤란해지니까 조심스러워질 수밖에 없는 것 같아요."

"그럼 나는 어떻게 해야 하냔 말이야⋯⋯."

거의 울 듯한 표정이었다. 여울은 진심으로 어떻게 해야 할지 모르는 유정이 안타까웠다.

"남 피디님은 뭐라고 하세요?"

"하아⋯⋯. 그게 또 총체적 난국이야. 자기가 책임질 일을 만들었으니까 무조건 결혼해야 한대."

"네?"

여자에겐 일말의 관심도 없는 남우진이 결혼이란 말을 입에 담았다는 것 자체가 이미 믿을 수 없는 일이었다. 전해 듣는 사람조차도 깜짝 놀라게 만드는 우진의 초강수에 여울은 뺨이라도 얻어맞은 양

얼얼하기만 했다.

"정말 결혼하자고 그래요?"

"응. 결혼하재. 어제는 반지까지 사 와서 결혼해야 한다고 밀어붙이더라고. 나 정말 어떡해? 어떡해야 하니, 한 작가?"

일할 때 말곤 진중한 모습을 보인 적이 없는 우진이 결혼을 하겠다고 결심을 하자마자 벼락같은 추진력으로 유정을 몰아붙이는 게 신기할 따름이었다. 내 인생에 결혼은 절대 없다던 워커홀릭 남우진이 맞나 싶기도 하고. 그래도 피하지 않고 유정을 받아들이겠다고 하는 우진의 결정에 여울은 높은 점수를 주고 싶었다.

"민 작가님은 남 피디님이 싫으세요?"

"싫다기보다 너무 갑작스럽잖아. 이게 지금 선보러 가서 당일에 결혼 날짜 받아 온 사람들이랑 뭐가 달라? 결혼이 장난이니?"

우진이 라이프스타일을 바꿀 정도로 큰 결심을 했다는 건 나름대로 유정과의 결혼을 진지하게 생각했다는 것이나 다름없었다. 하지만 유정은 일적인 부분 외에 서로에 대해 잘 알지도 못하면서 덜컥 결혼을 운운하는 우진이 마음에 들지 않는 듯했다.

"만약에요. 남 피디님이 결혼 말고 연애를 하자고 했으면 승낙하셨을 거예요?"

"뭐, 뭐?"

"얘기를 듣다 보니까 민 작가님이 제일 신경 쓰는 부분이 결혼인데, 결혼이 아니라 연애하자고 했다면 이렇게까지 고민 안 하셨을 것 같아서요."

완전히 허를 찔린 표정이다. 유정은 거기까지 생각은 못 해 본 듯 여울의 얘기에 귀를 기울였다.

"전 솔직히 남 피디님 꽤 괜찮게 봐요. 요즘처럼 같이 잤다고 덜컥 책임지겠다고 하는 사람도 잘 없거니와 그걸 행동으로 보여 주는 사람도 드물잖아요. 반지까지 들고 가서 민 작가님한테 청혼한 정도면 남 피디님도 아주 마음이 없는 건 아니에요. 적어도 제가 볼 때는 그래요."

"……그럼 내가 뭐라고 대답해 줘야 해? 오늘까지 답을 달라고 했단 말이야."

"남 피디님이 싫지 않다면 결혼 전에 실컷 연애부터 해 봐요. 어찌 됐건 남 피디님은 민 작가님을 마음에 들어 하니까."

"정말…… 그럴까?"

"그럼요. 틀림없어요."

고개를 끄덕인 여울은 유정의 손에 샌드위치를 들려 주며 응원했다. 오물오물 참 예쁘게도 먹는구나, 싶은 마음에 여울이 제 몫의 샌드위치까지 유정에게 주었다. 태경이 알면 왜 너는 먹지 않았느냐고 화를 내겠지만 이런 사소한 것으로라도 유정에게 힘이 되어 주고 싶었다.

"한 작가도 먹어."

"전 또 시키면 돼요. 그러니까 민 작가님은 많이 드시고 남 피디님 꼭 잡으세요."

"으응……."

여울은 유정의 얘기를 들어 주고 위로해 주면서 느낀 뿌듯함이 참 기분 좋았다. 태경도 자신의 얘기를 들어 주면서 이런 기분을 느꼈을까. 세상에 둘도 없는 착한 남자 임태경은 그러리란 확신이 들었다.

오늘따라 태경이 빨리 보고 싶었다.

방송국으로 돌아온 여울은 늘 하던 것처럼 쓸 만한 사연들을 뽑아 대본을 정리했다. 그러고는 태경이 가장 좋아하는 자신의 코너, '너에게 보내는 편지'의 원고를 쓰기 위해 빈 문서를 열었다.

"한 작가. 오늘 태경이 음악방송 하러 가지 않았어? 지금쯤 방송에 나오겠는데?"

"벌써 시간이 그렇게 됐어요?"

무엇을 적을까 고심하고 있는데 불쑥 지원이 태경의 얘기를 꺼냈다. 여울은 힐끗 시계를 보았다가 방송국 홈페이지로 들어가 실시간 방송을 켰다. 자그마한 화면 크기에 비해 제법 선명한 영상을 보니 태경의 작은 몸짓 하나도 자세히 볼 수 있을 것 같았다. 여울은 고등학교를 졸업한 후부터 보지 않았던 음악방송을 태경이 나온다는 이유 하나만으로 기다리고 있는 자신의 모습이 생소하기만 했다.

"이야. 오늘 제대로 신경 썼는데?"

제대 후, 태경이 라디오가 아닌 텔레비전 방송에 출연한 것은 오늘이 처음이었다. 그래서 유독 더 깔끔하고, 더 멋있어 보이게 차려입은 그였다. 원래는 방송에 출연할 생각이 전혀 없었으나 얼마 전에 발표한 신곡 '둘이서'가 오랜 기간 동안 음원 차트 상위권을 차지하고 있는 터라 방송국 측에서 태경에게 특별출연을 요청했다고 들었다.

물론 태경은 별로 내켜하지 않았다. 그러나 제대로 된 홍보를 위해 한 번쯤 나가는 것도 나쁘지 않다는 우진의 설득에 못 이겨 결국 이렇게 방송에 출연하게 된 것이었다.

"저기 아이돌 팬들 좀 봐. 태경이 라이브 실력에 놀랐나 본데?

지금쯤 자기 오빠들 기다리면서 꽥꽥 소리를 질러야 정상인데 말이야. 역시, 실력은 어디 가서도 죽지 않는구나."

기다렸던 태경의 무대가 끝나자마자 여울은 방송이 나오는 화면을 꺼 버렸다. 같이 방송을 보던 지원은 자리로 돌아갔고 여울은 다시 원고를 쓰는 데 집중하려고 애썼다. 그러나 바로 인터넷을 켜서 태경이 출연했던 다른 방송을 보기 위해 검색을 하기 시작했다. 눈을 감고 노래를 부르는 모습이 근사해서 자꾸만 보고 싶어졌다.

오늘은 태경이 무대 의상 그대로 방송을 하러 올 것이다. 그러면 그의 모습을 사진으로 찍어 프로그램 홈페이지에 올려야 한다. 여울은 자신의 남자를 다른 이들에게 내보이는 것이 싫었지만 한편으로 그만큼 잘난 남자를 자랑할 수 있어서 기쁘기도 했다.

"너도 참……. 그렇게 싫다고 할 땐 언제고. 이젠 아주 태경이한테 푹 빠졌구나?"

태경의 영상을 보며 흐뭇해하고 있는 여울의 뒤로 우진이 다가와 보란 듯이 영상을 꺼 버렸다. 제멋대로 노트북을 만지는 우진에게 버럭 화라도 내야 했으나 신성한 직장에서 딴짓을 한 자신의 잘못도 있어서 여울은 차마 우진에게 뭐라고 할 수 없었다.

"어, 이거 뭐야."

포털사이트 메인 뉴스와 실시간 검색어를 둘러보던 우진이 급히 마우스를 움직여 기사를 클릭했다. 혜민과 관련된 기사였다.

"이혜민 작가님, 몸이 많이 안 좋으셨구나."

우진은 오늘 오전, 촬영장에 나와 있던 혜민이 쓰러져서 병원에 입원했다는 기사를 소리 내어 읽었다.

"그 몸으로 어떻게 그 많은 대본을 다 준비해 두셨는지……. 어휴, 보통 정신력이 아니시네. 정말 대단한 분이셔."

경호의 극진한 보살핌에도 불구하고 혜민이 쓰러졌단다. 길어야 육 개월이라던 말은 거짓이었나. 이제 겨우 두 달 남짓 지났을 뿐인데 벌써부터 병세가 심해졌다는 건 말이 안 된다. 여울은 정확히 혜민의 상태가 어느 정도인지 알기 위해 기사를 처음부터 끝까지 정독했다.

기사엔 안정을 취하면 수일 내로 혜민의 건강이 회복될 거라고 적혀 있었다. 그건 경호를 생각하면 너무나도 다행인 것이었다.

"어, 태경아!"

마우스 휠을 움직이며 정신없이 기사를 읽고 있는 여울의 뒤로 태경이 나타났다. 뛰어왔는지 숨도 제대로 못 고른 채 여울에게 저벅저벅 걸어간 태경은 그대로 여울의 손목을 낚아챘다.

"일이 생겼어요. 방송 전까진 돌아올게요."

영문도 모른 채 끌려 나가는 여울의 뒤에서 우진이 태경의 이름을 수도 없이 불렀다. 하지만 태경은 우진의 목소리를 무시하고 여울과 함께 복도 끝으로 사라졌다.

그래도 이성은 남아 있었는지 사람들 눈에 띄지 않게 비상구로 여울을 이끈 태경은 차분히 계단을 내려가며 여울에게 말했다.

"이 작가님 기사 봤어?"

"아까 봤어요. 무리해서 쓰러진 거라고, 안정을 취하면 괜찮을 거라고 그러던데요."

무심한 표정, 건조한 말투. 혜민을 향한 미움은 많이 사그라졌다만 그래도 혜민을 엄마로 인정하지 않는 여울의 행동에 태경이 외려 마음이 쓰려 왔다. 계단을 내려가다 말고 돌아선 태경은 무미(無媚)한 여울의 볼을 안쓰럽게 쓰다듬었다.

"그거…… 아니야, 여울아. 이 작가님, 많이 안 좋으시대."

태경은 가지 않겠다는 여울을 억지로 데리고 혜민이 입원한 병원으로 향했다. 한바탕 취재진들이 왔다 간 모양인지 혜민이 머문 병실 앞은 생각보다 한산했다.

"들어가자."

"싫어요."

"여기까지 왔는데 그냥 돌아갈 순 없잖아."

"그러게 안 가겠다는 사람은 왜 끌고 와요? 내가 싫다고 했잖아요."

완강히 버티는 여울과 그런 여울을 기어이 병실로 들여보내려는 태경. 그들의 기싸움으로 인해 병실 앞 복도가 소란스러워졌다. 힐끔힐끔 복도를 내다보는 간호사, 자기 병실로 돌아가며 은근슬쩍 쳐다보는 환자들. 얼굴이 알려진 태경으로선 부담스러울 법도 한 상황이었건만 그는 그런 것은 안중에도 없는지 여울을 붙잡는 데에만 온 정신을 쏟았다.

"들어가."

"싫어요."

"같이 들어가자고."

"싫다고 몇 번을 말해요?"

"한여울."

"임태경 씨."

"너 자꾸 이럴래?"

"그러는 오빠는 왜 이래요?"

끝까지 안 지지. 누가 한고집 아니랄까 봐 이런 중요한 순간에도 여울은 고집을 부렸다.

"밖이 왜 이렇게 시끄⋯⋯. 여, 여울아⋯⋯."

며칠 안 본 사이에 얼굴이 반쪽이 된 경호가 병실 문을 빠끔히 열고 나왔다. 여울은 한숨을 푹푹 내쉬며 마른세수를 하는 경호에게서 고개를 돌려 버렸다.

"내가 괜히 태경 군을 곤란하게 만들었나 봐요. 이럴 줄 알았으면 연락하지 말 것을."

"아닙니다. 괜찮습니다, 아버님."

경호를 선생님이 아닌 아버님이라고 부른 태경이 여울의 손을 잡아끌었다. 늘 태경이 부르던 선생님이란 호칭에 익숙했던 경호는 크게 당황한 여울과 당당한 표정의 태경을 몇 번이나 번갈아 보았다. 그리고 여울의 작은 손을 빈틈없이 움켜쥔 태경의 손이 여울에게 얼마나 큰 버팀목이 되어 주고 있는지 깨달았다.

"어머님은, 어떠십니까?"

"⋯⋯솔직히, 얼마나 살 수 있을지 모르겠어요. 의사가 몸을 아끼라고 했다는데, 그걸 무시하고 그렇게 혹사를 시켰으니 몸이 버틸 리가 없죠. 지금은 겨우 숨만 붙여 놓은 상태예요."

"기사에선 곧 털고 일어나실 거라고 하던데 어떻게 된 겁니까. 아버님께선 상태가 많이 안 좋다고 하셨잖습니까."

"여울이가 걱정할까 봐 그 사람이 그렇게 해 달라고 부탁을 했어요. 마침 친한 기자들도 있었고, 부탁하기가 수월했죠. 그런데 태경 군이 여울이를 데리고 나타날 줄은⋯⋯."

벌써 보름 이상 집에서 자지 못했다. 여울이 혼자 지낸 게 보름이 넘었단 얘기였다.

처음으로 혜민의 집에서 지내게 된 날, 어떻게 알았는지 태경이 먼저 연락을 해 와서는 경호가 없는 동안 자신이 여울을 보살피겠다고 했었다. 그 후, 경호는 간간이 태경과 연락을 하며 여울의 안부를 물었다. 물론 여울과도 매일 통화를 했지만 그것만으로는 걱정이 가시지 않아 실례인 줄 알면서도 태경과 꾸준히 연락을 한 것이었다.

"식사는 하셨습니까?"

"아니요. 정신이 없어서 시간이 넘은 줄도 몰랐네요."

"그럼 식사부터 하시겠어요?"

"저 사람 곁을 지키고 있어야 해서, 그건 조금 힘들 것 같아요."

"저랑 식사부터 하시죠. 자리는 여울이가 대신 지켜 줄 거예요. 해 줄 수 있지?"

"오빠!"

끝까지 안 들어갈 거라고 난리를 피우며 버티던 사람에게 이젠 병상을 지키고 있으란다. 태연히 듣기엔 갑작스럽고도 당황스러운 일이라서 여울은 병실 앞인 줄 알면서도 빽 소리를 질러 버렸다. 하지만 곧바로 반박할 수 없는 얘길 꺼내는 태경 때문에 여울은 싫어도 병실에 들어가야만 했다.

"간병하느라 식사도 못 하셨다잖아. 너, 아버님 쓰러지길 바라는 건 아니지? 그럼 싫어도 해. 한 시간 정도면 돌아올 거니까 한 시간만 버텨. 갔다 오면 바로 방송국으로 갈 테니까."

병원 근처에 있는 식당에서 태경과 마주 앉은 경호는 맛있는 음식을 앞에 두고도 잘 먹지 못했다. 태경은 그런 경호의 앞으로 자꾸만 반찬들을 밀어 주며 얼른 먹기를 재촉했다.

"얼굴이 많이 상하셨어요."

"요즘 잠을 통 못 자서……."

"어머님 때문이죠? 몸이 계속 안 좋으셨던 모양입니다."

"내가 그 사람을 만났을 땐 이미 손을 쓸 수 없는 상태였어요. 그래도 희망을 갖고 치료를 해 보자고 설득을 했는데, 의미 없는 치료일 뿐이라고 치료도 거부했고요. 그래서 내가 그 사람 집으로 들어간 겁니다."

"그런 건 여울이한테도 얘기를 해 주셨어야죠."

"그 사람이 싫답니다. 자기 얼굴 보는 걸 죽기보다 싫어하는 여울이인데 자기가 아프다고 해서 눈 하나 깜짝할 애가 아니라면서요. 그래도 그 사람, 혹시나 하는 마음에 진짜 몸 상태를 알게 되면 여울이가 충격받을까 봐 기사부터 막았어요."

입이 쓰다. 모든 열쇠는 여울이 쥐고 있는데, 정작 여울은 열쇠를 사용할 생각조차 없었다. 한 걸음 내딛는 게 그리도 어려운 걸까. 태경은 문득 병실에 억지로 밀어 넣은 여울이 아픈 혜민에게 모진 말을 내뱉진 않을까 걱정이 되었다.

"여울이 그 녀석, 원래 그런 애가 아닌데, 나 때문에 그렇게 된 거예요. 내가 가정을 제대로 돌보지 못해서, 그래서 이렇게 된 거예요."

"아닙니다. 여울이도 아버님 마음 이해하려고 노력하고 있어요."

"태경 군……."

"그러니까 두 분, 조금만 더 버텨 보세요. 여울이도 곧 변할 거예요."

겉으론 퉁명스러워도 속은 누구보다 착한 여울이기에 태경은 여울이 반드시 변할 것이라고 믿었다.

"그때까지 버티려면 많이 드셔야 해요. 아버님도, 어머님도 많이 드셔서 체력 비축해 두세요. 그래야 여울이 감당할 수 있어요."

경호가 희미한 미소와 함께 다시 숟가락을 손에 쥐었다. 그러곤 밥 한 숟가락을 푹 퍼선 다짐이라도 하듯 입안으로 밥을 밀어 넣었다. 골고루 반찬들도 집어 먹고, 국도 싹싹 비워 내며 태경의 응원에 보답하겠다는 의지를 보여 주었다.

"태경 군. 고마워요."

"아닙니다. 고마워하실 필요 없어요. 솔직히, 저도 저 좋자고 하는 일이거든요. 여울이는 제가 이럴 때마다 오지랖 넓다고 화내지만요."

그 모든 게 태경의 착한 마음에서 우러나는 것임을 알기에 여울은 툴툴대면서도 늘 태경의 의견을 따라 주곤 했다. 하지만 태경의 진정한 속내는 몰랐다. 그가 왜 그렇게까지 여울의 일에 신경을 쓰는지 말이다.

"태경 군 좋으려고 하는 일이라니요?"

"전 여울이가 웃는 게 좋습니다. 나중에라도 여울이가 울지 않았으면 해요. 그게 어떤 일이든 여울이가 제일 많이 웃을 수 있도록 해 주고픈 게 제 솔직한 심정이고 욕심입니다. 그래서 이런 오지랖을 부리는 건지도 몰라요."

"태경 군……."

"아시겠지만 여울인 같이 일하는 동료로서도, 여자로서도 참 매력적인 사람이에요. 자꾸 눈길이 가고, 신경이 쓰이고……. 정확히 언제부터인지는 몰라도 어느새 제가 여울이를 사랑하고 있더라구요. 여울이를 사랑할수록 점점 보이는 상처가 안쓰럽고 안돼 보이고……. 그래서 결심했습니다. 이 사람, 내가 많이 사랑해 줘야지. 내가 많이 보듬어 줘야지. 그렇게 말이에요. 그 결심 지키려고 이러는 거니까 너무 고마워하지 않으셔도 됩니다."

"정말 고맙다는 말 외엔 할 말이 없네요."

"그럼 이번만은 고맙다는 말, 받아들이겠습니다. 아, 그리고 내일 부턴 여울이랑 매일 병원에 들를게요. 자꾸 보고 눈에 익어야 마음도 누그러지는 거 아니겠어요? 그러니까 미리 마음 단단히 먹어 두세요."

태경의 말간 웃음이 믿음직스러웠다. 한줄기 빛처럼 여울을 포근히 감싸 줄 수 있는 남자. 태경이야말로 경호가 바라던 여울의 남자였다.

여울은 태경의 억지 때문에 경호 대신 혜민의 곁을 지키게 된 것이 썩 마음에 들지 않았다. 하지만 몰라보게 마른 경호의 얼굴을 마주한 순간, 태경의 억지를 받아들일 수밖에 없었다. 결국 태경이 경호와 식사를 하러 가고, 복도에 동그마니 남게 된 여울은 병실 문손잡이에 손을 가져갔다가 거두는 것을 몇 번이나 반복했다.

"후우…… 괜찮아. 그냥 자리만 지키고 앉아 있는 거야."

그럴 리는 없겠지만 경호가 자리를 비운 사이 행여 혜민에게 무슨 일이라도 생길지 모른다는 생각이 불현듯 들었다. 만약 그렇게 되면 미리 대처하지 못한 자신에게 책임의 화살이 날아올 것이었다. 그것만은 막아야 했다. 그런 오해는 정말이지 불쾌했다.

여울은 심호흡을 하고 조심스레 손잡이를 돌렸다. 문을 열자마자 보이는 혜민의 모습. 산소 호흡기에 의존해 겨우 숨을 붙이고 있는 그녀의 모습에서 여울은 옅은 죽음의 그림자가 드리운 것을 보았다. 길어야 6개월이라던 그녀의 말이 거짓이 아니었음이 드러나는 순간이었다.

조용한 공간을 가득 채운 기계 소리. 규칙적인 호흡. 금방이라도 부서지리만큼 창백한 혜민의 얼굴. 살며시 문을 닫고 병실로 들어선 여울은 혜민에게서 멀찍이 떨어져서는 한참이나 그 모습을 바라보았다.

설마 죽는 건 아니겠지. 안색이 파리하긴 해도 숨도 잘 쉬는 것 같고, 호흡도 규칙적이니 적어도 경호가 돌아올 때까진 아무 일도 생기지 않을 것 같았다. 여울은 잘 떼어지지 않는 발걸음을 옮겨 혜민의 병상 옆에 마련된 보호자용 의자에 앉았다.

보호자. 혜민의 보호자로서 이 의자에 앉아 수많은 걱정과 고민을 했을 경호의 모습이 상상됐다. 여울은 천천히 병실을 둘러보다가 사락사락 이불이 움직이는 소리에 혜민에게로 시선을 두었다.

"……내가 꿈을 꾸고 있는 건가."

현실에서는 절대 볼 수 없을 거라고 생각했던 여울이 막상 눈앞에 있자 혜민은 자신이 헛것을 본 것이라고 생각했다.

"꿈 아니에요."

눈물이 자꾸 차올라 주체할 수 없이 흐르는 와중에도 여울의 목소리는 선명히 들렸다. 인상을 찌푸리며 느릿느릿 눈을 깜빡인 혜민은 시야에서 사라지지 않고 계속해서 보이는 여울에게로 손을 뻗었다.

"아빠 식사하러 가셨어요. 당신이 쓰러지는 바람에 여길 지키느라 끼니도 거르셨대요."

"여울아……."

"식사하러 가신 동안만 자릴 지키는 거니까 큰 기대는 하지 않는 게 좋아요. 난 아직 당신을 용서하지 않았어요."

더운 공기와 차디찬 한숨이 만나 어색한 기류를 만들어 냈다. 냉기가 뚝뚝 묻어나는 얼굴로 제 할 말만 하고 입을 다무는 여울에게 혜민은 어떠한 대화도 시도하지 않았다. 딱히 해야 할 말도, 하고 싶은 말도 없었다. 그저 같은 공간에 앉아 이렇게 여울의 얼굴을 쳐다볼 수만 있다면 그걸로 족했다.

이십여 분쯤 지나서 누군가 노크를 했다. 낯선 이의 방문이 달갑지 않았던 여울은 가시방석이던 의자에서 일어나 구석으로 몸을 피했다.

"계집애. 몸은 괜찮니?"

노크 소리를 듣고 문 쪽으로 고개를 돌렸던 혜민은 반가운 옛 친구의 방문에 억지로 몸을 일으키려 했다.

"됐어. 일어날 힘도 없으면서 웬 무리야."

"여긴 어떻게 왔어?"

"서 기자가 나하고도 친하다는 건 잊어버린 모양이지? 아무리 생각해도 수상하기에 캐 봤더니 네 몸이 많이 안 좋다고 하더라."

"진숙아. 그 얘긴……."

없는 힘을 쥐어짜 내어 고개를 설레설레 저은 혜민을 보고 진숙은 그제야 여울의 존재를 알아차렸다. 영락없이 젊은 시절의 혜민이다. 여울은 진숙에게 초점 없는 눈빛으로 가벼운 목례를 했다.

"이제 가 봐도 돼. 너 대신에 진숙이가 여기 있어 줄 거야."

혜민이 얼른 여울을 보내고 싶어 하는 것을 알아챈 진숙은 혜민의 말에 급히 동조했다. 간다는, 잘 있으라는 말도 없이 예의로 하는 게 눈에 뻔히 보이는 인사만 하고 미련 없이 자리를 뜨는 여울을 보며 혜민은 또 한 번 눈시울을 붉혔다. 여울이 마음을 바꾸지 않는 이상, 아마도 마지막이 될지도 모르는 딸의 모습은 생각했던 것보다 꽤 가슴이 시렸다.

"청승을 너 혼자 다 떠는구나."

"어쩌겠어. 이게 다 내 죄인걸."

"죄? 쟤 때문에 그런 건데 그게 어떻게 죄야."

"진숙아."

진숙은 큰 소리라도 치면 행여 새어 나갈까 저를 단속시키는 혜민이 안타까웠다. 차라리 속 시원히 모든 걸 밝히면 여생이라도 편히 보낼 수 있을 텐데, 혜민은 그것만은 안 된다며 끝까지 진숙을 만류했다. 이제 와서 여울이 혼란스러워하는 게 싫다며.

"그래서. 언제까지 미련 떨 거니? 경호 씨도 이런 거 알아?"

"얘기 안 했어."

"그럼 그 사실을 모르는데 경호 씨가 널 돌봐 주는 거야?"

"알잖아. 그 사람 워낙 착한 거. 내가 자기한테 했던 짓도 다 잊었대."

"퍽이나."

퉁명스럽게 말하면서도 진숙은 경호라면 충분히 그럴 사람이라 여겼다.

"그래도 난, 다 끝난 사람들끼리 뭐하는 짓인지 모르겠다. 이럴 거면 대체 이혼은 왜 한 거야?"

"그땐 그게 최선의 방법이었어. 경호 씨한텐 최악의 상황이었을지는 몰라도."

"혼자 영화 찍는 것도 아니고 이게 뭐하는 짓이야. 에휴, 너 어떤지 보러 왔다가 내 속이 타서 간다."

"미안해."

"미안한 줄 알면 얼른 털고 일어나. 네가 못 봐서 그렇지, 얼굴이 말이 아니야. 가능성 있다고 하면 그 가능성 믿고 약물치료도 하고. 그래야 네 딸하고 쇼핑도 하고, 밥도 먹고, 차도 한 잔 해 볼 거 아니야."

"진숙아. 나, 이제 죽어도 여한이 없어."

"얘가 진짜……. 그래! 이제 죽어도 여한이 없으면 죽어도 연락하지 마. 나, 너 죽는단 소리 들으러 여기까지 온 거 아니니까."

마침 경호가 병실 안으로 들어섰다. 진숙은 시큰해지는 눈가를 애써 모른 척하며 일어섰다.

"좀 더 있다가 가시지 않고요."

"저 계집애 말하는 꼴이 마음에 안 들어서 이만 가 봐야겠어요."

"그래도……."

배웅을 하겠다며 문밖까지 따라 나온 경호에게 진숙이 다짜고짜 날카로운 목소리로 물었다.

"여울이는 자기 엄마가 자길 왜 버렸는지 아직도 모르죠? 모르겠지. 그거 숨기려고 저 머저리 같은 게 그런 일을 벌였으니까. 나는요. 그 애가 정말 싫어요. 저만 상처받은 척, 저만 도도한 척, 저만 똑똑한 척! 아무리 미워도 죽어 가는 사람한테 그러는 거 아니야. 적어도 죽는다고 하면 불쌍하게 여기는 척은 해 줘야 하는 거라고요!"

"진숙 씨는…… 저 사람이 왜 이혼을 해야 했는지 알고 있는 겁니까?"

"알고 싶으면 혜민이한테 물어봐요. 내가 말해 줄 수 있는 건, 이혼을 결심한 이유가 여울이, 그 애 때문이라는 거니까."

"여울이 때문이라니요?"

유난히 큰 구두 소리를 내며 멀어지는 진숙의 뒤에서 경호는 아연실색하고 말았다. 혜민이 갑작스레 이혼을 선언한 이유가 여울 때문이라는 새로운 사실이 가져온 파장은 경호를 혼란의 심연 속으로 밀어 넣었다.

"다음부터는 이런 행동, 하지 말아 줬으면 좋겠어요."

경호와 식사를 하고 돌아온 태경에게 여울은 단 한 번의 눈길도 주지 않았다. 막무가내로 끌고 간 게 마음에 들지 않았던 거겠지. 그래도 물러설 수 없었던 태경은 아예 쐐기를 박아 버렸다.

"나 내일부터 매일 병원에 올 생각이야."

"미쳤어요? 오빠가 왜요? 그만하면 됐으니까 더 신경 쓰지 마세요."

"어떻게 신경을 안 써? 네 부모님 일인데."

"제가 신경 써 달라고 한 적 없잖아요. 그런데 왜 자꾸 나서서 일을 만들어요!"

"여울아."

"오빠 기사 나갈 건 생각 안 하죠? 연예인이면 연예인답게 주변 사람들 시선도 신경 쓰란 말이에요!"

태경은 악다구니를 쓰는 여울의 머리를 느럭느럭 쓰다듬었다.

"예쁘다, 우리 여울이. 내 걱정도 할 줄 알고."

"놔요. 애 취급하지 마세요."

이마에 짧게 와 닿은 태경의 입술이 더없이 부드러웠다. 예쁘다. 수고했다. 잘 참았다. 어린아이를 달래듯 여울을 끌어안고 다독이는 태경의 손길은 세상 그 누구보다 따뜻했다.

"이런다고 내 화가 풀릴 것 같아요?"

"풀리게 될 거야. 나는 네 화를 푸는 주문을 알고 있거든."

"그런 건 없어요. 있다고 해도 안 넘어갈 거야."

여울의 호언장담을 비웃기라도 하듯 태경이 귀에 대고 속삭였다.

"사랑해. 그러니까 나 미워하지 마."

태경의 고집에 못 이겨 따라온 병원이었지만 오랜만에 경호의 얼굴을 볼 수 있어서 그것 하나는 다행이었다. 그러나 여울은 자신 때문에 무모한 일을 벌인 태경이 걱정돼 결국 눈물을 쏟고 말았다.

12.
Track 9

혜민의 병실을 방문한 날부터 태경은 하루도 빠짐없이 여울과 함께 병원으로 향했다. 물론 병실에 들어가지 않으려는 아니, 아예 병원엔 발도 들이지 않으려는 여울과 태경의 신경전이 매일 있긴 했지만 나날이 말라 가는 경호의 얼굴을 보면 여울도 어쩔 수 없이 혜민의 병실로 들어가고 말았다.

"이러다 기사라도 나면 어쩌려고……. 무리할 필요 없어요, 태경 군. 굳이 오지 않아도 괜찮아요."

"아닙니다. 이번 기회에 열애설 나 보는 것도 나쁘진 않죠."

"타격이 클 텐데……."

싱겁게 웃어넘기는 태경을 경호는 걱정스러운 눈으로 바라보았다.

"식사는 잘 하고 계신 거죠?"

"그럼요. 태경 군이 잘 먹어야 잘 버틸 수 있다고 해서 열심히 먹고 있는 중인걸요."

"그런데 왜 이렇게 마르셨어요. 제가 이러니까 매일 병원에 올 수밖에 없잖아요."

태경이 매일 여울과 병원으로 오는 이유는 경호 때문이기도 했다. 혼자서는 거동이 불편한 혜민의 곁을 지키느라 제 시간에 식사를 하기는커녕 하루 한 번 끼니를 챙기는 것도 버거웠다. 태경이 차라리 간병인을 쓰는 게 어떻겠느냐고도 물어봤지만 경호는 한사코 거부하고 모든 일은 혼자서 도맡아 했다.

"그래도 여울이가 매일 병원에 오니까 기분은 좋으시죠?"

"첫날보다는 두 사람 사이가 많이 가까워진 것 같아요. 자꾸 얼굴을 봐서 그런가……."

"다행이네요. 아, 어서 드세요. 여울이가 아버님만 기다리고 있을 거예요."

태경 덕분일까. 여전히 대화가 없는 여울과 혜민이었지만 그래도 첫날만큼 가슴을 짓누르는 적막함은 없었다. 뭐, 조금의 답답함은 있겠지만 그 정도는 그전에 비하면 아무것도 아니었다.

식사를 마치고 여울과 교대하기 위해 부랴부랴 병실로 돌아온 경호는 자신이 올 때까지 병실을 지키고 있는 여울을 보고 웃었다. 처음엔 빨리 가고 싶어서 몸을 뒤틀다 못해 온 얼굴에 짜증을 덕지덕지 붙이고 있더니, 오늘은 그런 기색도 없었다. 단순히 체념을 해버린 건지 여울은 아무렇지 않아 보였다.

"태경 군 고집에 네가 고생이 많구나."

"이만 가 볼게요. 이건 두고 갈 테니까 챙겨 드시고요."

혜민이 입원한 뒤로 살가운 대화 한 번 나누지 못한 것 같았다. 그래도 경호의 식사가 걱정이 됐는지 여울은 매일 올 때마다 병실에서 먹을 수 있는 간단한 샌드위치나 주먹밥을 만들어 가져오곤 했다.

"고마워."

경호는 요리엔 영 젬병인 여울이 어떻게 이런 음식을 만들 수 있는지 궁금했다. 딱히 가르쳐 줄 수 있는 사람도 없거니와 음식을 한다고 해도 매번 엉망이 되는 주방을 여울이 감당할 수 있을 리가 없었다. 그래도 꿋꿋이 손가락에 밴드까지 붙여 가며 음식을 만들어 오는 여울의 정성에 경호는 가슴이 뭉클해졌다.

"여울이가 아버님 드리려고 정말 노력 많이 해요. 그러니까 남기지 말고 다 드셔야 합니다."

빈 도시락 통을 챙겨 든 태경이 밴드가 덕지덕지 붙은 여울의 손을 잡고 병실을 나섰다. 경호는 병실 문 앞에서 서서 멀어지는 두 사람을 하염없이 바라보았다.

"한 작가. 또 표정이 안 좋네. 요즘 계속 안 좋은 일 있어? 혹시…… 태경이랑 싸운 거야?"

아침에 잠시 짬을 내어 병원에 다녀온 여울에게 유정이 다가와 물었다. 근래 들어 계속 표정이 어두운 여울이 걱정된 탓이었다.

"고민거리 있으면 나한테 털어놔. 이번엔 나도 한 작가한테 도움이 돼 봐야지."

옆자리에 앉아서는 귓엣말로 속삭이는 유정의 얼굴이 무척이나 말갛다. 이렇게 표정이 밝은 걸 보니 우진과의 일이 잘 풀린 모양이었다. 여울은 유정의 말을 반쯤 무시하고 자기가 궁금한 것을 물어보았다.

"남 피디님이랑은 어떻게 되셨어요?"

"아, 으응……. 한 작가 조언대로 결혼은 이르다고 연애부터 해 보자고 했지. 그랬더니 단번에 알겠다고 하더라고. 난 남 피디님이 고집을 부릴 줄 알았는데…….”

“잘하셨어요. 남 피디님 책임감 있고 능력도 있는 남자니까요. 민 작가님 마음고생은 안 시킬 거예요.”

“그럴까?”

쑥스러운 듯 웃는 유정을 피해 무의식적으로 켜 놓은 포털사이트 메인화면으로 시선을 둔 여울은 평소대로 기삿거리를 훑어보다가 정말 뜬금없게도 화면 상단의 실시간 검색에 눈길이 갔다. 그리고 휙휙 바뀌는 검색어 사이에서 태경의 이름을 발견했을 때, 왠지 모르게 불안함을 느꼈다.

“이게…… 뭐야…….”

떨리는 손길로 검색어를 클릭하고, 기사를 꼼꼼히 읽어 내려갈수록 여울의 표정은 하얗게 질려 갔다. 오늘 아침, 태경과 병원에 들렀던 사진과 함께 차마 입에 올리기에도 민망한 임신설이 마치 사실인 양 사람들 입에 오르내리고 있었다.

“막내야…… 방금…….”

“한 작가, 괜찮아?”

다들 말도 안 되는 기사가 난 것을 보고 놀라서 여울을 불러 댔다. 여울은 두근거리는 가슴을 애써 진정시키며 억지로 웃어 보였다.

“이건 너무하잖아! 태경이 녀석, 이런 기사 하나 못 막고 뭐 하는 거야!”

우진이 되레 화가 나서 애먼 태경에게 화풀이를 해 댔다. 하지만 이렇게 갑작스레 터진 걸 어떻게 막을 수 있었겠느냐며 여울이 태경을 두둔하고 나섰다. 그 모습이 어쩌나 안돼 보이는지 보고 있는 사람들 속이 터질 지경이었다.

"아무래도 안 되겠어. 전화라도 해 봐야겠다."

성격 급한 우진이 여울을 대신해 전화를 걸었다. 하지만 신호음만 갈 뿐 태경은 전화를 받지 않았다. 아마도 기자들에게 시달리느라 전화는 아예 쳐다보지도 않는 것 같았다.

"안 받아요?"

"응. 안 받아."

"하아, 정작 필요할 땐 곁에 없는데 이게 무슨 남자 친구야."

원망스런 말투였지만 태경도 지금 정신이 없으리란 걸 알기에 유정은 진심으로 태경을 원망할 수 없었다. 소속사 측에서 강력한 대응을 해 주길 바랄 수밖에.

"한 작가. 너 당분간 출근하지 마라. 필요한 대본은 메일로 보내 주고, 기사 잠잠해질 때까지 몸조심해."

우진이 취해 줄 수 있는 조치라곤 이것뿐이었다. 하지만 여울은 도망자처럼 기자들이 무서워서 도피하긴 싫었다.

"죄지은 거 아니잖아요. 저 계속 출근할게요."

"무슨 배짱이야. 너 이러다가 신상 털리는 거, 시간문제인 거 몰라?"

"그래도 출근할게요."

"한여울, 고집 적당히 부려."

"저 정말 괜찮아요."

여울은 핏기 하나 없는 얼굴로 인터넷 창을 끄고, 문서 창을 켜서 대본을 작성했다. 단순히 집중력이 좋은 건지, 강심장인 건지, 얼굴을 보지 않았다면 여울의 행동은 독하다고 혀를 내두를 만한 것이었다.

결국 여울 때문에 걱정이 돼서 모두들 일에서 손을 놓아 버렸다. 그리고 여울을 대신해서 태경에게 쉴 새 없이 메시지를 남겼다. 식사도 흐지부지 넘겨 버리고 온 신경을 태경의 출근에만 쏟으며 기다리기를 세 시간. 태경이 평소보다 일찍 라디오국에 들어서자 우진이 먼저 태경을 잡아끌었다.

"넌 왜 연락이 안 돼? 우리가 얼마나 걱정했는지 알아?"

"회사에 끌려갔다 왔어요."

"소속사에선 뭐래?"

"혼났죠. 사귀는 사람이 있었으면 미리 말을 했어야 준비라도 하지 않았겠느냐고. 어쨌든 대충 일은 마무리 짓고 왔으니까 너무 걱정하지 않아도 돼요."

"어떻게 걱정을 안 해. 그 말도 안 되는 소문 다 어떻게 막으려고."

그 말도 안 되는 소문이라는 말에 태경의 표정이 급격히 싸늘해졌다.

"임신설에 대해선 법적 대응을 할 겁니다. 다른 건 몰라도 임신설 유포한 사람은 가만히 두지 않을 거예요."

태경이 이렇게까지 화를 내는 건 본 적이 없었다. 미미하던 불씨를 한 번에 살리듯 웅크리고 있던 본성을 내보인 태경을 모두가 숨죽이며 바라보았다.

"지금쯤이면 회사에서 해명기사를 내보냈겠네요."

"그걸로 괜찮겠어? 방송에서 해명 안 해도 돼?"

"기사 관련해서 질문들이 많이 올라오겠지만…… 감당해야겠죠. 방송을 사적으로 쓸 순 없잖아요."

"인마. 그런 건 빠릿빠릿하게 해명해 줘야 하는 거야. 네가 지금 죽게 생겼는데 사적으로 쓰든 말든 그게 무슨 상관이야? 내가 커버해 줄 테니까 해. 원래 디제이가 사고를 치면 뒷수습은 피디가 하는 거야. 나 못 믿어? 나 남우진이잖아."

가슴을 팡팡 두드리며 믿으라고 하는 우진이 듬직해 보였다. 엷게 웃은 태경은 여울에게 다가가 그녀의 어깨를 살며시 움켜쥐었다. 잘 될 거라는, 아무 일도 없을 거라는 무언의 확신. 가늘게 떨리는 여울의 어깨가 안타까워서 태경은 참지 못하고 여울을 끌어안고 말았다.

열애설과 동시에 터진 임신설은 부모의 입장에서 더 견디기 힘든 것이었다. 텔레비전을 통해 태경의 열애설을 접한 경호와 혜민은 앞으로 어떻게 해야 할지 고민에 빠졌다. 단순한 열애설에서 그쳤다면 이렇게까지 속이 타들어 가진 않았을 텐데.

"두 사람이 감당하기에 너무 큰 일이 벌어졌어. 태경 군처럼 바른 사람한테 이런 일이 생기다니……. 이건 정말 말도 안 되는 일이야."

경호가 지끈거리는 머리를 꾹꾹 누르며 의자에 기대어 앉았다.

"도와줄 수 있는 방법이 없을까?"

태경과 여울이 병원을 드나들며 터진 기사이기 때문에 경호와 혜민의 미안함은 그만큼 더 컸다. 혜민은 고민에 빠진 경호의 얼굴을 보며 조심스레 말을 꺼냈다.

"방법이 아주 없는 건 아니야, 경호 씨."

"방법이 있긴 한 거야?"

"있긴 한데…… 여울이가 감수해야 할 게 많지. 여울만 괜찮다면 시도해 볼 만해."

그래도 방법이 없는 것보다는 낫다며 혜민의 얘기를 끝까지 들어 본 경호는 혜민이 제안한 방법에 쉽게 동의하지 못했다. 누명을 벗기 위해 이렇게까지 해야만 하는 것인지, 또 그 뒤엔 사람들이 여울을 어떻게 볼 것인지 아무것도 장담할 수 없었기에 경호의 고민은 깊어졌다.

"어차피 당신이 결정할 수 있는 건 아냐. 어쨌거나 이건 여울이 선택에 달렸어. 나는 여울이가 다 포기할 준비만 돼 있다면 지금이라도 당장 서 기자를 부를 거야. 당신도 알다시피 서 기자 그 사람, 이 바닥에서 모르는 사람이 없을 정도로 유명하잖아. 그 사람 기사라면 어느 정도 무마시킬 수 있을 거라고 봐."

혜민의 말도 일리가 있다. 하지만 강해도 너무 강했다. 굳이 이런 강수를 둬야 할까.

"여울이 그 녀석, 절대 안 할 거야."

"임태경을 위해서라면 얘기가 달라지겠지. 이건 더 이상 여울이 혼자만의 문제가 아니야. 임태경 씨의 이미지가 달린 일이라고. 당신도 이제껏 그 사람이 여울이한테 어떻게 했는지 알잖아. 물론 이일이 여울이한테 얼마나 큰 부담이 될지 나도 알고 있어. 당연히 리스크가 크겠지. 하지만 지금까지 그 사람이 해 준 것에 비하면 이건 아무것도 아니라고 봐. 언제까지 임태경 씨 도움만 받을 순 없는 거잖아."

단숨에 모든 말을 쏟아 낸 혜민이 큰 기침을 하며 휘청거렸다. 없는 기력을 짜내어 너무 많은 말을 해서일까. 순식간에 혜민의 눈 밑이 시커먼 빛으로 물들었다.

"일단 당신은 쉬어. 방송 끝나고 병원에 들르라고 할게."

그동안 태경에게 받기만 했다는 혜민의 말에 아니라고 반박을 할수 없었다. 크든 작든 태경이 신경 써 주었던 모든 것이 여울에겐 편히 기대어 쉴 수 있는 울타리가 되어 주었다는 건 부정할 수 없는 사실이었다.

경호는 시간을 힐긋 확인하고는 태경에게 메시지를 남겼다.

어떻게 말을 꺼내야 할지 머릿속이 복잡해졌다.

「태경 군. 방송 끝나고 여울이랑 같이 병원에 와 주겠어요? 할 말이 있어서 그럽니다.」

방송 중, 태경은 경호에게서 도착한 메시지를 읽고 또 읽었다. 아마 갑작스레 터진 열애설 때문에 그런 것이리라. 괜한 걱정을 하게 한 것 같아서 마음이 무거워진 태경은 계속 한숨을 내쉬고 있는 여울을 슬쩍 보았다가 음악이 끝나자마자 슬라이딩 노브를 움직였다.

"이소라의 Track 9 들으셨습니다. 그래요. 세상일이라는 것이 참 쉽지가 않죠. 태어나면서부터 내가 원하지 않은 이름으로 살고, 부모님의 기대대로 살아가고……. 그러다가 내가 하고픈 것들을 마주하게 되면 정작 그때는 주변의 시선 때문에 쉽게 결정을 내릴 수 없게 됩니다. 세상이, 아니, 나를 아는 사람들이 내가 가는 이 길이 틀렸다고, 네가 잘못한 거라고 확신하고, 질타하고, 화를 낸다는 것. ……과연 그들도 똑바로 살아가고 있는 걸까요? 저는 가끔 그런 의문이 드네요."

드디어 열애설에 대해 입을 여는 태경에게 우진은 힘내라는 의미로 두 주먹을 불끈 쥐어 보였고, 유정은 마른 입술을 몇 번이나 축이는 여울의 손을 따스하게 잡아 주었다.

"제가 이런 말을 하는 이유, 눈치채셨나요? 네, 맞습니다. 오늘 터진 제 열애설 때문인데요. 많이들 궁금해하시는 것 같아서 제가 조금 언급하려고 합니다. 바로잡을 것도 있고요."

이런다고 악성 루머가 바로잡힐 리는 없겠지만 그래도 태경은 자신이 할 수 있는 선에서 최선을 다하리라 마음먹었다.

"우선 열애설……. 네. 제게 여자 친구가 생겼습니다. 착하고, 곁에 있으면 자꾸 챙겨 주고 싶은 그런 사람이요. 처음엔…… 단순한 호기심인 줄 알았어요. 그런데 어느 순간 그 사람을 향한 제 마음이 사랑이 되어 있더라고요. 정말 아무도 모르게, 저도 모르게…… 그렇게 사랑이 되어 있었어요."

여울을 바라보는 태경의 눈빛은 어느 때보다 다부졌다.

"그런데 제가 그렇게 사랑하는 그 사람이 지금 많이 힘들어합니다. 감당하기 힘든 악성 루머, 그 사람을 둘러싸고 일어나는 일들. 제 곁에 있는 것만으로도 충분히 힘든 사람에게 그런 무거운 짐을 지우다니요. 사람들 취미 한번 고약하네요. 그 사람 얼굴도 제대로 본 적 없으면서 어떻게 그런 황당한 얘기를 꺼낼 수 있는 거죠? 정말 화가 나려고 합니다."

태경은 끓어오르는 화를 억누르며 호흡을 가다듬었다. 맹세컨대 자신은 단 한 번도 여울을 진지하게 생각하지 않은 적 없었다. 만약 그랬다면 여울의 아버지가 한경호라는 사실도, 여울의 어머니가 이혜민이라는 사실도 이미 다른 누군가에게 털어놓았겠지. 그러나 태경은 그 비밀을 지킴으로써 여울을 존중해 주고 있었다.

"어쨌든, 현재 제가 여러분께 말씀드릴 수 있는 건 제가 그 사람을 아주 많이 아끼고 사랑한다는 겁니다. 그러니까 여러분도 제 사랑을 지켜봐 주세요. 말도 안 되는 헛소문들 믿지 말고 절 믿어 주세요. 부탁드립니다."

마지막 말에 힘을 주어 정중히 부탁을 한 태경은 음악을 내보내겠단 우진의 사인에 맞춰 곡 소개를 했다. 천천히 페이드인 되는 곡을 들으며 헤드셋을 내려놓고, 한껏 졸였던 가슴을 쓸어내렸다. 이미 실시간 메신저며 게시판은 태경의 발언으로 인해 엉망진창이 된 지 오래였다.

"잘했어. 잘 쏟아 냈어. 한 번쯤은 그래야지. 너무 웅크리고 있으면 다들 만만하게 봐. 잘한 거야, 태경아."

태경은 쉴 새 없이 업데이트되는 게시판과 실시간 메신저를 띄워 놓은 모니터를 눈에 보이지 않도록 치워 버렸다. 더는 질문의 홍수에 휘말리고 싶지 않았다.

"미안해요, 형."

"뭐가 미안해. 미안한 걸로 따지면 내가 더 미안하지."

애초부터 태경과 여울을 엮었던 건 우진 본인이었기에 우진은 힘들어하는 두 사람을 보면서 미안한 마음을 감출 수 없었다.

"아니에요. 제가 조심성 없이 행동해서 그렇죠."

"연애하는 사람들이 조심한다고 조심해진대? 제발 말 같지도 않은 소리 하지도 마."

일이 손에 잡히지 않는다. 하지만 대본을 들여다보며 다시 방송을 준비하는 태경을 보니 억지로라도 힘을 내야 할 것 같았다. 마음이 걷잡을 수 없이 무거워지는 순간, 우진은 쓴 입맛을 다시며 방송에 집중해야만 했다.

방송이 끝난 뒤, 방송국 앞에 진을 치고 있는 기자들을 피해 가까스로 병원으로 온 태경과 여울은 경호의 부탁을 받은 간호사의 도움으로 면회 시간이 아님에도 혜민의 병실로 들어설 수 있었다. 사뭇 비장함까지 느껴지는 병실 안, 결연한 표정, 가라앉은 공기. 어느 것 하나 무시할 수 없는 분위기에 짓눌린 두 사람은 나쁜 생각을 떨쳐 내려 맞잡은 손을 더 세게 움켜쥐었다.

"쉬어야 할 사람을 괜히 불렀나 보네요."

"아닙니다, 아버님."

의자를 빼내어 두 사람이 앉을 수 있게 해 준 경호는 잠시 머뭇거리다가 찬찬히 말을 꺼냈다.

"기사…… 봤어요."

"네에……."

"많이 놀라고 당황했죠?"

"아닙니다. 그런 건 없습니다."

"괜찮아요. 말 안 해도 그러리란 건 내가 잘 알아요."

이렇게까지 분위기를 잡는 경호가 낯설었다. 땀이 차는지 손바닥을 연신 허벅지에 문질러 대며 태경과 여울의 눈치를 보던 경호는 혜민을 한 번 쳐다보았다가 결심했는지 고개를 끄덕였다.

"그 열애설 말인데……. 당분간 두 사람, 떨어져 있으면 어떨까 해요."

"아버님!"

"아빠!"

"당연히 싫겠지. 사귄 지 얼마 되지도 않았는데 벌써부터 헤어지라고 하니 마음에 들지 않겠지. 그렇지만 이대로라면 소문은 진실이 되고, 진실이 된 소문은 태경 군을 좀먹어 갈 겁니다. 그래도 괜찮겠어요? 그렇게 된다고 해도 우리 여울이, 원망 안 할 자신 있어요?"

"원망 같은 거 절대 하지 않습니다."

태경은 경호의 말에도 흔들리지 않고 결연했다. 경호는 자신 있어 하는 태경을 한 번 보았다가 말을 이었다.

"나는 늘 생각했어요. 어쩌다가 우리가 이렇게 얽히게 됐는지, 참

신기하면서도 한편으로 태경 군에게 미안했습니다. 돌이켜 보면 태경 군에게 딱히 잘해 준 것도 없는데……. 태경 군은 항상 모자람 없이 마음을 퍼 주었지요. 그래서 이런 일이 벌어졌는지도 몰라요. 어쩌면 두 사람이 헤어지면…… 이번 일, 잠잠해질지도 모르고요."

계속해서 헤어지란 말만 하는 경호에게 약간은 화가 난 듯 태경이 눈썹을 치켜세우며 물었다.

"정말 헤어지면 다 해결이 될까요? 헤어지면 저희 마음은 어디로 가는 겁니까? 억지로 갈라 놓는다고 해서 마음까지 갈라지는 건 아니지 않습니까. ……선생님께서 오늘 방송 들으셨다면 아시겠지만, 저는 방송에서도 밝혔다시피 여울이를 놓을 생각이 없습니다. 그게 제 솔직한 심정이고 마음입니다."

"왜 그렇게까지 여울이를 잡으려고 하는 거죠?"

"마음이 그렇게 시키는데 제가 뭘 어떻게 하겠습니까."

태경의 확신에 찬 대답이 마음에 들었는지 이번에는 경호가 태경의 손만 구명줄처럼 잡고 있는 여울에게 물어보았다.

"그렇다면 여울아, 네 결정에 달렸어. 네가 헤어지고 싶다면 그렇게 하도록 해. 하지만 헤어지지 않고 태경 군을 지키고 싶다면 우리가 너에게 방법을 알려 줄 순 있어. 물론 그 방법은 지금이라도 당장 헛소문을 무마시킬 수 있을 정도의 힘을 가지고 있다고 봐. 그만큼 네가 치를 희생도 만만찮겠지만. 그래도 해 보겠니?"

태경을 지킬 수 있는 방법이라니. 이제껏 태경의 보호 아래 있던 자신이 해 줄 수 있는 방법이 있다고 하자 여울의 눈이 번쩍 뜨였다.

"그 방법이 뭔데요?"

어느 만큼의 희생을 치르게 되든, 어떤 희생을 치르게 되든 여울은 상관없었다. 자신을 위해 모든 것을 다 내던진 태경에게 어떻게든 도움이 되어 주고 싶었다.

"네가 내키지 않을 방법이야."

가늘게 숨을 쉬고 있던 혜민이 작은 목소리로 한참 만에야 말을 꺼냈다. 내키지 않을 방법이라는 말에 본능적으로 인상이 찌푸려졌지만 여울은 일단 혜민의 말을 들어 보기로 했다. 머리를 굴려 봤자 딱히 좋은 방법이 떠오르는 것도 아니었으니 말이다.

"인정하기 싫겠지만 내가 네 엄마라는 걸 밝히는 거야. 물론 그 과정에서 너와 네 아버지의 관계도 드러나겠지."

이때까지 숨겨 왔던 모든 것을 이번에 모두 드러내자는 혜민의 제안은 너무나도 충격적인 것이었다. 저도 모르게 의자를 박차고 일어날 정도로 놀란 여울은 짧게 숨을 할딱이는 혜민을 흔들리는 눈으로 바라보았다.

"싫은 거 알아. 그렇지만 이게 임태경 씨를 지킬 수 있는 유일한 방법이야."

"말도 안 돼! 그게 어떻게 오빠를 지킬 수 있는 방법이 되는 거죠?"

혜민이 숨을 골랐다. 해 줘야 할 말이 많은데 벌써부터 이렇게 호흡이 힘들면 곤란했다. 경호가 말하는 박자에 맞춰 숨을 들이쉬었다가 내뱉는 것을 반복하다 천천히 정상적인 호흡이 돌아오자 혜민은 주저 없이 이유를 설명하기 시작했다.

"첫째, 나와 경호 씨가 네 부모라는 사실이 밝혀지면 병원을 오갔던 너희들 사진에 대한 오해가 풀릴 거야. 여자 친구의 어머니가 아파서 병문안을 온 임태경 씨에게 과연 누가 손가락질을 할 수 있을까?"

과연. 고개가 절로 끄덕여지는 말이었다.

"둘째, 내 입으로 말하긴 그렇지만 네 엄마, 아빠, 꽤 괜찮은 사람들이야. 그렇기 때문에 천하의 임태경이 대한민국 최고의 작가와 음악감독의 딸을 만난다고 해서 저급한 사람 취급을 당할 리 없어. 게다가 임태경의 여자에 대한 퀄리티가 높아지게 되면 자연스레 사람들은 포기를 하게 돼. 이 사람은 내가 정말 가질 수 없는 사람이 됐다는 생각을 하면서 말이야. 물론 지저분한 말들도 사라질 거야. 너희들이 정말 순수한 관계로 인정된다면 임태경 씨에 대한 퀄리티도 높아지게 되겠지. 임태경 씨가 워낙 고급 이미지잖니. 그 이미지, 지켜 줘야 하지 않겠어?"

할 말이 없어졌다. 자신의 부모가 누구인지 밝히는 것만으로 이 일을 무마시킬 수 있다는 사실이 여울에게 고민에 빠지게 했다. 하지만 그 무엇보다 가장 고민스러운 건 바로 혜민이었다. 어떤 식으로든 그녀를 다시 엄마로 받아들이는 일은 없을 거라고 생각했던 여울에게 혜민의 제안은 거부할 수 없는 것이기 때문이었다. 태경은 이렇게 억지로 받아들여야 하는 상황에 놓인 여울이 안타까웠다.

"그 얘긴 못 들은 것으로 하겠습니다."

여울이 고심하고 있는 사이, 태경이 자리에서 일어나며 여울의 손목을 잡아당겼다.

"여울이한테 부담되는 일, 하게 하고 싶지 않아요."

"오빠……."

"네가 왜 부모님을 숨겨야 했는지 잊었어? 나 때문에 다 포기할 생각이야? 밝히고 난 뒤에는 어떻게 하려고……. 정말 일이라도 그만둘 거니?"

알려지면 일을 그만둬 버리겠다던 여울의 말이 생각났다. 여울의

오랜 꿈이었던 라디오 작가라는 직업을 저 하나 때문에 포기하게 할
순 없었다. 인사를 하고 병실을 나가는 태경의 손에 끌려 병원을 나
선 여울은 태경의 차에 올라타자마자 그의 목을 와락 끌어안았다.

"화났어요?"

"화난 거 아니야. 내가 못나서, 너한테 그런 짐을 지우게 한 것
같아서 미안해서 그래."

"오빠."

태경의 볼에 자신을 볼을 비비며 여울이 태경을 더욱 끌어안았다.

"나 괜찮아요. 나는 이렇게라도 오빠한테 도움이 될 수 있다는
게 다행이에요. 꿈은, 다시 꾸면 되죠. 꿈이 꼭 하나일 필요는 없잖
아요. ……라디오 작가 못 하면 어때. 오빠 말처럼 나 글 되게 잘
쓰는데, 이참에 소설가로 전향해 볼까 봐."

"여울아."

태경은 여울의 등을 쓸어내리며 입술을 질끈 깨물었다. 여울이
도와줄 수 없어서 마음 아파할 때보다 지금이 더 가슴 아팠다.

"어머니, 받아들일 수 있겠어?"

"받아들일 수 있겠느냐가 아니라 받아들여야 하잖아요. 싫어도
어쨌거나 나를 낳아 준 사람이고, 내가 그 사람의 딸이라는 사실은
변하지 않으니까요. 내가 거부한다고 해서 거부할 수 있는 운명이
아니었던 거예요, 애초에."

"싫으면 안 해도 돼."

"나는…… 오빠랑 헤어지는 게 더 싫어요. 무서워."

태경은 여울의 목에 더 깊이 얼굴을 묻었다. 헤어지기 싫어서 죽
기보다 싫은 일을 받아들인 여자. 자신을 지키기 위해 기꺼이 비밀
을 내어 놓은 여자. 이 자그마한 여자가 그런 큰 결심을 했다는 것

이 미안하고, 고마워서 눈물을 멈출 수가 없었다.

"미안해."

"아니에요. 난 오히려 오빠한테 더 고마운걸요. 나 사실, 오빠 만나기 전까진 그냥 어린애였어요. 투정 부리고, 내 기분만 생각하는 그런 어린애. 그런데 오빠를 만나고부터 이만큼 더 자란 느낌이에요. 이 정도면…… 나도 어른이 된 거겠죠?"

태경의 품에서 떨어져 나온 여울이 쫙 편 손을 머리 위에 얹으며 웃었다. 태경은 그런 여울의 볼을 쓰다듬다가 입술에 짧게 입을 맞추었다.

이 여자, 안쓰러워서 어떡하지…….

태경을 먼저 돌려보내고 다시 병실로 돌아온 여울은 경호에게 자리를 피해 달라고 하곤 혜민과 본격적으로 대화를 시도했다. 그들이 내놓은 대안은 경호와 혜민이 부부였다는 것을, 이혼을 했다는 것을 다시 한 번 만천하에 드러내야 하는 일이기도 했다. 여울은 혜민이 이렇게까지 해 주려는 이유가 단순히 엄마로서의 보호 본능 때문인지, 아니면 다른 꿍꿍이가 있는 것인지 알고 싶었다.

"저한테 이러는 이유가 뭐예요."

"네가 부정하고 싶어 하는, 그게 바로 이유야."

엄마로서의 역할을 다하고 싶다는 것. 그것이 이유라며 혜민이 되받아쳤다.

"당신이 바라는 딸 노릇 못해요. 거기까진 바라지 마세요."

"안 바라. 그러니까 내가 죽기 전까지만 착실하게 딸 연기를 하면 돼. 매일 병원에 들르는 건 할 수 있지? 얘기는 안 하더라도 와서 지금처럼 시간 때우는 정도는 할 수 있을 거야. 싫어도 임태경

씨를 생각하면 버틸 수 있겠지. 네 아빠 일도 있고……."

"당신……."

"오래 하라는 말은 안 할게. 어차피 이 지긋지긋한 목숨도 이제 얼마 안 남았어."

목숨을 놓고 흥정하는 사람치고 너무나도 태연한 모습이었다.

"어떻게 그런 말을 할 수 있어요? 옆에서 간호하는 아빠는 안 보이는 거예요? 사람 목숨이 그렇게 하찮은 거냐고요, 당신은!"

덤덤한 혜민의 모습에 자기도 모르게 화가 치밀어 오른 여울은 혜민을 향해 소리를 질렀다.

"어차피 내가 오래 살면 너한테 부담되는 거잖니. 네 입장에선 내가 빨리 죽는 게 득이야."

부정할 수 없는 사실이다. 자신의 입장만 생각하자면 그랬다. 하지만 경호를 생각하면 아니었다. 이혼을 하고서도 혜민을 향한 마음을 못 끊고 이렇게 미련을 떠는 경호인데 혜민이 덜컥 죽기라도 한다면 경호가 과연 제정신으로 살아갈 수 있을지 의문이었다. 자신의 고집과 아버지의 진심 사이에 껴서 이러지도 저러지도 못하는 상황이 되어 버린 여울은 머리를 헝클며 의자에 걸터앉았다.

"이런 상황, 정말 마음에 안 들어요. 결국 내가 져 줘야 하는 거잖아요."

"져 줄 필요도 없어. 너만 생각하면 돼."

"그게 말이 돼요? 당신이 죽으면 아빠는 어떡하라고요? 그 원망, 나한테 다 돌아오게 하려는 거예요?"

의사는 6개월이라고 얘기했었다. 하지만 2개월을 넘기지 못하고 병원에 입원을 한 혜민은 숨을 쉬는 것조차 버거워 보이는 몸으로 하루하루를 버텨 내고 있었다. 앞으로 얼마나 더 살 수 있을지조차 알 수 없는 얼굴을 바라보고 있자니 여울은 가슴이 답답해지는 것 같았다.

"너는…… 내가 살기를 바라니?"

자신과는 상관없는 사람이라고 아무리 최면을 걸고 발버둥 쳐 봐도 죽음 앞에선 담담해질 수 없었다. 여울은 가만히 혜민의 얼굴을 쳐다보았다.

"역시 그런 건 아닌가 보구나."

혜민은 설핏 실망한 표정을 비쳤다가 이내 씩씩하게 아무렇지 않은 척 웃었다. 여울은 캄캄한 창문 밖으로 시선을 돌린 혜민에게 머뭇거리다 속에 있던 말을 꺼냈다.

"나는…… 당신이 죽든 말든 관심이 없었을 뿐이에요. 죽으라고 빈 적은 단 한 번도 없었다고요."

얼굴이 홧홧해졌다. 지금 이 순간, 혜민의 얼굴을 마주한다면 무너져 버린 표정을 들킬 것 같았다. 여울은 간다는 인사도 없이 후다닥 병실을 빠져나가 버렸다.

"나, 그래도 죽을 만큼 미움받는 건 아니었구나……."

혜민의 입가에 슬그머니 미소가 피어났다.

"이렇게 이른 시간에 날 불러낸 이유가 뭐야, 이 작가?"

새벽녘. 으스스한 밤길을 뚫고 달려온 서 기자는 소소하게 웃고 있는 혜민을 의아하게 바라보았다. 졸리지도 않은지 예전에 보았을 때보다 더 또랑또랑한 눈을 한 혜민이 되레 이상하게 느껴질 정도였다.

"내가 특종거리를 줄까 해."

"특종?"

"그래. 특종. 서 기자가 내 몸 상태에 대해서 숨겨 준 보답이라고나 할까. 아무튼 서 기자한테 나쁘지 않은 조건이야. 단독 보도가 될 거라고."

단독 보도라는 말에 서 기자가 침을 꿀꺽 삼키며 의자를 끌어당겼다. 확실히 구미가 당겼다. 허투루 말하는 법 없는 혜민이니 그만큼 큰 특종이란 말인데, 그 특종이 얼마나 크기에 혜민이 이렇게 직접 만나자고 했는지 궁금했다.

"날 만나자고 한 것도 그래서야?"

"그래. 서 기자를 위해 준비한 기사니까 전화보단 만나서 취재하는 게 좋을 것 같아서 말이야."

"하하. 눈물 나게 고맙네요."

주섬주섬 가방에서 녹음기와 수첩, 볼펜을 꺼낸 서 기자는 시작하겠다는 말과 함께 녹음기 버튼을 눌렀다. 혜민도 조금은 떨리는지 가쁜 호흡을 조절하며 천천히 얘기를 하기 시작했다.

"우선 내 몸 상태에 대해서 솔직하게 기사를 써 줬으면 좋겠어. 그래야 얘기가 풀릴 수 있거든."

"갑자기 왜 그래? 이 작가가 숨겨 달라고 해서 내가 기를 쓰고 숨겨 줬던 건데."

"내 딸이 지금 곤란한 상황에 처해 있어. 서 기자가 날 도와줘야 해."

"도와주려고 오긴 했지만……. 고작 딸 때문에 날 부른 거라면, 이 작가 다시 봐야겠는데?"

생각보다 별 시답잖은 기삿거리라고 생각했는지 서 기자가 졸음을 참지 못하고 하품을 해 댔다. 슬슬 해가 떠오를 시간. 한창 자고 있을 시간에 나오게 한 것이 미안해지는 순간이었다. 혜민은 없는 기력을 짜내어 서 기자를 향해 손을 뻗었다.

"서 기자. 이건 정말 내 딸 인생이 걸린 문제야. 서 기자가 아니면 안 되는 일이라고."

"사람 띄워 주기는. 그래, 알았어. 뭔데 그래."

"어제 임태경 씨 열애설 터진 거 알지?"

"알지. 임태경, 이미지 괜찮아 보였는데 안타깝더라고. 소문이 사실이라면 타격이 꽤 클 거야. 근데 그건 왜?"

"임태경 여자 친구가 내 딸이야."

"뭐?"

"임태경 씨 여자 친구가 내 딸이라고."

생각지도 못한 특종에 서 기자는 펜을 떨어트리기까지 했다. 혜민은 자신의 손으로 서 기자의 손을 덮으며 느릿느릿 눈을 감았다 떴다.

"내가 왜 서 기자를 불렀는지 알겠지? 나, 지금껏 우리 딸한테 해 준 게 아무것도 없어. 그래서 이렇게라도 도움 주고 싶어. 내가 죽기 전까지, 해 줄 수 있는 건 뭐든 해 주고 싶어."

진심에서 우러나오는 목소리에 서 기자의 눈에 눈물이 글썽였다.

"서 기자…… 우리 여울이는 말이야. 정말 착해. 억지라는 걸 알면서도 내 제안을 받아들였어. 경호 씨를…… 아빠를 끔찍이도 위하는 아이거든. 날 간호하느라 자주 끼니를 거르는 아빠를 위해서 서툰 솜씨로 매일 무언가를 만들어 오는데, 경호 씨가 도시락 하나에 흐뭇해하는 걸 보면 나까지 기분이 좋아져."

혜민은 여울이 엉성한 솜씨로 준비해 온 도시락을 자랑하던 경호의 모습을 떠올리며 엷게 웃었다.

"그리고…… 여울이 주변 사람들은 여울이가 내 딸인 거 몰라.

그런데 임태경 씨, 아니, 태경 군을 지키기 위해서 기꺼이 그 비밀을 털어놓겠대. 그만큼 착한 애야, 얘가. ……그런 애가 루머 때문에 힘들어할 걸 생각하니까 내 가슴이 아파."

서 기자가 기어이 눈물을 흘리고 말았다. 왜 남의 얘기에 눈물이 나는지. 아마 혜민이 경호와 헤어져야 했던 이유를 알기에 마음이 더 아픈 건지도 모르겠다. 서 기자는 억지로 웃으려 애쓰는 혜민에게 핀잔을 주었다.

"바보 같은 이 작가. 울고 싶으면 울어라."

"경호 씨가 울지 말랬어. 얼굴 미워진다고."

"그놈의 경호 씨, 경호 씨! 이 작가랑 왜 헤어졌는지도 모르는 바보가 아직도 좋아?"

"하하. 진숙이도 그 얘기 했다던데. 서 기자도 똑같네."

"그만하면 됐어. 다 털어놔 버려."

"아니야. 이건 내가 죽을 때까지 몰라야 돼. 그러니까 서 기자도 그때까지 잘 숨겨 줘. 특히 경호 씨는 절대 알면 안 돼. 알았지? 진숙이 다녀간 뒤로 계속 무슨 일이 있었느냐고 물어봐서 나도 곤혹스럽단 말이야."

"웃기는."

달빛이 가만가만 혜민의 얼굴을 비추었다. 서 기자는 감았던 눈을 뜨고 허공을 응시하는 혜민을 보며 지그시 턱을 괴었다.

무거운 짐을 내려놓은 듯한 얼굴. 혜민의 표정이 그 어느 때보다 가벼워 보였다.

13.
유채꽃

　태경의 열애설에 대한 반박기사가 포털사이트 메인화면에 뜬 후, 라디오국은 발칵 뒤집히고 말았다. 특히 여울이 작가 이혜민과 음악감독 한경호의 딸이라는 사실이 꽤나 충격이었는지 사람들은 방송국으로 출근을 한 여울을 향해 수군거림을 멈추지 않았다.

　"어떻게 된 거야?"

　뭐가 그리도 궁금한지 태경과 열애설이 났을 때보다 더 묻고 싶은 게 많은 것 같았다. 어차피 태경과의 열애는 라디오국 내에서 이미 공공연한 비밀이었기에 다 알고 있는 것이었고, 여울이 왜 경호와 혜민의 딸임을 숨겼는지에 대해 캐고 싶어 안달이 난 듯했다.

　"그런 대단한 부모님이 있으면서 왜 여태 말하지 않았던 거야?"

　친하지도 않은 옆 프로그램 작가가 호기심이 가득한 얼굴로 여울에게 다가와 물었다. 여울은 "별로 도움 될 게 없어서요."라며 대답해 주었지만 그 작가는 이미 자기 마음대로 상상을 하고 있는 것 같았다. 누가 작가 아니랄까 봐 이런 쓸데없는 순간까지 상상력을 펼치고 있다.

"그 정도 능력 있는 부모님이면 방송국 들어오기도 쉬웠겠다. 나도 그런 백 좀 있었으면 좋겠네. 부럽다, 한 작가."

난처하기 그지없는 상황이었다. 하지만 여울은 애써 참아 내려 노력했다. 만약 이 상황에서 짜증을 내고 화를 내면 기껏 태경을 위해 한 일을 후회하게 되는 것 같아서, 그래서 이를 악물고 참아 냈다.

"야, 홍 작가! 말이 심하다?"

"미, 민 작가님……."

"부모님이 뭐 어쩌고 어째? 한 작가가 백으로 들어왔다고? 그러는 넌, 피디님 백으로 들어온 거 아니었어? 한 작가가 그분 딸인 거 윗사람들도 아무도 몰라. 실력으로 들어온 거라고, 실력. 넌 뭐가 그렇게 잘나서 한 작가한테 비아냥거리는 건데?"

"그게 아니고요……."

"그게 아니면 뭔데? 어? 홍 작가, 사람 그렇게 대하는 거 아니다. 그거 전부 너한테 돌아와. 알아?"

유정은 처져 있는 여울을 보고 있자니 속이 쓰렸다. 뻔히 보이는 얄미운 빈정거림을 꿋꿋이 참고만 있는 여울이 왜 이렇게 미련해 보이는지. 물론 같이 일하는 자신에게조차 그분들이 부모님이었다는 걸 숨겼다는 사실이 서운하기도 했지만 그럴 만한 사정이 있었다는 걸 알고 나니 여울이 안타까우면서도 안돼 보였다.

"한 작가. 어머님은 괜찮으셔? 기사 보니까 많이 편찮으시던데……."

"네. 아직은 괜찮으세요."

"그래. 그럼 다행이고……. 어휴, 보는 내가 다 안쓰럽다."

유정은 여울을 두 팔로 꽉 끌어안았다. 한 번이라도 소리 내어 울어 버리면 참 좋겠건만 독하게도 끝까지 참는 여울의 어깨가 너무나도 작아 보였다.

"오늘은 집에 가서 쉬어. 남 피디님껜 내가 말씀드릴게."

"아니에요. 저 괜찮아요."

"괜찮긴 뭐가 괜찮아? 가서 좀 쉬어. 당분간 방송 걱정하지 말고 원고는 나한테 메일로 보내 줘. 대본 정리 내가 해서 방송 아무 탈 없이 할게."

"민 작가님……."

"기운 내고. 자꾸 축 처져 있지 마. 누가 보면 죄지은 줄 알겠네."

별안간 시원한 커피가 마시고 싶다며 여울의 짐을 챙겨 든 유정은 여울의 손을 억지로 잡아끌었다. 머릿속이 복잡할 땐 머리가 찡하도록 차가운 커피가 제격이었다.

"집에 가기 전에 나랑 커피 한 잔 할까?"

유정이 사 준 커피는 지금껏 마셨던 커피 중에 가장 차가웠다. 인적 드문 곳에서 조용히 담소를 나누고 싶었던 유정은 비교적 쳐다보는 눈이 적은 한적한 공원으로 여울을 데려갔다.

"방송국에서 나오니까 한결 홀가분하지? 거기 사람들, 태경이 여자 친구가 한 작가인 거 알고 있어서, 그래서 한 작가한테 가시밭이나 다름없었을 거야. 내가 그 마음 안다."

그나마 다행인 건 여울의 얼굴이 인터넷에 유포되지 않았다는 것이다. 물론 방송국은 예외였다. 여울이 혜민과 경호의 딸이라는 사실이 밝혀지기 전엔 같이 일하는 사이끼리 예의상 알아도 모른 척 태경과 여울의 연애를 눈감아 주었지만 돌연 드러난 여울의 정체에 더 이상 두 사람의 연애는 공공연한 비밀이 아니게 되었고, 수군거림은 배가 되었다.

"한 작가, 많이 힘들었겠다."

"아니에요. 참을 만한 걸요. 그 사람들 마음도 이해되고요. 솔직히 믿었던 동료한테 배신당한 기분일 거예요."

"그딴 게 무슨 배신이라고. 홍 작가도 그래. 자기 능력이 안 되니까 남 깎아내리려고 하는 것 봐. 사실은…… 홍 작가 프로그램 맡고 있는 피디가 한 작가 일 잘한다면서 데려가려고 했거든. 그래서 샘이 났나 봐. 그러니까 착한 한 작가가 이해해라."

여울이 잔에 맺힌 이슬을 쓸어내리며 희미하게 웃었다. 조금은 힘이 났는지 미소가 걸린 얼굴이 보기 좋았다.

"아, 전화 온다. 잠시만."

우진과 벨소리를 맞추기라도 했는지 유정의 벨소리는 우진의 것과 똑같았다. 그 부분에서 소리 나게 픽 웃은 여울은 왜 그러냐며 쳐다보는 유정을 피해 헛기침을 했다. 무뚝뚝한 자신과 달리 유정은 보기보다 남자의 마음을 야금야금 가로채는 방법을 잘 알고 있는 것 같았다. 나이 서른이 넘은 여자가 남자 친구와 커플 벨소리를 한다는 것. 참 쉽지 않은 일일 텐데도 꿋꿋이 해낸 유정이 오늘따라 더 예뻐 보였다.

"어, 태경아. 나 한 작가랑 같이 있는데, 왜?"

"오빠예요?"

"응. 잠시만. 바꿔 줄게."

유정은 방송국 내의 수백, 수천 개의 눈이 여울 하나만을 주시하는 것이 못내 마음에 걸렸다. 그래서 몰래 우진에게 오늘만이라도 여울이 푹 쉴 수 있게 해 달라고 부탁을 했더니 우진이 태경에게 전화를 걸어 여울을 데려가라고 말한 모양이었다.

"왜 전화했어요?"

— 어디 아픈 거야?

"아뇨. 왜요?"

"우진이 형이 너 집에 데려다 주라고 하기에."

"아, 그건 민 작가님이 저 불편해할까 봐 집에 일찍 들어가라고 그러신 거예요."

— ……사람들 시선이 만만찮지?

"견딜 만해요."

모든 것이 견딜 만하단다. 태경은 짧은 한숨을 쉬고는 말했다.

— 오른쪽으로 고개 좀 돌려 봐.

시키는 대로 오른쪽으로 고개를 돌렸더니 멀리서 손을 흔드는 태경의 모습이 보였다. 우중충하던 하늘이 맑게 개는 것처럼 온몸에 엔도르핀이 돌았다. 모자와 선글라스로 엉성하게 변장을 한 태경을 사람들은 의외로 알아보지 못하는 것 같았다. 그래서일까. 태경은 대담하게 여울에게로 다가왔다.

"여기 있는지는 어떻게 알았어요?"

"다 아는 수가 있지. 그렇죠, 누나?"

"그럼. 다 아는 수가 있지."

알고 보니 우진과 유정 그리고 태경, 이 세 명에서 여울 몰래 일을 꾸민 거였다. 여울이 기막혀하며 화를 내기 전, 유정은 어느새 비어 버린 잔을 흔들며 자리에서 일어났다.

"자, 이제 인수인계 끝났으니 나는 이만 가 볼게. 한 작가는 조심

284

해서 들어가고, 태경이는 저녁에 보자."

"네. 나중에 봐요."

"고마워요. 민 작가님."

여울은 슬그머니 빠져나가는 유정을 물끄러미 보다가 태경이 내민 손을 살며시 잡았다. 가늘고 예뻐도 크고 단단한 남자의 손이었다. 깍지를 껴서 손이 풀어지지 않게 움켜쥔 태경은 여울과 함께 차로 걸어가며 말했다.

"점심은?"

"간단하게 먹었어요."

"뭐 먹었는데?"

"그냥…… 빵이랑 우유요. 그것도 겨우 먹었어요."

태경이 의심스러운 표정을 짓더니 여울의 이마에 소리 나게 딱밤을 먹였다. 여울이 그냥이라고 말한 후 잠깐 머뭇거렸다는 건 먹지도 않은 음식을 생각해 내느라 그런 것이었다. 왜 매번 들킬 거짓말을 하는지, 태경이 우진과 유정을 구워삶아 일거수일투족을 전해 듣고 있다는 걸 알고 있을 텐데도 여울은 태연히 거짓말을 했다.

"아파요!"

"아프라고 그런 거야."

"너무한다, 정말."

여울이 구시렁댔지만 태경은 픽 웃을 뿐이었다. 그러곤 순식간에 빨갛게 자국이 남은 여울의 이마를 세게 문질렀다. 다분히 장난기가 섞인 손놀림이었다. 힘을 주어 문지르는 통에 여울이 그 힘을 이기지 못하고 뒤로 주춤주춤 물러났다. 그렇게 물러서다가 갑자기 다리에 힘이 풀려 주저앉아 버릴 위기가 찾아오자 태경이 잽싸게 여울의 허리를 낚아챘다.

"이것 봐. 밥 안 먹은 거 맞네."

밥을 안 먹었다고 화낼 줄 알았는데 오히려 태경은 웃었다. 얼떨떨한 기분에 여울은 끔뻑끔뻑 두 눈을 천천히 감았다 떴다.

"저녁에 병원 갈 거지?"

"네? 네에……."

"그럼 병원 가기 전에 맛있는 걸 먹어 볼까?"

무슨 꿍꿍이인지 태경이 신이 나서 앞장서기 시작했다.

"대체 뭘 하려고 그래요?"

평일 낮의 마트는 한산했다. 특히 동네에 위치한 작은 마트는 사람들 눈치를 볼 일이 더욱 없었다. 없는 것 빼곤 다 있는 이 자그마한 마트에서 태경은 뭐가 그리도 살 게 많은지 여기저기 돌아다니느라 정신이 없었다. 엉겁결에 태경과 함께 마트에 온 여울은 분주히 움직이는 태경을 손자 바라보듯 보고 있는 노(老)사장과 어색한 눈인사를 나누었다.

"뭐 하는 거냐고요."

마냥 서 있기엔 열없어서 쪼르르 태경의 곁으로 다가간 여울은 그를 따라다니며 그가 바구니에 담는 것들을 유심히 보았다.

당근, 양파, 버섯, 그리고 김밥에 들어가는 것들로 보이는 재료들. 태경은 여울이 칼질을 잘 못하는 것을 알기에 일부러 손질이 되어 있는 것들로 쓸어 담다시피 하고 있었다.

"김밥은 아버님이랑 너, 나머진 어머님 거야. 아, 넌 아버님 도시락만 신경 쓰면 돼. 나머진 내가 할게."

"나 김밥 말아 본 적 없는데……."

"이참에 해 봐. 도와줄게."

생각보다 많은 시간을 마트에서 보내고 서둘러 집으로 향한 두 사람은 도착하자마자 손을 씻고 도시락 싸기에 열중하기 시작했다. 거의 대부분 손질이 되어 있는 재료들을 샀다지만 그래도 칼질을 해야 하는 것들이 있었기에 그런 것들은 태경이 대신 손질을 해 주었다. 그 덕분에 여울은 손에 붙일 밴드를 하나 줄일 수 있었다.

　"밥에 간은 했지? 자, 그럼 이제 김 위에 밥을 펴는 거야."

　위생장갑을 낀 손으로 적당량의 밥을 덜어 김 위에 펼친 태경이 햄과 오이, 맛살, 계란, 어묵, 우엉, 당근, 단무지를 넣고 돌돌돌 김밥을 말았다. 여울은 남자의 솜씨라고 믿기지 않을 정도로 예쁘게 말린 김밥과 태경의 얼굴을 번갈아 보다가 미간을 구겼다. 대체 태경의 어머니는 아들을 얼마나 가르쳐 둔 건지 태경이 음식 하는 것을 가르쳐 줄 때마다 여울은 여자로서의 패배감을 느꼈다.

　"맛있지?"

　"맛은 있는데……."

　"그런데?"

　"남자가 이렇게 음식을 잘해도 돼요? 뭐가 이래. 난 할 줄 아는 것도 없는데."

　예전에 자신에게 질투를 한다던 여울의 말을 떠올린 태경은 콩하고 여울의 이마에 자신의 이마를 갖다 대었다. 생각지 못한 행동에 놀랐는지 여울이 멀찍이 떨어져서는 이마를 문질렀다.

　"나라고 처음부터 잘했겠어?"

　"치, 안 믿어. 왠지 오빠는 처음부터 잘했을 것 같단 말이에요."

　"그런 말이 어디 있어. 나도 시행착오 겪으면서 한 거지. 물론 스파르타로 가르치는 어머니 덕분에 가능하긴 했지만."

　어쨌거나 어머니 성화에 못 이겨 배워 뒀다는 음식 솜씨는 훌륭

했다. 태경이 썰어 놓은 김밥 하나를 부루퉁하니 툭 내밀고 있는 여울의 입에 넣어 주었다. 간도 적당하고 맛도 사 먹는 김밥보다 나아서 자꾸만 손이 갔다. 결국 여울은 김밥 한 줄을 게 눈 감추듯 먹어 치우고 죽을 끓일 준비를 하고 있는 태경의 곁으로 다가갔다.

"요리 프로그램 같은 거 맡으면 좋겠다."

"왜?"

"당연히 잘하니까 그렇지."

"내가 요리 프로그램 나가서 뭇 여자들 마음 홀랑 훔쳐 오면 어쩌려고 그래?"

태경은 자신이 호감 유발자임을 너무나도 잘 알고 있는 듯 요리하는 자신의 모습을 보고 반할 여자들을 언급하며 여울의 신경을 긁었다.

"피. 그래 봤자 임자 있는 거 다 아는데, 뭐."

"나는 언제 반품당할지 몰라서 불안하거든요?"

"반품을 왜 당해요?"

"그럼 나랑 결혼할 거야?"

김밥을 급히 먹어서 몸이 놀랬나, 뜬금없이 딸꾹질이 났다. 여울은 두 손으로 입을 가리며 딸꾹질을 멈추려 노력했다. 하지만 소용이 없었다. 숨도 참아 보고 물을 마셔 봐도 딸꾹질은 좀처럼 사라지지 않았다.

"놀라서 그러는 거야? 아니면 좋아서 그러는 거야?"

"네?"

"내가 결혼할 거냐고 물으니까 딸꾹질했잖아. 그거 무슨 의미야?"

씻은 쌀과 야채를 들들들 볶다가 물을 넣은 태경이 눌어붙지 않

288

도록 죽을 휘휘 젓고는 돌아섰다. 해사하게 웃는 얼굴이 오늘따라 왜 그리도 무서운 건지 결혼이라는 먼 미래의 얘길 꺼낸 그 때문에 놀란 여울은 다가오는 태경을 피해 조금씩 뒤로 물러났다.

"죽 끓어요."

"아직 안 끓어."

"넘치면 청소하기 힘들잖아요."

"끓으려면 멀었다니까요, 아가씨."

애먼 소리를 해 대며 태경의 관심을 자신에게서 돌리려고 했던 여울이 동선을 막아선 식탁에 손을 짚고 눈을 꼬옥 감았다. 뚜벅뚜벅 태경이 다가오는 소리가 선명하게 들렸다. 낙엽이 바람에 일듯 감은 눈꺼풀이 쉴 새 없이 파르르 떨렸다. 태경이 다가온 다음에 무슨 일이 일어날지 알고 있다는 듯 여울의 호흡이 눈에 띄게 가빠졌다.

"나 참. 무슨 생각을 하는 거야?"

한참을 기다려도 태경이 예상했던 행동을 하지 않자 여울이 슬그머니 눈을 떴다. 요상한 분위기를 만들어 놓고 어느새 제자리로 돌아간 태경은 죽을 저으며 여울에게 핀잔을 주었다. 괜스레 혼자 이상한 상상을 한 것 같아 여울의 두 볼에 민망함이 물들었다.

"제, 제가 무슨 생각을 했다고요."

"얼른 김밥부터 싸 봐. 나도 점심 못 먹어서 배고파."

여울은 후다닥 태경이 가르쳐 준 대로 김밥을 쌌다. 하지만 김밥은 여울이 손을 대기만 하면 여기저기 터져 버렸고, 매끈한 부분이 하나도 없을 정도로 모양이 형편없었다. 미다스의 손은 애초에 바라지도 않았건만 이렇게까지 자신의 솜씨가 쓸모없을 줄은 몰랐던 여울은 그나마 멀쩡해 보이는 부분을 잘라서 태경에게 건넸다.

"미안해요. 제가 워낙 손재주가 없어서요."

"어차피 배 속에 들어가면 다 섞일 것들이야. 그리고 김밥은 재료가 맛있어서 따로 먹어도 다 맛있어."

후두둑 떨어지는 속 재료들을 잡아 낸 태경은 여울이 더 이상 미안해하지 않도록 터진 김밥을 아무렇지 않게 먹었다. 두말 않고 터진 김밥을 맛있게 먹어 주는 태경을 보며 여울은 다시 한 번 속 깊은 태경의 마음씨를 느꼈다.

"정말 맛있어요?"

"응. 진짜 맛있어."

이럴 때의 태경은 영락없는 오빠다. 마치 잘못을 저지른 동생에게 이 핑계, 저 핑계를 대 가며 네 잘못이 아니라고 다독이는, 여자들이 한 번쯤은 꿈꾼다는 그런 오빠. 여울은 서둘러 입을 벌리고 있는 태경의 입에 다 터진 김밥을 넣어 주며 웃었다. 다 터져 버린 김밥조차도 예쁘게 봐 주는 태경이 자신의 남자 친구라서 다행이라는 생각을 하며.

병실에 들어서자마자 경호의 얼굴부터 살핀 여울은 저도 모르게 인상을 찌푸렸다. 어제보다 더 초췌해진 모습. 건장했던 경호가 하루가 다르게 말라 가는 게 보기 싫었다.

"식사는 꼬박꼬박 하고 계신 거예요?"

"당연하지. 누가 챙겨다 주는 도시락인데."

여울은 능구렁이 담 넘듯이 웃어넘기는 경호를 보다가 얼굴에 핏기마저 가신 혜민과 눈이 마주쳤다. 하지만 가늘게 떨리던 입술이 아주 미세하게 호를 그리는 것을 보고 이내 고개를 돌려 버렸다. 이렇게 아픈 모습을 계속 보았다간 머릿속에 쌓인 원망들에게 허락도

구하지 않고 혜민을 용서할 것 같았기 때문이다.

"오늘은 여울이 네가 아버님 모시고 식사하러 갔다 올래? 여긴 내가 지키고 있을게."

"그래도 돼요?"

"부녀끼리 오붓하게 식사한 지도 오래됐잖아. 그죠, 아버님?"

"듣고 보니 태경 군 말이 맞다. 여울이 너랑 얼굴 맞대고 밥 먹은 지가 언제인지 기억이 가물가물해."

"그러니까 오늘은 두 분이서 맛있게 식사하고 오세요."

태경은 떠밀다시피 두 사람을 병실 밖으로 내보냈다. 그리고 가져온 도시락을 냉장고에 넣어 두곤 혜민의 곁에 자리를 잡고 앉았다.

"제 마음대로 여울이 내보내서 섭섭하셨죠?"

"아뇨. 나도 오랜만에 두 사람이서 식사하게 해 줘야겠다고 생각하던 참이었어요."

"그렇게 생각해 주시니 다행이네요."

아들처럼 매일 병문안을 와 주는 것도 모자라 경호의 식사까지 걱정해 주고, 부탁하지 않아도 여울까지 데려와 주는 태경의 행동이 언뜻 사소해 보일지 몰라도 모두 혜민에겐 고마운 것들이었다.

"저기…… 요즘 방송국 분위기는 어떤가요? 여울이 일로 시끄럽죠?"

보지 않아도 눈앞에 훤히 보였다. 여울의 이름이 동료들 사이에서 얼마나 오르내리고 있을지 말이다. 이러려고 라디오 작가가 된 건 아니었을 텐데 혜민은 자신이 여울의 삶을 망쳐 버린 것 같은 기분을 떨칠 수 없었다.

"시끄럽긴 해도 여울이가 잘 버티고 있으니 걱정하지 마세요."

"그래요. 태경 군이 있어서 여울이가 잘 버티나 봅니다."

초연해 보이던 혜민이 눈물을 내비쳤다. 태경은 대체 무슨 일이 있었기에 혜민과 여울이 남보다 못한 사이가 되어 버렸는지 알고 싶었다.

"저어, 어머님⋯⋯."

고개를 푹 떨구고 바들바들 떨리는 손을 감추기 위해 이불을 움켜쥔 혜민이 울음을 삼키며 대답했다.

"저한테 얘기해 주실 수 있으세요? 여울이랑 무슨 일이 있으셨는지⋯⋯."

혜민이 잠시 머뭇거리다 두어 번 한숨을 내쉬었다. 태경이 굳이 하지 않아도 괜찮다고 말했으나 혜민은 그래도 알고 있는 게 좋을 것 같다며 태경에게 여울과의 일을 털어놓았다.

"여울이가 열한 살 때, 이혼을 했어요. 내 일방적인 통보였다고 봐도 무방한 이혼이었죠. 당연히 여울이는 받아들이지 못하고 떠나는 나를 붙잡았어요. 그런데 나는⋯⋯ 여울이를 뿌리쳤죠. 다시는 보고 싶지 않다는 말까지 하면서요."

옛날 일을 털어놓는 혜민의 표정이 처연했다. 표정을 보아 그렇게까지 독하게 여울을 내칠 사람이 아닌 것 같은데 대체 왜 그랬는지 궁금해졌다. 태경은 그 뒤에 남겨 둔 말이 있는 것 같아서 혜민이 다시 입을 열기를 기다렸다. 하지만 혜민은 더 이상의 얘기를 해 주지 않았다. 여울이 자신을 미워하는 건 모두 자신의 탓이라는 말 외에 그 어떤 말도.

"아마 내가 살아 있는 동안에 여울이와 웃으면서 볼 날은 없을 거예요. 그 애, 날 닮아서 고집이 세거든요. 그 고집이라면 절대 날 용서하지 않을 겁니다."

"왜 그런 생각을……. 여울이 점점 나아지는 거 두 눈으로 보고 계시잖아요."

"억지로 오게 만든 게 과연 나아진 걸까요. 솔직히 제 아빠만 아니면 오지 않을 아이예요. 알잖아요. 그동안 여울이 겪어 봤으니까."

태경은 여울과 만든 죽을 꺼내어 혜민에게 내밀었다. 보온병에 담아 온 죽은 뜨거운 김을 내며 알록달록한 색감을 자랑했다. 태경은 죽이 식을세라 얼른 혜민의 손에 숟가락을 쥐여 주었다.

"이거, 여울이가 만든 겁니다. 매번 아버님만 챙겨 드린 게 마음에 걸렸나 봐요."

"설마요……."

"제가 그랬죠? 점점 나아지고 있다고. 이게 그 증겁니다. 믿을지 말지는 어머님의 판단에 맡길게요. 저는 여울이가 도와 달라고 해서 조금 거들었을 뿐입니다."

태경이 늦은 점심을 챙겨 먹는 동안 여울이 아주 잠깐 죽을 저어 줬을 뿐 처음부터 끝까지 이 죽을 만든 사람은 태경이었다. 하지만 태경은 조금이라도 혜민의 기분이 나아지도록 죽을 만든 사람이 여울이라는 거짓말을 했다. 물론 혜민이 그 말을 그대로 믿을 거라는 생각은 하지 않았다. 그래도 혜민의 말대로 여울이 끝까지 혜민을 용서하지 않는다면 이런 사소한 거짓말을 통해서라도 그녀가 심리적 안정을 찾기를 바랐다. 비록 여울에겐 몹쓸 어머니였다 할지라도.

"태경 군."

"네."

"태경 군 말이 사실이라면…… 나는 정말 오늘 죽어도 여한이 없을 것 같아요."

"그런 말씀 하지 마세요. 잘 먹고 잘 버텨서 여울이랑 잘 지내셔야 하잖아요. 식기 전에 얼른 드세요. 벌써 많이 식었어요."

혜민은 태경의 재촉에 못 이겨 죽을 한 입 떠먹었다. 무슨 맛인지 느끼지도 못하고 멀건 죽을 씹고 있노라니 눈물이 후드득 떨어졌다. 진짜 여울이 만들었다고 믿고 싶어서일까. 힘들어하면서도 죽 한 그릇을 비워 낸 혜민은 태경에게 고맙다는 말만 연신 했다.

"뭐가 그렇게 고마우세요."

"그냥…… 그냥, 다요."

숟가락을 내려놓고 울먹이는 혜민이 오늘따라 더 불안해 보였다. 처음 보았을 때부터 세상을 다 산 사람처럼 공허해 보이던 눈빛이 오늘 유난히 더 빛을 잃고 있었다. 이상한 기분이 들었으나 태경은 이내 잘못 본 것이라고 일축해 버렸다. 울어서 더 볼품없어진 얼굴이긴 해도 걱정할 만큼 혜민이 지쳐 보이진 않았다.

"힘드시겠지만 소화되게 조금만 앉아 있으세요."

혜민은 앉아 있을 수 있게 도와주는 태경을 망연히 바라보다 희미하게 웃었다. 여울에게 든든한 버팀목이 되어 주는 태경이 있어서 마음이 놓였다. 정말로 지금 당장 이 세상을 등져도 상관없을 만큼, 그렇게.

오랜만에 경호와 식사를 하게 된 여울은 한껏 들떠 있었다. 그간 태경의 엄포에 꼼짝없이 혜민의 병실을 지키고 있다 보니 자연스레 경호와 오랫동안 얘기를 나눌 수 있는 시간이 없었다. 그래서 생각지도 못한 태경의 허락이 떨어지자 여울은 되레 얼떨떨한 기분이 들었다.

"그동안 혼자 지내느라 무섭진 않았어?"

"제가 앤가요. 문 걸어 잠그면 하나도 안 무서워요."

"녀석. 허세는."

사실은 태경이 매일 밤 데려다 주기 때문이라는 걸 안다. 혜민을 챙기느라 정신없는 자신을 대신해 매일 여울의 안위를 생각해 주는 태경이 있어서 경호는 참으로 든든했다.

"그래도 태경 군이 있어서 다행이다. 태경 군이 없었으면 이렇게 마음 놓고 다니지 못했을 거야."

"맞아요. 참 고마운 사람이죠."

여울은 잠시 태경이 없었더라면 어땠을까 생각해 봤다. 하지만 이내 곧 생각을 접어 버렸다. 태경이 없는 지금은 상상할 수도 없었고, 상상하기도 싫었다. 그만큼 삶 깊숙이 태경이 자리 잡았다는 뜻일 터였다.

"요즘 방송국 분위기는 어떠니."

"똑같죠. 전하고 다를 게 있나요. 자기 일 하느라 다들 바빠요."

태경을 향한 의심의 시선은 한결 누그러졌다지만 그와 반대로 여울을 바라보는 시선은 그리 곱지 못했다. 정정당당히 자신의 능력을 인정받아서 입사를 했음에도 불구하고 부모님 백으로 들어온 게 아니냐는 말도 안 되는 억측의 중심에 서야만 했고, 뒤늦게 태경과 사귀는 것을 배 아파하는 사람들도 속속 나타났다.

하지만 여울은 그 모든 것들을 감내했다. 혜민의 제안을 받아들일 때부터 이미 각오했던 것이었으니 이제 와서 힘들다고 투정을 부릴 수도 없었다.

"녀석……."

이미 우진에게 전해 들어서 방송국 상황이 어떤지 알고 있음에도 경호는 내색하지 않았다. 억지에 가까운 고집이긴 해도 아직은 버틸 만하니까 버티는 거겠지. 그렇게 생각해야만 마음이 편했다.

"너무 힘들면 그만둬도 돼. 설마하니 내가 너 하나 못 먹여 살리려고."

"캥거루족은 제가 사양합니다."

"그래, 알았어. 열심히 버텨 봐."

여울은 힘들어도 끝까지 버텨 보겠다는 말을 에둘러 하고는 냉큼 숟가락을 들었다.

"그런데 오늘은 손에 밴드가 안 늘었네."

경호가 밥을 먹다 말고 문득 여울의 손에 관심을 가졌다. 칼에 베여 매일 하나씩 늘어 가던 밴드가 새것으로 간 흔적만 있을 뿐 개수는 어제와 다름이 없었다.

"드디어 솜씨가 는 거야?"

며칠 만에 칼 다루는 솜씨가 늘었을 리 없지 않나. 하지만 경호는 그렇게 믿고 싶었는지 여울의 손에서 눈을 떼지 못했다. 매일 가져다주는 도시락이 점점 호화로워지는 이유가 바로 태경 때문이라는 사실을 알면 뭐라고 얘기를 할지. 여울은 대답 없이 웃기만 했다.

"사실, 도시락 받을 때마다 기쁘면서도 겁이 났거든. 손가락에 밴드가 하나둘씩 늘어 갈 때마다 얼마나 가슴 졸였는지 넌 모를 거야."

"그러면서 배우는 거죠. 처음부터 잘하는 사람이 어디 있겠어요."

태경도 처음부터 잘하지 않았다고 했다. 하지만 자신의 비루한 솜씨에 비하면 태경의 솜씨는 프로와 다름없었다. 그래서일까. 여울은 옆에서 칼질에 열중하고 있는 태경을 볼 때면 괜한 경쟁심에 불타서 잘하지도 못하는 칼질에 열을 올리곤 했다.

덕분에 성급하게 칼을 놀려서 입은 상처만 여러 개. 결국 보다 못

한 태경이 오늘은 거의 다 손질되어 있는 재료를 골랐고, 불가피하게 칼질을 해야 할 때도 태경이 나서서 모두 해 주었다.

그렇게 완성된 것이 오늘 만들어 온 김밥이었다. 하지만 오늘의 복병은 칼질이 아니라 김밥을 마는 것이었다. 손만 대면 다 터져 버리는 통에 멀쩡한 부분만 골라서 가져오느라 터진 김밥이 내일 저녁까지 먹어도 남을 정도로 집에 쌓여 있었다. 물론 그건 태경과 여울만 아는 비밀이었다.

"근데 대체 누구한테 요리를 배우는 거야? 딱히 가르쳐 줄 사람도 없잖아."

"태경 오빠요."

"태경 군?"

"꽤 잘해요. 오빠네 어머니께서 남자도 요리를 할 줄 알아야 사랑받는다고 어릴 때부터 시키셨대요."

"태경 군 어머니라면 왠지 그러실 것도 같구나."

경호는 태경의 어머니와 통화했던 기억을 더듬었다. 좋아하는 가수 앞에선 영락없는 소녀였지만 아들의 방송에 대해선 철저하게 피드백을 해 주던 사람. 태경이 여울에게 요리를 가르쳐 줄 수 있는 정도면 꽤나 빡빡하게 다그쳤으리라.

"그럼 이때까지 도시락은 태경 군이 만들어 준 거야?"

"아이 참, 제 손 보고도 모르시겠어요? 당연히 제가 만들었죠. 오빠 옆에서 코치만 해 줬어요."

"태경 군 성격에 잘도 그러겠다. 분명히 너 손 다칠까 봐 위험한 건 자기가 다했을 거야. 안 그러냐?"

태경의 성격을 단숨에 파악한 경호가 마치 보기라도 한 듯이 말했다. 멋쩍어진 여울은 머리를 긁적이며 경호의 시선을 피해 버렸다.

"여울아……."

태경 덕분에 한결 마음이 놓인 경호는 나지막이 여울을 불렀다.

"고맙다."

"딱히…… 제가 한 건 없어요."

"아니다. 이런 식으로라도 우리 가족이 모일 수 있어서 나는 정말 감사한다. 네가 용기 내 줘서 고마워."

경호는 밥을 반 그릇쯤 비워 내고 숟가락을 내려놓았다. 입이 깔깔해서 모처럼 여울과 식사를 하는데도 입맛이 돌지 않았다. 아무래도 태경과 있을 혜민 생각에 조금이라도 빨리 병실로 돌아가고 싶어서 그런 듯했다.

"아무래도 네 엄마, 곧 떠날 것 같아."

덩달아 저도 상을 물린 여울은 착잡한 마음을 감추지 못하는 경호를 보고도 대답하지 않았다. 매일 단 한 시간뿐이지만 혜민과 일체의 대화 없이 지내도 혜민이 많이 쇠약해졌다는 걸 알 수 있었다.

그럼에도 여울은 절대 먼저 말을 거는 법이 없었고 혜민 또한 일부러 말을 시키려 하지 않았다. 어긋났던 모녀의 관계는 억지로 맞춰 끼워 봤자 그 정도가 한계라는 걸 두 사람 다 어렴풋이 느낀 탓이다.

"잠자는 시간이 많아졌어. 기력이 없어서 못 걸은 지는 꽤 됐고. 그래도 네가 오는 시간에는 꼭 일어나 있어. 네 엄마, 그런 사람이야. 너한테 말 한마디 못 걸어도 네 얼굴 보는 것만으로도 만족하는 그런 사람이야."

"그럼 더 바라지 말고 그 정도에서 만족하라고 하세요."

"여울아……."

"솔직히 태경 오빠랑 아빠가 아니었으면 여기 오지 않았을 거예요. 저는 그 사람을 볼 이유도 없고 보고 싶지도 않았으니까요. 그것에 대해서 죄책감 느끼지 않느냐고 물으셔도 전 당당히 말할 수 있어요. 그 사람이 미웠어도 죽으라고 빈 적은 없었다고."

"네가 용서를 해 줄 순 없겠니?"

"제가 용서해야 하는 이유, 없어요."

"네 엄마가 널 버려야만 했던 이유…… 널 지키기 위해서였다."

경호는 며칠 전 진숙에게서 전해 들은 얘기를 천천히 꺼내 놓았다.

"네가 어릴 때 큰 교통사고에 휘말린 적이 있었어. 마침 하교하는 널 데리러 갔던 네 엄마가 널 구했고, 그 덕분에 너는 목숨을 건질 수 있었지."

모른다. 그때의 기억은 여울에게 하나도 남아 있지 않았다. 혜민이 저를 구했다는 사실조차도.

"그런데 그날의 충격 때문에 네 엄만 유산을 하게 됐어. 거기까진 나도 알고 있었는데, 그 뒤에 숨겨진 사실이 하나 더 있었더구나. 유산의 충격으로 네 엄마가 심한 우울증에 걸렸고, 유산을 한 이유가 너 때문이라는 생각에 사로잡혀서 널 학대하려 했대. 자다가도 문득 옆에 있는 널 죽이려고 하고, 시도 때도 없이 들러붙는 네가 귀찮아서 던져 버리고 싶은 적이 한두 번이 아니었다고……. 그때 네 엄마가 이혼을 해야겠다고 생각했단다. 네 곁에서 떨어져야 네가 살 수 있는 거라고 말이야. 그래서 이혼을 통보한 거야. 일방적으로."

"그게 사실이라면 아빠한테 얘기할 수도 있는 거잖아요."

"너에게 한 짓을 알고 나면 내가 자길 어떻게 볼지 두려워서 말 못 했대."

"……어떻게 아신 거예요?"

"며칠 전에 엄마 친구가 찾아와서 얘기해 줬어. 네 엄마가 죽어도 얘기하지 않을 거라면서. 그래도 알고는 있어야 할 것 같아서 얘기해 주는 거라더라. 어쩐지…… 뭔가 석연치 않더라니 그런 큰 비밀을 숨기고 있었을 줄이야."

"거짓말……."

혜민의 진심도 모르고 십오 년을 원망하고 미워하며 살았다. 그 시간이 너무나도 아깝고 허망해서 경호는 참을 수가 없었다. 하지만 끝내 혜민에겐 모른 척해 달라는 진숙의 부탁에 자신이 그 사실을 알아 버렸다는 걸 알릴 수도 없었다.

가슴속에서 요동치는 갈등들이 몇 번이나 경호를 억박질렀지만 경호는 그것을 참고 또 참아 냈다. 그러다 오늘, 혜민이 아닌 여울에게 털어놓았다. 혜민이 살아 있는 동안만이라도 사실을 알고 혜민에게 조금이라도 잘 대해 주었으면 해서. 그래야 혜민의 마음이 잠시나마 편할 것 같아서.

"아빠 말이 사실이라도 해도 지금 당장 제가 그 사람을 보는 시선을 달리할 순 없어요."

"여울아."

"죄송해요. 그게 사실이든 거짓이든……. 나중에, 제 생각이 정리되면, 그 사람에게 날 살려 줘서 고맙다는 말은 할게요. 그게 예의인 것 같으니까. 지금은 강요하지 마세요."

생각할 시간이 필요했다. 경호보다 먼저 일어선 여울이 현기증이 이는 머리를 짚으며 가게를 먼저 나갔다. 서둘러 여울을 쫓아 나간 경호는 병원을 향해 걷는 여울의 뒷모습에서 혼란스러움을 보았다. 믿고 싶지 않아 하는 기색이 역력했다.

여울은 뒤도 돌아보지 않고 병실로 걸어와 냉큼 태경의 손을 잡아끌었다. 태경과 얘기를 나누다 잠이 든 혜민의 얼굴이 잠시 눈에 들어왔지만 바로 외면해 버렸다. 그러곤 간다는 인사를 할 틈도 없이 나가 버렸다.

"나중에 연락 드리겠습니다, 아버님."

경호는 여울을 대신해 인사하는 태경에게 얼른 가 보라고 하고는 혜민의 옆에 자리를 잡고 앉았다. 혜민은 마치 경호가 돌아오기만을 기다린 사람처럼 경호가 제 손을 잡자마자 감았던 눈을 느릭느릭 떴다.

"태경 군하곤 무슨 얘기 했어?"

"여울이 얘기. 여울이가 날 위해서 죽을 끓였대."

"정말? 그래서 먹었어?"

"태경 군이 자꾸 먹으라고 권유해서 어쩔 수 없이, 조금."

"맛은?"

"솔직히 맛없었어. 후후."

그들은 태경이 일부러 맛없게 만들었다는 걸 알까. 여울이 한 것처럼 만들지 않으면 혜민이 속지 않을 거란 생각에 그런 세세한 부분까지 신경 쓴 태경이었다. 그 덕분에 혜민은 정말로 여울이 죽을 준비해 줬을지도 모른다고 여겼다.

"여보."

재회한 후, 처음으로 혜민이 경호에게 여보라고 불렀다. 경호는 놀라기도 하고 당황스럽기도 해서 어안이 벙벙해진 얼굴로 혜민을 바라보았다.

"내 원망 않고 내 곁에 있어 줘서 고마워. 그리고…… 미안해."

경호가 미안해하지 않아도 된다고 말했다. 혜민은 그런 경호를 보며 설핏 웃었다.

"이만 쉬어야겠어. 졸린다."

혜민이 눈을 감았다. 경호는 왠지 모를 불안한 마음에 그녀의 옆자리를 지키고 앉아 한없이 그녀의 얼굴을 들여다보았다. 더없이 평온한 얼굴이다. 경호는 고른 숨을 내쉬는 그녀의 손등에 살짝 키스를 하곤 이불 속으로 손을 넣어 주었다.

"혜민아. 조금만 더 버티자."

그러나 경호의 바람과 달리 규칙적이던 호흡이 희미해졌다. 따뜻하던 온기가 점점 식어 갔다. 입가에 미소를 머금은 채로 혜민은 다시 일어나지 못했다.

14.
That's nothing

혜민의 죽음은 너무나도 갑작스러운 것이었다. 경호와 둘이서 빈소에 앉아 멍하니 혜민의 영정 사진만 바라보고 있던 여울은 혜민이 진짜로 죽었다는 사실을 받아들일 수 없었다.

혜민이 왜 이혼을 해야만 했는지 알게 된 지 채 하루도 지나지 않았다. 혜민에 대해 재고해 볼 틈도 없었다. 적어도 사고가 났을 때 구해 줘서 고맙단 말은 할 수 있을 줄 알았는데 그 말도 전하지 못했다. 여울은 언제나 기다려 줄 거라고 생각했던 시간이 붙잡을 새도 없이 달아나 버렸다는 사실이 허망하기만 했다.

"어떻게 된 겁니까, 아버님."

"아까 두 사람 가고 나서 졸리다더니 그대로 눈을 감았어요. 호상인 게지요."

차라리 고통 없이 가서 다행이라며 경호는 처연히 웃었다. 그러나 그나마 잘 버티고 있는 경호에 비해 여울의 상태는 형편없었다.

마치 기계인 양 일어나 태경을 맞이하고 다시 혜민의 영정만 쳐다보았다.

"여울아. 너 왜 이래. 너 왜 이러는 건데."

태경의 뒤에 서 있던 우진과 유정 그리고 지원은 넋을 놓은 여울을 걱정스레 바라보았다. 아무리 힘들어도 늘 웃음을 잃지 않던 여울이었다. 혜민의 죽음 앞에 맥없이 무너져 내릴 정도로 약한 사람이 아니었다. 그런데 여울은 자신들이 온지도 모르고 무의식적인 인사만 계속 해 댔다.

"안 되겠다, 태경아. 네가 여울이 챙겨."

보다 못한 우진이 태경에게 여울을 챙기라 일렀다. 그러지 않아도 여울을 그곳에 두어선 안 되겠단 생각이 들었던 태경은 고개를 끄덕이곤 여울을 데리고 밖으로 나갔다.

바람에 이리저리 흔들리는 갈대처럼 태경에게 그대로 이끌려 나온 여울은 후텁지근한 여름 공기를 들이쉬었다가 내뱉었다. 죽음의 향이 짙은 그곳에서 나와서인지 아까보다 한결 머리가 맑아지는 것 같았다. 하지만 마음은 여전히 무거웠다. 혜민에게 물어보는 것도, 고맙다는 말도, 아무것도 하지 못해서 마음이 답답해 미칠 것 같았다. 여울은 일그러진 가슴을 쥐어뜯으며 자리에 주저앉았다.

"왜 그래. 응? 말을 해 줘야 알지."

"나 어떡해요? 나, 정말 어떡해야 해요?"

태경은 가슴을 움켜쥔 여울의 손을 조심스레 떼어 냈다. 태경의 손이 닿자마자 스르륵 손에 힘을 푼 여울은 태경의 품으로 안겨 들었다.

"그 사람이랑 아빠가 헤어진 이유, 나 때문이래요. 나를 위해서 그랬던 거래요. 나, 솔직히 당황스러워서 처음엔 안 믿었어요. 그래서 이번에도 그 사람을 피했어요. 마음 정리가 되면 그때 물어보려고. 진짜냐고, 진짜면 왜 그랬느냐고, 왜 그럴 수밖에 없었느냐고 물어보고 싶었어. 그런데 이게 뭐야……."

"사람 일이 마음대로 되는 게 어디 있겠어."

"그래도 이건 너무하잖아요. 적어도 나한테 해명은 했어야지!"

여울은 애먼 태경의 가슴팍을 두드리며 속에 있던 감정을 드러냈다.

"날 끝까지 나쁜 년으로 만들어요, 왜!"

"아니야, 여울아. 네가 잘못한 거 아니야."

태경은 자책하는 여울을 끌어안았다. 얼마나 놀라고 무서웠으면 떨리는 몸을 가누지도 못할까. 이번만큼은 태경도 갑자기 세상을 등진 혜민이 야속했다. 조금만 더 버텨 달라고 그렇게 기도를 했건만. 하늘도 참 무심하다.

"나는 정말 왜 이럴까요. 내가 뭘 그렇게 잘못했기에 온 사람들 마음에 대못이란 대못은 다 박는 걸까요. 그 사람한테도 아빠한테도 오빠한테도 몹쓸 짓만 하는 것 같아서, 명치가 눌린 것처럼 아파. 아파 죽겠어."

"몹쓸 짓이라니."

"나만 아니었으면 오빠가 추문에 휩쓸릴 일도 없었고, 나만 아니었으면 아빠가 그 사람이랑 헤어질 일도 없었고, 나만 아니었으면 배 속에 있던 내 동생이 그렇게 쉽게 죽진 않았을 거예요. 내가……내가 다 그렇게 만든 거예요."

"여울아."

"난 정말 쓸모없는 인간이었나 봐요. 여기 저기 민폐덩어리였어."

"한여울! 너 왜 이래, 정말!"

태경이 말려도 소용이 없었다. 여울은 자기 자신을 끝없이 난도질했다.

"네가 이러는 게 오히려 민폐라는 거 몰라? 네가 이러면 이럴수록 아버님이 더 힘들어진다는 생각은 안 해 봤어? 죽은 사람 끌어안고 뭐하는 짓이야, 이게! 산 사람은 살아야지!"

"살아도! 살아도…… 산 것 같은 기분이 안 든단 말이에요. 그 사람 영정 사진 보면 내가 했던 모진 말이 떠올라서 괴로워요. 머릿속에, 빙글빙글, 내가 했던 말이 맴돈다고요!"

결국 여울이 눈물을 쏟았다. 혜민 때문에 우는 일은 절대 없을 거라고 다짐하고 또 다짐하던 그녀가 펑펑 눈물을 흘렸다. 태경은 어찌할 바를 모르고 여울의 곁을 지켰다. 세상이 끝난 것처럼 울어 대는 여울의 모습은 처음이었기에 어떤 위로를 해 줘야 할지 감이 잡히지 않았다. 그저 다 울 때까지 기다려 주는 수밖에.

여울이 결국 탈진하고 말았다. 태경은 걸을 기력도 없는 여울을 부축해 빈소로 돌아왔다.

경호는 늦은 시간까지 문상객을 맞이하고 있었다. 자리를 비운 여울을 대신하여 우진과 유정, 지원이 분주히 움직여 준 덕분에 복잡하던 빈소는 나름대로 정리가 되어 가고 있었다.

"다들 고마워요. 이렇게까지 신경 써 줘서."

"아닙니다. 동료로서 도와주는 건 당연하죠. 부담 갖지 마세요."

살날이 얼마 남지 않았다는 의사의 말에 조금씩 마음의 정리를 하고 있었다지만 혜민이 그렇게 유언도 없이 자는 듯 세상을 뜰 줄을 몰랐기에 경호도 정신이 없기는 마찬가지였다. 그런 와중에 태경과 라디오 스태프들이 와 주어서 얼마나 고마운지 모른다.

"한 작가가 많이 놀란 모양입니다. 저런 모습은 처음이에요."

우진은 탈진한 여울을 누이고 있는 태경을 보고 고개를 설레설레 저었다. 태경이 여울을 감당 못 하는 모습 또한 처음이었다. 자그마한 여울의 머리통을 연신 쓰다듬으며 얼굴을 바라보기 급급한 태경을 보고 있자니 당분간 여울에게 방송 일은 무리일 것 같았다. 태경조차 다루지 못하는 여울이 무슨 정신으로 방송을 신경 쓴단 말인가.

"수고했어, 태경아. 한 작가는 어때?"

"모르겠어요. 울다가 탈진을 해서 급한 대로 응급실에서 링거 맞고 왔거든요."

"그래? 그럼 계속 응급실에 있지. 뭐하러 다시 와?"

"누워 있더라도 여기 있겠다고 고집을 부리는데 어떡해요."

"한 작가도 참 독하다. 웬만하면 몸 추슬러서 오겠구만."

"독한 게 아니라 마음이 많이 아파서 그래요. 형이 이해해 주세요."

그 마음이 아프다는 게 어떤 뜻인지 우진은 다르게 해석할 테지만 태경은 굳이 해명하려고 하지 않았다. 어차피 아픈 게 눈에 보일 거라면 어머니의 죽음을 받아들이지 못한 딸의 절규로 보이는 게 나을 테니 말이다.

새벽 두 시가 넘어가자 문상객들의 발길이 뜸해졌다. 너무 늦은 시간까지 있는 게 아니냐며 서둘러 우진과 나머지 사람들을 돌려보낸 경호는 여울의 곁에 앉아 있는 태경에게도 집에 들어가라고 일렀다.

"여울이 깨는 것만 보고 들어가겠습니다."

"언제 일어날 줄 알고요. 들어가 봐요. 어머님 기다리시겠어요."

차마 발길이 떨어지지 않는지 태경은 좀처럼 여울의 손을 놓지 못했다. 여울을 내려다보는 태경의 눈길이 어찌나 애잔했으면 집에 가라고 한 경호가 되레 미안해할 정도였다.

"한경호 씨."

태경이 아쉬운 듯 한참 여울의 볼을 쓰다듬다 겨우 집에 가려 마음먹었을 때, 빈소에 들어선 누군가가 경호를 불렀다.

"서 기자님……."

"마침 임태경 씨도 있었네요. 두 분, 저 좀 잠깐 보실까요?"

일부러 사람들 눈을 피해서 온 것이 분명했다. 안 그러면 이런 이슥한 시간을 택할 이유가 없었을 테니까. 태경은 재킷을 벗어 여울에게 덮어 주고 경호와 함께 자리를 옮겼다.

"우선, 삼가 고인의 명복을 빕니다. 그리고 이거……."

덤덤히 인사를 받아들인 경호는 서 기자가 내미는 봉투를 가만히 쳐다보았다. 부조는 받지 않겠다는 문구를 내걸었음에도 불구하고 서 기자는 경호가 봉투를 받기만을 기다리고 있었다. 문득 이유가 있어서 주는 것이란 생각이 들자 경호는 서 기자가 준 봉투를 떨리는 손으로 받았다.

"이게…… 뭔가요."

"이 작가 유서입니다."

"유서……라고요?"

이런 건 대체 언제 써 뒀단 말인가. 적어도 혜민이 병원에 입원한 뒤론 경호가 거의 24시간을 붙어 있다시피 했기 때문에 유서를 썼다 할지라도 경호에게 단번에 들켰을 터였다.

"설마요. 그런 걸 쓰는 건 본 적이 없는데……."

"제가 따님 일로 단독 취재를 하러 온 날, 이 작가가 직접 쓴 거예요. 그날, 한경호 씨가 자리를 비워 준 덕분에 이 작가가 제게 이

유서를 맡길 수 있었죠."

그날은 태경의 열애설에 대한 반박기사를 싣기 위해 서 기자가 온 날이었다. 그래서 의심조차 하지 않았던 것인데 그날 혜민이 유서를 써 두었단다. 그리고 행여 가지고 있으면 들킬까 서 기자에게 전해 달라고 말하는 치밀함까지 보였다. 할 말을 잃은 경호는 빳빳한 봉투를 꽉 움켜쥐었다. 봉투 안에 무슨 내용이 들었건 간에 몰래 유서를 써 둔 혜민의 행동이 경호를 가슴 아프게 했다.

"의도한 건 아니었지만 유족이 아닌 제가 이 유서를 가지고 있어서 죄송했습니다. 하지만 이해해 줄 거라고 믿어요. 그리고 유서가 세 개인 건 경호 씨, 여울 씨, 태경 씨, 세 사람에게 주기 위해서예요. 봉투에 이름이 쓰여 있으니까 본인의 이름이 적힌 걸 보면 됩니다. …… 이만 가 볼게요."

곧 서 기자는 떠났고, 경호는 세 개의 봉투 중 하나를 태경의 손에 쥐어 주었다. 엉겁결에 혜민이 남긴 유서를 받게 된 태경은 이제 집으로 들어가 보라는 경호의 말에 그러겠다고 했다.

"그럼, 집에 잠시 들렀다가 나오겠습니다."

"여긴 걱정 말고 푹 쉬어요. 그러다 몸 상해요."

태경을 배웅한 경호는 터덜터덜 손에 유서를 쥔 채 빈소로 향했다. 손에 쥐고 있는 유서가 종이 쪼가리에 불과하다는 걸 아는데도 혜민의 마음이 담겨서인지 한없이 무겁게만 느껴졌다.

새벽 세 시가 넘어서야 집으로 돌아온 태경은 잠든 부모님이 깨지 않도록 조심해서 문을 열었다. 그러나 태경의 예상과 달리 부모님은 잠들지 않고 거실에서 태경을 기다리고 있었다.

"늦었구나."

"아직 안 주무셨어요?"

"아들 녀석이 집에 안 들어왔는데 잠이 와야 말이지."

"네 엄마, 눈도 잠깐 안 붙였다. 뉴스 보고 얼마나 놀랐는지 알아, 이 녀석아?"

"죄송합니다."

태경이 경호의 딸과 사귄다는 소식을 들었을 때 가장 기뻐한 사람이 바로 태경의 어머니, 정미였다. 이제 더 이상 싫다는 아들에게 선을 보라고 강요할 필요도 없었고, 연애를 하지 않는 아들 때문에 속을 끓일 일도 없었으니 말이다.

"안다니 다행이구나. 그래, 빈소엔 다녀왔고?"

"네. 그런데 옷만 갈아입고 다시 나갈 거예요."

"여울 양이 많이 놀랐겠구나. 괜찮은 거야?"

태경이 고개를 저었다. 여울은 아마 아직도 혼절하다시피 누워 있을 것이다.

"그럼 안 괜찮은 사람을 그냥 내버려 두고 왔단 말이야? 이 녀석이, 정말 몹쓸 녀석이네!"

"아버님이 집에서 걱정하신다고 들어가라고 하셨어요. 아버님 아니었으면 제가 계속 거길 지키고 있었을 거예요."

"전화를 주지 그랬어. 그랬으면 됐을 것을."

"거기까진 미처 생각 못 했네요. 죄송해요."

"당신도 잠시 들렀다 출근하는 게 어때요? 저도 아침 일찍 가 보려고요."

"저어…… 어머니."

긴히 할 말이라도 있는 건지 태경은 피곤이 묻어나는 얼굴로 정미를 불러 세웠다.

"왜?"

"내일 여울이 만나시거든 많이 다독여 주세요."

"내가 여울 양 괴롭히기라도 할 것 같으니? 너는 엄마를 뭐로 보고."

"여울이가…… 자기 때문에 어머니가 돌아가셨다고 생각을 해요. 아무리 아니라고 얘기를 해도 자책뿐이고요. 오늘은 울다가 탈진까지 했는데 계속 이러다간 여울이가 망가질 것 같아서 겁이 나요, 저."

태경이 마른세수를 하며 소파에 앉았다. 몇 시간 사이에 여울 때문에 피가 바짝 말랐다. 손에 땀이 차오르고 죽은 듯이 눈을 감은 여울의 얼굴이 눈앞에 아른거렸다. 태경은 옷이고 뭐고 당장 다시 나가야겠다는 생각에 튕기듯 소파에서 일어났다.

"어디 가?"

"여울이한테요."

"옷이라도 갈아입고 가지."

"걱정이 돼서 안 되겠어요."

"그래도 옷은 갈아입고 가. 기껏 들여보내 놨는데 옷도 안 갈아입고 나왔다고 하면 한경호 씨 마음이 어떻겠니."

태경은 결국 정미에게 등 떠밀려 방으로 들어갔다. 그러곤 바로 옷장을 열어젖혀 갈아입을 옷을 꺼냈다.

옷을 갈아입고, 벗어 놓은 옷을 챙겨 세탁바구니로 들고 가는데 바닥에 하얀 봉투가 툭 떨어졌다. 아까 경호에게서 받았던 혜민의 유서였다. 혜민이 자신에게까지 유서를 써 두었다는 것이 무얼 의미하는지 어렴풋이 알아차린 태경은 그것을 주워서 읽기 시작했다.

그동안 잘 챙겨 줘서 고맙다는, 늘 그랬던 것처럼 여울에게 힘이 되어 달라는, 얼마 남지 않은 생에 태경과 같이 좋은 사람을 만날 수 있어서 좋았다는 그 말들이 태경의 가슴을 찌르르 울렸다. 태경에겐 너무나도 당연했던 것들이 혜민에겐 하나하나 소중한 기억이 되어 주었다는 사실이 태경을 눈물짓게 했다.

"별로 해 드린 것도 없는데……."

남아 있는 사람들에게 잘해 달라고 거듭 부탁하며 마무리 지은 유서엔 온통 혜민의 마음이 묻어 있었다. 태경은 잔뜩 구겨져 있는 종이를 살살 펴서 책상 한쪽에 올려 두었다. 그럴 리는 없겠지만 언제고 마음이 흐트러질 때, 혜민의 유서를 떠올리며 여울을 향한 마음을 다잡고 싶었다. 자신마저 떠나 버리면 정말 무너져 버릴 여울에게 든든한 버팀목이 되어 주기 위해서.

경호는 서 기자가 전해 주고 간 유서를 꼼꼼히 읽고 또 읽었다. 혜민은 유서로나마 뒤늦게 경호에게 용서를 구했다. 상의하지 않고 혼자 이혼을 결정해 버린 것이 얼마나 무모하고도 잘못된 일이었는지를. 하지만 이해해 주길 바란다고도 했다. 그때만큼은 자신이 여울에게 가장 해로운 존재였다는 것을 말이다.

"나는 왜 바보같이 알아채지 못했을까……."

혜민은 딸을 죽이려고 했다는 죄책감에 못 이겨 도망치고, 도망쳐서는 멀찍이 숨어서 두 사람을 지켜봤다. 몸이 멀어지면 자연스레 감정의 기복이 안정될 거라 믿었으나 다시 돌아가기엔 너무 많은 시간이 흘러 버렸다. 그래서 자신이 없어도 잘 살고 있는 두 사람 사이에 차마 끼어들 수 없었다.

그렇게 1년, 5년, 10년 시간이 지나고 몸이 더는 버텨 줄 수 없다는 것을 알았을 때, 혜민은 두 사람을 만나고 싶어졌다. 그건 어쩔 수 없는 본능이었다. 여울이 싫어할 줄 알면서도 나타났고, 이기적이라고 해도 한 번만이라도 여울에게 엄마로서의 모습을 보여 주고 싶었다. 그러나 예상대로 여울의 반응은 거셌다.

경호가 유서의 내용을 곱씹으며 혜민을 떠올리고 있는데 부스럭대는 소리와 함께 여울이 눈을 떴다. 태경이 없는 옆자리는 싸늘하게 식어 있었고 멀찍이 떨어져서 무언가를 읽고 있는 경호는 조용히 눈물을 쏟아 내고 있었다.

"아빠……."

경호의 손에 들린 하얀 종이봉투가 눈에 들어왔다. 여울은 경호의 손에서 봉투를 빼앗아 읽었다. 처음부터 끝까지 사랑한다는, 미안하다는 말이 전부인 유서를 읽으며 여울은 아랫입술을 지그시 깨물었다. 울면 또 쓰러질까, 그래서 앞에 있는 경호에게 신경 쓰게 할까 마음 졸이며 천천히 유서를 읽은 여울은 다 읽은 종이를 고이 접어 다시 봉투에 넣었다.

만약 이 유서가 진심이라면 이제껏 거부하기만 하던 그 진심을 믿어 주어야 했다. 혜민이 자신을 버린 매정한 엄마이긴 했어도 그 이전엔 분명히 저를 사랑으로 보듬었을 테니까. 그렇지 않았다면 혜민이 임신한 몸으로 뛰어들어 자신을 구했을 리가 없었다. 여울은 이것이 살아 있는 사람으로서 혜민에게 해 줄 수 있는 마지막 일이라고 여겼다.

기억이란 녀석은 늘 영원할 것 같지만 사실은 일직선을 채운 수많은 점과 다름없었다. 아주 미세한 공간을 두고 떨어져 있는 점의 집합처럼, 이어져 있는 것이라고 믿은 기억은 어느 순간 드문드문 떨어져 사라지고 만다. 기억하고 싶은 것들만 남긴 채 나머지는 다신 떠올릴 수 없는 저 먼 곳으로 사그라진다. 그리고 사람은 그것이 자신이 기억하는 모든 것들이라 믿는다. 그것이 사람이고, 사람이기에 그럴 수밖에 없었다.

"참 이상해. 우리 세 사람, 분명히 좋았던 추억 하나쯤은 있었을 텐데 기억이 나지 않아."

혜민과 이혼 후, 억지로 좋았던 기억마저 지우고 살았던 탓일까. 경호에게 남은 혜민과의 추억은 거의 없었다. 그만큼 모질게 버리고 돌아섰던 혜민이었다. 그래서 여울도 혜민을 쉬이 받아들이지 못했을 것이다.

하지만 기억은 지워졌어도 사랑이란 감정은 경호의 마음 한구석에 남아 있었다. 경호도 모르게 심연까지 숨어들어 언제 마주칠지 모르는 혜민의 진심을 기다리고 또 기다리던 그 감정은 결국 혜민을 만나고서야 다시 꽃을 피웠고, 그 감정은 혜민이 눈을 감는 순간까지 시들지 않았다. 그 덕분에 혜민의 마지막을 함께할 수 있어서 그나마 다행이었다고 경호는 생각했다.

"조금만 일찍 그 사실을 알았다면 우리는 달라졌을까?"

여울은 대답을 할 수가 없었다. 제 상처를 먼저 돌보느라 혜민의 생채기 난 가슴을 들여다볼 새가 없었으니까. 그러나 혜민이 처음부터 경호와 상의를 했다면 이렇게까지 어긋난 가족이 되지는 않았을 것이란 결론을 내렸다.

"참 나쁜 사람이다. 참 무서운 사람이야, 네 엄마. 어떻게 십오 년을 감쪽같이 숨길 수가 있니. 그 고통, 외로움, 혼자 다 짊어지고 어떻게 버티려고 그런 짓을 저지른 거야."

경호는 소리치지 않았다. 대신에 가슴으로 울고, 마음으로 소리쳤다. 이미 들을 수도, 볼 수도 없는 먼 곳으로 간 혜민에게 소리쳐 봤자 소용없다는 걸 알기에 가슴은 자꾸만 먹먹해졌다.

"내가 많이 못 미더운 사람이었나 봐. 내 사람에게 제대로 된 믿음도 못 심어 줬으면서 다른 사람들에게 믿음을 주려고 했다니…….. 멍청이도 이런 멍청이가 없지. 바보 같아, 정말."

바보같이 산 건 여울도 마찬가지였다. 여울은 자신이 지난 몇 달 동안 생을 통틀어 가장 어리석은 시간을 보냈었다는 생각만 하면 얼굴이 화끈거리고 부끄러웠다. 자존심 다 버리고 매달린 혜민을 밀어내는 걸로 모자라 바닥에 내치기까지 하지 않았던가.

말로 천 냥 빚을 갚는다고 했다. 하지만 여울은 그러지 못했다. 잘난 세 치 혀로 혜민을 죽음으로 더욱 내몰았다. 그 생각만 하면 여울은 온몸에서 수분이 빠져나가도록 울어 버릴 것만 같았다.

나란히 서로의 어깨를 기댄 채 빈소를 지키고 있는 부녀의 앞에 태경이 나타났다. 동이 트고서야 올 줄 알았던 태경이 집에 간 지 한 시간도 되지 않아 다시 돌아온 걸 보고 경호가 자리에서 벌떡 일어났다.

"어째서 다시……. 집에 가서 눈이라도 좀 붙이지 않고서……."

"걱정이 돼서 집에 있을 수가 있어야죠. 저녁 방송할 채비만 해서 바로 왔습니다."

"집에선 걱정 안 하시던가요."

"아, 그 부분은 염려 마세요. 어머니께서 오히려 가 있으라고 성화셨거든요."

태경은 부모님이 아침 일찍 문상을 오실 거라는 얘기를 전하고 여울의 곁으로 다가갔다. 태경이 옆에 자리를 잡자 여울이 옅게나마 웃었다. 아까 그 난리를 치고 나니 한결 홀가분해진 듯했다.

"기분은 좀 괜찮아?"

"나아졌어요. 막 울고 싶진 않고, 조금 울컥하는 정도……."

어쨌든 울 것 같다는 말이었다. 그래도 밝아진 표정이 보기 좋았다.

경호가 두 사람만 있을 수 있게 잠시 자리를 피해 주었다. 태경은 그 틈을 타 냉큼 여울의 머리를 쓰다듬었다.

"알아. 못해 드린 게 많아서 자꾸 마음에 걸린다는 거. 그렇지만 어쩌겠어. 이미 지나간 일을 되돌릴 수는 없는 거잖아."

"네에……."

"우리, 조금만 이기적인 사람이 되자. 이기적이겠지만 다른 사람 시선 신경 쓰지 말고 보란 듯이 열심히 살자. 산 사람은 살아야지. 어머님도 그걸 바라실 거야."

혜민의 죽음에서 완전히 벗어날 수는 없겠지만 태경의 말대로 산 사람은 살아야 했다. 이기적으로 보이든 말든 살아남은 사람들은 세상을 살아 내야만 했다.

여울은 저를 끌어안는 태경의 품을 파고들며 살아남기 위해 발버둥 치기로 결심했다. 쉬이 마음을 추스르기 어려웠지만 그래도 살아 내겠다고 마음을 먹으면서 태경의 등을 끌어안았다.

아침 일찍 빈소를 찾은 태경의 부모님은 혜민의 영정 앞에서 예를 갖췄다. 향을 올리고 절을 하고 상주인 경호와 인사를 나누는 그 모든 행동이 무척이나 조심스러웠다.

"여기까지 오시느라 수고가 많으셨습니다."

"아닙니다. 당연히 와 봐야지요."

일부러 조문객이 뜸한 시간을 골라 온 덕분에 차분히 얘기를 나눌 수 있는 시간이 생겼다. 정미는 빈소를 나와 마주 앉은 여울의 얼굴을 가만히 들여다보았다. 태경의 말을 들었을 땐 여울이 곧 쓰러지기라도 할 것 같았는데 이제 보니 잘 버텨 주고 있는 것 같아서 다행이었다.

"어제 태경이가 얼마나 걱정을 하던지. 내가 다 안절부절못했다니까요."

"괜찮습니다. 걱정해 주셔서 감사해요."

정미는 여울이 억지로 마음을 다스리려 애쓰자 되레 눈물이 핑 돌았다.

"태경이한테 대충 전해 들은 거라서 자세한 내막까지는 모르지만…… 나는 여울 양이 마음 편히 모든 걸 내려놨으면 좋겠어요."

태경의 조곤조곤한 말솜씨는 정미를 닮았나 보다. 여울은 단번에 마음을 사로잡는 목소리에 귀를 기울이며 고개를 끄덕였다.

"쉽지 않다는 거 알아요. 하지만 내려놔야만 자책감에서 벗어날 수 있어요. 내가 도와줄 테니까 힘내요. 여울 양을 힘들게 하는 것이 무엇이 됐든 내가 도와줄게요."

태경의 착한 마음씨 또한 정미를 닮은 게 분명했다. 어쩜 모자가 이렇게도 마음이 넓을 수 있을까. 저를 사랑하지 못하는 여자에게 사랑해 주겠다고 말하고 힘들어하는 여자에게 기꺼이 손을 내밀었다. 그 자그마한 마음이 여울에게 얼마나 큰 힘이 되어 주는지 그들은 알기나 할는지.

"고맙…… 고맙습니다."

목이 막혀 말도 제대로 나오지 않았다. 그래도 여울은 끝까지 울지 않으려 꾹 참았다. 정미에게까지 우는 모습을 보여 주고 싶지 않았다. 아니, 울면 탈진할 때까지 울 것을 알기에 참아 내야만 했다.

"고맙긴요. 우리 태경이가 좋아하는 사람이니 잘해 주는 게 당연하죠."

정미는 주먹을 꽉 쥐고 버티는 여울의 손을 따스하게 잡아 주며 말했다.

"힘들 땐 나한테 와요. 나한테 와서 엄마처럼 털어놓고, 울고, 그러다 속 시원해지면 나랑 밥 먹고, 차도 한 잔 하고, 그러고 가요."

혜민이 그토록 하고 싶어 했던 것들이다. 하지만 한 번도 해 주지 못했던 것들을, 엄마와 단 한 번도 해 보지 못했던 것들을 정미가 같이 해 주겠다고 했다. 그 말을 들은 여울이 봇물 터지듯 참았던 눈물을 쏟아 냈다. 혜민이 생각나서, 혜민에게 미안해서, 제 자신이 한없이 못나 보여서 눈물을 멈출 수가 없었다.

"그래요. 그냥 이렇게 울어 버려요."

정미는 여울이 있는 자리로 넘어가 아예 여울을 끌어안았다. 그리고 여울은 정미의 품에서 또 한 번 오열하고 말았다.

❀　　　❀　　　❀

혜민의 발인이 끝나고 언제 그랬냐는 듯이 여울은 일상으로 돌아왔다. 태경은 여전히 라디오와 다른 스케줄을 소화하느라 바빴고, 여울도 막내작가로서의 의무를 다하느라 정신없이 지냈다. 똑같은 일상에서 달라진 것이 있다면 백이니 뭐니 하며 여울을 시기하던 사람들의 눈길이 한결 부드러워졌다는 것. 그것만 빼면 평소와 다름없는 일상이었다.

"한 작가. 이번에 한 선생님, 드라마 OST 작업하셨지? 언제 나오는 거야?"

"아마 오늘 방송부터 나올 거예요."

경호는 혜민이 작업하던 드라마 OST 제안을 받았다. 제작사 측에서 홍보를 위해 경호를 이용하고 싶어 하는 게 분명한 눈치였지만 경호는 그 제안을 흔쾌히 수락했다. 그건 혜민과 할 수 있는 처음이자 마지막이 될 콜라보레이션을 놓치고 싶지 않아서였다.

"그 곡 가사도 한 작가가 썼다면서?"

"네. 아빠가 부탁을 하셔서……."

여울은 경호가 아버지라는 사실을 편안히 말할 수 있게 됐다. 기사를 접한 사람들 모두가 여울이 한경호의 딸이라는 사실을 이미 알고 있었으니까. 그러나 가십에 민감한 방송국 내에서 한경호의 딸이 아닌 한여울로 살아남기 위해 여울은 무던히 노력해야 했다. 처음에도 그랬지만 지금은 더 능력으로 인정받는 수밖에 없었다.

"오늘 마지막 곡으로 틀어야겠다. 방송 나가면 바로 음원 나오는 거지?"

"아마 그럴 거예요."

"오케이. 그럼 오늘 마지막 곡은 한 선생님 곡으로 결정했어!"

우진이 큐시트를 작성하러 간 사이 여울은 휴대폰을 확인했다. 거의 대부분이 태경이 보낸 메시지였지만 간혹 드물게 정미의 메시지도 끼어 있었다.

「모레 시간 괜찮으면 같이 저녁 먹을까요?」

그날 이후, 정미는 가끔 태경 몰래 여울을 만나러 오곤 했다. 주로 태경이 없는 시간에 와서 여울과 같이 밥도 먹고 차도 마시며 짧은 수다를 나누다가 갔는데 그 시간이 결코 부담스럽거나 기분 나쁘지 않았다. 오히려 자신에게 했던 약속을 지켜 주는 모습에 날이 갈수록 고마운 마음만 커져 갔다. 물론 태경은 어머니에게 여울을 빼앗긴 기분이 든다며 말도 안 되는 억지 주장을 펼쳤지만 말이다.

머릿속으로 별다른 스케줄이 없는지 확인을 한 여울은 약속을 잡기 위해 정미에게 전화를 걸었다.

— 바쁠 텐데 전화를 줬네요. 그래, 시간 괜찮겠어요?

"네. 모레라면 괜찮습니다."

— 그럼 그날은 우리 집에서 만나요. 내가 태경이한테 데리러 가라고 말해 둘게요.

저번처럼 밖에서 만나는 거라고 생각했던 여울은 자신을 집으로 초대하겠다고 하는 정미의 말에 놀라 되물었다. 그러나 정미는 태연하기만 했다. 여울을 집으로 초대하는 것에 전혀 거리낌이 없었다.

— 너무 부담 갖지 않아도 돼요. 그날, 우리 여자들은 가만히 있기만 하면 되니까.

"저기, 그래도……."

— 우리 태경이 요리하는 거 못 봤죠? 보면 더 반할 거예요. 내 아들이지만 요리 솜씨 하나는 끝내주거든.

여울은 그제야 정미가 태경의 멋진 모습을 하나라도 더 보여 주기 위해 일부러 집으로 초대하는 것이라는 걸 간파했다. 하지만 이미 태경이 요리하는 모습을 보았던 여울은 정미의 뜻을 모르는 척 그러겠다고 대답했다.

"어머니. 이번엔 또 어디로 데려가려고 전활 하신 거예요?"

"아…… 오빠. 그런 거 아니니까 전화기 이리 줘요."

"넌 가만히 있어. 자꾸 부른다고 쪼르르 나가면 어떡해. 가끔 튕길 줄도 알아야지."

어디선가 나타난 태경이 여울의 휴대폰을 빼앗아 들어선 정미와 입씨름을 했다. 하지만 태경은 얼마 지나지 않아 상기된 얼굴로 여울에게 휴대폰을 돌려주었다.

"너, 우리 집에 와?"

"네. 어머님이 초대해 주셨어요."

"정말이구나. ……잠깐만. 난 그럼 뭐부터 해야 하지?"

음악방송 녹화를 앞두고 시간적 여유가 생겨 들렀던 라디오국에서 여울이 집에 초대를 받았다는 얘기를 들은 태경은 갑자기 머릿속이 새하얘짐을 느꼈다. 이리저리, 우왕좌왕, 어느새 음악방송은 뒷전이 되어 버리고 태경은 달뜬 표정을 감추지 못했다.

"오빠. 저 지금 가는 거 아니에요."

"알아."

"그런데 왜 그렇게 들떴어요?"

"그러게. 나 오늘 왜 이러지? 갑자기 막 설레고, 떨리고 그래."

태경을 찾아다니는 매니저의 목소리가 들렸다. 보나마나 시간이 어중간하게 남았으니 라디오국에 들렀다 오겠다고 했을 거다. 여기 더 있다간 매니저가 곤란해질 것 같아서 여울은 얼른 태경을 복도로 밀어냈다. 그러곤 재빨리 문을 닫았다.

"너 이러기야? 내 얼굴 오늘 처음 봤는데 진짜 이러기냐고."

"매니저님 안 불쌍해요? 오빠 찾으러 다닌다고 얼마나 고생이신데요. 얼른 녹화나 하러 가요."

"그건 나중 일이잖아. 너 문 안 열어? 열어!"

"얼굴 봤으니까 됐잖아요. 빨리 가세요. 사람들 보는데 창피하게 이게 무슨 짓이야."

여울은 태경이 혹시라도 문을 열지 못하게 아예 문을 잠가 버렸다. 복도 양 끝을 힐끗 살핀 태경이 작게 문을 두드리며 여울에게 으름장을 놓았다. 하지만 태경이 그러건 말건 자기 자리로 되돌아간 여울은 태연히 태경에게 전화를 걸었다.

"나중에 봤을 때 방송이 엉망이면 알아서 해요."

엉망이면 어떻게 할 거냐고 되묻는 태경에게 여울은 할 말만 하고 끊어 버렸다. 그 뒤 태경이 몇 번 더 전화를 걸어 왔지만 아예 가방 속에 휴대폰을 던져 두고 태경의 연락을 피했다.

"태경이가 불쌍하다. 일부러 한 작가 보러 온 사람한테 너무한 거 아니야?"

"얼굴 보러 왔다면서요. 얼굴 봤으니까 일하러 가야죠."

"한 작가 독하네. 임조련을 단칼에 거절하다니. 태경이 녀석 애가 닳겠는데."

여울은 혀를 끌끌 차는 유정에게 남자는 여자가 하기 나름이라며 웃어 주었다. 그리고 다시 대본을 쓰기 위해 모니터로 시선을 두었다.

"아……."

여울은 낮은 신음 소리를 내며 손에 힘을 주어 책상을 짚었다. 핑, 하고 갑자기 어지럼증이 일었다. 아득해지는 정신을 겨우 다잡으며 다시 모니터를 보았지만 초점은 여전히 맞지 않았다. 눈에 무언가 낀 것처럼 뿌옇게 보이는 상태가 지속되자 여울은 눈을 깜빡이다 마구 비볐다.

"괜찮아?"

"어, 눈에 뭐가 들어갔나 봐요."

유정이 묻는 말에 능청스럽게 대답했다. 겉으론 아무렇지 않은 척했지만 사실은 혜민이 죽은 뒤부터 단 하루도 제대로 자 본 적이 없었다. 이겨 내야 하는 걸 아는데 눈만 감으면 혜민에게 했던 말들이 자꾸만 떠올라서 눈을 감기가 무서웠다. 그래도 살아야 하니까, 살아 내야 했기에 침대에 누워 잠을 청해 봤지만 눈만 감은 채 시간을 보내다 출근하는 경우가 허다했다. 그래서인지 요즘은 피죽도 못 얻어먹은 사람처럼 얼굴이 말이 아니었다.

"에구, 또 잠을 못 잤나 보네."

"진짜 눈에 뭐가 들어가서……."

"아서라. 그 얼굴로 거짓말을 하면 먹히기나 할 것 같아? 이러니까 태경이가 걱정하지. 괜히 걱정을 하겠어?"

"그렇다고 오빠한테 연락하진 마세요. 그랬다간 또 저번처럼 난리 나요."

여울 때문에 부쩍 예민해진 태경을 생각하니 섣불리 연락을 하기도 글렀다. 정말 이대로 여울을 그냥 놔두는 수밖에 없는 것일까. 차라리 쉬기라도 하면 좋을 텐데 악착같이 방송국에 나와서 일을 하는 여울을 보면 대단하다기보다 안쓰러웠다.

조금 괜찮아졌는지 분주히 마우스 휠을 돌리는 여울을 유정은 걱정스런 눈길로 바라보았다. 상을 치르고 바로 복귀를 할 때부터 너무 이른 게 아닐까 싶었는데 아나나 다를까 여울은 무리를 하고 있었다. 그래서 같이 일하는 사람들도 항상 가슴을 졸이게 만들었다. 본인은 안 그런다고 생각하고 있겠지만.

그래도 의젓이 버텨 내려는 악바리 근성 하나는 칭찬해 줄 만하다. 유정은 원고 쓰는 데 열중하고 있는 여울의 머리를 얌전히 쓰다듬었다. 그 손길에 고개를 들어 올린 여울이 웃었다.

"힘들면 얘기해라, 한 작가. 안 그러면 태경이가 난리 치든 말든 내가 확 연락해 버릴 거야."

"민 작가님 무서워서라도 꼭 말해야겠네요."

"당연하지. 꼭 말해야 해."

늘 밝아 보이기만 하던 여울을 속속들이 알아 갈수록 막내 동생

같이 챙겨 주고만 싶었다. 유정은 끄덕끄덕 고개를 주억거리는 여울을 따라 웃었다.

"고마워요."

세상은 아직 따뜻했다. 먼저 손 내밀지 않아도 나서서 손을 잡아 주는 사람이 분명히 존재했다. 여울에겐 태경이 그랬고, 우진이 그랬고, 유정이 그랬고, 지원이 그랬다. 손 잡아 주는 이 하나 없어 처연한 마음을 품고 살아가는 사람들이 수두룩할 텐데도 여울 자신에게만은 유독 손 내밀어 주는 사람들이 많은 것 같았다. 참 감사한 일이 아닐 수 없었다.

사람의 온기란 그런 것인가 보다. 아무리 식었다 해도 사람의 온기는 언젠가 다시 식은 가슴에 뭉근히 불을 지핀다.

"우리, 몰래 태경이 구경 갈까?"

태경을 손수 내쫓았다는 사실은 금세 잊어버렸는지 여울은 유정의 제안에 고개를 끄덕였다.

사실은 지금 이 순간, 태경이 보고 싶었다. 아주 많이.

15.
그런 사람이기를

태경의 집에 처음으로 초대를 받은 날. 정미가 와서 가만히 있으면 된다고 했지만 이미 태경의 '집'에 간다는 사실만으로 여울의 머릿속은 터질 것만 같았다. 모처럼 쉬는 날, 여울은 아침부터 분주히 씻고, 최대한 얌전해 보이는 옷을 골라 입고 태경이 데리러 오기만을 기다리며 휴대폰을 만지작거렸다.

"저녁 식사에 초대받은 거 아니었어? 왜 이렇게 서둘러?"

여울이 태경의 집에 간다는 걸 알게 된 경호는 마치 선을 보러 가는 사람처럼 차려입은 여울을 보고 픽 웃었다.

"걱정이 돼서요……."

후우. 심호흡을 하며 시계를 보니 태경이 데리러 오려면 아직 한 시간이나 남았다. 입이 바싹바싹 타면서 어떻게 하면 좋을지 몰라 여울은 몇 번이나 거울에 제 모습을 비춰 봤다.

"저 괜찮아요?"

"그럼. 누구 딸인데."

경호가 괜찮다고 해도 좀처럼 마음이 놓이지 않았는지 여울은 금세 방으로 들어가 다른 옷을 꺼내어 왔다.

"이건 너무 딱딱해 보여서 안 되겠어요. 다른 거, 어, 이건 어때요?"

혜민의 일로 계속 잠을 자지 못하던 여울이 어젯밤에는 태경 때문에 잠을 설쳤다. 그걸 다행이라고 해야 하나. 경호는 여울이 하루만이라도 괴로운 기억에서 벗어나 태경과 좋은 시간을 보내고 왔으면 했다.

"그것도 괜찮네."

"그럼 이거는요?"

"그것도 예뻐."

들이미는 족족 예쁘다고 하는 통에 선택에 혼란만 더해졌다. 여울은 결국 이것저것 대 보다가 레이스가 달린 하얀색 원피스로 갈아입었다. 아까 입었던 옷보다 한결 산뜻해 보이는 것 같아서 마음에 들었다.

"선물은 준비했니?"

"네. 근데 뭘 좋아하실지 몰라서, 과일 바구니 적당한 거 주문해 뒀어요."

"잘했다. 초대받아서 가더라도 빈손으로 가면 안 되지."

허리춤을 겨우 넘을까 말까 하던 딸이 어느새 훌쩍 자라서 남자 친구의 집에 초대를 받았다고 하니 경호의 기분이 이상했다. 태경이 여울과 사귄다고 했을 때만 해도 건장한 아들이 하나 생겼다며 좋아했건만 갑자기 이런 기분이 드는 건 뭔지.

"우리 딸, 이제 보니까 시집가도 되겠다."

"시집이라니요. 저 시집가려면 멀었어요."

"태경 군이 그 말 들으면 섭섭해하겠는데."

"섭섭해도 할 수 없죠. 내가 시집가 버리면 아빠 혼자 남잖아. 그걸 내가 어떻게 보라고."

"네가 아들이었어도 혼자 남았을 거야. 요즘 세상에 부모님 모시고 사는 사람들이 어디 있니. 다 분가해서 따로 살지."

"그거야 그렇지만……."

"그런데 기분이 좀 안 좋긴 해. 우리 딸, 뺏기는 기분이 들어서."

그래도 결국엔 순순히 넘겨줄 수밖에 없다. 딸을 가진 모든 아버지들의 숙명과 다름없는 일이었으니 말이다. 그 씁쓸하고도 당연한 이치에 경호는 웃고 말았다.

잠시 후 태경이 시간 맞춰 여울을 데리러 왔다. 녹화가 있었다고 하더니 얼굴에 메이크업한 것이 그대로 남아 있었다. 많이 번지고 흐트러진 모양새였지만 평소보다 더 근사해 보였다.

"안녕하십니까, 아버님."

"시간 맞춰서 왔네요. 여울아, 태경 군 왔는데 뭐 하니."

태경이 성큼성큼 집으로 들어와 경호에게 인사를 했다. 경호는 태경의 인사를 받으며 냉큼 여울을 태경에게로 밀어 주었다. 그리고 쭈뼛쭈뼛 태경의 옆에 선 여울의 손에 태경의 손을 포개어 주었다.

"떨지 말고 잘 갔다 와. 잘 부탁해요, 태경 군."

두 사람은 경호에게 잘 다녀오겠다는 인사를 하고 태경의 차에 올라탔다. 차가 출발하고 백미러를 통해 대문 밖에서 차가 안 보일 때까지 배웅하는 경호를 보며 여울은 묘한 감정을 느꼈다. 마치 이대로 경호를 두고 떠나는 느낌이었다. 결혼을 해서 집을 떠나면 이런 기분일까. 한 번도 집을 떠나서 산다는 생각을 해 본 적이 없었기에 막연한 상상만으로 그 기분을 그려 볼 수밖에 없었다.

"표정이 왜 그래?"

"아무것도 아니에요."

"에이. 나도 기분이 묘한데 너라고 안 그러겠어?"

"아…… 오빠도 그래요? 저 솔직히 결혼해서 친정 떠나는 기분이에요. 분명히 내 집은 저기인데 이상하게 오빠 집으로 돌아간다는 생각이 든단 말이야. 거기다 오빠랑 있는 게 당연한 것도 같고……."

웃음이 났다. 설마 하며 던진 미끼를 냉큼 물 줄이야.

"나랑 있는 게 당연하지. 그럼 다른 남자랑 있을래?"

"그건 아니지만……."

마침맞게 차가 신호에 걸리자 태경이 여울을 쳐다보았다. 태경의 집으로 가고 있다는 사실보다 경호가 더 신경이 쓰이는지 여울은 혼자 있을 경호 생각에 좀처럼 태경에게 집중하지 못했다.

"한여울 씨. 나 좀 보지?"

"보고 있어요."

"보고 있다는 사람 얼굴이 그게 뭐야. 내가 보기 싫어? 왜 그렇게 인상을 찌푸려."

"제가 언제요."

"지금 그러고 있잖아. 기껏 꾸며 입고 온 보람 없게."

"이 오빠가 이젠 거짓말도 하네. 녹화하고 바로 온 거 내가 모를 줄 알아요? 일부러 꾸민 것도 아니면서."

"거짓말 아냐. 녹화 끝나고 옷 벗으라는 거 그대로 입고 튀었어. 간만에 꾸민 모습 보여 주고 싶어서. 지금도 봐. 코디한테 계속 전화 오잖아. 옷 달라고."

정말이다. 코디라는 두 글자가 쉴 새 없이 휴대폰 화면을 밝히고 있었다. 벨소리도 듣기 싫었는지 무음으로 돌려 놓고 다시 운전에 집중하기 시작한 태경을 여울은 새치름하게 노려보았다. 듬직하던 남자가 어느 순간부터 어린애처럼 구는 게 생경하기만 했다.

"언제부터 이렇게 막무가내였어요?"

"막무가내?"

"오빠 좀 더 의젓하고 공과 사는 구분하는 남자인 줄 알았거든요."

"지금도 충분히 의젓하고 공과 사도 구분할 줄 알아."

"협찬 받은 옷 입고 튄 사람 입에서 나올 소리는 아닌 것 같은데요."

스스로 생각해도 웃긴지 태경이 낮낮한 웃음을 흘렸다. 여울이 빨리 보고 싶어서 옷을 돌려 달라 소리치는 코디의 목소리도 무시하고 그대로 도망쳐 나왔건만 그 마음은 하나도 몰라주고 그저 코디 입장에서만 따따부따하니 약간의 서운함도 들었다.

"섭섭하네. 난 오늘 너 온다고 해서 잠 한숨도 못 잤는데……. 나만 설레었나 봐."

여울은 애꿎은 옷자락을 괴롭히며 태경의 눈치를 살폈다. 저도 같은 마음이었음을 모르지 않을 텐데, 일부러 툭툭거리는 그가 얄미웠다.

"진짜 눈치 없어."

"누가? 내가?"

누가 가수 아니랄까 봐 귀 하나는 정말 밝다. 차 소음에 묻혀 안 들릴 줄 알았던 말을 용케 알아듣고 되묻는 태경에게 여울은 모른 척 다른 얘기를 꺼냈다.

"주문해 둔 과일 바구니 챙겨 가야 해요."

"뭐하러 그래. 그냥 가면 되는데."

"어머님이 그동안 맛있는 걸 워낙 많이 사 주셔서 빈손으로 가기 싫었어요. 그나마 제일 무난한 게 과일인 것 같아서 그걸로 골랐는데……. 별로예요?"

"아냐. 괜찮아. 대신 다음부턴 그런 거 사지 마. 사더라도 물어보고 사고. 알았지?"

여울이 뭘 하든 안 예쁠까. 옷차림에 신경 쓴 것만 보더라도 오늘 얼마나 긴장했는지 알 수 있었다. 속이 바짝 타는지 혀로 마른 입술을 쉴 새 없이 축이는 여울이 태경은 귀엽기만 했다.

저녁 시간이 가까워지니 슬슬 허기가 졌다. 태경은 행여 여울이 배가 고플까 주문해 놓은 과일 바구니를 챙겨 재빨리 집으로 향했다. 그리고 집으로 들어가기 전, 떨고 있는 여울의 손을 꽉 잡아 주었다.

처음 연애를 해 보는 여울에겐 한 번도 경험해 보지 못한 떨림일 터였다. 태경조차도 여자 친구를 집에 초대하는 건 처음이었기에 가슴이 쿵쾅쿵쾅 뛰고 식은땀이 흘렀다. 자신의 집에 들어가는 일이 이렇게나 힘든 일이었나 싶게 손잡이를 향해 뻗는 손길이 더뎠다.

"저희 왔어요."

곧 문이 열리고 정미가 유쾌한 목소리로 두 사람을 맞이했다. 태경이 무거운 과일 바구니를 부엌으로 옮기는 동안 정미는 잘 보이려고 무척이나 애쓴 여울에게 너무 부담 갖지 말라며 다독였다.

"다음부터는 그냥 와요. 과일 바구니 그런 거 사 오지 말고. 정 손이 민망하면 장미꽃 한 송이 사 오든지."

"네에. 다음부턴 그렇게 할게요."

"오호호. 어머, 안 온다는 소리는 안 하네요. 난 부담스러워서 안 온다고 할 줄 알았는데. 그럼 진짜 서운할 뻔했어."

정미의 농 섞인 말에 여울이 얼굴을 붉혔다. 태경은 그만큼 놀렸으면 됐다며 정미와 여울을 소파에 앉혔다.

"조금만 앉아 있어. 저녁 해 줄게."

"진짜 오빠가 하는 거예요?"

"그럼 가짜로 하리? 어머니가 그러셨잖아. 오늘은 내가 다 할 거라고."

"그래요, 여울 양. 오늘은 이 녀석이 고생할 거야. 우린 텔레비전이나 보면서 기다리자고요."

텔레비전을 켠 정미가 팔짱을 끼며 여울을 끌어당겼다. 정미의 옆에 억지로 자리를 잡은 여울은 어느새 주방으로 들어가서 분주히 움직이기 시작한 태경에게 눈길을 주었다.

경호에게 도시락을 챙겨 줄 때부터 알고 있었던 사실이지만 태경은 무척이나 능숙하게 요리를 해냈다. 게다가 한 번쯤은 걱정이 돼서 주방에 들어가 볼 법한데도 텔레비전에서 눈길을 돌리지 않는 정미를 보니 태경이 정말로 자주 집안일을 도와준다는 것을 알 수 있었다.

"태경아, 더 기다려야 하니?"

냄비가 어디 있느냐, 접시는 어디 있느냐, 묻는 것도 없이 척척 순식간에 요리를 만들어 내고 있는 태경에게 정미는 끊임없이 재촉을 했다. 정말이지 잘하고 있다는 일말의 칭찬도 없이 재촉만 해 대니 오히려 옆에 있는 여울이 민망해질 지경이었다.

"거의 다 했으니까 이리 와서 앉아 있으세요."

태경은 어머니의 짜증에도 신경질 한 번 부리지 않았다. 천생이 착한 남자여서일까. 여울은 정미와 함께 식탁에 앉으며 수저 하나까지 자신의 손으로 챙기는 태경을 느른하게 바라보았다.

"저 녀석, 어느 포인트에서 여자들이 반하는지 잘 아는 것 같죠?"

정미는 태경에게서 눈을 떼지 못하는 여울의 모습이 은근히 기쁜 것 같았다. 아들이 얼마나 사랑받고 있는지 한눈에 확인할 수 있어서 더욱 좋았던 것도 같고. 하지만 태경은 어머니의 다음 말이 두려웠는지 여울에게 인상을 찌푸리며 고개를 저었다.

"무슨 얘길 하려고 그러시는 거예요?"

"어머. 너 칭찬해 주려고 했는데 그것도 안 돼?"

"같은 칭찬도 어머니가 하면 얘기가 틀어져요. 하지 마세요."

칭찬을 가장한 다른 무언가가 될까 봐 겁이 났다. 안 그래도 임조련이니 뭐니 하며 여울에게 선수 취급받는 것도 억울한데 정미까지 거기에 보탬이 되게 할 순 없었다.

툴툴거리는 태경의 말을 듣던 여울이 풋 하고 웃음을 터뜨렸다.

"웃겨? 지금 내가 웃겨?"

"네."

"나 참, 내 어디가 웃겨?"

"오빠 한참 큰 어른인 줄 알았거든요. 그런데 오늘 보니까 오빠도 어머님 앞에선 별수 없는 막내아들이었네요."

태경은 말없이 입을 꾹 다물고 접시에 요리한 것들을 옮겨 담았다. 그 모습을 보고 정미가 호쾌하게 웃었다. 태경이 이렇게까지 밀리는 것을 본 적이 없었다. 물론 태경이라면 얼마든지 반박할 수 있었겠지만 좋아하는 여자를 이기기보다 모른 척 져 주는 것을 택한 아들이 꽤나 듬직해 보였다.

"내 아들이지만 장가가면 분명히 예쁨받을 거야. 저 녀석이 여자들 마음을 잘 알게 하려고 내가 어릴 때부터 얼마나 훈련을 시켰다고요."

그 말이 정말이라면 태경을 향한 의심을 조금은 거둬도 될 듯싶다. 음식을 눈앞에 둔 여울의 표정이 한결 밝아지는 것을 본 태경은 앞치마를 벗어 놓고 자신도 냉큼 여울의 옆에 자리를 잡고 앉았다.

"먹어 봐. 맛있을 거야."

정미보다 여울에게 먼저 맛보기를 권한 태경은 머뭇거리는 여울의 손에 아예 숟가락을 쥐여 주었다. 여울은 태경이 준비한 가정식을 한입 먹어 보곤 정미의 눈치를 살폈다. 정미도 먹지 않았는데 먼저 한술 뜬 것이 뒤늦게 생각난 탓이었다.

"많이 들어요."

다행히 정미는 아무런 말이 없었다. 그저 묵묵히 태경이 해 준 것들을 비워 낼 뿐. 한결 마음이 편해진 여울은 그제야 천천히 밥 한 공기를 비우기 시작했다.

"오빠는 안 드세요?"

"너 먹는 것만 봐도 배불러. 너 많이 먹어."

진심으로 하는 말이라는 걸 알지만 어머니 앞에서까지 팔불출 행동을 하는 태경 때문에 여울은 괜히 부끄러워졌다. 아들의 거침없는 애정 행각이 심기에 거슬릴 법도 하건만 정미는 그런 태경을 흐뭇하게 바라보았다. 아들이 여자 친구와 알콩달콩 재미있게 지내는 것이 오히려 더 좋았다.

결국 태경은 밥 한 술도 뜨지 않고 여울이 먹는 것만 보고 또 보았다. 그 때문에 체할 것만 같아 여울은 슬그머니 숟가락을 내려놓았다.

"다 먹어야 해."

"배불러요. 그만 먹을래요."

"더 먹어."

"됐어요. 진짜 배불러."

"다 먹어야 졸리지. 나 너 일부러 재우려고 그랬단 말이야."

혜민의 죽음 이후 여울은 밥 한 공기조차 제대로 비우지 못했다. 입이 깔깔해서 넘기기 힘들다며 밥을 남기거나 입맛이 없다며 아예 식사를 거르기까지 했다. 그래서 태경이 큰마음 먹고 여울이 밥 한 공기를 다 먹을 수 있게 이 자리를 마련한 것이었다. 물론 그러기 위해서 태경은 확실하게 여울을 속이려 연기를 해야만 했다.

"그래요, 여울 양. 사실 내가 여울 양을 우리 집에 초대한 것도 태경이 부탁 때문이었어요. 여울 양이 밤마다 잠을 못 잔다는 얘기를 듣고 뭐라도 해 주고 싶어서……. 그래서 그런 거예요."

"저 잠 잘 자고 있어요, 어머님."

"그래요. 그럴 거라고 믿어요. 하지만 여울 양 몸 상태가 말해 주고 있잖아요. 내가 가끔 여울 양을 보러 방송국 근처로 갔던 것도 여울 양이 걱정돼서 그랬던 건데 볼 때마다 말라 가고, 혈색은 더 안 좋아지고……. 아버님을 생각해야죠. 아버님도 잘 버티고 있으신데 여울 양이 이러면 안 돼요."

억지로라도 밥을 먹어야 힘을 쓴다며 경호는 빠짐없이 식사를 했다. 경호를 따라 여울도 억지로 식탁에 앉아 밥을 먹으려고 노력했지만 식사도 잠도 노력한다고 다 되는 것은 아니었다.

"나는 약속이 있어서 이만 나가 봐야 할 것 같아요. 못다 한 얘기는 내가 나간 뒤에 태경이랑 차분히 해 봐요. 그리고 다음번에는 건강한 모습으로 볼 수 있으면 좋겠어요."

주변 사람들이 걱정할 정도로 상태가 좋아 보이지 않았던 걸까. 여울의 기분이 가라앉았다. 정말 이렇게까지 많은 사람에게 폐를 끼치고 싶지 않았는데. 정미가 집을 나가자마자 여울은 서둘러 돌아갈 채비를 했다.

"데려다 줄게. 이따가 가."

"아뇨. 오늘은 더 이상 오빠 신세 지고 싶지 않아요."

"신세라니."

"이렇게까지 오빠한테 부담 주고 있었다는 거, 전 몰랐어요. 나 때문에 어머님께 부탁드릴 만큼 오빠가 걱정할 거라고 생각하지도 않았고요. 그런데 하나부터 열까지 오빠한테 나는 짐일 뿐이었잖아요……. 그러니까 오늘만이라도 짐 역할 그만하고 싶어요."

"여울아."

태경은 가방을 집어 든 여울을 돌려세웠다. 그러곤 힘껏 끌어안았다.

"너 짐 아니야."

"아뇨. 제가 그렇게 느끼면 그런 거예요."

태경은 자신을 부정하는 여울의 얼굴을 응시하다 여울을 구석진 곳으로 몰아세웠다.

"그럼 나도 짐이겠다. 집에 가겠다는 널 붙잡는 나도 짐이겠어."

"오빠."

"너, 나도 부담스러워? 내가 짐스러운 거야?"

늘 든든한 버팀목이 되어 주던 사람이 처음으로 억지를 쓰는 모습은 여울에게 신선한 충격으로 다가왔다. 아이처럼 떼를 쓰며 돌아가려는 여울을 붙잡기 위해 태경이 말도 안 되는 고집을 부리는 것을 보며 여울은 아무런 말도 할 수 없었다.

"싫다고 해도 어쩔 수 없어. 미안하지만 나 오늘 하루는 짐 될게."

여울의 대답은 필요하지 않았다. 태경의 목적은 단 하나, 여울이 단잠을 잘 수 있게 하는 것이었으니까.

쌀가마를 짊어지듯 태경이 여울을 둘러멨다. 놀란 여울이 태경의 등을 사정없이 두드렸다. 태경은 사람이면 아픔을 느끼고 놓아줄 거라는 여울의 단순한 생각을 보란 듯이 뒤집고 여울을 무사히 자신의 방 침대에 누였다.

"뭐하는 짓이에요!"

"내가 오늘 네 짐이라고 했잖아. 나 오늘 짐 역할 제대로 할 거니까 각오해."

태경은 일어나려고 애를 쓰는 여울을 품에 안았다. 그리고 도망도 가지 못하게 품에 가두고 눈을 감았다.

"놔주세요."

"싫어."

"집에 가야 하잖아요. 놔주세요."

"내가 마음 풀리면 알아서 집에 데려다 줄 테니까 자고 있어."

"오빠!"

"너 자꾸 꼼지락거리면 나 자극하는 걸로 알고 확 덮칠 거야. 그러고 싶으면 움직여."

항상 여울을 먼저 생각해 주는 태경이 그럴 리는 없었다. 여울은 계속해서 태경의 품을 벗어나려 바동거렸고, 태경은 참았던 본능을 터트리기라도 하는 듯 순식간에 여울의 몸 위로 올라탔다.

"난 분명히 경고했다."

여울을 내려다보는 태경의 눈빛은 여느 때의 것과 달랐다. 자신의 뜻을 관철시키기 위해 무슨 짓이라도 할 수 있는 남자의 눈빛이었다. 긴 머리카락이 눈을 덮어 그의 얼굴을 자세히 볼 수 없지만 여울의 두 팔을 붙잡아 누르고 있는 것만으로도 충분히 여울에게 위협적이었다. 여울은 침대 시트를 그러쥔 채 숨조차 멈추었다.

"마지막이야. 한 번만 더 그러면 진짜 안 봐줄 거야."

여울이 고개를 끄덕이자 태경이 낮은 한숨을 내쉬며 침대에서 내려왔다. 그는 어지러이 흐트러져 있는 이불을 가져와 여울에게 덮어 주고 여울의 옆에 나란히 누웠다. 이렇게까지 해서라도 잠을 재우려 하는 자신의 마음을 여울이 알아주었으면 했다.

"제발, 여울아……. 몇 시간이라도 좋으니까 눈 좀 붙여. 부탁이야."

태경은 조금이라도 여울이 푹 잠들 수 있기를 바라는 마음밖에 없었다. 그는 여울의 얼굴 위에 난잡하게 흩어져 있는 머리카락을 정리해 주며 쉴 새 없이 떨리는 여울의 속눈썹을 바라다보았다.

"얼른 자."

그의 목소리에 걱정이 깃들어 있었다. 슬쩍 눈을 떠 태경의 행동을 훔쳐본 여울은 태경의 품을 파고들며 나지막이 말했다.

"미안해요."

"그런 말 말고 얼른 자."

"사실은…… 내가 잠 못 자는 거, 그 사람 일도 있지만 다른 일 하느라 그런 것도 있어요."

"무슨 다른 일."

태경에게 화를 내던 모습은 온데간데없이 여울은 조곤조곤 자신의 얘기를 꺼내 놓았다.

"소설을 쓰고 있어요. 잘 될지는 모르겠지만 써 보고 싶어졌어요."

"갑자기 왜?"

"처음엔 잠이 안 와서 쓰기 시작했는데, 이젠 글 쓰느라 잠이 모자라요. 그리고 오빠가 제 글을 좋아한다고 했잖아요. 그래서 한 번 써 보면 어떨까 싶었어요."

태경은 여울이 자신의 마음을 편하게 해 주기 위해 하는 변명임을 알았다. 그러나 설령 그 말이 진짜라 하더라도 여울이 소설을 쓰려고 하는 것은 혜민의 영향이 크다는 느낌이 들었다. 밀어내고 밀어내도 여울의 무의식은 계속 혜민을 중심으로 움직이는 것 같았다.

혜민의 첫 직업이었던 라디오 작가. 그 일을 그만둔 뒤 시작한 소설가. 그리고 그 길을 여울이 그대로 걸으려 하고 있었다. 여울은 모르는 듯했지만 태경은 여울의 마음 한구석에 이미 혜민이 좋은 사람으로 남아 있다는 것을 느꼈다.

"저 잘할 수 있겠죠?"

"응. 잘할 수 있을 거야. 너라면 가능해."

살기 위해 발버둥 치는 여울이 안쓰러워 그녀를 바라보던 태경의 눈빛이 깊어졌다. 여울의 머리를 쓰다듬던 태경의 손길은 더욱 부드러워졌다. 여울은 제 머리에 있던 태경의 손을 제 뺨으로 가져갔다. 크고 긴 그의 손가락이 여울의 뺨을 살며시 쓸었다. 아기같이 보송한 뺨을 쓸다 천천히 입술을 문지른 그는 여울의 입술에 짧게 입을 맞췄다.

"이제 자자."

"잠이 안 와요."

"안 되는데. 그럼 내가 오늘 고생한 보람이 없는데……."

진심으로 실망하는 기색이다. 여울은 태경의 미간에 진 주름을 손가락으로 펴며 말했다.

"너무 조급해하지 마요. 언젠가는 푹 잘 수 있겠죠. 시간을 갖고 기다려 봐요."

"그 전에 네가 쓰러질까 봐 겁이 나서 그렇지."

"저 보기보다 튼튼해요. 사흘 밤낮을 꼬박 새도 문제없는걸요."

"그래. 넌 젊디젊은 이십 대고, 나는 서른두 살 먹은 아저씨란 말이지?"

"에이, 얘기가 왜 그렇게 돼요. 내가 건강하다는 게 포인트잖아요."

태경이 일부러 미간에 힘을 주어 더 깊은 주름을 만들었다.

"내가 듣기엔 너 젊다고 자랑하는 것 같았거든?"

"젊은 건 사실이죠."

"이보세요, 한여울 씨. 그렇게 나온단 말이지?"

"꺅! 그만해요! 아하하! 아, 간지러워! 오빠, 아, 그, 그만! 하하하하!"

태경이 여울에게 달려들어 간지럼을 태웠다. 까르륵 숨 넘어갈 듯이 웃어 젖히는 여울의 목소리가 온 집 안에 울려 퍼졌다. 일부러라도 이렇게 소리 내어 웃어 본 적이 언제였던가. 태경은 눈물이 쏙 빠지도록 웃고 또 웃는 여울을 보며 걱정스러운 마음을 쓸어내렸다.

여울을 데려다 주러 가는 길. 태경은 옆자리에 앉아 잠이 든 여울의 얼굴을 힐끗 쳐다보았다. 웃느라 진이 빠진 탓인지 여울은 차에 타자마자 잠이 들었다. 며칠째 잠들지 못해 고생하던 것치곤 꽤나 좋은 성과였다.

그래도 태경은 아직 단단히 여미지 못한 여울의 마음이 걱정되었다. 시간이 약이라고는 하지만 대체 언제쯤 되어야 여울이 마음 편히 잠을 잘 수 있을지 가늠도 못 하겠다. 그저 시간이 빨리 흘러가기만을 바랄 뿐.

"계속 자네."

여울은 미뤄 둔 잠을 몰아서 자기라도 하는 듯 깊이 잠들어 있었다. 집 앞에 도착해서도 계속해서 잠에 취해 있는 여울을 태경은 일부러 깨우지 않았다. 대신 조심스레 안전벨트를 풀어 주고 여울이 조금이라도 편히 잘 수 있게 좌석을 뒤로 젖혀 주었다. 부산스러운 소리에 한 번 깰 법도 한데 깨지 않는 것을 보면 깊은 단잠에 빠진 게 분명했다.

여울이 올 시간 즈음에 맞춰 마중을 나왔던 경호는 차 안에 머물러 있는 태경을 발견하고 차창을 두드렸다. 태경이 얼른 창문을 내렸다.

"태경 군……. 안 들어오고 뭐 하는 거예요?"

태경은 검지를 펴 입술에 가져다 대곤 살그머니 차에서 빠져나왔다.

"여울이가 너무 곤히 잠들어서요. 깨거든 들여보내려고 했습니다."

"언제 일어날 줄 알고……. 그냥 깨워 보내지 그랬어요. 태경 군도 바쁠 텐데……."

"저는 내일 스케줄이 없어서 괜찮습니다."

에어컨의 냉기에 추운지 여울이 무의식중에 팔을 쓸어내렸다. 용케 그 모습을 본 태경이 입고 있던 재킷을 벗어 여울에게 덮어 주었다. 그리고 여울이 더 깊게 잠들도록 사락사락 머리카락을 넘기며 좋은 꿈을 꿀 수 있기를 바랐다.

"그럼 잠시만 기다려요."

집으로 들어가서 맥주와 담요를 가지고 나온 경호는 담요를 여울의 다리에 덮어 주고 맥주는 태경에게 건넸다. 태경은 운전 생각에 잠시 멈칫거렸다가 이내 경호가 내민 맥주를 받아 들었다. 어차피 집이 가까워서 걸어가도 되는 거리이니 맥주 한 캔 정도 마신다고 해서 큰 부담이 가는 것도 아니었다.

두 사람은 동시에 캔을 따 숨도 쉬지 않고 맥주를 입에 머금었다. 알싸하고 톡 쏘는 맥주가 달큼했다.

"태경 군. 오늘 우리 여울이 어른들께 실수 없이 잘 했죠?"

"그럼요. 저희 어머닌 여울이라면 언제든지 두 팔 벌려 환영하시는걸요."

"반기신다니 다행이네요. 사실 엄마가 있었어도 없이 큰 거나 마찬가지라 걱정이 이만저만이 아니었거든요. 거기다 이번에 그런 일까지 겪었으니 심적으로 많이 힘들었을 텐데 별 실수 없이 잘 하고 왔다니 내 마음이 다 놓입니다."

"걱정 마세요. 여울이, 생각보다 잘 버티고 있어요."

경호는 자동차 보닛에 늘씬하게 기대어 있는 태경에게 흐릿한 웃음을 지어 보였다.

"태경 군이 없었으면 아마 못 버텨 냈을 거예요. 나도, 여울이도."

"아닙니다. 제가 한 건 아무것도 없는걸요."

"아니에요. 태경 군이 없었다고 생각하면 나 혼자 여울이를 어떻게 감당했을지 생각만 해도 아찔합니다. 알다시피 우리 여울이 성격이 보통이 아니잖아요. 후후."

경호가 딸의 허물을 안주 삼아 맥주를 한 모금 삼켰다. 태경은 여울을 처음 만났을 때를 떠올리며 픽 웃었다. 이유도 없이 저를 미워하고 피하던 여자와 사랑하게 될 줄 누가 알았을까. 다시 생각해 봐도 아이러니한 일이었다.

"아버님은 괜찮으세요?"

"그땐 이미 마음의 준비를 하고 있었던지라 여울이보단 충격이 덜했지요. 지금은 그럭저럭 버틸 만해요. 일이 많아져서 그런지 다른 잡생각 할 시간도 없고."

"그래도 몸 생각해 가면서 일하세요. 아버님마저 편찮으시면 여울이가 많이 슬퍼할 거예요."

"그래야지요. 그래서 억지로 밥도 챙겨 먹고 다니는 거 아니겠어요? 하하."

두런두런 얘기를 나누며 마신 술은 어느덧 바닥을 드러내고 있었다. 여울만 일어나 준다면 태경과 좀 더 시간을 보내고 싶었던 경호는 아쉬웠는지 입맛을 다시며 빈 캔을 챙겨 들었다.

"아, 깜빡할 뻔했네요. 언제 태경 군 부모님과 자리를 만들었으면 하는데……."

"저희 부모님이요?"

"부모님께서 우리 집안일에 신경을 많이 써 주셨잖아요. 간혹 여울이도 챙겨 주시고. 더 늦지 않게 감사 인사를 전하고 싶은데 괜찮을까요?"

그럴싸한 명분이었지만 사실은 태경과 여울을 위해 마련하고 싶은 자리였다. 혜민이 태경에게 따로 유서를 남길 만큼 그를 믿었고, 경호 또한 의견이 같았다. 그래서 여울의 인생에 가장 힘든 순간을 같이 보내 준 그를 가족으로 받아들이고 싶었다.

허울 좋은 변명에 태경이 그러겠다고 대답했다. 경호는 여울이 잘 자고 있는지 확인한 뒤 태경에게 말했다.

"손님방이 비어 있으니까 오늘은 우리 집에서 자고 가요. 괜히 음주운전 하지 말고."

"괜찮습니다. 집이 가까우니까 걸어가도 되고, 아니면 대리를 불러도 됩니다."

"어차피 여울이 깰 때까지 차에서 기다릴 거잖아요. 그럼 시간도 꽤 늦을 텐데 그럴 바에야 우리 집에서 자고 가는 게 나아요."

경호가 집에서 담요를 하나 더 가지고 나와 태경에게 주었다.

"난 작업실에 있을 거예요. 여울이 깨면 연락 줘요. 늦어도 괜찮으니까."

다시 차에 올라타는 태경을 확인하고 경호는 다시 집으로 들어갔다. 태경은 차 문을 여닫는 소리가 제법 컸을 텐데도 깨지 않고 깊이 잠든 여울의 얼굴을 살폈다.

"이젠 아프지 마라. 몸도 마음도."

태경이 바라는 것은 그것뿐이었다. 마음이 아파서 쉬이 잠들지 못하는 여울이 안쓰러웠고 잠들지 못해 늘 병든 닭처럼 기운 없어 하는 모습에 되레 자신이 더 마음이 아팠다. 태경은 여울이 건강해야 자신도 맑은 정신으로 버틸 수 있다는 걸 여울이 알아줬으면 했다.

자정이 가까워졌을 때쯤 여울이 눈을 떴다. 여울은 계속 자신을 바라봐 주고 있던 태경과 눈이 마주치자 부끄러움에 팔을 들어 눈을 가렸다. 태경은 눈을 가리고 있는 손을 내리며 여울에게 인사했다.

"잘 잤어?"

"얼마나 잔 거예요?"

"집에서 출발할 때부터 잠들었으니까, 네 시간쯤?"

"오래 잤구나……. 깨우지 그랬어요."

"아버님도 그렇게 말씀하시던데. 부녀가 어쩜 그렇게 똑같니."

"아빠가 보셨어요?"

"응. 너 깨면 데리고 들어오라시네."

자느라 눌린 머리를 정리하는 손길이 분주했다. 잠깐 잠든 것도 아니고 푹 잠이 들었다니 여울은 태경에게 혹시라도 이상한 모습을 보인 게 아닐까 걱정이 됐다.

"저 잠꼬대 안 했어요?"

"왜? 꿈꿨어?"

"아뇨. 그건 아닌데 혹시라도 민망한 모습 보였을까 봐."

"그런 거 없었어."

다행이다. 태경에게 예쁜 모습만 보여 줄 수 있어서.

여울은 챙기기 좋게 담요를 개켜 들고 차에서 내렸다. 태경은 경호에게 여울이 일어났다는 메시지를 보낸 뒤 여울을 따라 내렸다.

"혹시 술 마셨어요?"

슬쩍 태경과 팔짱을 낀 여울은 태경에게서 나는 옅은 술 내음을 감지했다. 도대체 자신이 잠든 사이에 무슨 연유로, 누구와 술을 마셨던 걸까. 여울은 태연하게 집으로 향하는 태경을 말렸다.

"술 마신 거 알면 아빠가 별로 안 좋아하실 건데."

"아버님이랑 맥주 마신 거야. 음주운전 하지 말고 집에서 자고 가라고 하시던데?"

"정말이요?"

"그럼 정말이지, 거짓말이겠어?"

태경의 말은 거짓이 아니었다. 아예 태경이 자고 갈 수 있게 손님 방에 잠자리를 마련해 뒀다고 말하는 경호를 여울은 한참이나 얼이 빠진 채 보기만 했다.

"집에 연락은 드렸어요?"

"네. 연락 드렸습니다. 걱정 안 하셔도 돼요."

"그럼 편히 쉬고 내일 가요. 여울아, 뭐 하니. 얼른 들어오지 않고."

경호가 집을 비운 사이에 몇 번이나 태경이 집에 들렀었지만 오늘처럼 경호의 환대를 받으며 집으로 들어간 적은 처음이었기에 여울은 얼떨떨하기만 했다.

"오늘 하루만 신세 지겠습니다, 아버님."

태경이 자연스레 여울을 어깨를 감싸 안았다. 여울은 너무나 당연하게 집 안으로 발을 딛는 태경을 물끄러미 올려다보았다.

"왜?"

여울의 시선을 느낀 태경이 여울을 내려다보며 물었다.

"너무 당당한 거 아니에요?"

"뭐 어때. 어차피 내가 이 집 사위 될 건데."

"네에?"

"놀라긴. 뭐, 언젠가는 되겠지. 그러려고 날 집에 들이는 거 아니시겠어?"

태경은 여울이 생각해 보지 않은 먼 미래까지 그리고 있었다. 여울은 뜬금없는 태경의 발언에 놀라 고개를 푹 숙였다.

"설마 나 말고 다른 사람 생각하는 건 아니지? 나 반품 안 된다고 했다."

당당함. 그 속에 숨긴 수줍은 고백.

여울은 태경을 따라 걸으며 상상해 보았다. 태경이 완벽하게 자신의 남자가 되는 그날을.

여울은 태경 모르게 달아오른 볼을 문지르다 태경의 팔을 꼭 끌어안았다. 엉큼한 상상을 하다 들킨 사람처럼 괜히 낯부끄러웠다.

하지만 그만큼 기분은 좋았다.

태경이 자신의 사람이 된다는 것이, 자신만의 남자가 된다는 것이 못 견디게…… 그렇게 좋았다.

16.
사랑해

"비가…… 온다."

가을비가 오는 밤. 태경은 여울이 쓴 대본을 읽으며 숨을 골랐다. 요즘 잠을 자는 대신 대본과 소설을 쓰는 데 시간을 쓰고 있다더니 허투루 하는 말이 아닌 것 같았다. 전보다 더 깊어진 문장, 더 깊어진 감정선, 더 깊어진 주제. 시간이 많아지니 자연스레 생각할 것들도 많아진 모양이었다.

"네가 좋아하는 비가 와. 토도독, 비가 내리는 소리가 들리기 시작하면 나는 어김없이 네 생각에 빠져들어. 비 오는 날, 같이 우산을 쓰고 걷는 걸 좋아하던 너. 나는 그때마다 신발이 젖는다며 짜증내기 바빴지. 한 번쯤 낭만적이라고 말해 줄 수도 있었을 텐데……. 바보 같은 나는 네 마음도 몰랐어."

일기예보를 들었나 보다. 마침 바깥엔 비가 내렸고 분위기에 맞춰 오늘의 원고를 준비한 여울은 창문 위로 따갑게 내리붓는 비를 바라보고 있었다. 잠시 BGM을 키워 놓고 여울의 표정을 살핀 태경은 오늘따라 멍해 보이는 여울을 걱정스런 눈길로 지켜보았다.

"생각해 보면 넌 비가 와서 좋아했던 게 아니라 나랑 더 가까이 있을 수 있어서 좋아했던 것 같아. 넌 늘 어깨가 젖을까 봐 그런다며 어색한 변명을 늘어놓았고 나는 그런 네가 항상 못마땅했지. ……네가 싫은 건 아니었는데, 비가 와서 짜증이 났을 뿐인데, 내가 왜 그랬을까. 왜 네 마음을 몰라줬을까. 되돌리기엔 어긋난 우리 사이가…… 너무 서글프다."

미련한 남자의 진수를 보여 주는 글이었다. 처음부터 내 여자다 싶으면 잡아야 하는 게 맞다. 이렇게 여자를 괴롭게 할 것이 아니라.

"되돌리기엔 너무 어긋난 우리 사이, 구멍 난 내 가슴엔 오늘도 시린 바람만 분다. 이기적인 남자의 뒤늦은 후회. 너에게 보내는 편지."

태경이 마지막 문구를 읽고 노래를 내보낸 뒤에도 여울은 좀처럼 바깥 풍경에서 시선을 떼지 못했다. 깜깜한 밤. 볼 수 있는 거라곤 빗물에 뭉개져 버린 흐린 불빛뿐인데 무슨 생각을 하고 있는 건지 도무지 알 수가 없었다. 아침까지만 해도 괜찮아 보이던 컨디션이 갑자기 안 좋아지기라도 한 걸까.

노래가 끝나 가고 있었다. 태경은 어쩔 수 없이 다시 헤드셋을 끼고 대본에 집중해야만 했다.

"에픽하이의 '우산' 들으셨습니다. 윤하 씨의 피처링이 돋보이는 곡이었죠? 오늘 날씨와 참 잘 어울리는 노래였어요. 으음, 비가 제법 많이 오는 것 같은데 다들 집엔 무사히 들어가셨나 모르겠어요. 신발은 물론이고 옷까지 젖어서 퇴근길이 무척이나 찜찜하고 짜증 나셨죠? 오늘 '너에게 보내는 편지' 속 남자의 말처럼 비 오는 날

에는 아무래도 신발 젖는 게 제일 싫은 일이니까요."

실시간 메신저에 올라오는 글 중 대다수가 옷과 신발이 젖어서 짜증이 난다는 얘기였다. 태경은 그들의 얘기에 공감하며 말을 이었다.

"그래도 여자 친구가 빗속을 걷는 걸 좋아한다면 신발 젖는 것쯤이야 모른 척해 줄 수 있는 거 아닌가요? 정말 사랑했다면 그래 줄 수 있는 게 당연한 건데 여자가 떠나고서야 정신을 차렸다는 건 어지간한 미련이 아니면 설명할 수 없는 거겠죠."

정말 그렇다고 생각했다. 그건 사랑이 아니라 미련이고 단순히 미안한 감정일 뿐이었다.

"어, 6190님께서 제게 여자 친구가 비 오는 거리를 같이 걷자고 한다면 어떻게 할 거냐고 물으셨는데요. 전 같이 걸어 줄 겁니다. 절 알아보는 분들이 많겠지만 그래도 최대한 알아보는 사람들을 피해서 같이 걸어 주고 싶어요."

태경이 빗속을 같이 걸어 주겠다고 하자 창밖을 응시하던 여울이 부스 쪽으로 고개를 돌렸다. 괜히 이런 글을 쓴 게 아니었나 보다. 말하지 않아도 알아차려 달라고, 은근히 돌려 말한 것인가 보다. 태경이 한 손으로 우산을 든 제스처를 취하자 여울이 희미하게 웃으며 고개를 끄덕였다. 태경은 검지와 엄지를 동그랗게 오므려 오케이 사인을 보냈다. 오늘은 오랜만에 나란히 걸을 수 있겠다.

"비 맞잖아. 좀 더 가까이 와."

방송이 끝난 뒤, 태경은 차를 방송국 주차장에 주차해 두고 우산만 꺼내어 여울과 함께 썼다. 아주 오랜만에 차가 아닌 도보를 이용해 퇴근을 하는 것 같았다. 비가 오지 않았더라면 다정히 손을 잡고 걸었겠지만 손을 못 잡는다고 해서 서운하거나 섭섭한 것은 없었다. 비를 피하기 위해선 여울이 태경에게 바짝 붙어야만 했으니까.

"나 없는 사이에 무슨 일 있었던 거야?"

"무슨 일이라기보다…… 나쁠 수도 있고 좋을 수도 있는 소식이 있어요."

"좋은 일? 뭔데?"

"출간 제의를 받았어요. 우리 프로그램에서 제가 쓴 원고를 추려서 책으로 내 보지 않겠느냐고 하더라고요."

"정말이야?"

"네."

우산만 들고 있지 않았다면, 비만 오지 않았다면 태경은 여울을 안아 한 바퀴 뱅그르르 돌았을 것이다. 차를 탔다면 급히 브레이크를 밟았을지도 모르겠다. 모두 일어날 가능성이 농후한 것들이라 미리 그런 일을 막고자 여울은 태경에게 일부러 비 오는 거리를 걷자고 했다.

"하기로 했어?"

"생각해 본다고 하고 연락처만 받아 뒀어요."

"왜? 좋은 일이잖아. 너한테 도움도 될 것 같고."

"내 느낌인지는 모르겠지만 정말로 내 글이 좋아서 그런 게 아니라 어, 엄마…… 때문에, 그래서 연락이 온 게 아닐까 하고……."

얼마 전부터 여울은 혜민을 엄마라고 부르기 시작했다. 잊고 있던 기억이 조금씩 되살아난다며 아주 어렸을 때 혜민으로부터 얼마나 많은 사랑을 받았는지 알 것 같다고 했다. 엄마 없이 산 세월이 워낙 길었던 탓에 엄마라는 말이 쉽게 나오진 않았지만 적어도 혜민을 그 사람이라고 부르지 않는 것만으로도 경호는 다행이라고 여긴다고 했다. 물론 태경 또한 같은 생각이었다.

"어머님 때문이라니?"

"아무래도 엄마 명성이 있으니까, 그래서 그런 게 아닐까 하고……."

"네 말은, 넌 네가 아직 햇병아리라고 생각을 하는데 출판사에서 어머님 이름 하나 보고 너랑 계약을 하려고 한다, 이 말이지?"

잠시 멈춰 서서 여울을 내려다보던 태경은 고개를 주억거리는 여울의 이마에 자신의 이마를 맞대었다.

"이보세요, 한여울 씨. 아무리 어머님 명성이 자자하다지만 그것 하나만 덜렁 믿고 신인 작가와 계약할 출판사는 없다고 생각하거든요? 출판사는 땅 파서 장사합니까? 글이 마음에 안 들면 그냥 아웃인 게 그 바닥일 텐데. 나 참. 어디에서 그런 상상이 나오는 거야?"

넘겨짚긴 했으나 태경은 자신의 말이 거의 맞을 거라고 생각했다. 이익을 창출해야 하는 영리기업이 그렇게 단순하게 접근을 할 리 없다. 분명 여울의 글이 마음에 들었으니 계약할 마음이 들었다는 게 맞을 테다.

"네 글, 우리 프로그램에서 제일 인기 있는 거 알지? 그것만 따로 녹음해 뒀다가 듣는 사람들도 꽤 있다고 들었어. 그만큼 사람들이 네 글을 좋아한다는 거야. 그 출판사도 그걸 아는 거겠지. 그만큼 승산이 있다고 생각했으니까 너한테 연락을 한 거 아닐까? 그렇게 생각하는 게 너한테도 좋잖아."

하지만 자신이 없는지 여울은 한동안 말이 없었다. 좀 더 생각을 해 보고 싶다며 말을 아끼곤 태경의 팔을 끌어안았다.

"아, 맞다. 나도 할 얘기 있는데."

"뭔데요?"

"나, 요리 프로그램에 게스트로 나가게 됐어."

"요리 프로그램이요? 갑자기 거긴 왜?"

"글쎄. 왜일까요?"

태경이 웃는 것을 보니 일부러 그 프로그램에 합류했다는 느낌이 강하게 들었다.

"긴장해야겠다, 너."

뭇 여성들의 마음을 다 훔쳐 올 수가 있다던 태경의 장담이 뇌리를 스쳤다. 언젠가 여울이 요리 프로그램을 맡으면 좋겠다고 했던 말을 잊고 않고 기억해 뒀던 모양인지 태경은 그 얘기를 하는 내내 입가에서 미소를 지우지 못했다.

"긴장 안 해요."

"얘가 요즘 여자들 무서운 걸 모르네. 요즘 여자들, 골키퍼 있다고 골 못 넣는 사람들이 아니거든? 있을 때 단속 잘 해야 해."

"오빠야말로 뭘 모르네요. 오빠를 믿으니까 긴장도 안 하고, 단속도 안 하려는 거잖아요. 내가 단속한다는 건 오빠를 의심한다는 거니까. ……혹시, 내가 의심하길 바라는 거예요?"

"아니. 의심 말고 질투해 줘."

자신을 믿기에 전혀 의심하지 않는다는 말은 기뻤으나 한편으론 섭섭하기도 했다. 서로의 마음을 확인했다고는 하지만 혼자만 안달이 나서 여울에게 매달리긴 싫었다. 태경은 저를 질투한다던 여울의 말을 떠올리곤 설핏 인상을 찌푸렸다. 이번에도 잘못된 질투를 하면 안 될 텐데.

"그럼 그 질투, 해 줄게요. 그러니까 어디 뭇 여자들 마음 다 훔쳐 와 보세요."

다행이다. 대상이 엇나간 질투는 아니었다. 여울은 그렇게 말해 놓고 태경에게 매달리다시피 팔짱을 꼈다. 평소보다 힘이 더 세서 더 가까워진 느낌이 들었다.

"말은 그렇게 해도 불안한가 봐?"

"누가 그렇대요?"

"안 그럼 이렇게 힘줄 이유도 없는 거잖아. 내가 홀랑 넘어갈까 봐 겁이 난 거겠지."

"겁 하나도 안 나요."

"진짜?"

"네. 진짜."

"거기 되게 예쁜 작가님이랑 피디님 계시다던데. 그래도 안 불안 하다는 거지? 기특하네, 우리 여울이."

아무리 예쁜 사람이 있어도 태경이 절대 한눈을 팔지 않을 거라 고 확신한다는 여울의 말은 태경을 웃음 짓게 했다. 차라리 혼자 안달 나는 게 낫다. 여울의 말대로 믿는다는 건 정말로 사랑하기에 가능한 일이었으니까. 태경은 살짝 젖은 여울의 어깨를 끌어당겼 다.

"그렇게 어설프게 붙으면 다 젖…… 으아아……!"

도보 옆 큰 물웅덩이를 지나간 차가 한바탕 큰 물벼락을 선사했 다. 먼지와 도로 위 온갖 더러운 것들이 뒤섞인 빗물을 뒤집어쓴 태 경은 제일 먼저 여울에게 물이 튀진 않았는지 확인부터 했다. 자신 의 옷이 젖은 것보다 여울이 더 걱정된 탓이었다.

"옷 젖었어?"

"오빠, 괜찮아요?"

"어디 봐. 옷 젖었는지 봐야겠어."

"전 괜찮아요. 오빠가 재빨리 막아 줘서 물 한 방울도 안 튀었어요."

밤이었기에 망정이지 낮이었다면 그대로 집에 가기에도 애매할

353

뻔했다. 태경은 구정물로 흥건해진 티셔츠를 손으로 주르륵 짜내곤 아무렇지 않게 다시 여울의 어깨를 끌어당겼다.

"놀랐지?"

물이 튀어서 놀란 게 아니라 어마어마한 양의 빗물을 뒤집어쓰고도 아무렇지 않아 하는 태경 때문에 더 놀랐다. 놀랐다, 차갑다, 뭐 저런 사람이 다 있냐며 욕이라도 한마디 할 줄 알았던 태경이 묵묵히 걷는 것을 택하자 옆에 있던 여울의 표정이 오히려 굳어졌다.

"왜 그래?"

"놀랐느냐고 묻기 전에 차 뒤에 대고 욕 한 번쯤은 할 수 있었잖아요. 어쩜 사람이 그렇게 착해 빠졌어요? 남자가 욕도 못 해요?"

불쑥 화를 내는 여울 때문에 당황한 태경은 잠시 멈칫거렸다. 그러나 이내 조곤조곤 자신의 생각을 풀어냈다.

"나도 당연히 욕할 줄 알지. 근데 네가 있어서 안 한 거야. 내 여자 앞에선 적어도 젠틀한 남자로 보이고 싶으니까. 너는 내가 욕을 했으면 좋겠어?"

"참지만 말고 가끔씩은 나한테도 오빠 감정을 보여 줬으면 좋겠어요. 겉으로 한없이 착해 보이기만 하는 그런 감정 말고 오빠의 솔직한 감정이요."

"나는 지금도 충분히 솔직하다고 생각하는데."

여울은 고개를 가로저으며 태경의 말에 차분히 반박을 했다.

"그럼 지금 당장 욕할 수 있어요?"

"여기서? 여긴 너무 오픈된 공간 아닌가?"

"어차피 비도 오고, 밤도 깊어서 사람도 없어요. 듣는 귀가 무서워서 그러는 거라면 안심해도 될 거예요."

"나 참. 욕해 보라고 시키는 여자는 네가 처음일 거야. 내가 욕하는 게 그렇게 듣고 싶어?"

듣고 싶다는 게 아니었다. 여울은 태경이 너무 착하게만 굴지 말고 가끔씩은 진짜 속내를 드러내 주길 바라는 것이었다. 여울 자신이 태경에게 속내를 털어놓은 것처럼 태경도 그러하기를 바라면서 말이다.

"꼭 욕하는 걸 듣고 싶다는 게 아니에요. 오빠가 나한테 좀 더 기대 줬으면 해서 해 본 말이에요. 지금까지 나만 오빠한테 기댔으니까, 나도 뭔가 보답을 해 주고 싶어서요."

태경은 알았다는 말 대신 몸을 부르르 떨었다. 그리고 어느새 우산을 벗어난 여울의 어깨를 끌어안았다.

"축축해도 좀 참아."

옷을 적신 빗물이 중력에 못 이겨 팔을 타고 흘렀다. 팔을 적시고, 손을 적시고, 온기를 빼앗고. 어두워서 태경의 표정을 제대로 볼 순 없었지만 그가 지금의 상황을 꽤나 즐기고 있다는 것만은 알 것 같았다.

"옷이 많이 젖었네요."

"금방 집에 갈 거니까 괜찮아. 신경 쓰지 마."

"미안해요. 제가 괜히 걸어가자고 해서……."

"비 오는 날 연인과 걷는 것도 운치 있어서 좋지 않나? 난 좋은데."

이 남자의 순수함에는 당할 수가 없다. 그래도 그런 사람이 태경이어서 여울은 참 다행이란 생각이 들었다.

"우리 집에 들러서 옷 갈아입고 가요."

"에이. 거기서 우리 집까지 금방이잖아. 그냥 갈게. 괜히 아버님 걱정하신다."

"오늘 아빠 안 계세요. 그보다 내가 마음이 불편해서 안 되겠어요. 아빠 옷 빌려 드릴 테니까 옷 갈아입고 가요. 감기 걸리면 안 되잖아요."

"이깟 물벼락 좀 맞았다고 감기에 걸리면 남자가 아니지."

툭. 아프지 않게 태경의 가슴을 두드린 여울은 이내 태경의 품을 파고들며 걸음을 재촉했다. 어깨를 감싼 그의 손이 차갑다. 내색하지 않으려 해도 저절로 떨어지는 체온은 여울을 불안하게 했다. 느긋하게 태경과 걷고 싶었던 마음을 단호히 접을 만큼.

"수건은 욕실 수납장에 있어요. 옷은 대충 사이즈 봐서 꺼내 놓을게요. 욕실 문 열면 보이게끔 놔둘 테니까 챙겨 입고 나오면 될 거예요."

결국 여울에게 끌려 그녀의 집으로 가게 된 태경은 한참을 망설이다 욕실로 들어갔다. 마음만 먹으면 끝까지 버틸 수도 있었지만 여울이 너무나도 원하니 어쩔 수가 없었다. 물론 거울에 비친 제 모습을 보고 놀란 것도 없잖아 있었다. 여기저기 물이 튀어 지저분하기 그지없는 모습을 보니 집에 돌아가면 어머니가 뭐라고 하실지 생각만 해도 웃음이 났다.

우선 이가 덜덜 떨리는 추위에서 벗어나려 뜨거운 물로 샤워를 한 태경은 여울이 챙겨 놓은 옷을 입고 욕실 밖으로 나왔다. 여울은 태경을 위해 따뜻한 차를 준비하느라 정신이 없어 보였고, 태경은 그런 여울을 소파에 앉아 멀거니 바라보았다.

"금방 갈 건데 너무 신경 쓰는 거 아니야?"

"감기 걸릴까 봐 걱정이 되니까 그렇죠. 이거 마시고 나면 집에 안 간다고 해도 보낼 거예요."

따뜻한 물로 씻고 나니 온몸이 노곤했다. 태경은 스멀스멀 밀려오는 졸음을 쫓아내려 무겁게 내리감기는 눈꺼풀을 밀어 올렸다. 하지만 졸음을 몰아내기란 쉽지 않았다. 머리를 괸 채 여울의 뒷모습을 바라보며 눈을 깜빡이던 태경은 몇 분 지나지 않아서 잠에 빠져들었다.

"오빠. 이것 좀 마셔 봐요."

잠시 후 따뜻한 유자차를 내온 여울은 무방비 상태로 잠들어 있는 태경을 발견했다. 폼은 꽤 불편해 보였지만 마치 내 집인 양 편한 얼굴로 잠들어 있는 그를 차마 깨울 수 없었다. 내온 차를 탁자에 올려 두고 살며시 태경이 앉은 소파로 다가간 여울은 젖어 있는 그의 머리칼을 조심스레 만지며 걱정했다.

"머리 안 말리면 진짜 감기 걸릴 텐데……."

잠든 그의 얼굴을 하염없이 바라보다가 집에서 기다리고 있을 가족들 생각에 여울은 얼른 휴대폰을 집어 들었다. 누가 뭐라 하는 것도 아닌데 괜히 눈치가 보인 여울은 태경이 자고 가게 된 이유를 상세하게 써서 정미에게 메시지를 보냈다. 다행히 정미는 여울이 보낸 메시지 그대로를 믿어 주는 것 같았다.

태경의 고른 숨소리를 조용히 듣던 여울은 드라이어를 가져와 불편한 자세로 잠이 든 태경의 머리를 말리기 시작했다. 혹시라도 드라이어 소리에 잠이 깰까 제대로 머리를 말렸는지 확인도 못 했지만 축축하게 물기가 남아 있는 머리로 잠드는 것보다는 나을 것 같았다.

여울은 어느 정도 머리가 말랐을 즈음 손님방에서 베개와 얇은 이불도 가져왔다. 태경은 아직도 꼿꼿하게 머리를 괸 채 잠들어 있었다. 태경의 머리 뒤로 슬며시 베개를 집어넣고 조심조심 머리를 누였다. 순간, 머리를 받치고 있던 손이 없어지자 허전했는지 태경이 눈을 떴다.

"뭐 하는…… 거야?"

"불편하게 자고 있기에 편하게 해 주려고……."

꿈일까. 태경은 저를 내려다보고 있는 여울에게서 눈을 떼지 못했다. 평소라면 절대 저를 내려다 볼 일이 없는 여울이 지금은 어쩐 일인지 내려다보는 시선을 피하지 않았다. 이쯤이면 눈을 피할 때도 됐건만 계속해서 저를 바라보고 있는 여울이 꿈인지 현실인지 분간이 되지 않아서 태경은 몇 번이나 눈을 끔뻑였다.

"좀 웃긴 얘기이긴 한데, 이게 꿈이면 너 지금 되게 섹시하다고 말해 주고 싶다."

태경이 샤워를 하는 동안 옷을 갈아입었던 여울은 어느새 어깨로 흘러내린 티셔츠를 잽싸게 끌어 올리며 태경에게서 물러났다.

"현실이면요?"

"미치도록 섹시하다고 말해 줘야지. 큭큭"

하지만 태경은 벌써 이것이 현실임을 직시하고 있었다. 정신을 차리려 마른세수를 하고 일어서려는데 여울이 불러 세웠다.

"오빠. 오늘은 아빠 안 계세요."

"알아. 그래서 너 잠드는 것만 보고 갈 거야."

여울이 한참 전에 가져다 놓은 유자차는 벌써 식었다. 그래도 준비해 준 정성이 갸륵해서 태경은 유자차의 건더기까지 모두 씹어 삼켰다. 입에서 달면서도 향긋한 유자 향이 났다. 허브차를 마신 느낌이 드는 것도 같고. 몰려왔던 잠은 고맙게도 달아난 지 오래다.

"방에 들어가자."

바닥에 주저앉아 있는 여울을 일으키던 태경은 헐렁한 티셔츠 사이로 아찔하게 보이는 여울의 뽀얀 살결을 보곤 휙 고개를 돌렸다.

오늘 여러모로 위험하다. 방금도 계속해서 꿈인 줄 알았더라면 그대로 여울을 눕혀 놓고 마구잡이로 키스를 퍼부을 뻔했다. 다행히 그러지 않았던 건 아이러니하게도 방금 태경을 아뜩하게 만들었던 얇은 티셔츠 덕분이었다. 태경은 애써 흥분한 감정을 추스르며 고개를 저었다.

"아까 어머님께 연락 드렸어요. 오빠 지금 잠들었다고."

"뭐 하러 그랬어. 그냥 깨우지."

"오해 안 하시게 잘 말씀드렸어요. 옷이 젖어서 옷 갈아입으러 들어왔다가 피곤해서 잠깐 잠들었다고. 근데 제가 곤히 자는 사람을 못 깨우겠다고 그냥 여기서 재우겠다고 했어요."

"어머니는 뭐라고 하셔?"

"그러라고 하시죠."

"큰일이네. 아무래도 오해하실 것 같은데……."

정미가 바라는 대로 사고를 칠 수는 없는 일이었다. 생각이 거기까지 미친 태경은 서둘러 짐을 챙겨 들었다.

"어디 가요?"

"집에."

"못 간다고 말씀드렸댔잖아요."

"안 돼. 가야 해. 안 가면 너랑 나, 오해하실 거야."

오해든 뭐든 아무래도 좋았다. 젖은 옷을 핑계로 태경을 집으로 끌어들일 때부터 각오했던 일이었기에 여울은 태경을 붙잡았다.

"미안해. 오늘은 잠들 때까지 못 있어 주겠다."

"가지 마요."

"여울아……."

"가지 마세요."

태경의 옷자락을 잡고 있던 여울이 눈을 꼬옥 감으며 태경의 목을 끌어안았다. 여울의 갑작스런 행동에 태경은 두 손을 어디에 두어야 할지 몰라 주먹만 쥐락펴락했다. 이대로 여울의 허리를 감아 안았다간 참지 못할 것 같아서, 여울을 그대로 가질 것만 같아서 덜컥 겁이 났다.

속으로 수없이 갈등하는 태경의 마음을 알아챈 여울이 발끝을 들어 태경의 입술에 입을 맞췄다. 얼마나 떨고 있는지, 지금 이 순간이 얼마나 긴장되는지 알 수 있을 정도로 태경의 입술에 닿은 여울의 입술이 옅게 떨렸다.

"정말 괜찮겠어?"

"네에. 괜찮아요."

변명이라고 해도 좋다. 태경은 기폭제나 다름없는 여울의 키스로 인해 자신의 안에 잠재되어 있는 남자의 본능을 터트리고 말았다.

어쩌면 여울이 먼저 다가와 주길 바라고 있었는지도 모른다. 태경은 늘 다정하고 따뜻했던 키스가 아닌 당장이라도 여울을 잡아먹을 듯 강렬한 키스를 하며 여울을 방으로 이끌었다.

자연스럽게 여울을 침대 위로 몰고 그 위에 올라타서는 여과 없이 드러난 여울의 목덜미에 입술을 묻었다. 자신이 잠든 사이에 샤워라도 했던 건지 여울의 몸에서 자신과 같은 향이 나고 있었다. 그것이 얼마나 태경을 미치게 만드는지 여울은 죽어도 모를 터였다.

"오빠. 조금만…… 천천히……."

귓불을 잘근잘근 씹던 태경은 볼을 타고 넘어와 여울의 입술 언저리에서 멈췄다. 아직 시작도 하지 않았는데 벌써부터 겁에 질려 옷자락만 그러쥐고 있는 여울을 보고 있자니 자신이 너무 성급한 게 아닐까 하는 생각이 설핏 들었다. 그래도 그만두자고 말하지 않고 천천히 해 달라는 여울의 말이 듣기 좋았다. 겁이 나지만 자신을 받아들이려 노력하는 여울이 한없이 예뻐 보였다.

태경은 이를 악물고 속도를 늦췄다. 여울의 반응에 맞춰 키스를 하다가 본능적으로 잘록한 여울의 허리와 등을 쓸었다. 이 순간만큼은 여울이 입고 있는 티셔츠 한 장이 종잇장보다도 얇게만 느껴졌다. 손끝에 닿는 부드러운 촉감, 입술에 와 닿는 뜨거운 숨결. 모든 것이 태경을 미치게 하기 충분했다.

살살 어르듯, 달래듯 여울의 몸을 천천히 달구어 놓고 태경이 순식간에 자신의 윗옷을 벗어 던졌다. 마른 몸 안에 숨겨진 탄탄한 근육들이 놀랄 만큼 정교했다. 여울은 저도 모르게 태경의 몸 위로 손을 얹었다. 옷 위로 느꼈던 태경의 몸은 지금에 비하면 아무것도 아니었다. 맨살 그대로 느껴 보는 근육은 아무것도 모르는 여울을 저절로 여자로 만들었다. 키스 그 이상의 의미를 본능적으로 깨닫게.

여울이 정신없는 사이 불쑥 셔츠 안으로 손을 넣어 여울의 배와 가슴을 쓸어내리던 태경은 브래지어 호크를 풀고 한 손에 여울의 가슴을 쥐었다. 말랑하고 부드러운 살결의 촉감이 참을 수 없을 만큼 짜릿하다. 이 순간만큼은 여울에게 착한 남자가 아닌 그냥 남자가 되고 싶었다.

태경은 본능을 따라 단번에 여울의 옷을 벗겨 내고 덥석 가슴을 입에 물었다. 갓난아이처럼 잘근잘근, 엄마 젖을 먹듯 가볍게 여울의 가슴을 유린하던 태경은 낯선 촉감에 호흡이 가빠진 여울의 신음

소리를 들으며 미소를 지었다. 싫다는 말 한마디 없이 입술을 꼭 깨물고 어쩔 수 없이 비집고 나오는 신음을 참아 내는 여울이 좋았다.

"입술에 상처 나. 그러지 마."

"……부끄러워요."

얼마나 세게 깨물었는지 벌써 빨갛게 자국이 남았다. 태경은 여울의 입술을 다정스레 만지다가 웃었다. 이보다 더한 일을 겪으면 입술이 남아나질 않겠다.

그래도 멈출 수는 없었다. 태경은 입술과 목, 쇄골, 가슴골을 지나 납작한 배에 차례대로 입을 맞추다가 꽉 다물린 여울의 다리를 열어 은밀하게 숨긴 허벅지 안쪽에 잇자국을 새겼다.

여울은 미처 몸을 일으켜 막을 새도 없이 다리 사이에 고개를 묻고 사랑을 나눌 준비를 하는 그를 받아들여야만 했다. 민망하다 여길 시간조차 없었다. 처음 느껴 보는 아찔한 느낌에 흐트러져 버린 여울은 허리를 비틀며 그가 선사한 감각에 예민하게 반응했다.

태경은 여울이 저를 받아들일 준비가 된 것을 보며 여울의 위로 자리를 잡았다. 긴 머리카락이 침대 위에 어지러이 흩어져 있고, 여울은 달뜬 신음만 뱉으며 태경을 올려다보았다.

늘 선연히 웃던 그녀가 아니었다. 지금의 여울은 저를 받아들일 여자가 되어 있었다. 그 신선한 충격을 곱씹으며 태경은 여울의 바지와 속옷을 벗겨 냈다. 그리고 자신 또한 본연의 모습을 드러냈다.

완전한 나체가 되자 여울이 이불을 끌어와 몸을 가렸다. 그 정신 없는 순간에도 부끄러움이라는 것이 남아 있었는지 이불을 그러쥐고 있는 여울의 손이 바르르 떨렸다. 태경은 여울에게 키스를 하며 조심스레 손에 들린 이불을 **빼**냈다. 그리고 곧 여울의 몸 안으로 들어섰다.

아팠다. 상처가 났다거나 다리가 삐어서 아픈 그런 느낌이 아니었다. 생살을 찢고 들어오는 그 고통은 무어라 말할 수가 없었다. 팡 하고 터지는 감각이 아득한 머릿속을 헤집었다. 여울은 몸이 시키는 대로 태경의 등을 끌어안았다. 길게 자란 손톱이 고통스런 여울의 마음을 대신해 태경의 등에 흔적을 남겼다. **빨**갛게 자국이 남은 태경의 등은 여울이 준 아픔을 고스란히 감내했다.

태경은 아프게 해서, 참지 못해서, 남자의 욕망을 드러내서 여울에게 한없이 미안했다. 아픈데도 앙다문 입술 새로 신음이 흐르지 않게 애써 노력하는 여울이 못내 안타까웠다. 천천히 여울을 가지려 했던 계획이 와르르 무너지자 태경은 저도 저를 주체할 수가 없었다. 기회주의자처럼 여울이 내민 손을 냉큼 잡고 자신의 욕망을 채우려 무던히도 노력했다. 그의 욕망 앞에 산 채로 바쳐진 여울은 그런 태경을 원망조차 하지 않았다.

"사랑해요."

시트가 두 사람의 몸짓을 따라 정처 없이 흔들렸다. 여울의 안에 몸을 묻고 쉼 없이 달리던 그는 억눌린 목소리를 겨우 끄집어내어 고백하는 여울의 **뺨**을 어루만졌다. 아픔에, 고통에 얼룩진 얼굴로 해사하게 웃는 그녀가 고마웠다. 태경은 여울의 어깨를 끌어안고 낮게 속삭였다. 저도 사랑한다고, 사랑해서 미안하고, 미안해서 아프게 할 수밖에 없다고. 여울은 태경의 등에 깊게 박아 넣었던 손톱을 **빼**내어 그의 머리를 쓰다듬었다.

"난 괜찮아요."

그가 주는 고통은 지금껏 그녀가 겪었던 일에 비하면 아무것도 아니었다. 그리고 그 고통을 참는 것은 그가 자신에게 해 준 것들에 비하면 정말 아무것도 아니었다. 이렇게라도 그에게 자신의 마음을 내어 줄 수 있다면 여울은 그걸로 족했다.

잠시 물러났던 태경이 깍지를 껴 왔다. 단단하게 얽은 손을 지그시 바라보던 그는 여울의 손가락 하나하나에 입을 맞추곤 뭉근한 아픔과 함께 다시금 여울을 가지기 시작했다. 멈추기 전까지 다른 사람처럼 굴었던 그로 돌아가서 여울이 진정으로 저를 느낄 수 있게, 여울이 저를 갈급하도록 그녀를 몰아세웠다.

맞잡은 손에 살며시 힘을 준 여울은 남은 한 손으로 그를 끌어안았다. 맨살끼리 맞부딪는 느낌은 아직도 낯설지만 싫지 않았다. 오히려 그래서 좋았다. 이렇게 촉감을 나눌 수 있는 사람이 태경이어서 다행이라는 생각이 들었다.

마지막 몸짓에 박차를 가하던 태경이 천천히 속도를 줄이고 여울의 위로 몸을 겹쳤다. 묵직한 통증만큼이나 묵직한 태경의 무게는 여울이 진정으로 그의 여자가 됐음을 알려 주는 징표와도 같았다. 여울이 그제야 참았던 눈물을 터트리며 흐느꼈다. 태경은 그런 여울의 눈물을 닦아 주며 상냥하게 여울을 끌어안았다.

"너 이제 큰일 났다. 나한테 꼼짝없이 시집와야겠네."

웃으며 한 말이었지만 그것은 진심이었다. 여울을 안은 태경의 두 팔엔 힘이 들어갔다. 여울은 그의 품을 파고들며 고개를 끄덕였다.

그와 함께라면, 그가 곁에 있다면, 그를 따라가겠노라고.

❈　　　❈　　　❈

1년 뒤.

"사인회장이 어디라고 했지?"

— 광화문이요.

'너에게 보내는 편지'라는 제목으로 출간됐던 라디오 원고는 감성을 자극하기에 손색이 없다는 평을 받으며 여울의 이름을 알리는 데 크게 일조했다. 뒤이어 여울이 밤잠을 설쳐 가며 써 두었던 소설도 출판을 하자마자 인기를 끌었다. 로맨티스트 임태경과의 실제 러브스토리를 다룬 책이라는 점에서 사람들의 호기심을 끌었던 모양이다. 덕분에 베스트셀러 작가에 이름을 올리게 된 여울은 출판사에서 마련한 사인회를 소화하느라 정신없는 나날을 보내고 있었다.

"나중에 데리러 갈까? 같이 저녁 먹는 것도 좋고."

— 오빠 오면 여기 난리 나요.

"왜?"

— 이 남자가 정말…… 몰라서 물어요?

"아니까 물어본 건데?"

태경은 1년 전보다 조금 변했다. 여전히 착한 남자임에는 분명하지만 시간이 갈수록 여울에 대해선 능구렁이처럼 굴었다.

— 어쨌든, 올 생각 하지 마세요. 나중에 어머님이 들르기로 하셨으니까.

"뭐야. 어머니는 되고 나는 안 돼? 그러는 게 어디 있어!"

— 녹음 잘하고, 나중에 봐요. 사랑해요.

"여울아! 여울…… 아, 또 끊었어."

태경은 단칼에 끊긴 전화를 보며 허탈하게 웃었다.

"뭐래?"

"오지 말래요."

"나 같아도 오지 말라고 그러겠다. 임태경이 온다는데 순순히 오라고 할 사람이 어디 있어?"

"안 돼요. 오늘 꼭 가야 해요. 사인회 끝나는 시간도 벌써 다 알아 뒀다고요."

"아, 오늘이 그날이야?"

반년 전, 우진과 결혼을 한 유정은 불룩하게 솟은 배를 문지르며 태경에게 물었다.

"네. 그날이에요."

어떻게 하면 놀라게 할 수 있을지 몇 날 며칠을 고민했다. 혼자 반지를 사러 가서 어떻게 주면 제일 좋을지 가게 매니저와 상의를 하기도 하고, 먼저 결혼한 우진에게 물어보기도 했다. 하지만 모두 평범한 답을 내놓을 뿐, 어느 누구도 태경에게 시원한 답을 주지 못했다.

"찾아가서 어떻게 할 건데?"

"그건 비밀."

여울이 없는 스튜디오는 왠지 텅 빈 느낌이 들었다. 태경은 방송에 집중하려 애쓰며 대본을 챙겨 부스 안으로 들어갔다.

태경과의 통화를 끝내자마자 정미에게서 전화가 걸려 왔다. 첫 사인회를 축하한다는 말과 함께 갑자기 일이 생겨서 못 가게 됐다는 안타까운 얘기를 하며 정미가 미안해했다. 그러나 충분히 이해할 만했다. 그리고 미안해할 일도 아니었다. 어차피 어제 저녁에 여울의 승승장구를 축하하며 다 같이 식사를 했으니 그걸로 되었다.

여울이 서운해할까 봐 정미는 못내 걱정이 된 모양이었지만 여울은 괜찮다는 말로 정미를 안심시켰다.

"작가님. 이동할 시간입니다."

"벌써 그렇게 됐나요? 아, 어머니. 저 이제 끊어야 할 것 같아요. 죄송해요."

여울은 서둘러 통화를 끝내고 스태프의 안내를 받아 사인회장으로 향했다. 이동하는 내내 멀리서 웅성거리는 소리가 들렸다. 생각보다 많은 사람들이 사인회장을 방문해 준 것 같아서 기쁘면서도 한편으론 얼떨떨했다.

순간 이렇게 사랑받아도 되는지 걱정이 물밀 듯 밀려들었다. 하지만 태경이 곁에 있었다면 충분히 사랑받을 자격이 있다고 말해 주었을 터였다. 여울은 태경의 목소리가 들리기라도 한 듯이 크게 숨을 들이쉬고 떨지 말자는 주문을 외웠다.

사인회는 순조로웠다. 독자들은 사인을 받으며 태경과 끝까지 잘됐으면 좋겠다는 말을 심심찮게 건넸다. 1년 전, 처음 태경과 열애설이 났을 때보다 한결 누그러진 반응들이었다. 이게 다 태경의 한결같은 사랑 덕분이었다.

사랑한다고 내색하기보다 숨겨서 아껴 주는 그의 사랑법은 이미 세간의 이슈가 된 지 오래였다. 특히 여울의 비밀을 알고도 끝까지 숨겨 주려 노력했다는 점은 그를 더욱 매력적인 남자로 돋보이게 만들었다. 과묵해 보이지만 한편으론 세상 그 누구보다 다정하고 부드러운 그. 태경에 대한 사람들의 관심은 그렇듯 뭉근히 이어지고 있었다.

"힘들진 않으세요? 예정됐던 것보다 시간을 더 지체해서 어쩌죠?"

"아닙니다. 전 오히려 감사한걸요. 더 많은 분들과 인사를 나누지 못해서 아쉬워요."

367

그래도 두 시간 넘게 독자들과 인사를 하고 얘기를 나눈다는 건 꽤나 힘든 일이었다. 다른 것보다 얘기하는 내내 목이 따가워서 견디기 힘들었다. 스태프가 눈치껏 시원한 물을 가져다주었기에 망정이지 안 그랬으면 사인회를 연 건지, 기침쇼를 연 건지 구분이 가지 않았을 것이다. 여울은 걱정하지 않게 미소로 화답하고는 다가오는 독자와 다시 인사를 나누었다.

그로부터 한 시간. 여울의 앞으로 길게 늘어져 있던 줄이 없어지고 마지막 독자가 책을 내밀었을 때, 서점 안 사람들이 웅성거리기 시작했다. 그러나 사인을 하는 데 정신이 팔린 여울에게 들릴 리 만무했다. 세 시간의 긴 사인회가 마무리될 기미가 보일 즈음 여울의 집중력은 이미 엉망으로 흐트러져 있었다. 그래도 마지막까지 기다려 준 독자가 고마워서 여울은 경련이 오는 입술을 억지로 끌어 올리며 상냥하게 독자의 이름을 물었다.

"성함이 어떻게 되세요?"

여울은 말 대신 자신의 앞에 불쑥 책을 내미는 독자의 얼굴을 올려다보았다. 익숙한 향, 익숙한 머리색. 태경이었다.

"오빠. 여긴 어떻게……."

조용히 하라며 입술에 검지를 갖다 댄 태경은 여울의 책 'Beautiful Life'를 내밀어 사인 받을 곳을 펼쳤다.

[저와 결혼해 주세요.]

빈 공간에 사인을 하면 결혼을 승낙한다는 얘긴가. 펜을 들고 사인을 할까 말까 고민하는 여울의 앞에 태경이 반지를 꺼냈다. 고급스러운 케이스를 열어 여울이 잘 볼 수 있도록 반지를 들이민 태경은 한참 동안 대답이 없는 여울을 보다가 최후의 수단으로 모자와 선글라스를 벗었다.

"어머, 임태경이다!"

"정말이네? 정말 임태경이야."

갑작스러운 태경의 등장으로 인해 서점 안이 순식간에 소란스러워졌다. 이 반응을 위해 제 얼굴을 드러낸 태경은 아직도 사인을 할지 말지 고민하는 여울에게 큰 소리로 물었다.

"사인 안 해 줍니까, 한여울 작가님?"

"글쎄요. 인생이 달린 문제라서 고민 좀 해 봐야겠는데요."

당연히 사인을 할 거라고 여겼던 여울이 시큰둥한 반응을 보이자 태경은 허리를 숙여 여울에게 바짝 다가갔다.

"진짜 이럴 거야?"

"단번에 오케이하면 재미없잖아요."

"난 지금 꽤나 진지해."

"저도 진지합니다만?"

볼펜을 입에 물고 천연덕스럽게 대꾸하는 여울이 오늘따라 왜 이렇게 얄미운지 모르겠다. 결국 이 방법밖에 없는 거냐며 한숨을 푹 내쉰 태경이 투정을 부렸다.

"아, 정말…… 이건 너무 흔해서 안 하고 싶었단 말이야."

"싫으면 말고요."

"알았어. 하면 되잖아."

반지 케이스를 다시 들고 심호흡을 한 태경은 일생일대의 프러포즈를 위해 눈을 질끈 감고 무릎을 꿇었다. 수십, 수백 쌍의 눈이 자신들만 바라보고 있는 게 느껴졌지만 어쩌겠는가. 내 여자가 원한다는데.

"저와 결혼해 주시겠습니까?"

자리에서 일어난 여울은 곧 태경에게 다가가 그를 와락 끌어안았다. 허락의 의미였다.

"기꺼이요."

태경은 벌떡 일어나 여울의 손을 잡고 사인회장을 빠져나갔다. 입구를 찾아 부리나케 나가는 두 사람의 뒤로 사람들의 부러움 섞인 야유와 축하의 박수가 쏟아졌다.

그날 저녁, 태경의 프러포즈가 연예뉴스를 화려하게 장식했다.

"꿈에 엄마가 나왔다고요?"

뜬금없이 전화를 건 경호는 너무나도 생생한 꿈을 꾸었다며 여울에게 혹시 좋은 일이 있는 게 아니냐고 물었다.

"무슨 꿈을 꿨는데 그러세요?"

— 꿈에서 네 엄마랑 산책을 하고 있었는데 멀리서 석류나무가 보이는 거야. 어찌나 주렁주렁 탐스럽게 열렸던지. 보는 순간 따 먹고 싶더라고. 그래서 네 엄마랑 석류를 하나 땄는데 석류가 달덩이처럼 크더구나. 네 엄마랑 그걸 보는 순간 이건 네 거라고, 너 줄 거라고 얘기하면서 꿈에서 깼거든. 근데 아무리 생각해도 이게 태몽인 것 같아서 말이다.

"에이, 태몽은 무슨. 저희 아직 신혼이라 그럴 생각 없어요."

여울은 쇼핑 카트에 도시락 재료로 쓰일 것들을 쓸어 담으며 건성으로 대답했다. 그러나 대답과 달리 속으론 얼마나 놀랐는지 모른다. 마트에 오기 전 들렀던 병원에서 임신 10주 차에 접어들었다는 얘기를 들었기 때문이었다.

— 그래? 그럼 이상한데. 분명히 태몽이라고 했어.

"안 봐도 비디오네. 인호 삼촌이 그랬죠?"

고작해야 물어볼 곳이 인호밖에 더 있을까. 북카페를 운영하며 온갖 책을 섭렵한 인호는 물어보는 것마다 다 대답을 해 주어 경호에게 있어선 살아 있는 백과사전이나 다름없었다.

"개꿈인가 봐요. 아빠가 엄마 되게 보고 싶은가 보네."

— 아냐. 분명히 태몽 같았는데…….

"그건 나중에 생각하시고요. 지금 라디오 생방 들어가셔야 하지 않아요?"

경호는 뷰티풀 데이즈에서 임시 디제이 직을 맡았던 것을 계기로 지난 개편부터 낮 방송 디제이를 맡게 됐다. 여울의 오랜 염원이 드디어 이루어진 순간이었다. 여울은 우진에게서 경호의 깔끔한 진행과 걸쭉한 입담 덕분에 청취율도 꾸준히 오르고 광고도 많이 붙었단 얘기를 들었다. 그래서인지 우습게도 요즘 경호는 양쪽 어깨에 힘을 주고 다녔다.

— 내 정신 좀 보게. 그래, 나중에 다시 전화하마.

"아, 저기, 아빠!"

— 어, 왜?

"파이팅! 힘내세요!"

— 그래. 파이팅!

서둘러 전화를 끊는 경호의 목소리에서 즐거움이 담뿍 묻어났다. 자신이 진정으로 하고픈 일을 한다는 게 얼마나 감사한 일인지. 덕분에 경호를 지켜보는 여울도 덩달아 행복해졌다.

대충 사야 할 것들을 챙긴 여울은 계산대로 향하며 다시 걸려 오는 전화를 받았다. 이번에는 경호가 아닌 정미였다.

"어머니. 어쩐 일이세요?"

— 아가. 반찬 가져다주러 왔더니 문이 잠겨 있구나. 외출 중이니?

"네. 집 앞 대형마트에 있어요. 곧 도착할 건데 어머니 먼저 집에 들어가 있으시겠어요?"

— 아서라. 주인 없는 집에 들어가는 거, 예의 아니다. 기다릴 테니까 천천히 오렴.

철없는 막내 며느리의 경악할 만한 음식 솜씨 때문인지는 몰라도 정미는 가끔 이렇게 두 사람에게 반찬을 가져다주곤 했다. 여울은 그 맛에 반해서 정미를 따라잡고자 두 달 전부터 요리학원에 등록해 음식 하는 법을 배우는 중이었다.

서둘러 두 손 묵직하게 집으로 돌아간 여울은 기다리고 있던 정미와 집에 들어가 곧장 장 본 것들을 식탁에 올려놓았다. 그러곤 정미가 가져온 반찬통을 하나씩 다 열어 보며 어떻게 해야 이런 것을 만들 수 있는지 물어보았다.

"아가. 칼질부터 배워 오렴."

정미의 대답은 늘 한결같았다. 칼질도 제대로 못하는 여울에게 섣불리 요리를 시켰다가 다치기라도 하면 태경이 불같이 화낼 것을 알기 때문이었다.

"근데 뭘 이렇게 많이 샀니?"

"오늘 오빠랑 도시락 싸서 데이트 가기로 했거든요. 오빠 마중 가는 길에 라디오 식구들도 챙겨 주려고 넉넉하게 샀어요."

"그래. 잘했다. 남편 기 살려 주는 데 그만한 거 없어, 얘."

신혼의 묘미란 이런 것이 아닐까. 그러나 여울의 솜씨가 걱정이 됐던 정미는 두 팔을 걷어붙이며 도와주겠다고 나섰다.

"어머니. 이번엔 제가 한 번 해 볼게요. 이건 칼질을 많이 할 필요도 없고, 웬만해선 손 다칠 일이 없으니까 저도 분명히 할 수 있을 거예요."

과연 그럴까. 정미는 미심쩍은 시선을 억지로 거두고 여울에게 등 떠밀려 거실로 나갔다. 그리고 여울이 챙겨 준 차를 마시며 제발 아무 일 없기를 빌었다.

"꺅! 어, 어머니!"

여울은 요리를 시작한 지 몇 분 되지 않아 정미를 부르며 거실로 뛰쳐나왔다. 텔레비전을 보며 우아하게 차를 마시던 정미는 그럴 줄 알았다며 여울이 친 사고를 수습하기 위해 부엌으로 들어갔다.

"그러게 내가 처음부터 도와준다고 했잖니."

"혼자 할 수 있을 줄 알았죠."

"아서라. 누가 보면 대단한 음식이라도 하는 줄 알겠어."

베이컨 굽다가 혼자서 전쟁 영화 한 편 다 찍을 기세다. 화들짝 놀라서 부엌을 뛰쳐나오던 모습만 봐선 그러고도 남았겠지만.

당최 썰고, 굽고, 지지는 데는 소질이 없는 여울인지라 아예 처음부터 지켜보고 있지 않으면 주방은 단 몇 분 만에 초토화되기 일쑤였다. 오늘도 정미가 금방 불을 껐기에 망정이지 안 그랬으면 기름 튀는 것이 무서워 베이컨을 과자로 만들 뻔했다.

"죄송해요. 오늘은 신경 안 쓰게 해 드리고 싶었는데……."

"괜찮아. 이러면서 느는 거지. 근데 아가. 너 요즘 요리학원 다닌다고 하지 않았니?"

"네. 벌써 두 달 됐어요."

"아유, 두 달이나 됐는데 아직도 기름 튀는 걸 무서워하면 어떡해. 맨날 삶은 음식만 먹을 수도 없는 노릇이잖니."

"그게…… 학원에선 별로 안 무서운데 이상하게 집에만 오면 기름 튀는 게 무서워요. 저도 왜 그런지 모르겠어요, 어머니."

반찬을 가져다주러 왔다가 여울에게 꼼짝없이 붙들린 정미는 이번 한 번만 도와주겠다고 말했다. 그리고 여울이 끙끙대며 마련해 놓았던 재료들을 불과 30분 만에 맛있는 음식들로 만들어 주었다. 여울은 쉬지 않고 무언가를 만들어 내는 정미가 경이롭기까지 했다. 대체 얼마나 더 배워야 정미처럼 될는지. 여울은 정미처럼 짧은 시간에 요리를 만들어 낼 자신의 모습을 떠올리려 했지만 좀처럼 상상이 되지 않았다.

"조급해하지 마. 나중엔 하기 싫어도 기계처럼 하게 되어 있어. 태경이는 괜히 있니? 태경이도 적당히 부려 먹고 그래. 내가 너 부려 먹기 좋으라고 태경이도 가르쳐 놨잖니."

"그게 문제예요, 어머니."

"문제? 무슨 문제?"

"오빠가 저보다 요리를 잘하니까 아예 절 주방에 세울 생각조차 안 해요. 손에 물 한 방울 묻히는 것도 싫어서 자지러지는걸요. 제가 이러니까 솜씨가 안 느나 봐요. 집에서라도 많이 해 봐야 하는데 오빠가 매번 안 된다고 밀어내니까……."

정미는 풀이 죽은 여울의 어깨를 툭툭 두드리며 새치름한 표정을 지었다.

"녀석, 오버는."

그렇게 좋을까. 정미는 태경이 여울을 많이 아껴 주고 있는 듯해 안심이 되었다.

"데이트 잘 갔다 오렴."

힐긋 시계를 보니 태경이 라디오 녹음을 끝낼 시간이 되어 있었다. 여울은 부랴부랴 정미에게 고맙다는 인사를 한 뒤 택시를 잡아타고 방송국으로 향했다. 돌아오는 길엔 태경과 걸어서 올 거니 차는 두고 가는 게 좋을 것 같았다.

무거운 도시락을 들고 익숙하게 스튜디오로 발걸음을 옮긴 여울은 부스 안에서 마무리 멘트를 하고 있는 태경을 향해 손을 흔들었다. 곧 헤드셋을 내려놓고 부스 밖으로 나온 태경이 큼직한 도시락을 든 채 저를 반기는 여울의 손을 끌어당겼다.

"뭐가 이렇게 많아? 우리 둘이 먹기엔 너무 많은 것 같은데."

"어머님이 마련해 주셨어요. 우리 라디오 스태프들도 챙겨 주라고. 어머님 손이 워낙 크시잖아요."

"어머니 혼자 하신 게 아닐 텐데?"

"저도 조금 거들었어요."

여울의 목소리가 점점 작아졌다. 조금이라고 말하기에도 민망할 정도로 거들었을 게 분명할 테지. 정미도 태경만큼이나 여울을 걱정하기에 혼자 하겠다고 나선 여울을 대신해서 이것저것 도와주었을 게 뻔했다. 마치 보기라도 한 듯 훤히 꿰뚫고 있는 태경이었지만 그는 여울의 둥근 어깨를 끌어안으며 잘했다는, 수고했다는 칭찬을 해 주었다.

여울이 "이런 맛에 요리를 하는 거구나." 하며 태경의 얼굴을 올려다보았다. 태경은 사람들이 여울이 가져온 도시락을 맛있게 먹어 치우는 걸 흐뭇한 표정으로 바라보고 있었다. 결혼 후 이런 소소한 자랑에 푹 빠진 태경은 여울이 없는 솜씨를 쥐어짜 내어 요리를 하는 것을 싫어하면서도 한편으론 좋아했다. 내색하지 않으려 해도 이런 세심한 챙김이 자신의 어깨에 힘을 실어 주었으니까.

두 사람은 도시락이 비어 가는 것을 지켜보다가 이내 라디오국을 벗어났다. 오늘 외출의 목적인 데이트를 하기 위해서였다.

당당히 손을 맞잡은 채 방송국 로비를 가로지르는 두 사람에게로 모든 이의 시선이 향했다. 그러나 두 사람은 이제 그 누구의 시선도 신경 쓰지 않았다.

"옷을 왜 이렇게 얇게 입고 왔어."

"일기예보에서 오늘 많이 안 춥다고 해서……."

"그래도 그렇지."

태경의 자신의 옷을 벗어 여울에게 입혔다. 옷이 너무 크고 헐렁해서 팔을 쭉 뻗어도 손가락이 보일까 말까 했다. 그래도 태경은 그 사이에서 용케 여울의 손을 찾아내어 잡았다.

"이래선 병원에 다녀온 보람이 없잖아."

"아, 맞다. 병원……."

"우리 여울이, 정신을 어디에 두고 다니실까? 다시 병원 가 봐야 하는 거 아니야? 지금 보니까 얼굴도 많이 안 좋아 보이는데……."

여울은 슬쩍 배 위에 손을 얹었다. 아직 콩알만큼 작은 녀석이라서 배가 불룩 튀어나오지는 않았지만 아이를 가진 뒤 자연스럽게 나오는 엄마로서의 본능이었다.

"안 가도 돼요."

"왜에. 다시 가 보자. 같이 가 줄게."

"진짜 안 가도 돼요."

수상하다. 살살 눈웃음을 지으며 팔짱을 껴 오는 여울이 수상하기 그지없었다. 태경은 팔짱을 풀고 태연히 웃고 있는 여울의 이마에 손을 얹었다.

"이상하네. 열은 없는데…… 왜 자꾸 이상한 기분이 들지?"

태경이 얼른 대답하기를 종용했지만 여울은 끝내 입을 다물었다. 그리고 태경과 단둘이 있게 되고서야 태경의 귀에 속삭였다.

"아빠가 오늘 꿈을 꿨는데 엄마랑 나무에서 달덩이만 한 석류를 따셨대요."

"그래? 달덩이만 한 석류면…… 그 꿈, 좋은 거 아니야? 아버님께 좋은 일이 생기려나 보다."

여울은 벤치에 앉아 도시락을 펼쳐 놓고 태경의 입에 주먹밥 하나를 쏙 넣어 주었다. 태경은 여울이 주는 것을 오물오물 받아먹으면서 뜬금없이 왜 그 얘기를 꺼냈는지 물었다.

"근데 갑자기 꿈 얘기는 왜 하는 거야?"

여울은 대답 대신 태경의 볼이 미어터지도록 주먹밥을 밀어 넣으며 물었다.

"나는 딸이 좋은데…… 오빠는 어때요?"

"나는 솔직히 아들이든 딸이든 상관없는데……. 너 혹시……."

여울이 웃었다. 태경은 여울을 번쩍 안아 올렸다.

"정말 그래? 정말 그런 거야? 그게 태몽이었어?"

"네. 아, 저기…… 어지러워요."

여울은 숨이 막히게 끌어안는 태경의 등을 살며시 두드렸다. 놀란 태경이 얼른 그녀를 내려놓고 어떻게 만지면 좋을지 몰라 허둥대다가 펼쳐 놓은 도시락부터 다시 챙겼다.

"지금 이게 중요한 게 아냐. 어서 집에 가자!"

"우리 지금 막 데이트 시작했거든요? 이게 얼마나 오랜만에 하는 데이트인데……."

"너 옷도 얇게 입고 왔잖아. 안 돼. 빨리 집에 가자."

"오빠."

단호하게 태경을 불러 세운 여울은 두 손으로 그의 볼을 붙잡았다.

"안 기뻐요?"

"당연히 기쁘지! 당연히 기쁜데……. 너 지금 옷도 춥게 입었고 날씨도 추우니까……."

"축복이 아빠."

태경 모르게 배 속의 아이에게 태명을 지어 놓은 여울은 태경을 '축복이 아빠'라고 부르며 으름장을 놓았다.

"엄마는 강해요. 우리 엄마가 그랬듯이 나도 축복이 엄마로서 강해질 거예요. 그러니까 이런 걸로 과잉보호 하지 말아 줘요. 네?"

"……그래. 알았어."

사람 속은 참 알다가도 모르겠다. 자신이 한 남자의 아내가 되고 아이의 어머니가 될 거라는 막연한 상상이 실제로 이루어지게 되면서 그에 맞는 책임감이 생겨났다. 이런 게 자연의 섭리일까. 여울은 멍한 표정을 짓고 있는 태경의 손을 잡아서 단단히 얽었다. 이젠 철 없는 한여울이 아닌 엄마 한여울이 될 차례였다.

"날씨 참 좋죠?"

자꾸 흘러내리는 겉옷이 불편하다. 도시락을 먹는 건 포기하고 태경과 걷는 것을 택한 여울은 흘러내리는 옷을 여며 주는 태경의 손길을 자연스레 받아들였다.

"날씨가 아무리 좋아도 몸 생각은 해야지. 이제 홑몸이 아니잖아."

"네에."

여울은 태경의 말을 고분고분 따르며 툭 태경의 어깨에 기댔다. 태경은 여울이 편히 걸을 수 있게 살며시 끌어당겨 안았다.

준비해 간 도시락은 차게 식었지만 태경과의 사랑은 아직 식지 않았다. 가슴을 가득 채우는 뭉근한 사랑의 기운은 오늘보다 더 불타오를 것이었다. 두 사람은 노을 지는 거리를 걸으며 앞으로 다가올 날을 조심스레 그려 보았다. 그리고 그들이 그려 본 앞날은 그 어떤 때보다 아름다웠다.

작가 후기

여러분은 라디오를 자주 들으시나요? 야심한 밤에 듣는 라디오는 잔잔하면서도 참 다정다감하죠. 라디오 디제이와 단둘이 얘기하는 기분이 들어서일까요. 저는 종종 라디오를 틀어놓은 채 자고는 합니다.

확실히 라디오는 텔레비전에 비해서 담백하고 조금은 덜 자극적인 매체예요. 오로지 청각에만 의존하기 때문에 더 감성적이라고 느껴지는 건지도 모르겠어요. 음악이 곁들여진 책을 듣는 느낌. 그래요. 그런 느낌이에요.

이번 '뷰티풀 라이프'는 그런 라디오의 감성을 담으려고 많이 애쓴 글입니다. 글을 읽으면서도 라디오를 듣는 것 같은 기분이 들게끔 신경을 썼지요. 예를 들면 저의 얘기를 글 속의 사연으로 쓰거나, 제 감정을 청취자의 코멘트로 남긴 것처럼요. 그래서인지 이번

글은 픽션이되 픽션이 아닌 것 같은 기분이 듭니다.

사실 '뷰티풀 라이프'에는 숨겨진 비밀이 있습니다. 눈치채신 분도 분명 있겠지만, 잘 모르는 분들을 위해 설명을 조금 곁들일까 해요. 태경이는 가수 성시경 씨를, 여울이는 이미나 작가님을, 경호는 가수 이문세, 배철수 씨를 모델로 한 인물이었습니다. 오해하실까봐 말씀드리는데 성시경 씨와 이미나 작가님은 실제 연인은 아닙니다. 라디오 '푸른 밤, 그리고 성시경입니다'를 통해 인연을 맺은 뒤부터 작사가와 가수로 호흡을 맞추고 있지요. 태경이와 여울이가 그랬듯이요. 드라마 '시크릿 가든'의 '너는 나의 봄이다'는 너무 유명해서 다들 알고 계시죠? 두 분의 합작품이랍니다.

그리고 소제목에 쓰인 곡은 모두 실제로 있는 것들이니까 한 번씩 들어 보세요. 라디오를 듣는 기분이 드실 거예요. 알고 읽으면 더 재밌는 글이 될 것 같아서 알려 드렸습니다.

작년 초에 쓰기 시작한 글이 2년이 지나서야 결실을 맺었네요. 솔직히 오랜 시간 컴퓨터 파일 속에 묵혀 두었던 글을 꺼내어 완결 짓고자 마음먹었던 이유는 다름 아닌 저 스스로를 위로하기 위해서였습니다. 몇 번이나 뒤집고, 엎느라 유독 제 속을 많이 썩인 글이지만 그래도 마무리를 짓고 나니 마음이 한결 편안해요. 그리고 저를 위해 쓰기 시작한 글이 사랑을 받고, 또 이렇게 책으로 나오게 되니까 가슴이 뭉클, 벅차오르기도 하고요. 제가 글을 쓰면서 위로받았던 것처럼 이 글이 여러분의 마음속에 잔잔히 스며들기를 소망해 봅니다.

겨울이 성큼 다가왔습니다. 그리고 또 봄이 찾아오겠지요. 계절이 변할 때마다 저도 조금은 성장했으면 좋겠습니다. 다음엔 더 좋은 글을 들고 찾아뵐게요.

제가 이 글을 쓸 수 있도록 도와주신 모든 분께 감사의 인사를 전하며.

늘 행복하세요.

2013년 겨울의 시작에서.

정하원 拜上

뷰티풀
라이프

1판 1쇄 찍음 2013년 12월 23일
1판 1쇄 펴냄 2013년 12월 30일

지은이 | 정하원
펴낸이 | 정 필
펴낸곳 | 도서출판 **뿔미디어**

편집장 | 이재권
기획 · 편집 | 주종숙, 이은정
편집디자인 | 이진선

출판등록 | 2002년 9월 11일 (제1081-1-132호)
주소 | 경기도 부천시 원미구 상동로 117번길 49(상동) 503호
전화 | 032)651-6513 / 팩스 032)651-6094
E-mail | scarlets2012@hanmail.net
블로그 | http://blog.naver.com/dahyangs
홈페이지 | http://bbulmedia.com

값 9,000원

ISBN 978-89-6775-978-0 03810

Scarlet

스칼렛

Scarlet

스칼렛